L'intégralité de votre livre* accessible en ligne

avec une simple connexion Internet !

OFFERT LIVRE EN LIGNE

+ Des outils utiles et intuitifs :

- sommaire interactif
- surlignage en couleurs
- notes personnelles et marque-page.

Smartphone — Tablette — PC/Mac

Pour ACTIVER votre livre en ligne

- Rendez-vous sur www.nathan.fr/livre-en-ligne .
- Créez un compte **Nathan** en suivant les indications en ligne.
- Cliquez sur « Activer un livre », saisissez votre clé d'activatio puis le mot du livre qui vous sera demandé.

W0359618

Votre clé d'activation personnelle :

ACL5J6-BX8-B24G

Pour toute CONNEXION ULTÉRIEURE

Connectez-vous sur www.nathan.fr/livre-en-ligne avec vos identifiants **Nathan**.

IMPORTANT

Votre clé d'activation est unique et personnelle : une fois utilisée, elle ne sera plus valide. Elle offre un accès de 24 mois à compter de la date d'activation. Elle est réservée à un seul utilisateur et ne peut être partagée.

Configuration minimale requise : Internet Explorer 8, Mozilla Firefox 3.4, Chrome, Safari, Opera toutes versions.

Retrouvez les conditions générales d'utilisation sur www.nathan.fr/livre-en-ligne.

*Service disponible à partir du 27 juillet 2022.

BAC ST2S Première 978-2-09-167493-3

Nathan

BAC ST2S Réflexe

Première

Toutes les matières

Les fiches « Je gère mon Bac »
Élisabeth BAUMEIER
Ingrid FANCHON
Mathilde IROLLO
Catherine MALINGUE

Sciences et techniques sanitaires et sociales
Élisabeth BAUMEIER

Biologie et physiopathologie humaines
Ingrid FANCHON
Catherine MALINGUE

Physique-Chimie
Michèle BUSNEL
Séveriné VIÉ

Français
Adrien DAVID
David MARTIN
Solène MAZAS-VERHILLE
Marie PANTER
Domitille RIVIÈRE
Fabrice SANCHEZ

Mathématiques
David LAFOLIE

Histoire – Géographie
Jean-Louis CARNAT

Anglais
Claire DELAROCQUE

Espagnol
Arielle BITTON

Nathan

Infographies :

Christophe Vallée

Édition : Camille Delenclos
Fabrication : Emmanuelle Perrier
Couverture : Vincent Rioult
Maquette intérieure : Graph'm : Aude Paradis/Évelyn Audureau
Composition : Nord Compo
Cartographie : Légendes Cartographie

Nathan – 92 avenue de France – 75013 Paris – 2022
ISBN : 978-2-09-167493-3

N° projet: 10279686 - juillet 2022 -Imprimé en Espagne par Graficas Estella

Sommaire

Je gère mon bac

SCIENCES ET TECHNIQUES SANITAIRES ET SOCIALES

Savoirs

BIOLOGIE ET PHYSIOPATHOLOGIE HUMAINES

Savoirs

Sommaire

PHYSIQUE-CHIMIE

Savoirs

FRANÇAIS

Savoirs

Outils

Entraînements corrigés

Sommaire

MATHÉMATIQUES

HISTOIRE-GÉOGRAPHIE

ANGLAIS

ESPAGNOL

Les épreuves du BAC ST2S

Contrôle continu

Le contrôle continu est pris en compte à hauteur de 40 % des résultats pour le baccalauréat. Il évalue les enseignements obligatoires qui ne font pas l'objet d'épreuves terminales.

	COEFFICIENT CLASSE DE PREMIÈRE	COEFFICIENT CLASSE DE TERMINALE	TOTAL DES COEFFICIENTS
Enseignement de spécialité de première	8		8
Histoire-géographie	3	3	6
LVA	3	3	6
LVB	3	3	6
Mathématiques	3	3	6
Éducation physique et sportive	6		6
Enseignement moral et civique	1	1	2
			40

Épreuves terminales

ÉPREUVES ANTICIPÉES			
Intitulé de l'épreuve	**Coefficients**	**Nature de l'épreuve**	**Durée**
Français (écrit)	5	écrite	4 h
Français (oral)	5	orale	20 min
LVA	3	3	6
ÉPREUVES FINALES			
Philosophie	4	écrite	4 h
Épreuve orale terminale	14	orale	20 min
Chimie, biologie et physiopathologie humaines	16	écrite	4 h
Sciences et techniques sanitaires et sociales	16	écrite	3 h

Préparer son orientation

Parcoursup est une plateforme Internet mise en place afin de rendre plus faciles et efficaces vos démarches de pré-inscription dans l'enseignement supérieur. Le tableau ci-dessous présente les orientations les plus fréquentes ou envisageables mais la liste n'est pas exhaustive. L'offre de formation post-bac est très riche et mérite une étude approfondie des différentes possibilités.

La poursuite d'études après une terminale ST2S

	AVEC SÉLECTION			SANS SÉLECTION
	CONCOURS	DOSSIER		
	INSTITUT DE FORMATION	BTS	DUT	LICENCES
Paramédical ou scientifique	– Infirmier – Ostéopathe – Psychomotricien – Ergothérapeute – Orthoptiste – Pédicure podologue – Orthophoniste	– Diététicien – Manipulateur en électroradiologie médicale – Prothésiste – Orthoprothésiste	– Génie biologique	– Sciences de l'éducation – Sociologie – Psychologie – STAPS – Santé publique – AES – Droit –....
Social	– Éducateur jeunes enfants – Éducateur spécialisé – Assistant de service social	– Économie sociale et familiale – Services et prestations des secteurs sanitaires et sociaux	– Carrières sociales (animation, gestion urbaine, travailleurs sociaux)	
Autres (sans institut de formation)	– Secrétaire de l'administration scolaire et universitaire – Secrétaire médico-sociale – Adjoint administratif	– Assistant de direction – Assistant manager		
Poursuite d'études	Rédacteur	Licence professionnelle		**Master 1 et 2**

– Facilement accessible à des élèves provenant de ST2S.

– Réservé aux élèves ayant un excellent niveau, notamment dans les matières scientifiques. Une remise à niveau en sciences physiques et chimiques peut être nécessaire.

La démarche post-bac

Les conseils pour réussir son orientation

• S'y prendre très tôt : Réfléchir tôt est l'un des gages de réussite de votre orientation.
• Se renseigner lors des journées Portes Ouvertes ou des salons : c'est le meilleur moyen pour récupérer un maximum d'informations et décider ainsi de son orientation en toute connaissance de cause.
• Rencontrer le conseiller d'orientation : un rendez-vous (ou plusieurs) vous permet de découvrir quels métiers et donc formations pourraient le mieux vous correspondre.
• Élargir ses vœux au maximum : plus vous formulez de vœux, plus vous avez de chances d'obtenir satisfaction.

Le calendrier de l'admission Parcoursup

Inscription et saisie des vœux (10 maximum avec possibilité de sous-vœux)
Janvier-mars pour toutes les formations

↓

Examen des vœux en conseil de classe
Mars

↓

Transmission des dossiers aux établissements demandés
Avril-mai

↓

Notification aux candidats par les établissements destinataires de la réponse à leur(s) dossier(s) de candidature
Mai-septembre

↓

Phases d'admission (consultation et réponse des candidats)
Mai-septembre (avec pause mi-juin)

↓

La réponse aux propositions d'orientation

Vous recevrez une réponse des établissements sollicités pour chacun de vos vœux. Pour que vous puissiez affiner vos choix et en même temps pour ne pas bloquer les places que d'autres attendraient, vous aurez un temps limité pour choisir si deux de vos vœux reçoivent un « oui ». Il vous sera alors demandé de renoncer à l'un des deux, mais cela n'aura pas d'impact sur les vœux pour lesquels vous n'avez pas encore reçu de réponse.

Préparer son dossier post-bac

Une lettre de motivation. Elle doit être personnelle et doit contenir les éléments suivants :
- une rapide présentation de votre cursus ;
- les raisons de votre choix de formation et de votre choix de lieu de formation ;
- éventuellement, vos qualités, mais elles doivent être expliquées à l'aide d'exemples ;
- les arguments pour vous choisir (vous devez donner au recruteur l'envie de vous avoir pour étudiant).

Certaines écoles vous convoquent pour un entretien. Afin que celui-ci tourne à votre avantage, il est recommandé de préparer les points suivants. Le jury cherche à recruter des élèves motivés, qui poursuivront leur cursus jusqu'à son terme. Votre projet doit être réfléchi.

Motivation pour exercer ce métier
- Connaissances sur le métier, des lieux d'exercice, des activités
- Vos atouts pour ce choix, qualités d'un professionnel (lien avec vos qualités)

Motivation pour les études
- Connaissance du cursus, des matières enseignées, de l'organisation des études (stage, livret de formation, ECTU...)
- Poursuite d'études, qualités d'un étudiant (lien avec vos qualités)

Motivation pour CE lieu de formation
- Connaissance des particularités de ce lieu de formation
- Explication sur votre choix (ils sont premiers dans votre liste bien sûr...)
- Vos atouts pour ce lieu de formation (proximité, connaissance de certains élèves qui peuvent vous aider, participation aux Journées Portes Ouvertes, ambiance, services aux étudiants, lieux de stage, site...)

Vous et votre carrière
- Vos qualités et défauts (dont vous avez conscience et que vous allez travailler pour qu'ils se transforment en qualités, à terme...)
- Votre histoire personnelle qui a conduit votre choix
- En quoi votre personnalité fait que vous allez vous épanouir dans le lieu de formation et dans le métier

Les sciences et techniques sanitaires et sociales

Travailler les STSS

Réviser le programme de Première et de Terminale

L'épreuve portant sur les années de Première et de Terminale, il vous faut, d'une part, réviser les notions essentielles et les capacités exigibles acquises en Première, et d'autre part, acquérir celles de Terminale.

Retravailler vos cours

Schématisez-les, créez des listes de mots clés avec leurs définitions. L'objectif est d'appréhender les connaissances d'une autre manière et de vous constituer des supports de révision.

Revoir régulièrement les fiches de cet ouvrage

La mémorisation des connaissances repose sur un entraînement régulier.

S'entraîner à tester ses connaissances

Faites les exercices après avoir appris chaque fiche.

Retravailler vos évaluations

- Reprendre les évaluations vous permettra de comprendre vos erreurs.
- Ayez un regard critique à l'égard du travail que vous avez rendu.
- Après quelques jours, refaites l'évaluation donnée et comparez les deux copies.

S'informer sur l'actualité sanitaire et sociale

Se tenir informé permet d'actualiser ses connaissances et de mieux comprendre les concepts enseignés. Questionnez-vous sur ce que vous entendez, ce que vous lisez.

L'épreuve écrite de STSS

Le format de l'épreuve et ses objectifs

Durée : **3 heures** – Coefficient : **16**

L'épreuve porte sur les pôles thématiques du programme de Sciences en techniques sanitaires et sociales des classes de première et de terminale. Elle permet d'évaluer les capacités exigibles du pôle thématique, ainsi que les compétences transversales suivantes : identifier et analyser les besoins de santé et de bien-être social des individus et des groupes ; caractériser un ou plusieurs faits sanitaires et sociaux ; mettre en évidence le lien entre une demande sociale et les politiques sanitaires et sociales, les dispositifs qui concourent à les mettre en œuvre et les institutions concernées ; mobiliser les connaissances du programme ; analyser, argumenter, synthétiser ; exploiter les documents avec pertinence (en particulier : sélectionner, trier et hiérarchiser les informations) ; rédiger avec clarté et rigueur.

La nature du sujet

Le sujet comprend deux parties qui portent chacune sur le pôle thématique :
– une première partie est constitué d'une à deux questions, sans document nécessitant la mobilisation des connaissances en lien avec les capacités exigibles ;

– une deuxième partie constituée d'un dossier documentaire et de questions relatives à une question social ou de santé, aux politiques sanitaires et sociales et aux acteurs en santé et en social.
Le sujet ne contient pas plus de cinq documents et n'excède pas cinq pages.

Gérer l'épreuve

L'épreuve durant 180 minutes, vous devez « découper » ces trois heures en étapes et ainsi gérer votre temps.

Première étape : lire l'ensemble du sujet distribué (**durée : 15 à 20 minutes**).

Deuxième étape : travailler les questions (**durée : 30 minutes environ par question**). Chaque partie est à traiter indépendamment.

Pour la première partie, sur la feuille de brouillon :
1. Repérez le(s) verbe(s) de consignes en veillant à donner sa(leurs) signification(s) ; les mots clés qui vous renvoient aux notions essentielles que vous avez acquises ; la capacité en lien avec la question.
2. Reformulez la question pour vous assurer que vous l'avez comprise.
3. Mobilisez vos connaissances en lien avec la ou les questions : les notions essentielles, les capacités mais aussi toutes connaissances acquises (historique, textes juridiques, classification...).
4. Notez sur votre feuille les éléments de réponse de manière structurée et établissez des liens entre eux. Vos réponses ne doivent pas être rédigées sur ce travail de brouillon.
5. Construisez rapidement une mini introduction et une conclusion liée à cette question.
6. Rédigez votre réponse sur votre copie (**durée : 20 minutes par question**). Une fois que la question a été bien travaillée : faites des phrases courtes ; pensez à barrer au fur et à mesure sur votre brouillon pour éviter les répétitions ; veillez à aérer votre présentation.
7. Répétez les points 1 à 6 pour chaque question.

Pour la deuxième partie
1. Repérez le(s) verbe(s) de consignes en veillant à donner sa(leurs) signification(s) ; les mots clés qui vous renvoient aux notions essentielles que vous avez acquises ; la capacité en lien avec la question.
2. Reformulez la question pour vous assurer que vous l'avez bien comprise.
3. Mobilisez vos connaissances en lien avec la ou les questions : les notions essentielles, les capacités mais aussi toutes connaissances acquises (historique, textes juridiques, classification...).
4. Repérerez les éléments de réponse dans les annexes. Attention : vous surlignez les mots, les données.
5. Notez sur votre feuille les éléments de réponse de manière structurée et établissez des liens entre eux. Vos réponses ne doivent pas être rédigées sur ce travail de brouillon.
6. Construisez rapidement une mini introduction et une conclusion liée.
7. Rédigez votre réponse sur votre copie (**durée : 20 minutes par question**). Une fois que la question a été bien travaillée : faites des phrases courtes ; pensez à barrer au fur et à mesure sur votre brouillon pour éviter les répétitions.
8. Répétez les points 1 à 7 pour chaque question.

Troisième étape : relire l'ensemble de votre copie (**durée : 15 minutes**). Cela permet de vérifier que vous avez apporté tous les éléments de réponse, de manière claire et rigoureuse, de corriger vos fautes d'orthographe.

La biologie et physiopathologie humaines

La discipline

Les objectifs de la discipline

L'enseignement de la discipline « Biologie et Physiopathologie Humaines » vous donne les connaissances vous permettant de comprendre l'organisation générale de l'être humain et d'appréhender son fonctionnement intégré.

La biologie comprend :

– l'étude de la composition et de la structure du corps humain, c'est l'**anatomie** ;
– l'étude de ses grandes fonctions, c'est la **physiologie.**

L'anatomie vous permettra de comprendre en quoi la structure des organes étudiés est particulièrement adaptée à sa fonction. La physiologie présentera les mécanismes qui conduisent à l'apparition d'une maladie et permettra d'aborder les problèmes actuels de santé publique.

Pour chaque partie, vous devez acquérir des éléments de terminologie médicale et vous approprier les termes du vocabulaire médical et scientifique relatif à la fonction physiologique ou pathologique abordée.

Le programme indique les principaux préfixes et suffixes qui doivent être connus à la fin du cycle terminal, ainsi que les racines liées à la terminologie relative aux différents organes, fonctions ou pathologies associées. Ce sont :

– **pour les préfixes** : a, anti, brady, dys, en, endo, eu, exo, hémi, hyper, hypo, macro, micro, néo, oligo, poly, tachy ;
– **pour les suffixes** : algie, centèse, cide, cyte, ectasie, ectomie, émie, gène, genèse, gramme, graphie, ite, logie, lyse, mégalie, ome, ose, pathie, pénie, plastie, plégie, rragie, rrhée, scopie, stomie, thérapie, tomie, trophie, urie.

En classe de Première, les thèmes d'étude sont :

– Organisation et fonctionnement intégré de l'être humain
– Appareil locomoteur et motricité
– Appareil digestif et nutrition
– Appareil cardio-vasculaire et circulation sanguine
– Appareil respiratoire et échanges gazeux

En classe de Terminale, les thèmes d'étude sont :

– Milieu intérieur et homéostasie
– Système immunitaire et défense de l'organisme
– Appareil reproducteur et transmission de la vie
– Gènes et transmission de l'information génétique

Dans chaque partie, la démarche médicale (étude clinique et paraclinique aboutissant au diagnostic, traitement, suivi) sert de trame à l'étude de la pathologie. Elle s'effectue au moyen des techniques d'imagerie médicale et d'exploration fonctionnelle. Les principes des techniques sont à faire en lien avec l'enseignement de la spécialité de Première « Physique-Chimie pour la santé ». L'objectif est :

– d'appréhender le fonctionnement de l'organisme humain dans son environnement échangeant matière et information ;
– de comprendre les mécanismes d'apparition des pathologies majeures : AVC, obésité, Kwashiorkor, athérosclérose, infarctus du myocarde, angor, pneumopathies, diabètes, grippe, cancer... et d'aborder des éléments de leur diagnostic et de leurs traitements.

L'épreuve de biologie et physiopathologie humaines

Le format de l'épreuve et ses objectifs

Durée : **3 heures** – Coefficient : **13**

L'épreuve porte sur le programme de biologie et physiopathologie humaines des classes de Première et Terminale, le programme de Première ne constitue pas le ressort principal du sujet.
Le sujet porte sur au moins deux parties des programmes.
Les trois parties de la classe de Terminale sur lesquels porte l'épreuve, sont :
– les années paires : milieu intérieur et homéostasie, système immunitaire et défense de l'organisme, gènes et transmission de l'information génétique ;
– les années impaires : milieu intérieur et homéostasie, appareil reproducteur et transmission de la vie, gènes et transmission de l'information génétique.

La nature du sujet

Le sujet comprend des questions liées ou indépendantes pouvant s'appuyer sur des documents (clichés d'imagerie médicale, photos, schémas, textes scientifiques ou graphiques...).
Les questions appellent des réponses rédigées, structurées et argumentées qui intègrent la restitution des connaissances dans une démarche de réflexion. Les questions peuvent nécessiter des applications numériques, la réalisation et l'exploitation de tableaux, de graphiques et/ou schémas.

Les critères d'évaluation

L'épreuve permet d'évaluer les compétences suivantes :
– mobiliser les connaissances du programme ;
– mobiliser le vocabulaire scientifique et médical ;
– analyser des documents ;
– interpréter des expériences ;
– argumenter scientifiquement et faire preuve d'esprit critique ;
– à partir d'un cas clinique, identifier une pathologie majeure, expliquer le principe de son diagnostic et présenter ses traitements.

Que faire pendant l'épreuve ?

Bien lire le sujet et les questions avant de répondre.

Certaines parties vous sembleront plus faciles que d'autres, travaillez-les en priorité et gardez du temps pour revenir sur les autres parties.

Questionnez-vous sur le sens des mots afin d'éviter les hors-sujets.

Restez concentré, ne partez pas avant la fin de l'épreuve.

Rédigez en tenant compte de la grammaire de l'orthographe, et de la syntaxe.

Soignez la présentation de votre travail.

Utilisez les couleurs conventionnelles (le bleu et le rouge notamment) lorsque cela est nécessaire.

La physique - chimie

La boîte à outils de la discipline

Le programme est axé sur le développement des compétences suivantes :
- Extraire des informations scientifiques de documents et savoir les exploiter
- Conduire une démarche scientifique : exploiter des données, calculer, représenter
- Faire preuve d'esprit critique, particulièrement dans la validation des résultats
- Communiquer à l'écrit ou à l'oral de manière structurée, raisonnée et argumentée
- Acquérir une démarche scientifique : réaliser un protocole dans le respect des consignes de sécurité et de l'environnement, analyser un problème et proposer un protocole, savoir valider une hypothèse et un résultat d'expérience.

Le cours

Les formules du cours doivent être sues, en prêtant attention aux unités SI (Système International) des grandeurs, et les notions comprises. Ces notions expliquent des situations du monde qui vous entoure ou qui vous compose. Vous devez comprendre et sentir ces notions dans votre environnement ou dans le fonctionnement de votre corps.

Les exercices

Vous devez absolument travailler vos exercices (après avoir travaillé votre cours !), même si vous éprouvez des difficultés à trouver la solution. La recherche et la réflexion autour d'une situation permettent de comprendre et retenir la solution apportée par la correction.
Il est aussi nécessaire de refaire les exercices, à l'écrit, pour s'assurer de l'acquisition du raisonnement. Gardez à l'esprit que les raisonnements sont souvent similaires, seul le décor, c'est-à-dire la situation, change.
Attention ! Parcourir ou relire un exercice ne sert à rien.

Les activités expérimentales

Les activités expérimentales sont une pièce majeure. En rendant les notions concrètes, elles permettent de mieux les assimiler et les comprendre. Elles sont aussi des mises en pratique de cas de figure de la vie quotidienne et pourront alors vous resservir dans votre vie personnelle.
Soyez attentif en séance de travaux pratiques : respectez les consignes de sécurité et respectez l'environnement (on ne verse pas tout dans l'évier !), travaillez dans le calme et retenez les techniques expérimentales et leurs intérêts (Pourquoi chauffer un mélange réactionnel ? Comment identifier une substance ? Comment déterminer la concentration d'une substance dans un échantillon de matière ? Etc.).

À propos des calculs

Vous devez savoir utiliser la calculatrice : savoir faire des puissances de 10, ne pas oublier de mettre les parenthèses aux dénominateurs quand le calcul est entré dans la calculatrice, etc.
Veillez à mettre, si besoin, l'unité au résultat et respectez le nombre de chiffres significatifs. Bien mettre les grandeurs dans la bonne unité, à savoir celle imposée par la formule utilisée.
Faites preuve d'esprit critique : résultat cohérent ? Si non, reprenez le calcul (attention aux unités, aux erreurs de manipulation de la formule et aux erreurs de calculs à la calculatrice).

L'épreuve écrite

Durée partie chimie : **1 heure** (2 exercices de chimie indépendants) – Coefficient : **3**

L'enseignement de spécialité Chimie est évalué dans l'épreuve Chimie, biologie et physiopathologie humaine.
C'est une épreuve finale composée de deux parties indépendantes. Rédigez chaque partie (chimie ou BPH) sur des copies indépendantes.

L'épreuve écrite de français

Le format de l'épreuve et ses objectifs

Durée : 4 heures – Coefficient : 5

Cette épreuve propose deux sujets au choix :
– un **commentaire** littéraire guidé par des axes de lecture (20 points) ;
– une **contraction** de texte relevant de la littérature d'idées contemporaine (10 points), suivie d'un **essai** (10 points).

Que faire pour se préparer à l'épreuve ?

Être attentif et actif en cours

En étant actif/active en cours, lors des activités de lecture et d'écriture, vous développerez plus facilement les compétences évaluées à l'examen. Vous bénéficierez en effet des remarques et conseils de votre professeur en direct, ce qui permet de progresser rapidement.

Lire régulièrement

On n'exigera pas de vous d'être incollable sur chaque auteur important de l'histoire littéraire, mais de développer une sensibilité et un goût personnel par la fréquentation des textes. Demandez conseil à votre professeur, au documentaliste, à un bibliothécaire ou un libraire. Vous pouvez aussi découvrir des auteurs par extrait, dans votre manuel ou une anthologie : si un texte vous plaît, vous pourrez l'emprunter au CDI ou en médiathèque.

Réviser le programme de seconde

Ce que vous avez fait en seconde peut vous aider, à la fois pour le commentaire et pour l'essai : les connaissances acquises peuvent être mobilisées à votre profit le jour de l'examen.

Réviser les œuvres au programme de première

Elles pourront également servir d'exemples pour l'essai, particulièrement l'œuvre appartenant à la littérature d'idées, qui partagera certainement des thèmes avec le texte de la contraction et le sujet proposé.

Relire les copies corrigées par son professeur

Vous prendrez conscience de vos problèmes de méthode et des connaissances qu'il vous reste à consolider, mais aussi des erreurs d'orthographe récurrentes que vous pourriez éviter par une plus grande vigilance. Ce travail de relecture de vos copies est le meilleur moyen de progresser.

Ne pas perdre d'énergie inutilement

Il est inutile d'apprendre par cœur les dates de naissance et de mort des auteurs ou des résumés d'œuvres. Mieux vaut pratiquer régulièrement les exercices écrits proposés par votre professeur pour développer des compétences qui vous rendront plus efficace le jour de l'examen.

L'épreuve orale de français

Le format de l'épreuve et ses objectifs

Durée de la préparation : 30 minutes

Durée de l'explication : 10 minutes

Durée de la question de grammaire : 2 minutes

Durée de l'entretien : 8 minutes

Coefficient : 5

Cette épreuve se compose de deux parties :
– une explication linéaire portant sur un texte d'une vingtaine de lignes environ, que vous aurez étudié en classe (10 points, dont 2 points pour la lecture à voix haute) ;
– une question de grammaire, portant sur l'analyse syntaxique d'une courte phrase ou d'une partie de phrase (2 points) ;
– un entretien portant sur une œuvre étudiée pendant l'année, que vous aurez décidé de présenter à l'examinateur (8 points).

Être attentif et actif en cours

En étant actif/active en cours, lors des activités de lecture et d'oral, vous développerez plus facilement les compétences évaluées à l'examen. Vous bénéficierez en effet des remarques et conseils de votre professeur en direct, ce qui permet de progresser rapidement. Vous mémoriserez également plus aisément les connaissances qu'il faudra mobiliser le jour de l'examen.

Préparer sérieusement les oraux blancs

Les occasions de s'entraîner à l'oral sont rares : soyez volontaire lorsque ces entraînements sont proposés en classe et préparez avec soin l'oral blanc du baccalauréat. Si vous ne vous préoccupez de vos compétences orales qu'au mois de mai, il sera certainement trop tard pour espérer une excellente note.

Préparer sérieusement la lecture à voix haute

Lire à voix haute un texte ne s'improvise pas. Mais si vous travaillez régulièrement cet exercice, par exemple en vous enregistrant, vous gagnerez facilement les deux points accordés à la lecture de l'extrait analysé lors de l'épreuve.

Anticiper les questions de l'examinateur

Un bon moyen de préparer l'oral est d'imaginer toutes les questions que l'on pourrait vous poser, lors de l'entretien, sur l'œuvre que vous avez décidé de présenter. Évidemment, il faut également réfléchir aux réponses possibles. Vous pouvez pour cela préparer des fiches de révision.

Savoir 1

La santé individuelle, la santé collective

La santé peut être appréhendée au niveau de l'individu ou de la population. Les pouvoirs publics mettent en place des mesures de santé publique pour la protection de la santé de la population.

1 La santé individuelle

1.1. La notion de santé selon l'OMS

La définition la plus classique est celle qui figure dans la Constitution de l'Organisation mondiale de la santé de 1946 : « La santé est un état de complet bien-être physique, mental et social et ne consiste pas en une absence de maladie ou d'infirmité. »

1.2. Les caractéristiques de la santé

– La santé est une notion subjective : elle dépend de la personnalité de chaque individu (affectivité, expériences vécues, caractère...).
– La santé est une notion variable : elle est influencée par différents facteurs (pays, époque, caractéristiques de la personne telles que l'âge, le sexe, la catégorie socio-professionnelle...).
– La santé est un état dynamique : la santé est un état instable, temporaire ; elle varie selon les périodes de la vie et l'environnement (froid, virus...). Pour maintenir cet équilibre, l'individu s'adaptera sans cesse aux changements tout au long sa vie.

2 La santé collective

La santé, selon l'OMS, renvoie à la personne, à son bien-être. La santé individuelle devient collective dès que l'individu intègre l'espace collectif : classe, lycée, ville, pays, monde...
La santé collective est liée à la santé individuelle. Assurer la santé de tous les citoyens est indispensable pour qu'une société progresse. Or améliorer la santé de chaque personne, c'est se préoccuper de la santé collective.

EXEMPLE
Lorsqu'un individu se fait vacciner par son médecin traitant, c'est un acte en lien avec sa santé individuelle et avec la santé collective.

3 La santé globale

Le concept de santé ne peut pas prendre uniquement en considération la personne. L'environnement dans lequel vit ce dernier doit être pris en compte. On parle de santé globale lorsque :
– la dimension environnementale telle que les lieux de travail, de résidence, le climat, la qualité de l'air, de l'eau, s'ajoute aux trois dimensions du concept de santé selon l'OMS (physique, mentale et sociale) ;

– les disciplines mobilisées pour apporter une réponse concernent des domaines variés tels que l'écologie, l'ergonomie, la toxicologie, la sociologie... ;
– le niveau géographique des problèmes de santé et des réponses apportées ne s'arrête pas aux frontières d'un pays mais devient international.

EXEMPLE
La santé au travail relève du ministère chargé du travail et de celui chargé de la santé pour garantir un lieu de travail favorable à la santé : réduction des nuisances (bruit, pollution...), lutte contre le harcèlement, respect de l'ergonomie...

4 La santé publique

4.1. La définition de la santé publique

La santé publique est la discipline qui a pour but de préserver et d'améliorer la santé de la population par des actions collectives dans les domaines de la prévention des maladies, de l'hygiène du milieu de vie, de l'organisation du système de soins et des conditions de vie.

4.2. Les objectifs de la santé publique[1]

– Assainir le milieu
– Lutter contre les maladies
– Enseigner les règles d'hygiène personnelle
– Organiser de services médicaux et paramédicaux en vue d'un diagnostic précoce et du traitement des maladies
– Mettre en œuvre des mesures sociales propres à assurer à chaque membre de la collectivité un niveau de vie compatible avec le maintien de la santé

4.3. Les mesures de santé publique

LES DOMAINES DE LA SANTÉ PUBLIQUE	EXEMPLES DE MESURES DE SANTÉ PUBLIQUE
ASSAINIR LE MILIEU	Surveillance des eaux de baignade Interdiction de l'utilisation de certains pesticides dangereux
LUTTER CONTRE LES MALADIES	Campagne de vaccination contre la rougeole Dépistage organisé du cancer du sein
ENSEIGNER LES RÈGLES D'HYGIÈNE PERSONNELLE	Organisation du mois sans tabac Diffusion de spots télévisés pour faire adopter les bons gestes lors de l'épidémie de grippe
ORGANISER LES SERVICES MÉDICAUX ET PARAMÉDICAUX	Organisation des services d'aide médicale urgente (SAMU) Autorisation d'ouverture d'une nouvelle pharmacie
METTRE EN ŒUVRE DES MESURES SOCIALES	Prise en charge à 100 % des frais d'accouchement Mise en place de permanences d'accès aux soins de santé pour les personnes en situation d'exclusion sociale

1 Définition de la santé publique selon l'OMS de 1952 :
http://www.remede.org/librairie-medicale/pdf/e9782729865146.pdf

Mes notes pour réviser

MOTS CLÉS

Santé collective • Santé globale • Santé individuelle • Santé publique

S'ENTRAÎNER AU BAC

Exercice 1 : p. 81

Savoir 2 — Du bien-être à la cohésion sociale

Le bien vivre ensemble d'une société est dépendant du bien-être de chacun. De nombreux mécanismes permettent de passer du bien-être à la cohésion sociale.

1 Le bien-être

Le bien-être est l'état de satisfaction globale de l'individu par rapport à sa vie : l'individu est en harmonie avec lui et avec les autres. Pour cela, il doit satisfaire de nombreux besoins concernant à la fois sa santé physique, psychologique et sociale, sa situation matérielle et économique. La pyramide de Maslow présente la hiérarchie des besoins fondamentaux. D'après Maslow, le sentiment de bien-être est atteint lorsque tous les besoins fondamentaux sont satisfaits. Un besoin de niveau supérieur ne peut être satisfait que lorsque les besoins de niveaux inférieurs l'ont été.

La pyramide des besoins de Maslow

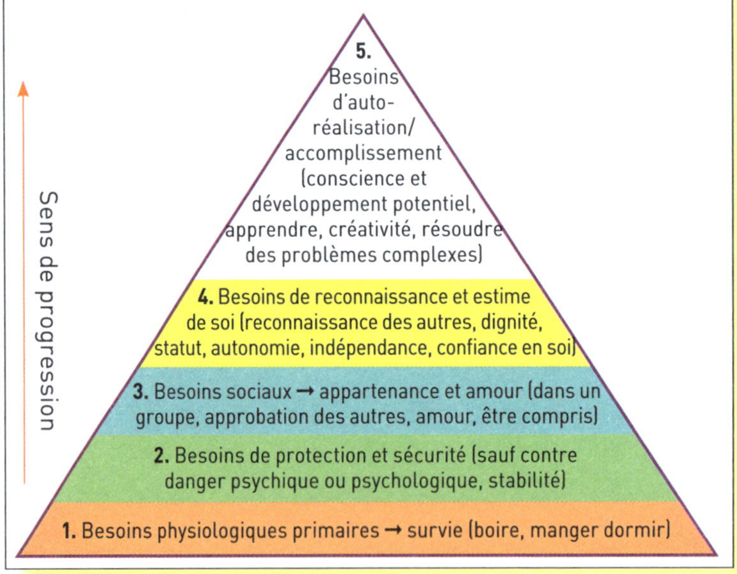

2 Les groupes sociaux

Le besoin d'appartenance à un groupe social est une dimension importante du bien-être de chaque individu. Un groupe social est un ensemble d'individus qui possèdent des caractéristiques communes, qui partagent des intérêts communs et un sentiment d'appartenance.

EXEMPLES La famille, le groupe de pairs, les membres d'une entreprise.

Chaque individu fait partie de différents groupes sociaux dans lesquels il est amené à jouer un rôle précis qui dépend de la place qu'il occupe dans ce groupe. L'ensemble de ces rôles constitue l'identité sociale. Elle complète l'identité personnelle,

l'ensemble des caractéristiques qui rend l'individu différent des autres (sa personnalité, ses représentations...).
La société est composée par les différents groupes sociaux qui sont hiérarchisés en fonction des revenus, du statut professionnel... Cette classification s'appelle la stratification sociale.

3 Les valeurs et les normes

Appartenir à un groupe social ou à la société, c'est partager les mêmes valeurs et les mêmes normes que les autres membres du groupe. Une valeur est un idéal qui oriente les actions et les comportements. Une norme prend appui sur une valeur, c'est une règle de conduite à respecter lorsque l'on fait partie d'un groupe social.

EXEMPLES Les règles de politesse sont des normes qui reposent sur la valeur du respect d'autrui ; le paiement des impôts est une norme qui repose sur la valeur de la solidarité.

Un fait social est une manière de faire qui a une certaine régularité et qui s'impose à l'individu. Le fait social peut devenir une norme.

EXEMPLE L'influence de pairs pour l'initiation au tabagisme, l'adhésion à un réseau social.

4 La socialisation

La socialisation est le processus par lequel un individu apprend et intériorise les normes sociales, c'est-à-dire la façon d'agir, de penser du groupe social dont il fait ou veut faire partie. Il existe deux types de socialisation :
– la socialisation primaire qui se déroule durant l'enfance grâce à la famille, les groupes des pairs, l'école et les médias ;
– la socialisation secondaire qui se déroule durant l'âge adulte au sein de l'entreprise, des associations, des clubs sportifs.

5 L'intégration sociale

L'intégration sociale est le processus qui permet à une personne de devenir membre d'un groupe social ou de la société. L'intégration nécessite :
– une volonté et une démarche individuelles pour trouver sa place dans le groupe en adoptant les valeurs et les normes en vigueur dans le groupe ou dans la société. La socialisation y participe en grande partie ;
– la capacité du groupe ou de la société à accepter la personne en respectant les différences et les particularités de chacune.

EXEMPLE La signature du contrat d'accueil et d'intégration signé par l'État et une personne immigrée engage cette dernière à suivre une formation pour apprendre la langue française, les valeurs de la société française. Quant à L'État, il garantit l'égalité des individus quelle que soit leur origine depuis la Déclaration des droits de l'Homme et du Citoyen du 26 août 1789.

6 La cohésion sociale

La cohésion sociale est l'état d'une société dans lequel les liens sociaux entre les individus sont forts. Les liens sociaux sont des relations qui unissent les individus d'un même groupe social ou de la société.

EXEMPLE Liens entre les membres d'une famille, entre amis, mais aussi entre les membres de la société par les impôts versés à l'État, par le vote, par la protection sociale.

Pour qu'il y ait cohésion sociale, plusieurs conditions sont nécessaires : le partage des mêmes valeurs et normes sociales entre les membres, l'intégration de tous les membres, la réduction des inégalités entre les individus.

MES NOTES POUR RÉVISER

MOTS CLÉS

Bien-être • Cohésion sociale • Fait social • Groupe social • Identité sociale • Intégration sociale • Liens sociaux • Normes • Socialisation • Société • Stratification sociale • Valeurs

....

....

....

....

....

....

....

....

....

....

....

....

....

....

S'ENTRAÎNER AU BAC
Exercice 2 : p. 81

Savoir 3

La mesure de la santé, du bien-être et de la cohésion sociale

Mesurer la santé, le bien-être et la cohésion sociale est nécessaire pour déterminer les politiques sanitaires et sociales et pour vérifier leur efficacité.

1 La mesure de l'état de santé de la population

1.1. L'épidémiologie

L'épidémiologie est l'étude de l'état de santé de la population. On distingue :
– l'épidémiologie descriptive qui étudie la fréquence et la répartition dans le temps et dans l'espace de l'état de santé ainsi que le rôle des déterminants de la santé (facteurs influençant l'état de santé) ;
– l'épidémiologie analytique qui recherche les facteurs de risque d'une pathologie ;
– l'épidémiologie évaluative ou d'intervention qui évalue le résultat des actions de santé publique.

EXEMPLE
Mettre en évidence le nombre de personnes obèses en 2020 relève de l'épidémiologie descriptive ; le lien entre la sédentarité et l'obésité relève de l'épidémiologie analytique ; la diminution du nombre d'obèses après la suppression des distributeurs de produits sucrés dans les lycées relève de l'épidémiologie évaluative.

1.2. Les indicateurs de santé

Un indicateur est un outil qui permet de mesurer une situation. Il peut être exprimé en valeur absolue (nombre), en valeur relative (taux ou un ratio).

EXEMPLE
En France, en 2019, il y a eu 612 000 décès (valeur absolue) soit 9,1 ‰ (taux) ; le taux de mortalité des hommes de moins de 65 ans est 1,9 fois plus important que celui des femmes du même âge (ratio).

Les principaux indicateurs de santé

TYPES	EXEMPLES D'INDICATEURS
LA MORTALITÉ	– Mortalité générale ou brute : nombre de décès – Mortalité infantile : nombre de décès d'enfants de moins de 1 an – Mortalité prématurée : nombre de décès de personnes âgées de moins de 65 ans – Mortalité spécifique selon le sexe, les régions, les catégories socio-professionnelles
L'ESPÉRANCE DE VIE	– Espérance de vie à la naissance = durée moyenne de vie – Espérance de vie sans incapacité = espérance de vie en bonne santé
LA MORBIDITÉ	– Incidence : nombre de nouveaux cas – Prévalence : nombre total de cas d'une maladie
LA PERCEPTION DE LA SANTÉ	– État de santé perçue (notion subjective)

2 La mesure du bien-être

Le bien-être est une notion complexe ; il ne peut pas être mesuré à l'aide d'un seul indicateur. À chacune de ses composantes correspond des indicateurs spécifiques ; ce sont des indicateurs sociaux.

Quelques indicateurs sociaux

QUELQUES DIMENSIONS	EXEMPLES D'INDICATEURS
TRAVAIL	– Taux de chômage – Taux de travailleurs pauvres
CONDITIONS MATÉRIELLES	– Produit intérieur brut par habitant – Taux de pauvreté – Nombre de personnes mal-logées – Nombre de bénéficiaires du RSA (revenu de solidarité active)
LES RELATIONS SOCIALES	– Nombre de personnes isolées – Nombre de familles monoparentales
BIEN-ÊTRE SUBJECTIF	– Taux de satisfaction de sa situation

3 La mesure de la cohésion sociale

La cohésion sociale est aussi une notion pluridimensionnelle comme le bien-être. Elle peut être mesurée par des indicateurs composites. Un indicateur composite est un indicateur synthétique formé par un ensemble d'indicateurs.

EXEMPLE
L'IDH (indicateur de développement humain) est formé par les indicateurs suivants : l'espérance de vie à la naissance, le taux d'alphabétisation et le taux de scolarisation, le PIB.

Des indicateurs pour mesurer les composantes de la cohésion sociale

COMPOSANTES DE LA COHÉSION SOCIALE	EXEMPLES D'INDICATEURS
VALEURS ET NORMES PARTAGÉES	– Taux de délinquance – Nombre d'adhérents à des associations
INTÉGRATION DES MEMBRES DU GROUPE	– Nombre de jeunes quittant l'école sans diplôme – Taux de participation aux élections
RÉDUCTION DES INÉGALITÉS SOCIALES	– Taux d'activité des femmes – Taux de renoncement aux soins

STSS

MES NOTES POUR RÉVISER

MOTS CLÉS

Épidémiologie • Espérance de vie • Incidence • Indicateur • Indicateur composite • Mortalité infantile • Mortalité prématurée • Prévalence • IDH

S'ENTRAÎNER AU BAC

Exercice 3 : p. 81

Les niveaux de santé, de bien-être et de cohésion sociale

Globalement, l'état de santé de la population française est bon par rapport à la population mondiale, mais des problèmes de santé persistent.

1 La situation sanitaire de la France

Des progrès ont été accomplis du fait des avancées médicales, de l'amélioration des soins de santé, des meilleures conditions de vie et de travail, des changements des comportements individuels, de la hausse du niveau d'éducation et du développement de la protection sociale.

1.1. L'espérance de vie

L'espérance de vie est en augmentation depuis plusieurs années ; les années gagnées sont plus nombreuses pour les hommes que pour les femmes.
En 2019, l'espérance de vie à la naissance est de 85,6 ans pour les femmes et de 79,7 ans pour les hommes.
En 2018, l'espérance de vie sans incapacité est de 63,4 ans pour les hommes et de 64,5 ans pour les femmes.

1.2. La mortalité

a) Une diminution de la mortalité générale et de la mortalité infantile
En mars 2020, le taux de mortalité est de 10,8‰. Depuis une dizaine d'années, il augmente du fait de l'arrivée des générations du baby-boom aux âges de forte mortalité, des épisodes de canicule, de grippe et de la pandémie de la Covid 19.
La mortalité infantile a fortement baissé au cours du XXIe siècle pour atteindre un taux faible : il est de 3,8 ‰.

b) Une mortalité prématurée élevée
Le taux de mortalité prématurée a diminué depuis les trente dernières années, mais reste cependant préoccupant pour les hommes. En 2019, il y a eu 237 décès prématurés pour 100 000 individus pour les hommes, et 124 pour 100 000 individus pour les femmes. Le cancer est la première cause de décès prématurés avant 65 ans, aussi bien chez l'homme que chez la femme.
Un tiers des décès prématurés est associé à des causes dites « évitables » par la réduction des comportements à risque (tabagisme, alcoolisme, conduites dangereuses et suicides).

c) Les maladies cardiovasculaires et les cancers, principales causes de décès
Les trois principales causes de mortalité de la population française sont :
– les cancers, soit 1 décès sur 3 (le cancer du poumon est le cancer le plus mortel chez l'homme et celui du sein chez la femme) ;
– les maladies cardiovasculaires, soit 1 décès sur 4 ;
– les morts violentes (principalement les accidents et les suicides).

1.3. La morbidité

La prévalence (nombre de personnes malades) augmente avec l'âge. À chaque période correspondent des pathologies spécifiques : les maladies infectieuses et les allergies pour les jeunes enfants ; les morts violentes pour les jeunes adultes ; les maladies cardiovasculaires, les cancers et les maladies dégénératives du système nerveux pour les personnes âgées.

Les taux de prévalence de l'obésité et du diabète connaissent une augmentation importante. En 2015, 5,4 % des Français sont traités pour un diabète. En 2017, 15,3 % des adultes sont obèses.[1]

2 Le bien-être des Français

La population déplore la faiblesse de la cohésion sociale particulièrement du fait de la présence d'injustices et d'un niveau de protection sociale insuffisant.[2]

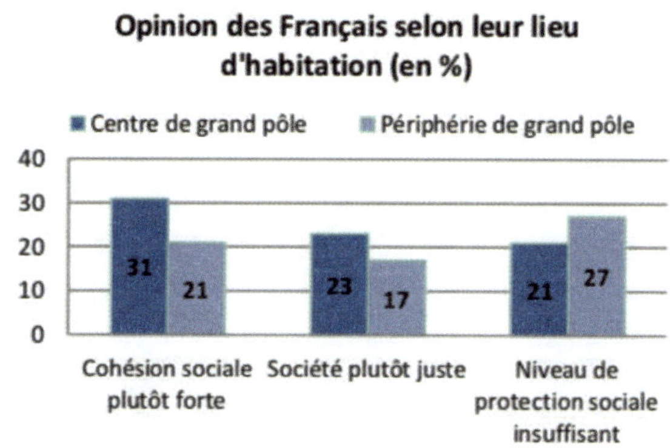

Source : Baromètre d'opinion de la DREES

3 La cohésion sociale en France

Les Français semblent assez satisfaits de la vie qu'ils mènent. La chute du sentiment de bien-être de décembre 2018 est à mettre en lien avec le mouvement des « gilets jaunes ».[3]

Source : Plateforme « Bien-être » de l'enquête conjoncture auprès des ménages, INSEE/CEPREMAP

Source des chiffres :
1 https://www.frm.org/recherches-autres-maladies/obesite/l-obesite-en-chiffres
2 https://onpes.gouv.fr/IMG/pdf/massp-dgcs_barometre_2016_cohesion_sociale.pdf
3 https://www.cepremap.fr/2020/04/note-de-lobservatoire-du-bien-etre-n2020-05-le-bien-etre-des-francais-mars-2020/#Des_inquietudes_anterieures_a_la_pandemie

Mes notes pour réviser

MOTS CLÉS

Bien-être • Cohésion sociale • Espérance de vie • État de santé • Morbidité • Mortalité • Protection sociale • Situation sanitaire

S'ENTRAÎNER AU BAC
Exercice 3 : p. 81

Savoir 5

Les contrastes et les inégalités de santé et de bien-être

Les niveaux de santé et de bien-être sont variables dans le monde et même au sein des populations d'un pays. C'est le rôle de l'Organisation mondiale de la santé (OMS) d'amener tous les peuples du monde au niveau de santé le plus élevé possible.

1 Les notions d'inégalité et de disparité

Pour qu'une différence entre des individus ou des groupes sociaux soit reconnue comme une inégalité, il faut que cette différence porte sur une ressource socialement valorisée (éducation, revenus, capital social, santé, logement, situation d'emploi...).

EXEMPLE La santé est indispensable pour que l'individu puisse travailler et ainsi avoir un revenu pour mener une vie décente. Mais certaines personne ou groupes sociaux ont un meilleur état de santé que d'autres. On peut ainsi parler d'inégalité de santé.

Lorsqu'une inégalité est ressentie comme injuste, elle prend le nom de disparité.

EXEMPLE L'offre hospitalière est inégalement répandue sur le territoire national. Cette inégalité d'accès aux soins ne peut pas se justifier ; c'est une disparité géographique ou territoriale de santé.

2 Les disparités territoriales ou géographiques

Les disparités territoriales sont liées au lieu de résidence de l'individu. Elles peuvent se mesurer à différents niveaux : celui d'une région, d'un pays et du monde.

EXEMPLE Le taux de chômage varie en fonction des régions

Taux de chômage au 1er trimestre 2019 par région métropolitaine (en %)

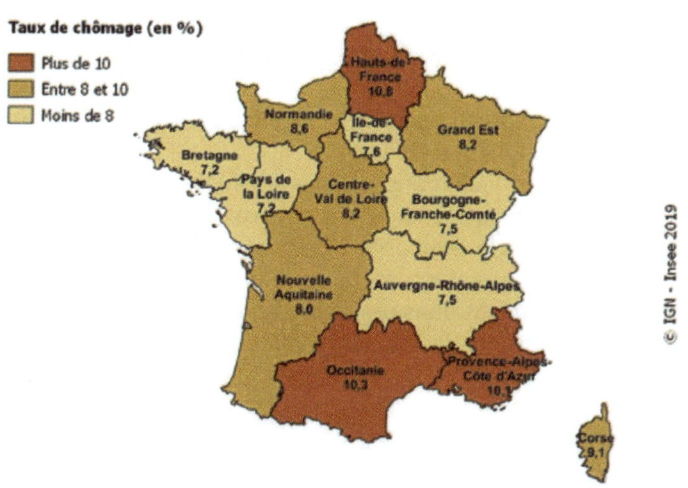

STSS

3 Les inégalités sociales

L'état de santé et le bien-être d'un individu sont meilleurs lorsque celui-ci se trouve dans une catégorie socio-professionnelles (CSP) favorisée.

EXEMPLE
Plus une personne est aisée, plus son espérance de vie est élevée et particulièrement chez les hommes : les hommes les plus aisés vivent en moyenne 13 ans de plus que les plus modestes. C'est une inégalité sociale liée à la santé.

Espérance de vie à la naissance par sexe et par niveau de vie mensuel

Figure 1 – Espérance de vie à la naissance par sexe et niveau de vie mensuel

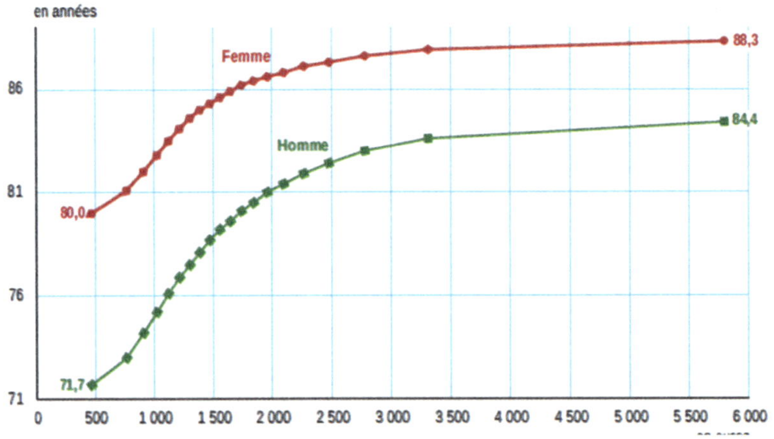

Champ : France hors Mayotte. Source : Insee-DGFIP-Cnaf-Cnav-CCMSA.

EXEMPLE
40 % des personnes aux revenus inférieurs à 1 200 euros mensuels ont quitté leur domicile pour des congés en 2014, contre 86 % de celles qui disposent de plus de 3 000 euros, en 2014 selon le CREDOC. C'est une inégalité sociale relative au bien-être.

4 Les contrastes au niveau international

Ils existent des contrastes importants entre les pays du monde quant il s'agit des causes de mortalité. En 2016 :
– Plus de la moitié des décès dans les pays à faible revenu étaient dus aux maladies transmissibles (infections des voies respiratoires, diarrhées, VIH/sida, tuberculose), aux causes maternelles (prématurité et traumatisme à la naissance) et aux carences nutritionnelles. Alors que l'ensemble de ces affections étaient responsables uniquement de 7 % des décès dans les pays à revenu élevé.
– Les maladies non transmissibles (maladies cardiovasculaires, cancer) étaient à l'origine de 37 % des décès dans les pays à faible revenu et de 88 % dans ceux à revenu élevé.

Mes notes pour réviser

MOTS CLÉS

Contraste • Disparité • Disparité territoriale ou géographique • Inégalité • Inégalité sociale

S'ENTRAÎNER AU BAC

Exercice 2 : p. 81

Savoir
6 Les déterminants de santé

Connaître les facteurs à l'origine des inégalités sociales et territoriales est nécessaire pour orienter les politiques de santé publique et les rendre efficaces.

1 Les facteurs de risque et les facteurs protecteurs

Un déterminant de santé est un facteur qui influence la santé. Lorsqu'il l'influence positivement, c'est un facteur protecteur. Lorsqu'il l'influence négativement, c'est un facteur de risque.

EXEMPLE
La consommation excessive de graisse est un facteur de risque de l'obésité alors que l'exercice physique est un facteur protecteur.

2 La classification des déterminants de santé

CLASSIFICATION	EXEMPLES DE DÉTERMINANTS
LES DÉTERMINANTS BIOLOGIQUES	L'âge, le sexe, les facteurs génétiques, les prédispositions, les maladies.
LES DÉTERMINANTS COMPORTEMENTAUX	Les attitudes adoptées telles que la pratique de sport, les habitudes alimentaires, le mode de consommation d'alcool, de tabac ou de drogues.
LES DÉTERMINANTS ENVIRONNEMENTAUX	Les éléments physiques, chimiques et microbiologiques du cadre de vie tels que le climat, la qualité de l'air, de l'eau, du sol et les micro-organismes.
LES DÉTERMINANTS LIÉS AU SYSTÈME DE SANTÉ ET AUX SERVICES SOCIAUX	La proximité et la performance de structures sanitaires, sociales et médico-sociales (établissements de santé, services sociaux...), la densité de professionnels de santé, l'accès facilité par la protection sociale.
LES DÉTERMINANTS SOCIAUX	Les conditions sociales, économiques et culturelles dans lesquelles les populations vivent et travaillent telles que les conditions de vie (type de quartier d'habitation, revenus, éducation...) et de travail (type d'emploi, ambiance de travail...), les liens sociaux (type de famille, groupes sociaux d'appartenance...).

La santé d'un individu est également influencée par le pays dans lequel il vit, c'est-à-dire par :
– le contexte socio-économique (richesse du pays climat social...) ;
– le contexte culturel (traditions, normes...) ;
– le contexte politique (organisation du système de santé, de la protection sociale).

EXEMPLE
La tuberculose est influencée en Afrique par : l'absence de politique vaccinale, le manque d'accès aux traitements pour toute la population, le taux de pauvreté élevé du pays.

3 L'état de santé est multifactoriel

L'état de santé est influencé par plusieurs déterminants. De plus, les déterminants se cumulent et interagissent entre eux.

Carte de la santé et de ses déterminants

Le modèle de Dahlgren et Whitehead [1991] représente les différents niveaux d'influence de nombreux facteurs ayant des effets sur la santé et sur lesquels il est possible d'agir [...].

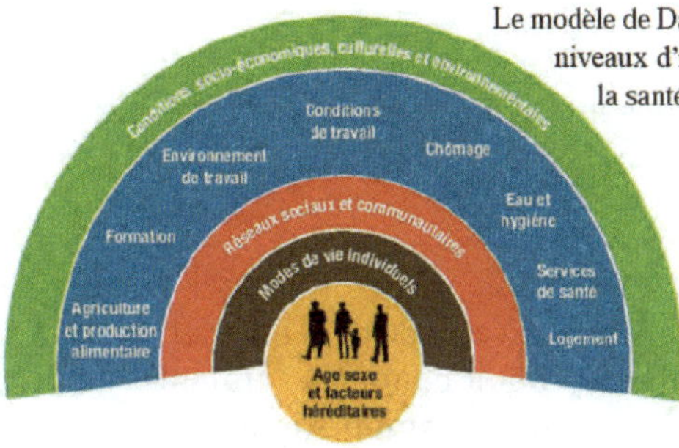

- Sphère individuelle
- Sphère des relations sociales et locales
- Sphère des facteurs matériels et structurels locaux (qualité du logement, emploi...)
- Sphère des conditions générales socio-économiques, culturelles et environnementales nationales voire internationales, sur lesquelles l'individu n'a que très peu d'influence

Pour améliorer la santé de la population, agir directement sur les comportements n'est pas la seule option pour les collectivités. En effet, les comportements sont [...] influencés par d'autres facteurs plus globaux (comme un réseau d'amis qui fument, l'accès à des équipements sportifs...).

Réseau français des Villes-Santé de l'OMS, *Agir sur les déterminants de la santé*, Presses de l'EHESP, 2015, p. 12

Les inégalités de santé trouvent leur explication dans les déterminants de santé.

EXEMPLE

Les inégalités de santé entre les ouvriers et les catégories plus favorisées trouvent leur origine dans les conditions de travail plus difficiles, l'adoption de modes de vie moins favorables à la santé suite à un niveau d'instruction moins élevé, des ressources financières moins importantes pour les ouvriers que pour les autres catégories.

Mes notes pour réviser

MOTS CLÉS

Contexte • Déterminant de santé • Facteur de risque • Facteur protecteur

....

....

....

....

....

S'ENTRAÎNER AU BAC
Exercice 3 : p. 81

Savoir 7

La reconnaissance des problèmes de santé

Il appartient aux pouvoirs publics de déceler, d'évaluer les risques sanitaires, et d'engager les actions destinées à protéger la santé des populations.

1 Les problèmes de santé

Un problème de santé est un état de santé qui présente au moins une altération.

1.1. Les risques sanitaires

Un risque est un dommage possible parce qu'il existe un danger susceptible de se réaliser. On parle de risque sanitaire lorsque le risque peut affecter la santé. Le danger peut être un micro-organisme, un produit chimique (amiante, pollution), un produit utilisé dans le système de soins (médicaments, sang, organes), un acte thérapeutique (rayons X). Un risque sanitaire est un risque avéré lorsque le lien entre le danger et le risque a été prouvé scientifiquement, alors que pour un risque potentiel, le lien entre le danger et le risque n'a pas pu être vérifié.

EXEMPLE Le risque de cancer pulmonaire pour les personnes exposées à l'amiante est un risque avéré parce que l'INSERM a réaffirmé en 2016 que l'amiante est cancérigène. L'usage répété des téléphones mobiles est un risque potentiel parce que les scientifiques qui étudient le lien avec le cancer du cerveau n'ont pas trouvé des preuves suffisantes.

1.2. Un problème de santé publique

Un problème de santé publique a pour caractéristiques :
- une situation épidémiologique inquiétante : mortalité et morbidité importantes ;
- des conséquences importantes pour la société, d'une part un coût économique (frais pour rembourser les soins, les arrêts maladie, pour faire de la prévention...), et d'autre part, un coût humain parce qu'il y a une perte de vie humaine ;
- la mise en place de mesures collectives par les pouvoirs publics.

EXEMPLE L'alcoolisme chronique est un problème de santé publique : il est à l'origine de 41 000 décès par an selon le BEH de février 2019. Il est l'un des principaux facteurs d'accident (18 % des conducteurs impliqués dans un accident mortels ont un taux d'alcoolémie supérieur à 0,5 g/l selon l'association Prévention routière). Il représente un « coût social » annuel de 120 milliards d'euros dont 8,5 milliards pour les soins d'après l'OFDT. Les pouvoirs publics ont élaboré un plan national de mobilisation contre les addictions 2018-2022 qui prévoit des mesures de prévention de l'alcoolisme.

1.3. Une crise sanitaire

Une crise sanitaire est une menace soudaine et imprévisible pour la santé de la population. Les caractéristiques d'une crise sanitaire sont :
- l'existence de victimes (comptabilisés ou potentielles) ;
- l'inquiétude de la population amplifiée très souvent par les médias ;
- la mise en évidence d'un dysfonctionnement du système de santé ;
- la nécessité d'une réponse rapide par les pouvoirs publics.

EXEMPLES La canicule de 2003, la crise du Médiator de 2010, la COVID 19 de 2020.

2 Les différentes étapes de la reconnaissance des problèmes sanitaires

2.1. Le recueil de signaux d'évènements sanitaires anormaux et des préoccupations de santé

Les préoccupations sont des inquiétudes qui occupent l'esprit des individus que les pouvoirs publics vont devoir prendre en compte. Différents signaux permettent de lancer une alerte sanitaire ; ils sont d'origines diverses :
- La veille sanitaire qui collecte les données relatives à la santé émanant d'organismes publics ou privés afin de surveiller l'état de santé de la population.

EXEMPLES Le système de déclaration obligatoire des maladies ; le réseau Sentinelles des médecins généralistes qui collectent les cas de grippe, d'oreillons, de gastro-entérite... ; les caisses de Sécurité sociale ; les services hospitaliers ; les observatoires régionaux de santé.

- L'observation scientifique exercée par des experts est une aide à la décision des pouvoirs publics.

EXEMPLE L'Institut national de la santé et de la recherche médicale (INSERM) a pour mission d'améliorer la santé par le progrès des connaissances sur les maladies. Le Haut conseil de la santé publique (HCSP) réalise des rapports sur la santé régulièrement.

- Les lanceurs d'alerte, des scientifiques ou de simples citoyens qui attirent l'attention sur des risques sanitaires et environnementaux.

EXEMPLE En septembre 2018, la dangerosité de certaines prothèses mammaires a été dénoncé par un médecin généraliste dans la presse.

- Les médias permettent la diffusion des signaux à grande échelle.

2.2. L'alerte sanitaire

Ces signaux vont être vérifiés, les risques pour la santé vont être évalués (analyse de données épidémiologiques) afin de décider de la mise en place de mesures de protection de la santé des populations.

2.3. Les mesures de protection de la santé

Elles sont de deux types :
- des mesures de précaution lorsque le risque est potentiel ;

EXEMPLE Le bisphénol A est suspecté de provoquer des troubles de la reproduction et des effets cancérogènes. Afin de protéger la population, la fabrication et la commercialisation de biberons contenant du BPA sont interdites en France depuis le 1er janvier 2011.

- des mesures de prévention lorsque le risque est avéré. La connaissance des facteurs de risque est nécessaire pour orienter les mesures.

Mes notes pour réviser

MOTS CLÉS

Alerte sanitaire • Crise sanitaire • Lanceurs d'alerte • Mesures de précaution • Mesures de prévention • Préoccupations • Problème de santé • Problème de santé publique • Risque • Risque avéré • Risque potentiel • Risque sanitaire • Veille sanitaire

S'ENTRAÎNER AU BAC
Exercice 3 : p. 81

Savoir

8 La reconnaissance des problèmes sociaux

Les problèmes sociaux menacent la cohésion sociale soit parce que beaucoup d'individus ne peuvent plus satisfaire leurs besoins fondamentaux, soit parce qu'il y a rupture de liens sociaux ou du fait de la présence d'inégalités entre les individus.

1 Les problèmes sociaux

Un problème social est une situation jugée intolérable qui éloigne un grand nombre de personnes des normes en vigueur dans la société.

1.1. La précarité

La précarité est l'absence d'une ou plusieurs sécurités (emploi, famille, amis, logement...) qui permettent aux personnes d'assurer leurs obligations professionnelles, familiales et sociales et d'exercer leurs droits fondamentaux.
Si la situation perdure et si elle concerne plusieurs domaines, elle peut conduire à la pauvreté.

EXEMPLES La mal-logement, le chômage, la monoparentalité sont des situations précaires.

1.2. La pauvreté

La pauvreté est la situation d'un individu dont le revenu et les ressources (matérielles, culturelles et sociales) sont insuffisants pour qu'il puisse mener une vie considérée comme acceptable dans le pays où il vit. Le plus souvent, la pauvreté se réduit à la pauvreté monétaire : est pauvre toute personne dont le revenu mensuel est inférieur au seuil de pauvreté. En France, le seuil de pauvreté correspond à 60 % du niveau de vie médian (le salaire médian sépare la population en deux : autant gagne moins, autant gagne plus).

En 2018, pour une personne seule, le seuil de pauvreté était de 1 026 €.

1.3. L'exclusion sociale

L'exclusion sociale est la mise à l'écart de la société de certaines personnes qui étaient auparavant intégrées ; il y a rupture des liens sociaux. Elle est le résultat d'un processus durant lequel des facteurs d'exclusion s'enchaînent et se renforcent mutuellement :
– les facteurs socio-économiques : problèmes d'emploi, de logement et de surendettement ;
– les facteurs culturels : affaiblissement de l'influence des institutions (école, église, syndicat, associations...), le bouleversement des valeurs, les transformations de la famille (augmentation du divorce, monoparentalité...) ;
– les facteurs individuels : la maladie, le handicap, la vieillesse, l'immigration, l'illettrisme, l'échec scolaire.

EXEMPLE De nombreux sans domicile fixe ont connu un scénario similaire : la perte de l'emploi, les impayés de loyer, l'expulsion du logement, la séparation du couple.

1.4. Les inégalités sociales et territoriales

Les inégalités sociales sont des différences de traitement entre les personnes en raison des ressources qu'elles détiennent (éducation, revenus, santé…) qui sont produites par la société et qui sont à l'origine d'une injustice.

EXEMPLE En 2019, à équivalent temps plein, les hommes touchent 22,8 % de plus que les femmes selon l'Observatoire des inégalités.

Les inégalités territoriales sont des différences de conditions de vie entre les personnes en fonction de leur lieu de résidence.

EXEMPLE Le chômage ne frappe pas toutes les régions avec la même ampleur : le taux de chômage des Pays de la Loire est de 7,8 %, celui des Hauts-de-France de 11,6 %, et celui de la Réunion de 22,8 % en 2017.

2 Le processus de reconnaissance des problèmes sociaux

2.1. L'émergence du problème social

Un lanceur d'alerte met en lumière des dommages, des victimes, des coupables ou des responsables et en informe l'opinion ou les pouvoirs publics concernés : associations, syndicats, partis politiques, personnalités… Les médias vont relayer l'information au grand public, voire l'amplifier.

EXEMPLE En 2019, les Gilets jaunes ont été des lanceurs d'alerte de notre dépendance au pétrole.

2.2. Le débat public

Son objectif est de vérifier le bien-fondé des accusations, des revendications grâce à l'appui de personnes légitimes, d'élus politiques, de manifestations, de débats publics et des médias.

EXEMPLE Une consultation citoyenne « Comment mieux prendre soin de nos aînés » s'est déroulée du 1er octobre au 5 décembre 2018.

Les données chiffrées des observatoires nationaux vont permettre d'alimenter le débat. Ce sont des outils pour les pouvoirs publics qui surveillent la situation sociale de la population : observatoire national de la pauvreté et de l'exclusion sociale, de la délinquance, de l'enfance en danger…

2.3. L'élaboration de pistes de solution

Les pouvoirs publics vont décider des interventions à mettre en œuvre, des moyens à mobiliser. Mais un problème social, même pris en charge par les autorités publiques, peut continuer à susciter débats et oppositions.

EXEMPLE Les polémiques qui continuent d'exister à propos du mariage pour tous alors que la loi a été votée le 17 mai 2013.

Mes notes pour réviser

MOTS CLÉS

Exclusion sociale • Facteurs d'exclusion • Inégalités sociales • Inégalités territoriales • Problème social • Précarité • Pauvreté • Pauvreté monétaire • Processus d'exclusion • Seuil de pauvreté

S'ENTRAÎNER AU BAC
Exercice 2 : p. 81

Savoir 9

Du risque social à la protection sociale

Les risques de l'existence, également appelés risques sociaux, sont pris en compte par les États et les époques de manière très variable.

1 Les droits sociaux

Les droits sociaux sont des droits collectifs qui nécessitent l'intervention de l'État. Ces droits visent à assurer la santé et le bien-être des membres de la société. Ils permettent la satisfaction des besoins des individus afin qu'ils puissent mener une vie décente (alimentation, logement, soins médicaux, éducation...).
Ces droits ont été reconnus par des textes législatifs : le préambule de la Constitution de 1946 et la Déclaration universelle des droits de l'homme de 1948.

EXEMPLES
Le droit à la sécurité économique, le droit au travail, le droit à la protection de la santé, le droit au logement.

L'accès aux droits sociaux est la possibilité pour les individus de bénéficier des prestations et des services publics auxquels ils ont droit en tant que citoyen, c'est-à-dire d'être informé de son existence, que l'accès soit organisé, qu'un accompagnement soit prévu pour les plus fragiles.

EXEMPLE
Les maisons départementales de l'autonomie sont des lieux uniques où les personnes âgées peuvent accéder à l'information sur les dispositifs les concernant.

2 Les risques sociaux

Les risques sociaux sont des situations susceptibles de compromettre la sécurité économique de l'individu ou de sa famille, en provoquant une augmentation des dépenses et une diminution des ressources. Les risques sociaux traditionnels sont : la maladie, la maternité, le chômage, la vieillesse, les charges familiales, l'accident du travail et la maladie professionnelle.

EXEMPLE
Le risque maladie est une risque social : le salarié n'est plus rémunéré par son employeur et il a des dépenses en lien avec la maladie (consultation médicale, médicaments, examens radiologiques,...).

Mais de nombreux risques sociaux émergent en fonction des contextes social, économique et démographique : la dépendance suite au vieillissement de la population, la monoparentalité suite à l'évolution de la famille, la pauvreté et l'exclusion suite à l'augmentation du chômage.
La protection sociale est un ensemble de dispositifs permettant aux individus de faire face aux conséquences financières des risques sociaux et ainsi de permettre l'accès aux droits sociaux.

EXEMPLE Les familles nombreuses qui bénéficient des allocations familiales vont pouvoir satisfaire les besoins de leurs enfants ; des indemnités journalières versées aux personnes en arrêt de travail pour remplacer le salaire vont pouvoir faire face aux dépenses pour l'alimentation, les loisirs, la santé et ainsi continuer à mener une vie décente.

3 L'évolution de la protection sociale

3.1. De la charité à la solidarité

Jusqu'au début du XVe siècle, c'est l'entraide familiale et la charité de l'Église qui apportent une réponse aux personnes dans le besoin. Avec la Révolution, le droit d'assistance de la société est reconnu à toute personne dans l'impossibilité de travailler : les malades, les vieillards, les enfants, en particulier.
Au XIXe siècle, la solidarité se structure à partir du monde du travail sous la forme de caisses de secours mutuels ; elles versent à ses adhérents des aides en cas de maladie, d'accident ou de perte d'emploi.

3.2. Le développement de l'État-providence

En France, le XXe siècle est marqué par le passage progressif d'un système dominé par l'assistance vers un système dominé par les assurances sociales.
Deux conceptions de l'État-providence vont venir influencer le système de protection sociale en France :
– En 1883, en Allemagne, le chancelier Bismarck met en place une première ébauche de l'État-providence : un système d'assurances sociales destinées à protéger les salariés contre les risques liés à la vieillesse, à la maladie ou aux accidents du travail.
– En 1942, une deuxième grande conception de l'État-providence fait son apparition en Angleterre ; Lord Beveridge introduit l'idée d'une protection universelle de tous les citoyens, financée par l'impôt. Chacun, par sa seule appartenance à la société doit avoir le droit de voir ses besoins minimaux garantis par la solidarité nationale.
À la fin du XIXe siècle et au début du XXe siècle, les différents risques vont être couverts successivement par l'État : la protection se fonde sur les assurances sociales.

3.3. La création de la Sécurité sociale le 4 octobre 1945

En 1945, Pierre Laroque s'inspire du modèle Bismarckien et Beveridge pour créer la Sécurité sociale : il conserve la logique d'un système assurantiel, financé par les cotisations des travailleurs pour les risques maladie, vieillesse et accidents du travail et une logique de protection universelle pour le risque famille.

3.4. Le retour des mécanismes traditionnels d'assistance

À partir de la fin du XXIe siècle, les mécanismes traditionnels d'assistance sont réactivés pour répondre aux conséquences sociales de la faible croissance économique que sont le chômage et l'exclusion sociale.

EXEMPLE Instauration en 1988 du RMI (Revenu minimum d'insertion) devenu RSA (Revenu de solidarité active) en 2009.

Mes notes pour réviser

MOTS CLÉS

Accès aux droits • Bismarck • Droits sociaux • État-providence • Lord Beveridge Prestations • Protection sociale • Risques sociaux

S'ENTRAÎNER AU BAC
Exercice 4 : p. 82

Savoir 10

Les caractéristiques du système de protection sociale

La protection sociale est un ensemble de dispositifs permettant aux individus de faire face aux conséquences financières des risques sociaux.

1 Les principes

1.1. La solidarité

La solidarité est le devoir moral pour les hommes de s'entraider du fait de la prise de conscience de la dépendance qu'il existe entre eux.
La protection sociale met en œuvre la solidarité sous deux formes :
– la solidarité nationale lorsque l'État intervient dans la vie économique et sociale de la société ; on parle de l'État-providence ;

EXEMPLE
Les impôts sur le revenu permettent le financement du Revenu de solidarité active (RSA) versé aux personnes précaires.

– la solidarité professionnelle repose sur la contribution des salariés et des employeurs.

EXEMPLE
La solidarité entre générations est mise en œuvre pour le risque vieillesse : les personnes actives cotisent et une pension vieillesse est versée aux retraités.

1.2. La responsabilité

La responsabilité est une obligation faite à une personne d'assumer ses actes et d'en supporter toutes les conséquences.

2 Les techniques

2.1. L'assurance

L'assurance est une technique qui repose sur la répartition sur tous les membres d'un groupe de la prise en charge d'un risque causé à l'un d'entre eux en contrepartie du paiement d'une prime ou d'une cotisation.
– L'assurance privée apporte une aide en contrepartie du paiement d'une prime calculée en fonction de la prise en charge souhaitée et de la probabilité du risque.
– La mutualité apporte une aide en contrepartie du versement des cotisations, le plus souvent proportionnelles au salaire.
– L'assurance sociale apporte une aide en contrepartie du prélèvement obligatoire des cotisations salariales et patronales sur les revenus. Elle repose sur le principe de la solidarité professionnelle.

2.2. L'assistance

L'assistance est une technique qui vise à apporter une aide à toute personne dans le besoin, sans contrepartie, par solidarité nationale. C'est une intervention obligatoire pour l'État et les collectivités locales. Elle est financée par l'impôt.

3 La protection individuelle, la protection collective

Pour faire face aux risque sociaux, deux types de protections sont possibles : la protection individuelle et la protection collective.

LES DIFFÉRENCES ENTRE LA PROTECTION INDIVIDUELLE ET LA PROTECTION COLLECTIVE

	PROTECTION INDIVIDUELLE	PROTECTION COLLECTIVE
PRISE EN CHARGE DU RISQUE	Anticipation du risque choisi par l'individu	Mutualisation du risque organisée par la société
PRINCIPE	La responsabilité	La solidarité
TECHNIQUES	L'épargne personnelle L'assurance privée La mutualité	Les assurances sociales L'assistance
CARACTÉRISTIQUES	Facultative	Obligatoire

4 Les prestations de la protection sociale

La protection apporte une réponse aux risques sociaux sous la forme de prestations.

4.1. Les prestations en espèces

Les prestations en espèces sont :
- soit le versement d'un revenu de remplacement aux personnes en arrêt de travail ou en congé de maternité (indemnités journalières), aux chômeurs ;
- soit le versement d'une allocation financière pour permettre à la personne d'avoir une vie décente telles que le Revenu de solidarité active pour les personnes en situation précaire, une allocation adulte handicapé, les allocations familiales.

4.2. La prise en charge des frais de santé

La prise en charge des frais de santé (appelés prestations en nature jusqu'en 2016) est le remboursement des frais médicaux et paramédicaux engagés par l'assuré : honoraires du médecin, frais d'examen radiologique, médicaments...

4.3. Les prestations de services publics sociaux

Les prestations de services publics sociaux sont gratuits ou à prix réduits. Ce sont des établissements qui assurent la prise en charge d'un public précis (les crèches, les établissements de prise en charge des personnes âgées, des personnes handicapées, ...) ; ou des services proposés aux personnes pour rester en bonne santé (centre d'examen de santé, centre de cure...).

Mes notes pour réviser

MOTS CLÉS

Assistance • Assurance • Prestations • Protection collective • Protection individuelle • Risques sociaux • Responsabilité • Solidarité

S'ENTRAÎNER AU BAC

Exercice 4 : p. 82

Savoir

11 Le système de protection sociale

Le système de protection sociale comprend les dispositifs et les acteurs qui gèrent les prestations de protection sociale.

1 Les composantes du système de protection sociale

TYPE	CARACTÉRISTIQUES	ORGANISMES ET ACTEURS
PROTECTION DE BASE	Obligatoire pour les salariés et les travailleurs indépendants	– Sécurité sociale pour la prise en charge des risques maladie, maternité, invalidité, décès, accidents du travail, maladies professionnelles, vieillesse et famille – Unedic (union nationale interprofessionnelle pour l'emploi dans l'industrie et le commerce) pour la prise en charge du chômage
PROTECTION COMPLÉMENTAIRE	Facultative	– Mutuelle – Assurances privées – Les institutions de prévoyance
PROTECTION SUBSIDIAIRE	Obligatoire pour les collectivités publiques	– Aide sociale de l'État – Aide sociale du Département

2 La sécurité sociale, une protection de base

2.1. Le financement de la Sécurité sociale

La sécurité sociale repose sur la solidarité professionnelle. Ses principales ressources proviennent :
- des cotisations patronales et salariales (c'est la source la plus importante) ;
- de la contribution sociale généralisée (CSG), impôt prélevé sur l'ensemble des revenus (salaire, patrimoine, gain de jeux, capital…) ;
- des taxes sur l'alcool, le tabac ;
- des subventions de l'État.

2.2. Les régimes de Sécurité sociale

Toutes les personnes résidant en France bénéficient de la Sécurité sociale pour la prise en charge des risques sociaux. Mais suivant leur situation professionnelle et personnelle, ils sont couverts par des régimes de sécurité sociale différents :
- le régime général pour les salariés, les travailleurs indépendants et les bénéficiaires de la protection universelle maladie (PUMA). Ce régime couvre 88 % de la population ;
- le régime agricole pour les exploitants et salariés agricoles ;
- les régimes spéciaux pour les fonctionnaires.

Chaque régime possède une organisation qui lui est propre. Le régime général de sécurité sociale se compose de cinq branches différentes : les branches maladie, famille, accidents du travail et maladies professionnelles, vieillesse et recouvrement (collecte et répartition entre les différentes branches des cotisations sociales).

3 Les organismes de protection complémentaire

Les mutuelles, les assurances privées et les sociétés de prévoyance assurent une protection complémentaire : elles complètent les prestations de la Sécurité sociale.

3.1. Les mutuelles

Les mutuelles sont des organismes de droit privé à but non lucratif. Les cotisations sont proportionnelles au salaire. Le montant des prestations est fonction du besoin.

3.2. Les assurances privées

Les assurances privées sont des organismes de droit privé à but lucratif. Les cotisations sont proportionnelles à la prise en charge souhaitée et le montant des prestations est fonction des primes versées.

3.3. Les institutions de prévoyance

Les institutions de prévoyance sont des organismes de droit privé à but non lucratif, gérés par des représentants d'employeurs et des représentants de salariés.

4 L'aide sociale, le système subsidiaire

L'aide sociale est un ensemble de prestations auxquelles ont droit les personnes qui résident en France. C'est un système subsidiaire parce qu'il intervient lorsque les prestations versées par la Sécurité sociale et les organismes complémentaires ne suffisent pas pour satisfaire les besoins sociaux des individus. Cette protection repose sur la solidarité nationale.
Le financement des prestations est assuré par les impôts (impôts sur les revenus, taxe d'habitation, impôt foncier).

EXEMPLES Le Conseil départemental finance le Revenu de Solidarité Active (RSA). L'État subventionne les établissements accueillant les personnes handicapées.

5 La protection universelle maladie

En 1945, Pierre Laroque avait prévu de faire de la Sécurité sociale une protection universelle contre les risques sociaux, c'est-à-dire de protéger toute la population. Aujourd'hui, c'est le cas puisque depuis le 1er janvier 2016, la protection universelle maladie (PUMA) garantit la prise en charge des frais de santé de toute personne majeure qui exerce une activité professionnelle ou qui réside en France de manière stable et régulière depuis plus de trois mois.
Quant aux mineurs, ils sont les ayants-droits de leurs parents mais peuvent demander la PUMA dès l'âge de 16 ans.

Mes notes pour réviser

MOTS CLÉS

Aide sociale • Composantes du système de protection sociale • Protection complémentaire • Protection universelle • Régimes de sécurité sociale • Système subsidiaire

S'ENTRAÎNER AU BAC

Exercice 5 : p. 82

Savoir 12

La prise en charge du risque maladie

Le risque maladie est pris en charge pour toute la population par la branche maladie de la Sécurité sociale.

1 La prise en charge du risque maladie par le régime général de Sécurité sociale

La branche maladie est gérée au niveau national par la Caisse nationale d'assurance maladie des travailleurs salariés (CNAMTS), et au niveau local par les Caisses primaires d'assurance maladie (CPAM). La CNAMTS est un établissement public administratif qui définit la politique de l'assurance maladie au niveau national et qui coordonne et contrôle les caisses locales. Les CPAM sont chargées de verser les prestations d'assurance maladie de la Sécurité sociale.
L'assurance maladie est le dispositif du régime général de la Sécurité sociale qui permet aux assurés sociaux de bénéficier d'un remboursement de leur frais de santé et du versement d'un revenu de remplacement en cas d'arrêt de travail parce qu'ils ont cotisé ou parce qu'ils sont bénéficiaires de la PUMA.

1.1. Les frais de santé

a) Le ticket modérateur

Le ticket modérateur est la partie des frais de santé qui reste à la charge de l'assuré social une fois que l'assurance maladie a remboursé sa part.

EXEMPLE
Le montant du ticket modérateur est de 30 % pour une consultation chez un médecin généraliste, de 35 % pour des antibiotiques.

Dans certaines situations, il y a exonération du ticket modérateur : lors d'une longue maladie (cancer, maladie d'Alzheimer, mucoviscidose...), d'un accident du travail, d'une hospitalisation de plus de 30 jours...

b) Les participations forfaitaires de 1 € et les franchises médicales

Une participation forfaitaire de 1 € du patient est appliquée pour toutes consultations médicales, examens de radiologie, d'analyses de biologie médicale. Une franchise médicale de 0,50 € pour les médicaments ou pour les actes paramédicaux et de 2 € par transport médical reste à la charge du patient.

c) Les dépassements d'honoraires

Les remboursements des honoraires d'un médecin sont calculés à partir d'un tarif conventionnel fixé par la Sécurité sociale. Les médecins conventionnés (secteur 1) appliquent ce tarif alors que les médecins non conventionnés (secteur 2) pratiquent des dépassements d'honoraires qui ne seront pas pris en charge par la Sécurité sociale.

EXEMPLE
Le tarif conventionnel d'une consultation chez un médecin généraliste est de 25 €. Le montant de la consultation, s'il est de 50 €, signifie que le médecin a pratiqué un dépassement de 25 €. Le remboursement de la consultation que le médecin soit conventionné ou non est de (25 €x 70/100 (ticket modérateur) -1 € (participation forfaitaire) = 16,50 €.

d) Le forfait hospitalier

Le forfait hospitalier est la participation du patient aux frais d'hospitalisation, hébergement, repas, entretien de la chambre.

EXEMPLE

Le montant du forfait hospitalier est de 20 €/ jour en hôpital ou clinique.

e) Le parcours de soins coordonnés

Chaque assuré social doit déclarer à la Sécurité sociale un médecin traitant qui assurera la coordination du suivi médical. Pour respecter le parcours de soins coordonnés, c'est ce médecin qui devra être consulté en priorité. Si ce n'est pas le cas, la consultation sera moins bien remboursée.

EXEMPLE

Le ticket modérateur pour une consultation dans le parcours de soins coordonnés est de 30 % (soit 8,50 €), et de 70 % (18,50 €) hors parcours de soins coordonnés.

1.2. Les prestations en espèces

Les prestations en espèces prennent la forme d'indemnités journalières qui compensent la perte de salaire subie par l'assuré social pour cause de maladie.

2 La prise en charge du reste à charge par les organismes de protection complémentaire

Les organismes de protection complémentaire prennent tout ou partie de certains restes à charge après le remboursement par la Sécurité sociale : le ticket modérateur et les dépassements d'honoraires. Ils n'ont pas le droit de prendre en charge les participations financières et les franchises médicales. Ils peuvent compléter les indemnités journalières versées durant l'arrêt maladie en augmentant le montant et/ou la durée de versement.

3 Les prestations d'accès aux soins de l'aide sociale

3.1. La complémentaire santé solidaire

La complémentaire santé solidaire est une aide pour payer les frais de santé destinée aux personnes dont les ressources sont modestes et pour lesquelles il est difficile d'adhérer à un organisme de protection complémentaire. En fonction des ressources, cette complémentaire est gratuite ou coûte moins d'1 €/jour et par personne.
Le bénéficiaire ne paie pas les consultations chez le médecin, le dentiste, le kinésithérapeute, le forfait hospitalier, les médicaments, la plupart des lunettes, des prothèses dentaires.

3.2. L'aide médicale d'État

L'aide médicale d'État est un dispositif qui permet aux personnes étrangères en situation irrégulière d'avoir accès aux soins.

Mes notes pour réviser

MOTS CLÉS

Aide sociale • CNAMTS • Complémentaire santé solidaire • CPAM • Protection complémentaire • Ticket modérateur

S'ENTRAÎNER AU BAC
Exercice 6 : p. 83

Savoir

13 L'intervention en santé

Pour améliorer la santé de la population, différents modes d'intervention en santé sont mis en œuvre. Ils sont complémentaires et agissent tout au long de la maladie ou du handicap, même avant son apparition dans différents domaines.

1 La veille sanitaire

La veille sanitaire est l'ensemble des actions visant à repérer tout évènement pouvant présenter un risque pour la santé de la population et à réagir le plus rapidement possible. Ces évènements sont soit définis comme prioritaires et font l'objet d'une surveillance épidémiologique continue ; soit non définis à l'avance.

EXEMPLES

La gastro-entérite aiguë fait l'objet d'une surveillance épidémiologique régulière. En cas d'épidémie, des spots télévisés ou radio, des sites web dédiés informent la population des mesures de prévention à respecter. Entre 2010 et 2015, un évènement non défini à l'avance, des naissances d'enfants porteurs d'une agénésie des membres supérieurs (absence d'une main, d'un avant-bras ou d'un bras) ont été signalées dans trois départements. Il s'en est suivi de nombreux travaux pour rechercher un lien éventuel avec l'environnement.

2 La sécurité sanitaire

La sécurité sanitaire permet de réduire la probabilité de réalisation des risques ou la gravité des dangers qui menacent la santé de la population.

EXEMPLE

L'Agence nationale de sécurité du médicament et des produits de santé délivre pour chaque médicament une autorisation de mise sur le marché après la réalisation d'essais cliniques convaincants qui évaluent l'efficacité thérapeutique par rapport aux effets indésirables.

3 L'éducation à la santé

L'éducation à la santé est l'ensemble des mesures qui favorisent l'adoption de comportements favorables par l'individu ; elle agit sur les déterminants comportementaux. L'individu devient acteur de sa santé : libre à lui d'appliquer les conseils qui lui seront donnés par le biais d'affiches, de podcasts ou de sites web, de dépliants, de conférences, d'entretiens avec son médecin traitant... À long terme, elle devrait réduire les inégalités de santé au sein de la population.

EXEMPLE

La campagne de communication « Manger 5 fruits et légumes par jour » a pour objectif d'agir sur l'équilibre nutritionnel des individus.

Lorsque l'éducation à la santé vise à aider les patients à acquérir ou maintenir les compétences dont ils ont besoin pour gérer au mieux leur vie avec une maladie chronique, on parle d'éducation thérapeutique.

EXEMPLE
L'éducation thérapeutique d'un diabétique vise à le rendre compétent pour repérer les signes d'une hypo ou hyperglycémie, réaliser une injection d'insuline, adapter son alimentation à son activité physique.

4 La prévention

La prévention est l'ensemble des mesures qui visent à diminuer l'apparition, le développement et l'aggravation des maladies, des accidents et des handicaps.

LES DIFFÉRENTS NIVEAUX DE PRÉVENTION

NIVEAUX	DÉFINITION	EXEMPLES DE MESURES
PRÉVENTION PRIMAIRE	Ensemble des mesures destinées à diminuer l'incidence d'une maladie dans une population. Elle intervient avant l'apparition de toute perturbation de l'organisme.	Les campagnes de communication : affiche, dépliant, spot télévisé, site web... Des textes législatifs : port de la ceinture de sécurité... L'éducation à la santé
PRÉVENTION SECONDAIRE	Ensemble des mesures destinées à diminuer la prévalence d'une maladie dans une population en ralentissant la progression de la maladie ou en obtenant sa guérison (restauration de la santé) Elle intervient durant la maladie.	Le dépistage : examens radiologiques, test sanguin Les traitements médicamenteux Les opérations chirurgicales La radiothérapie
PRÉVENTION TERTIAIRE	Ensemble des mesures destinées à diminuer la prévalence des incapacités chroniques ou des récidives, en limitant les conséquences de la maladie, en évitant les rechutes et en améliorant la qualité de vie. Elle intervient après l'apparition de la maladie.	L'éducation thérapeutique La rééducation fonctionnelle Les groupes de parole Une aide financière pour rémunérer une aide à domicile L'adaptation du poste de travail

5 La promotion de la santé

La promotion de la santé a pour objectif, de maintenir ou d'augmenter le capital santé de la population. Ces mesures dépassent le domaine sanitaire et englobent l'ensemble des conditions de vie de l'individu. Pour améliorer la qualité de vie de la population, les pouvoirs publics doivent garantir des milieux de vie favorables à la santé et développer les compétences des citoyens.

EXEMPLES
L'amélioration des conditions de travail, le développement des pistes cyclables, l'universalité de la protection sociale, la lutte contre la pollution, l'hygiène publique.

Mes notes pour réviser

MOTS CLÉS

Éducation à la santé • Éducation thérapeutique • Prévention • Promotion de la santé • Restauration de la santé • Sécurité sanitaire • Surveillance épidémiologique • Veille sanitaire

S'ENTRAÎNER AU BAC
Exercice 7 : p. 84

Savoir 14

Les acteurs en santé

Il existe une diversité d'acteurs en santé qui mettent en œuvre les actions de chaque mode d'intervention en santé.

1 Une pluralité d'acteurs

1.1. Les agences et les services de l'État

a) Santé publique France, l'agence nationale de santé publique

– Santé publique France surveille l'état de santé de la population, aide les pouvoirs publics pour la gestion des crises sanitaires, développe la prévention et l'éducation à la santé, et participe à la promotion de la santé au niveau national.

EXEMPLE

En 2020, durant l'épidémie de la Covid 19, Santé publique France a fourni quotidiennement au ministère chargé de la Santé l'ensemble des indicateurs permettant de suivre l'épidémie de Covid 19 et a diffusé des spots radios, des affiches, relatifs aux mesures de prévention à respecter pour éviter la contamination.

b) Les agences sanitaires

Les agences sanitaires assurent deux fonctions principales : l'évaluation des risques sanitaires et la surveillance des produits de santé et des produits alimentaires, des conditions de travail et de l'environnement.

Elles interviennent dans un domaine particulier : l'Agence nationale de sécurité du médicament et des produits de santé (Ansm), l'Agence nationale chargée de la sécurité sanitaire de l'alimentation, de l'environnement et du travail (Anses), l'Établissement français du sang (EFS).

EXEMPLE

L'EFS assure la sécurité de la chaîne transfusionnelle du donneur au receveur : sélection des donneurs, tests de dépistage des virus et des bactéries performants...

1.2. Les services de prévention de l'État et du Conseil départemental

Ce sont des services publics proposés gratuitement à toute la population.

a) Le service de promotion de la santé en faveur des élèves de l'Éducation nationale

Le service de promotion de la santé en faveur des élèves intervient au cours de la scolarité des élèves par des actions de prévention et d'éducation à la santé, des bilans de santé, le dépistage des problèmes de santé...

b) Le service protection maternelle et infantile (PMI) du Conseil départemental

Le service de PMI est un service départemental chargé d'assurer la protection sanitaire de la mère et de l'enfant de moins de 6 ans.

EXEMPLE

Le service de PMI organise des consultations pour les femmes enceintes et les enfants de moins de 6 ans, instruit les demandes d'agrément des assistantes maternelles, surveille les établissements et services d'accueil des enfants de moins de 6 ans.

c) Le centre de planification et d'éducation familiale du Conseil départemental
Le centre de planification et d'éducation familiale a pour mission l'orientation, le soutien et la prévention auprès de toutes personnes ayant besoin d'informations ou d'écoute sur les questions se rapportant à la sexualité, la contraception, les IST, l'IVG ou encore la maternité.

1.3. Les services de prévention des organismes de protection sociale

En plus de leur mission de prise en charge financière des risques sociaux, la sécurité sociale, les mutuelles, les organismes d'assurance privée et les institutions de prévoyance ont une mission de prévention des risques sanitaires.

EXEMPLE La Sécurité sociale met en place des campagnes de prévention (vaccination, bilan de santé, dépistage des cancers du sein...), met à disposition de la population des documents de sensibilisation aux bons comportements à adopter : dépliants, spots télévisés.

1.4. Les établissements de santé

Les établissements de santé, qu'ils soient publics ou privés, assurent le diagnostic, le suivi et le traitement des malades, des blessés et des femmes enceintes.

1.5. Les associations

De nombreuses associations interviennent dans la prévention ; elles sont le plus souvent spécialisées dans la prévention d'une pathologie particulière ou d'un comportement à risque. D'autres sont des associations de malades et viennent en soutien aux malades et à leur proches.

EXEMPLE L'Association nationale de prévention en alcoologie et addictologie, la Ligue contre le cancer, la Fédération française des diabétiques, l'Association France Alzheimer, l'Association accidentés de la route..

2 Le parcours de santé

Face à l'augmentation des maladies chroniques, une prise en charge coordonnée des différents modes d'intervention s'est imposée et a pris la forme du parcours de santé. Toutes les actions en santé (prévention, soin, accompagnement médico-social...) nécessaires à un malade sont articulées les unes par rapport aux autres tout au long de sa prise en charge.

EXEMPLE Parcours « patients atteints de cancer » : le diagnostic, le traitement thérapeutique, la prise en charge de la douleur, le suivi médical, le soutien psychologique. Un médecin référent est nommé pour coordonner toutes les actions.

3 Les droits de la personne

La participation de la personne dans la prise en charge de sa santé est importante pour qu'elle puisse maintenir ou restaurer sa santé. Les droits de la personne malade ou du patient facilitent cette participation.

La loi du 4 mars 2002 relative aux droits des malades et à la qualité du système de santé renforce la participation des patients aux soins. D'une part, elle renouvelle les principes issus du Code civil : le droit des malades à l'information médicale, le droit de choisir son médecin ou son établissement de santé, la règle du consentement aux soins. D'autre part, elle modifie les conditions d'accès du malade aux informations concernant sa santé : possibilité d'accéder directement au dossier médical.

Mes notes pour réviser

MOTS CLÉS

Acteurs en santé • Agences sanitaires • Droits de la personne • Parcours de santé

....

....

....

....

....

....

....

....

....

....

....

....

....

....

....

....

....

....

....

S'ENTRAÎNER AU BAC
Exercice 7 : p. 84

Savoir 15

L'intervention sociale

Les objectifs de l'intervention sociale sont de permettre aux personnes d'accéder à leurs droits sociaux, de créer des liens sociaux et ainsi de favoriser la cohésion sociale.

1 Le diagnostic social

Les actions mises en œuvre dans le cadre de l'intervention sociale répondent à des besoins précis. Un diagnostic social individuel ou collectif s'avère nécessaire pour décider de l'action à mettre en place.

1.1. Le diagnostic social (individuel)

Le diagnostic social repose sur la collecte d'informations sur une personne quant à sa situation familiale économique, son état de santé physique et psychologique, ses relations sociales.

EXEMPLE
Pour apporter une réponse adaptée à la situation de l'usager, un entretien est mené et plusieurs documents seront consultés par le travailleur social (feuilles de paie, quittances de loyer, factures impayées, feuilles d'imposition...).

1.2. Le diagnostic local ou territorial (collectif)

Le diagnostic social local vise à identifier sur un territoire les problématiques des publics en fonction d'une géographie et des caractéristiques socio-démographiques présentes ainsi que les besoins exprimés par la population.

EXEMPLE
Pour identifier les besoins d'une population sur un territoire, les données socio-démographiques, sanitaires et économiques sont consultées dans des documents produits par des organismes spécifiques (INSEE, INED, ORS...) ou collectées à l'aide d'enquêtes, des groupes de travail avec les habitants, des professionnels, des élus.

2 Les modes d'intervention sociale

Une fois les problèmes identifiés, des solutions adaptées peuvent être proposées.
– Une intervention individuelle lorsqu'elle concerne une personne et sa famille peut prendre la forme de l'obtention d'une aide financière, de la réalisation d'une démarche administrative, d'une prise en charge par un établissement.
– Une intervention collective lorsqu'elle concerne un groupe de personnes peut être la participation à des animations, à des séances d'information, à des formations à un projet collectif.

2.1. L'insertion sociale

L'insertion sociale est l'ensemble des mesures prises pour donner une place aux individus dans la société et pour leur permettre de satisfaire leurs besoins fondamentaux. Plusieurs domaines sont concernés par l'insertion sociale dont l'éducation, l'emploi, la protection de la santé et le logement.

EXEMPLES Distribution alimentaire, accueil et hébergement d'urgence des sans domicile fixe, accès à l'énergie à prix réduit, prise en charge médicale gratuite, organisation d'activités sportives ou culturelles à tarif réduit, cours d'alphabétisation...

2.2. L'accompagnement social

L'accompagnement social est une relation interpersonnelle entre un travailleur social et un usager. Il consiste, pour les travailleurs sociaux, à suivre et à guider l'usager dont les ressources sont insuffisantes (matérielle, psychologique, relationnelle, culturelle...) pour qu'il puisse à nouveau accéder à ses droits sociaux. C'est une démarche volontaire de l'usager, l'usager devient actif.

EXEMPLE Chaque bénéficiaire du RSA a droit à un accompagnement social ; un entretien avec un professionnel permet de décider des actions que le bénéficiaire va devoir mener pour faciliter son insertion professionnelle et sociale et pour lesquelles il sera accompagné : recherche active d'emploi, reconversion professionnelle, demande de la complémentaire solidaire santé...

2.3. Le développement social local

Le développement social local est une démarche globale et participative d'intervention sur un territoire qui implique de nombreux acteurs locaux y compris les habitants, premiers bénéficiaires des actions mises en place. Il apporte une réponse aux besoins exprimés par la population du territoire concerné.

EXEMPLE Les bénéficiaires d'un centre social ont exprimé leur sentiment d'être mis à l'écart de la vie locale, l'étiquetage négatif du quartier. Des projets participatifs ont été menés avec les habitants du quartier pour créer du lien social : un projet pour partager une passion « Au fil des échanges », un projet pour pratiquer un sport adapté « Handinat ».

3 Le rôle de la protection sociale dans la mise en œuvre de l'intervention sociale

La protection sociale intervient à plusieurs niveaux pour assurer les droits sociaux des personnes grâce au système de redistribution des revenus reposant sur le principe de la solidarité.

TECHNIQUES	TECHNIQUE DE L'ASSURANCE	TECHNIQUE DE L'ASSISTANCE
TYPES DE PRÉLÈVEMENTS	Cotisations sociales (salariales et patronales)	Impôts
ORGANISMES	Sécurité sociale Pôle emploi	État Collectivités territoriales
TYPES DE REVENUS REDISTRIBUÉS	Prestations en espèces Remboursement des frais de santé	Prestations d'aide sociale : RSA... Subventions de services et d'établissements (crèches, centres sociaux...) Services publics (organismes d'informations, simulateur de droits aux aides sociales...)

MES NOTES POUR RÉVISER

MOTS CLÉS

Accompagnement social • Développement social local • Diagnostic social • Insertion sociale • Intervention sociale

S'ENTRAÎNER AU BAC

Exercice 8 : p. 84

Savoir 16 Les acteurs de l'intervention sociale

Il existe une diversité d'acteurs en social, ce sont des professionnels qualifiés ou non, salariés ou bénévoles exerçant dans des structures publiques ou privées.

1 Une diversité d'acteurs complémentaires

Depuis 1990, le terme d'intervenant social a complété celui de travailleur social. Un travailleur social est un professionnel dont les missions sont définies par un décret et qui détient un diplôme spécifique suivant qu'il soit éducateur spécialisé, de jeunes enfants, assistant de service social, animateur socioculturel... alors qu'un intervenant social peut être diplômé ou non et exerce des activités particulières en fonction des besoins des personnes.

EXEMPLES
L'auxiliaire de vie sociale, le conseiller d'insertion professionnelle, le conseiller en économie sociale et familiale, le chef de projet, le médiateur familial, l'accompagnant social et familial sont des intervenants sociaux.

Ces différents acteurs exercent leurs fonctions au sein de services ou de structures variés.

1.1. Les services du Conseil départemental

Le Conseil départemental est un acteur incontournable dans la lutte contre la pauvreté et l'exclusion sociale, l'aide aux personnes âgées, l'aide à l'enfance et l'aide aux personnes handicapées.

EXEMPLE
Dans le domaine du handicap, les maisons départementales pour personnes handicapées (MDPH) du Conseil départemental assurent le financement de l'allocation d'adulte handicapé, participent aux frais d'hébergement des personnes handicapées et délivrent la carte de stationnement prioritaire.

1.2. Le Centre communal d'action sociale

Le Centre communal d'action sociale est un établissement public communal dont les principales missions sont l'accueil, l'information et l'orientation des publics fragiles. Certaines de ces attributions sont obligatoires telles que l'instruction de demande d'aide sociale aux personnes handicapées, âgées. D'autres attributions sont facultatives telles que l'offre d'une aide alimentaire, l'organisation de centres aérés, d'activités pour les séniors...

1.3. Les associations de lutte contre l'exclusion sociale

De nombreuses associations, pour la plupart subventionnées par l'État ou les collectivités territoriales, assurent des activités dans le domaine de l'exclusion sociale.

EXEMPLES
Les Restos du cœur, Emmaüs, Cimade (Comité inter-mouvements auprès des évacués), la Ligue pour les droits de l'Homme, SOS femmes, l'Association des paralysés de France, l'Association Crésus (association de lutte contre le surendettement).

1.4. Les établissements sociaux et médico-sociaux

Ce sont des établissements dont la mission est d'accueillir et d'accompagner des personnes handicapées, dépendantes ou en situation d'exclusion sociale, des mineurs en danger.

EXEMPLES

Les Centres d'hébergement et de réadaptation sociale (CHRS) proposent un hébergement et un accompagnement social à des personnes en situation d'exclusion sociale. Les centres sociaux sont des équipements de proximité accessibles à l'ensemble des habitants qui offrent des animations et des services à finalité sociale.

1.5. Les organismes de protection sociale

La mission principale des organismes de protection sociale est la prise en charge financière des risques sociaux. Les principaux organismes sont la Sécurité sociale, les mutuelles, les institutions de prévoyance et les organismes complémentaires.

2 La place de la personne dans une intervention sociale

La participation des usagers à leur accompagnement social ou à des d'activités collectives est importante pour améliorer leur situation, et plus globalement la cohésion sociale : possibilité de tisser des liens, de regagner de la confiance en soi, de devenir acteur de sa vie, de devenir autonome.
Les interventions mises en œuvre tiennent compte des demandes et besoins des usagers : leur participation active aux actions les concernant peut être demandée. Lors de projets collectifs, ils peuvent non seulement participer à la prise de décisions, mais également à la mise en œuvre du projet.

3 Les droits des usagers

La reconnaissance de la place des usagers est affirmée par la loi du 2 janvier 2002 rénovant l'action sociale et médico-sociale ; l'un des objectifs principaux est de permettre à l'usager ainsi qu'à son entourage d'être associés à la conception et la mise en œuvre de son projet :
- le libre choix entre un accompagnement à domicile ou en établissement ;
- un accompagnement individualisé et de qualité dans le respect d'un consentement éclairé ;
- un accès à l'information ;
- une participation directe au projet d'accueil et d'accompagnement pour les personnes prises en charge dans des établissements sociaux ou médico-sociaux.

EXEMPLE

Lors de la prise en charge d'une personne âgée par un établissement d'hébergement, un projet de vie devra être réalisé dans les deux mois de son admission par un professionnel, la personne âgée et éventuellement des membres de sa famille, pour évaluer l'autonomie de la personne accompagnée, ses besoins, et décider des prises en charge à prévoir.

Mes notes pour réviser

MOTS CLÉS

Centre communal d'action sociale • Intervenant social • Travailleur social

S'ENTRAÎNER AU BAC
Exercice 8 : p. 84

Savoir 17

La démarche d'étude

Les études dans les domaines sanitaire et social contribuent à la connaissance de l'état de santé et de bien-être et de cohésion sociale des populations. Pour mener ces études, il est important d'enchaîner différentes étapes dans un certain ordre.

1 Les différentes étapes de la démarche d'étude

– La construction de l'objet d'étude : définition précise des éléments à prendre en compte dans la démarche d'étude.
– La définition des caractéristiques de l'étude (objectif, population cible, type de données).
– Le recueil de données par recherche documentaire, enquête par entretien, par observation, par questionnaire.
– Le traitement des données le plus souvent à l'aide de l'outil numérique.
– La présentation de l'étude.

2 Les particularités de la démarche d'étude dans les domaines sanitaire et social

2.1. Les spécificités des données et des informations

Selon la Commission nationale informatique et libertés (CNIL), « Une donnée personnelle est toute information relative à une personne physique identifiée ou identifiable, directement ou indirectement par référence à un numéro d'identification (ex. : n° de Sécurité sociale) ou à un ou plusieurs éléments qui lui sont propres (ex. : nom, prénom, date de naissance, éléments biométriques, empreinte digitale…). »
Ces données personnelles sont qualifiées de données sensibles lorsqu'elles concernent les opinions politiques, l'origine raciale, l'état de santé, les orientations sexuelles, les convictions religieuses… Ces données, couvertes par le secret professionnel, présentent des risques importants du point de vue des libertés et des droits fondamentaux.
Le Big data (données massives) désigne la disponibilité d'un nombre importants de données sensibles et personnelles issues de banques de données différentes que seuls les outils numériques peuvent traiter efficacement.

EXEMPLE Données collectées par : les professionnels de santé, les établissements de santé et médico-sociaux, l'Assurance maladie, les bases de données des applications (temps de sommeil, nombre de pas, suivi du poids…), les réseaux sociaux, les objets connectés.

Les données massives présentent des risques pour l'usager ; elles peuvent être traitées et réutilisées indéfiniment, diffusées dans l'espace sans limite de frontières. De plus, ces données prises isolément peuvent être peu significatives mais, par recoupement, peuvent donner des indications très précises sur les individus.

EXEMPLE Des données personnelles quelle que soient leur origine (médicale, administrative, privée...) peuvent être mises en relation avec l'outil numérique. Si des données de santé parvenaient à une compagnie d'assurance ou bancaire, cela pourrait avoir des conséquences pour le patient telles que des difficultés à obtenir un prêt.

2.2. La protection des données personnelles

Les informations personnelles sont protégées par :
– le secret professionnel, l'interdiction faite à certains professionnels (professionnels de santé, assistants de service social, professionnels travaillant dans des services de protection de l'enfance...) de révéler ce qu'ils ont appris, compris, vu, entendu ou deviné dans le cadre de leur profession sous peine de sanctions pénales ;
– le secret statistique, l'interdiction faite pendant 75 ans de communiquer des données relatives à la vie privée recueillies lors d'enquêtes statistiques.

2.3. Le principe de responsabilité vis-à-vis des données informatisées

Depuis le 25 mai 2018, le Règlement général sur la protection des données (RGPD) encadre le recueil et le traitement des données à caractère personnel sur l'ensemble du territoire de l'Union européenne.
Le principe de responsabilité incombe à toute organisation ou personne qui réalise le recueil de données.
– La personne concernée doit donner son accord lors du recueil de données.
– L'organisation qui recueille les données doit clairement expliquer la finalité du traitement des données, les destinataires, leur durée de conservation.
– La personne concernée peut demander à accéder à ses données, à les rectifier ou effacer (droit à l'oubli), contester les traitements ou demander leur limitation.
– Les données personnelles collectées et leur conservation sont limitées à ce qui est nécessaire au regard de la finalité du recueil de données.
– L'organisation doit garantir la confidentialité et la sécurité des données.
Toute personne qui rencontre des difficultés dans l'exercice de ses droits dans le domaine de la protection des informations peut s'adresser à la CNIL et être défendue.

2.4. L'éthique et les données personnelles

L'éthique est un principe moral qui repose sur le respect de la vie privée et l'autonomie de la personne. Veiller à l'éthique dans le domaine du recueil et du traitement des données personnelles, c'est rechercher un équilibre entre l'exploitation des données pour connaître l'état de santé, de bien-être et de cohésion sociale de la population pour l'intérêt général, et celui d'un partage des données trop large et insuffisamment contrôlée mettant en cause les droits fondamentaux de la personne.

EXEMPLES La géolocalisation par les appareils mobiles des personnes contaminées par la Covid, l'application Stop Covid soulève beaucoup d'inquiétudes quant au respect de la vie privée mais va permettre de limiter la propagation de l'épidémie.

Mes notes pour réviser

MOTS CLÉS

Big data • Donnée personnelle • Donnée massive • Donnée sensible • Éthique • Commission nationale informatique et libertés (CNIL) • Principe de responsabilité • Protection des informations • Règlement général sur la protection des données • Secret professionnel • Secret statistique

S'ENTRAÎNER AU BAC

Exercice 9 : p. 85

Savoir **18**

La construction de l'objet d'étude

La première étape d'une démarche d'étude est de définir la question sociale ou de santé pour laquelle on veut approfondir les connaissances. L'étude porte sur un objet limité, répond à une question précise, et respecte une suite logique d'opérations.

1 L'importance de la construction de l'objet d'étude

1.1. La commande initiale par les acteurs de la santé et du social

Les études permettent aux acteurs de la santé et du social de connaître l'état de santé, de bien-être et de cohésion sociale de la population ou d'un groupe de personnes pour prendre des décisions adaptées à la situation :
- pour la mise en place d'actions ;
- pour évaluer un projet d'actions ;
- pour évaluer en continu les services et les prestations offerts par une structure.

L'objet d'étude, une fois construit, précise les éléments à prendre en compte dans la démarche d'étude (public visé, contextes de temps et de lieu, la question sociale ou de santé et les hypothèses). Cet objet d'étude se construit à partir du besoin ou de la demande des acteurs de la santé et du social.

Le besoin correspond à une sensation de manque, d'inconfort ou de privation des usagers des domaines sanitaire et social, qui est accompagné par la demande de se voir proposer une réponse adaptée pour la faire disparaître. Ce besoin et cette demande sont repérés dans un premier temps (dialogue lors d'une prise en charge, d'un soin, entretien téléphonique, courrier de réclamation...). L'étude va vérifier que le besoin ou la demande existe et va apporter des précisions pour que la réponse soit adaptée.

EXEMPLE L'association Samusocial de Paris a mené une étude auprès des femmes des centres d'hébergement pour améliorer leur accès aux soins ; l'objet d'étude est de connaître les difficultés d'accès aux soins gynécologiques.

1.2. Les études menées par les acteurs institutionnels

De nombreux producteurs de données et d'informations sont des acteurs institutionnels (font partie de structures établies par l'État) : le ministère de la Solidarité et de la Santé, les agences sanitaires, l'INSEE, l'INED, Santé publique France, la DREES, les Observatoires nationaux et régionaux... Ils ont pour mission principale le recueil de données et d'informations qui va identifier les besoins de la population et ainsi permettre d'aider les pouvoirs publics à prendre leurs décisions lors de l'élaboration d'une politique sanitaire ou sociale, et à évaluer l'impact des décisions prises. Chaque étude repose également au préalable sur la construction d'un objet d'étude pour préciser les informations à recucillir.

EXEMPLE Des études menées par l'INSEE sur le thème des personnes âgées ont pour objet d'étude : la pauvreté chez les personnes âgées en Haute-Loire, la prise en charge de la dépendance en France en 2016.

2 Les différentes étapes

2.1. La définition de la question de départ

La question de départ est la question concrète à laquelle l'étude va apporter une réponse. Elle est provisoire ; elle va se préciser au fur et mesure des étapes suivantes. Elle est formulée à partir de la commande initiale des acteurs de la santé et du social (un besoin, un problème, un constat).

EXEMPLE L'addiction aux jeux vidéo existe-t-elle ?

2.2. La recherche d'informations

Pour préciser la question de départ, la recherche d'informations se fait à partir :
- des connaissances personnelles,
- d'une recherche documentaire,
- d'entretiens exploratoires ou d'observations exploratoires. On questionne ou on observe un nombre restreint de personnes sur le sujet pour approfondir ses connaissances et pour repérer les caractéristiques de la population visée par l'étude.

EXEMPLE Le réalisateur de l'étude qui a peu de connaissances peut mener un entretien exploratoire avec 2 ou 3 joueurs de jeux vidéo pour approfondir ses connaissances.

Le résultat de la recherche d'informations devrait permettre de répondre au QQOQCP.

EXEMPLE **Quoi ?** L'addiction aux jeux vidéo. **Quelles** sont les conséquences de l'addiction aux jeux vidéo ? **Qui** est addict aux jeux vidéo ? **Où ?** Quels sont les **pays** concernés par ce problème ? Depuis **quand** ce problème a-t-il été perçu ? **Comment** peut-on expliquer le problème ? **Combien** de jeunes sont addicts ? **Pourquoi** les joueurs jouent-ils ?

2.3. La délimitation de l'objet d'étude

Une zone géographique, une période donnée et la population visée par l'étude sont choisies pour délimiter la question de départ. La question de départ est confirmée telle qu'elle ou reformulée.

EXEMPLE Comment les jeux vidéos peuvent-ils devenir une addiction pour les jeunes de 14 à 25 ans en France en 2020 ?

2.4. La formulation des hypothèses

Les hypothèses sont des réponses possibles à la question de départ. Ce sont les hypothèses qui vont être vérifiées par la suite.

EXEMPLE Les hypothèses peuvent être la production d'un sentiment d'importance, la reconnaissance au sein d'une communauté (d'un groupe), la persistance du jeu (si le jeune ne joue pas, le jeu continue d'évoluer et le jeune est dépassé par les autres), la création d'un personnage virtuel correspondant à ce qu'il « voudrait être ».

MES NOTES POUR RÉVISER

MOTS CLÉS

Acteur institutionnel • Besoin • Commande initiale • Demande • Entretien exploratoire • Hypothèse • Objet d'étude • Observation exploratoire • Question de départ

S'ENTRAÎNER AU BAC

Exercice 10 : p. 85

Savoir 19 La définition des caractéristiques de l'étude

Le choix du type de recueil de données d'une étude est influencé par l'objectif poursuivi, la population concernée par l'étude et le types de données à collecter.

1 La définition de l'objectif d'une étude

– Une étude descriptive décrit et quantifie l'état de santé, de bien-être social ou de cohésion sociale de la population ; elle permet de vérifier l'existence d'un problème de santé ou social et de le caractériser.

EXEMPLE Étude qui mesure le nombre d'élèves des écoles de zones prioritaires qui arrivent le matin sans avoir déjeuné.

– Une étude analytique recherche les déterminants des problèmes de santé ou des problèmes sociaux ; elle permet de repérer les facteurs sur lesquels il faut agir pour lutter contre le problème.

EXEMPLE Étude pour connaître les raisons pour lesquelles certains élèves de zones prioritaires arrivent le matin sans avoir déjeuné.

– Une étude évaluative vérifie l'efficacité d'une action en santé ou en social mise en place ; elle permet de décider de la poursuite, de la modification ou de l'arrêt de la mise en œuvre de l'action.

EXEMPLE Étude pour connaître le taux de satisfaction des parents des élèves qui ont bénéficié de la mise en place de petits déjeuners dans les écoles de zones prioritaires.

2 Le choix du type de données à recueillir

– Une donnée quantitative est objective, elle est vérifiable. Ce sont des faits, des situations, des comportements.
– Une donnée qualitative est subjective ; elle est influencée par la personnalité, le vécu, l'état d'esprit de la personne enquêtée. Ce sont des sentiments, des ressentis, des opinions, des impressions.
Ces deux types de données se complètent : les données quantitatives décrivent une situation ou une évolution ; elles sont utiles pour décrire le qui, le quoi, le où et le quand, alors que les données qualitatives sont utiles pour expliquer une situation ou une évolution, pour décrire le comment et le pourquoi.

3 Le choix de la population cible

La population cible est celle qui est concernée par l'étude, celle que l'on veut étudier. Elle peut être différente de celle qui est enquêtée.

EXEMPLE Pour une étude qui aurait pour objectif de connaître le ressenti des lycéens à propos du téléenseignement pratiqué pendant la crise du Covid, les résultats énonceront que x % des lycéens de France ont été satisfaits du téléenseignement alors que tous les lycéens n'auront pas été interrogés. La population cible est l'ensemble des lycéens de France et la population enquêtée serait les lycéens d'une centaine de lycées français.

3.1. Le recueil exhaustif des données

Quand le recueil de données peut être réalisé auprès de toute la population cible, on parle de recueil exhaustif des données. Il permet d'assurer la fiabilité de l'étude, mais cela n'est possible que lorsque :
- la population cible n'est pas importante (par exemple, tous les résidents d'un établissement d'hébergement pour personnes âgées dépendantes...) ;
- les données sont accessibles (fichier des membres d'une association) ;
- toute la population cible est présente au même endroit ;
- le réalisateur est un acteur institutionnel qui dispose d'importants moyens de recueil de données (INSEE, Santé publique France...).

EXEMPLES Les enquêtes de satisfaction dans les hôpitaux, l'analyse de tous les certificats de décès par l'INSERM, le recensement.

3.2. L'échantillonnage

Mais il est rare d'avoir les moyens (humain, de temps et financier) pour recueillir des données auprès de toute la population cible. Ainsi le recueil de données doit se limiter à une population plus réduite : l'échantillon. Pour assurer la fiabilité de l'étude, lorsque les résultats sont généralisés à toute la population cible, l'échantillon doit être d'une taille suffisante et les caractéristiques doivent être représentatives de celles de la population cible.
La taille de l'échantillon repose sur un compromis entre le degré de précision que l'on souhaite atteindre (plus la taille de l'échantillon est grande, plus l'erreur diminue), le budget affecté à l'enquête, le temps dont on dispose pour réaliser l'étude et analyser les résultats.

a) L'échantillon aléatoire

Pour constituer un échantillon aléatoire, les individus sont choisis au hasard dans la population.

EXEMPLES Tirage aléatoire manuel, échantillon généré par un ordinateur, numéros de téléphones choisis au hasard.

b) L'échantillon par quotas

Pour constituer un échantillon par quotas, la population enquêtée reproduit la population cible concernée en « miniature » : prise en compte des caractéristiques de la population cible et de leur proportion respective pour constituer l'échantillon.

EXEMPLE S'il y a dans la population cible, 48 % d'hommes et 52 % de femmes, 25 % de personnes entre 20-35 ans... : un échantillon de 100 personnes sera constitué de 48 hommes, 52 femmes, dont 25 personnes de 20 à 35 ans.

Mes notes pour réviser

MOTS CLÉS

Donnée qualitative • Donnée quantitative • Échantillon • Échantillon aléatoire • Échantillon par quotas • Étude analytique • Étude descriptive • Étude évaluative Population cible • Recueil exhaustif

S'ENTRAÎNER AU BAC
Exercice 12 : p. 86

Savoir 20

Le recueil de données

Différentes méthodes de recueil de données existent et se complètent. Le choix d'une de ces méthodes est surtout influencé par le type de données à recueillir.

1 Les méthodes de recueil de données

Les différentes méthodes de recueil de données sont la recherche documentaire pour laquelle l'information existe déjà et les enquêtes.

1.1. L'enquête par questionnaire

L'enquête par questionnaire permet de recueillir des informations essentiellement quantitatives. Elle peut être réalisée par téléphone, par Internet, par courrier (envoi postal ou par courriel), en face à face. L'outil utilisé est un questionnaire, un document écrit comportant une série de questions avec le plus souvent des propositions de réponses, une introduction présentant le thème et l'objectif de l'enquête, la garantie du respect de confidentialité des informations ou la garantie de l'anonymat, les modalités de retour du questionnaire (date et lieu) et des remerciements.

1.2. L'enquête par entretien

L'enquête par entretien est une situation de communication orale entre deux interlocuteurs, l'un est l'enquêteur et l'autre l'enquêté (plus rarement un groupe).
Les données recueillies sont essentiellement qualitatives.
Il existe 3 types d'entretiens :
– L'entretien non-directif ou entretien libre repose sur une expression libre de l'enquêté à partir d'un thème proposé par l'enquêteur. L'enquêteur se contente alors de suivre et de noter la pensée, le discours de l'enquêté sans poser de questions.
– L'entretien semi-directif porte sur un certain nombre de thèmes qui sont identifiés dans un guide d'entretien préparé par l'enquêteur. Le guide d'entretien permet parfois de saisir les réponses au fur et à mesure de l'entretien. L'enquêteur s'efforce de faciliter l'expression libre de l'enquêté et cherche à éviter que celui-ci se sente enfermé dans des questions.
– L'entretien directif s'apparente sensiblement à une enquête par questionnaire : les questions sont posées oralement par l'enquêteur qui évite que l'enquêté ne sorte des questions et du cadre préparé. L'outil utilisé est un questionnaire.

1.3. L'enquête par observation

L'enquête par observation consiste à observer de façon organisée les comportements d'une personne, d'un groupe ou les caractéristiques d'un espace, d'un phénomène. L'outil qui sert de support est la grille d'observation. La grille se présente sous la forme d'un tableau structuré pour faciliter le travail de l'observateur qui a pour mission de regarder et de cocher. Des symboles peuvent également simplifier son utilisation.

EXEMPLE Observation d'une personne âgée dépendante par les professionnels qui assurent sa prise en charge pour évaluer son autonomie dans les actes de la vie quotidienne (toilette, alimentation, déplacement, habillement).

2 Les caractéristiques des différentes méthodes

MÉTHODES	INTÉRÊTS	LIMITES
ENQUÊTE PAR QUESTIONNAIRE	Possibilité d'interroger un grand nombre de personnes. Étendue géographique du recueil de données illimitée. Possibilité de garantir l'anonymat. Dépouillement facile (possibilité d'utiliser un logiciel pour exploiter les données).	Coût important sauf si utilisation d'Internet (affranchissement, enquêteurs). Taux de participation non garanti. Pas d'interactions possibles sauf si administré en face à face. Risques d'erreurs ou d'oublis dans les réponses. Pas de possibilité d'approfondir.
ENQUÊTE PAR ENTRETIEN	Possibilité d'interactions entre l'enquêté et l'enquêteur. Taux de participation élevé. Retour des réponses instantané. Possibilité d'aider à la construction de l'objet d'étude : entretien exploratoire.	Dépouillement difficile. Étendue géographique du recueil de données limitée. Coûteux d'où en général un nombre de personnes enquêtées réduit. Influence de l'enquêteur sur l'enquêté possible.
ENQUÊTE PAR OBSERVATION	Prise en compte du langage non verbal (mimiques, gestes...). Possibilité de connaître l'influence du contexte sur les comportements. Possibilité d'aider à la construction de l'objet d'étude : observation exploratoire.	L'observé peut être influencé par l'observateur : gêne, manque de naturel, évitement. Difficulté à prendre des notes en même temps que l'on observe. Recueil de données subjectif. Coûteux. Étendue du recueil de données limitée.

3 Le protocole d'étude

L'organisation du recueil de données est formalisée dans un protocole d'étude.
Ce dernier précise :
- les contextes (politique, juridique, sanitaire, social),
- les objectifs,
- la méthodologie (le lieu, la population ciblée, la période, l'outil),
- l'organisation matérielle (le nombre et les rôles des enquêteurs, les précautions pour la protection des données),
- les indicateurs à mesurer,
- le calendrier de l'étude.

Mes notes pour réviser

MOTS CLÉS

Enquête par entretien • Enquête par observation • Enquête par questionnaire • Entretien directif • Entretien exploratoire • Entretien non-directif ou libre • Entretien semi-directif • Grille d'observation • Guide d'entretien • Observation exploratoire • Protocole d'étude • Questionnaire

S'ENTRAÎNER AU BAC
Exercice 13 : p. 86

Savoir 21

Le traitement des résultats

Le traitement des résultats obtenus lors du recueil de données transforme les données en informations. Des informations qui vont être utilisées par les acteurs de la santé et du social.

1 Le dépouillement des résultats

Les données recueillies sont rassemblées dans un document récapitulatif : un tableau de dépouillement. Le dépouillement peut être manuel, mais le plus souvent, il est informatisé. Le traitement manuel ne peut être utilisé que lorsque le nombre de personnes enquêtées est faible.

2 La réalisation de tableaux et de graphiques

Le protocole d'étude précise les indicateurs à mesurer pour atteindre l'objectif de l'étude. Ces indicateurs sont présentés sous forme de tableaux et de graphiques à l'aide des données choisies dans le tableau de dépouillement qui sont ensuite classées, ordonnées, transformées en taux. Ces tableaux et ces graphiques présentent soit une situation à un moment donné, soit une évolution.

EXEMPLE Borréliose de Lyme : estimation de l'incidence hospitalière en France métropolitaine. L'objectif de l'étude est la surveillance de la borréliose de Lyme en France métropolitaine. Ce graphique a été réalisé à partir des données recueillies systématiquement au sein des hôpitaux. L'indicateur retenu est le nombre de cas hospitalisés pour borréliose de Lyme ; le graphique présente l'évolution de 2005 à 2016.

www.santepubliquefrance.fr, 16 janvier 2018.

Borréliose de Lyme : nombre de cas hospitalisés et taux d'incidence hospitalière par année, France métropolitaine, 2005-2016

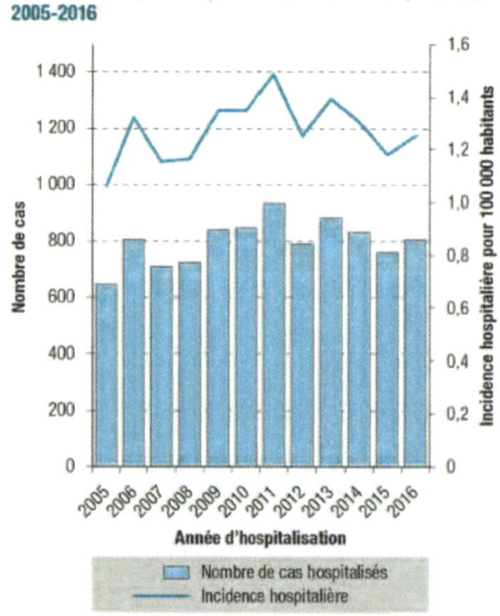

EXEMPLE Étudiants en soins infirmiers ayant envisagé d'interrompre leur formation (en %). L'objectif de l'étude est de connaître l'état de santé des étudiants en soins infirmiers. Ce graphique a été réalisé à partir de données recueillies par une enquête. L'indicateur retenu est le taux d'étudiants en soins infirmiers qui ont envisagé d'interrompre leur formation. Le graphique présente une situation de l'année 2017.

Enquête de la Fédération nationale des étudiants en soins infirmiers (FNESI), 2017.

ESI ayant envisagé d'interrompre leur formation (en %)

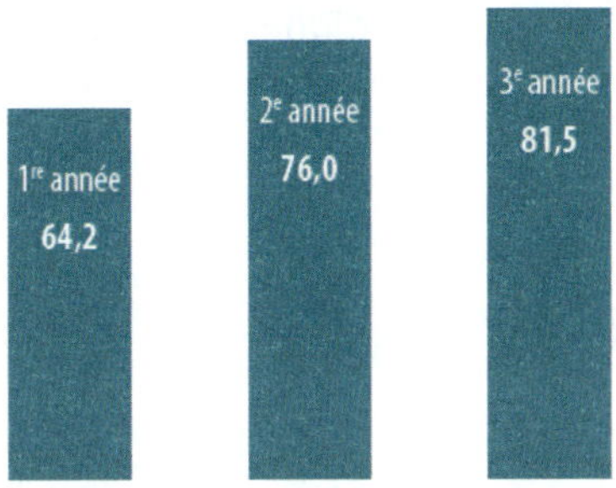

3 L'analyse des résultats

L'analyse des résultats se décompose en une présentation des tendances mises en évidence par le tableau et le graphique, et une explication de ces tendances.
Le recours à des entretiens et à la recherche documentaire est parfois nécessaire pour expliquer les tendances. Pour la présentation des tendances, les informations sont toujours situées dans le temps et dans l'espace et sont illustrées à l'aide de données chiffrées significatives.
Les différentes étapes pour présenter une évolution sont :
- La comparaison de la situation initiale et de la situation finale pour en déduire une diminution, une augmentation ou une stagnation.
- L'évaluation de la force de cette évolution pour la qualifier d'importante, de faible et éventuellement la quantifier (« a doublé », « a eu un taux de croissance de »...).
- La précision du rythme de l'évolution de régulier ou irrégulier.

EXEMPLE D'après Santé publique France, en France métropolitaine, l'incidence hospitalière de la Borréliose de Lyme a augmenté irrégulièrement de façon importante de 2005 à 2016. En 2005, il y a eu 620 hospitalisations et en 2016, 800 soit une augmentation de 29 %.

Les différentes étapes pour présenter une situation sont :
- La présentation des données les plus importantes, les plus fréquentes...
- La comparaison des données avec le total et/ou avec la plus importante pour quantifier « représente la moitié », « est x fois moins importante que »...

EXEMPLE D'après l'enquête de la FNESI de 2017, en France la part des étudiants en soins infirmiers qui a envisagé d'interrompre sa formation est importante. De plus, elle augmente au fur et à mesure de l'avancement dans la formation En première année, 6 étudiants sur 10 ont envisagé d'interrompre leur formation alors qu'en troisième année, ce sont 8 étudiants sur 10.

5. 3. La présentation de l'étude

Les résultats de l'étude vont être utilisés par la personne qui a fait la commande initiale, mais ils peuvent également intéresser beaucoup d'autres acteurs de la santé et du social. Un rapport d'étude rassemble toutes les informations relatives à l'étude : une introduction avec le contexte de l'étude et l'origine de la demande, la démarche d'étude, l'analyse des résultats, la bibliographie des documents utilisés et en annexes, les outils de recueil de données, les tableaux de dépouillement.
Ce rapport peut être imprimé, distribué ou envoyé à des personnes ciblées, ou diffusé sur Internet. Des présentations partielles de l'étude telles que des infographies, des articles de périodiques, des exposés permettent aussi de faire connaître les résultats de l'étude aux professionnels et au grand public.

Mes notes pour réviser

MOTS CLÉS

Dépouillement • *Graphique* • *Indicateur* • *Rapport d'étude* • *Tableau*

....

....

....

....

....

....

....

....

....

....

....

....

....

....

....

S'ENTRAÎNER AU BAC
Exercice 11 : p. 86

Exercice 1 Voir Fiche savoir 1

La notion de santé

Cocher la bonne réponse.

a. Pour l'OMS, la santé individuelle est l'absence de maladie et d'infirmité.

☐ Vrai ☐ Faux

b. La santé est une notion subjective parce qu'elle est influencée par la personnalité.

☐ Vrai ☐ Faux

c. La santé collective et la santé publique sont des synonymes.

☐ Vrai ☐ Faux

d. La santé est dite globale parce qu'elle prend en compte les dimensions physique, mentale et sociale.

☐ Vrai ☐ Faux

e. La santé publique est une discipline dont la finalité est d'améliorer l'état de santé de la population.

☐ Vrai ☐ Faux

FAIT ☐ REVU ☐

Exercice 2 Voir Fiches savoir 2, 5, 8

La pauvreté en France en 2016

Document

La France comptait en 2016 quelque 8,8 millions de personnes pauvres, soit 14 % de la population, selon des chiffres de l'Insee publiés mardi, deux jours avant l'annonce par le président Macron d'une stratégie de lutte contre la pauvreté. Ce taux monte à 19,8 % pour les moins de 18 ans. Autrement dit, un enfant sur cinq en France est pauvre.

[...] Sont considérés comme pauvres celles et ceux qui perçoivent moins de 1 026 euros par mois (pour une personne seule), c'est-à-dire moins de 60 % du revenu médian de la population. Le taux de pauvreté globale est en légère baisse, de 0,2 point par rapport à celui constaté en 2015, ce qui selon l'Insee « s'explique principalement par la mise en place de la prime d'activité » – une aide aux travailleurs à revenus modestes créée début 2016. « La situation vis-à-vis de la pauvreté reste très liée au statut d'activité », souligne l'institut statistique. Ainsi, en 2016 la pauvreté touchait 38,3 % des chômeurs, contre 6,4 % des salariés et 7,7 % des actifs occupés.

[...] Mais la situation familiale joue également un grand rôle dans le risque d'être confronté à des difficultés matérielles. Ainsi, 34,8 % des familles monoparentales sont pauvres – ce qui représente 2 millions de personnes – soit un taux quatre fois plus élevé que les couples avec un ou deux enfants. À partir de trois enfants, en revanche, le taux de pauvreté des familles en couple augmente très nettement, à 23,9 %.

Le niveau médian de vie en France retrouve son niveau de 2008. Le niveau de vie médian en France atteignait 1 710 euros par mois en 2016 – en hausse de 0,9 % sur un an, en euros constants – et retrouve ainsi son niveau d'avant la crise de 2008. Les 30 % de ménages les plus modestes ont vu leur revenu médian augmenter plus que l'ensemble de la population (entre 1,4 et 1,5 % de hausse), mais ne retrouvent pas pour autant leur niveau de revenu d'avant la crise.

Europe 1.fr avec AFP, 11 septembre 2018.

1. Pourquoi peut-on dire que la pauvreté s'enracine en France ?

2. Quelles peuvent être les conséquences des difficultés financières sur le bien-être ?

3. Illustrer la notion d'inégalité sociale à partir de l'exemple de la pauvreté.

FAIT ☐ REVU ☐

Exercice 3 Voir Fiches savoir 3, 4, 6, 7

L'obésité, un enjeu de santé publique

Document

[...] L'épidémie d'obésité se propage dans le monde, entraînant une augmentation des maladies chroniques associées : diabète, maladies cardio-vasculaires, certains cancers... [...] En France, le surpoids et l'obésité sont restés stables entre 2006 et 2015 [...]. Si cette stabilisation est une bonne nouvelle, l'obésité et le surpoids restent à des niveaux élevés. [...]

De fait, l'étude Esteban [publiée en juin 2017] montre que les personnes les moins diplômées sont plus fréquemment obèses. [...] Chez les enfants, ceux dont le père ou la mère n'avaient pas de diplôme ou un diplôme inférieur au baccalauréat étaient plus souvent en surpoids ou obèses. Ces résultats confirment les tendances observées [...], avec de fortes disparités régionales [...]. Là encore, il est montré que le taux d'obésité est inversement proportionnel au niveau socio-économique. [...] Un peu plus de 30 % des femmes dont le revenu mensuel est inférieur à 450 euros sont obèses, ce taux chutant à 7 % chez celles qui disposent de plus de 4 200 euros par mois.

[...] Face à l'obésité, le professeur Arnaud Basdevant [...] a toujours insisté sur la nécessité d'agir sur trois niveaux : l'individu, l'environnement (la famille, l'école, la cantine, l'entreprise...) et le niveau sociétal. [...] Enjeu de santé publique, notamment vers les populations défavorisées, l'obésité est aussi un défi économique : le Trésor a récemment évalué le « coût social » de la surcharge pondérale à environ 20 milliards d'euros. [...]

Santi, Pascal. « L'obésité, maladie de "pauvres" », Le Monde, 13 juin 2017.

1. **Montrer que l'obésité est un problème de santé publique.**

2. **Présenter les différents déterminants de l'obésité.**

FAIT ☐ REVU ☐

Exercice 4 Voir Fiches savoir 9, 10

La protection sociale

1. **Classer dans l'ordre chronologique les différentes étapes de l'évolution de la protection sociale.**

a. **Mise en place d'un système d'assurances sociales par Bismarck en Allemagne.**

b. **Entraide familiale et charité de l'Église.**

c. **Développement de l'assistance pour faire face au chômage.**

d. **Mise en place d'une protection universelle par Lord Beveridge en Angleterre.**

e. **Création de la sécurité sociale.**

f. **Création des caisses de secours mutuels.**

2. **Cocher les bonnes cases.**

TECHNIQUES	ASSURANCE	ASSISTANCE
a. En contrepartie d'une prime ou d'une cotisation		
b. Intervention obligatoire de l'État ou des collectivités locales		
c. Financée par l'impôt		
d. Fondée sur le modèle bismarckien		
e. Fondée sur le modèle Beveridgien		

3. **Présenter le message de l'affiche suivante. Commenter le texte et les illustrations.**

Document

FAIT ☐ REVU ☐

Exercice 5 Voir fiche savoir 11

Les composantes du système de protection sociale

1. Cocher la ou les réponses exactes.

a. **La Sécurité sociale prend en charge les risques :**

☐ vieillesse ☐ maladie
☐ chômage ☐ maternité
☐ dépendance ☐ famille
☐ pauvreté ☐ surrendettement

b. **Les organisemes de protection complémentaire sont :**

☐ les mutuelles
☐ les institutions de prévoyance
☐ l'aide sociale
☐ Pôle emploi
☐ les assurances privées

c. **La plus importante source de financement de la Sécurité sociale :**

☐ les subventions de l'État
☐ la contribution sociale généralisée
☐ les cotisations sociales
☐ les taxes sur l'alcool et le tabac

2. **Relier chaque organisme à sa description.**

Mutuelles •	• Organismes de droit privé à but non lucratif, gérés par des représentants d'employeurs et des représentants de salariés.
Assurances privées •	• Organismes de droit privé à but non lucratif qui versent des prestatons en fonction du besoin.
Institutions de prévoyance •	• Organismes de droit privé à but lucratif qui versent des prestations dont le montant est calculé en fonction des primes versées.

3. **Cocher la bonne réponse.**

a. **L'aide sociale est une protection subsidiaire parce ce qu'elle protège toute la population contre les risques sociaux.**

☐ Vrai ☐ Faux

b. **Le financement de l'aide sociale est assuré par les cotisations sociales.**

☐ Vrai ☐ Faux

c. **L'aide sociale est une protection facultative assurée par l'État et le département.**

☐ Vrai ☐ Faux

d. **L'aide sociale repose sur la solidarité nationale.**

☐ Vrai ☐ Faux

e. **PUMA signifie protection unique maladie.**

☐ Vrai ☐ Faux

f. **Pour bénéficier de la PUMA, l'usager doit avoir verser des cotisations sociales auparavant.**

☐ Vrai ☐ Faux

g. **Tout personne résidant en France de manière stable et régulière depuis plus de trois mois peut bénéficier de la PUMA.**

☐ Vrai ☐ Faux

FAIT ☐ REVU ☐

Exercice 6

Voir Fiche savoir 2

Effet de la complémentaire santé sur le recours aux soins par rapport à la non couverture

Document

Poste de soins	Complémentaire hors CMU-C* (en %)	CMU-C* (en %)	Probabilité moyenne de renoncer à des soins pour les personnes sans couverture complémentaire
Tous soins confondus	**−20**	**−28**	**53 %**
Médecins	**−4**	**−6**	**13 %**
Omnipraticiens	−3	−5	10 %
Spécialistes	−3	−5	8 %
Optique	−9	−11	25 %
Dentaire	**−14**	**−21**	**40 %**
Soins conservateurs	−3	−5	14 %
Soins prothétiques	−10	−16	26 %

* Couverture maladie universelle complémentaire, devenue CSS (complémentaire santé solidaire) depuis le 1er novembre 2019.

Noémie Jess, « Les effets de la couverture maladie universelle complémentaire sur le recours aux soins », Études et Résultats, n° 944, Drees, décembre 2015.

1. **Présenter le tableau.**

2. **Définir le renoncement aux soins. Illustrer votre réponse à l'aide des informations du tableau.**

3. **Pourquoi 53 % des personnes sans couverture complémentaire renoncent à des soins ?**

4. **Citer quatre dispositifs qui permettent de lutter contre le renoncement aux soins, différents que ceux mis en œuvre par la protection sociale.**

FAIT ☐ REVU ☐

Exercice 7

Voir Fiches savoir 13, 14

La santé environnementale

Document

« Chacun a le droit de vivre dans un environnement équilibré et respectueux de la santé. » (article 1er de la Charte de l'environnement, 2004)

2004 constitue une année charnière, avec l'adoption de la Charte de l'environnement et du premier plan national santé-environnement (PNSE). Sous l'égide des ministères en charge de l'Environnement et de la Santé, la quatrième édition de ce plan est actuellement élaborée en partenariat avec les partenaires intéressés à la santé environnementale. [...]

Une expertise publique s'est progressivement structurée sur le champ de la santé-environnement afin de répondre aux préoccupations légitimes et croissantes de la société, de contribuer de manière effective à la protection de la santé des populations (en mettant en œuvre les actions de remédiation ou de prévention ciblées sur les facteurs de risque) et d'évaluer l'efficacité des politiques publiques mises en œuvre. Avec la création en 2010 de l'Agence nationale de sécurité sanitaire de l'alimentation, de l'environnement et du travail (Anses) et celle de Santé publique France en 2016, l'État s'est doté de deux agences de sécurité sanitaire qui lui permettent de couvrir un spectre très large et complémentaire de la santé environnementale. Les missions de l'Anses sont focalisées sur les vigilances et l'évaluation de la toxicité des substances ou agents physiques et des risques liés à l'alimentation, à l'environnement et aux produits de consommation courante. De son côté, Santé publique France est chargée de la surveillance de la santé des populations afin de protéger la santé de tous. [...]

Les agences de santé ont pour mission de produire l'expertise permettant d'objectiver les risques et les impacts de l'environnement sur la santé. Cette analyse pose peu de difficultés en présence d'un lien causal entre un facteur de risque environnemental et une pathologie. C'est le cas, par exemple, de l'exposition au plomb (saturnisme infantile) ou à l'amiante (mésothéliome). Cependant, dans le cas où les connaissances épidémiologiques établissant la causalité ne sont pas suffisamment avancées (expositions aux substances chimiques, à des milieux contaminés, tels que les sols pollués, ou aux champs électromagnétiques), l'expologie, la toxicologie, l'évaluation quantitative des risques sanitaires apportent des éléments utiles aux pouvoirs publics pour réduire les risques, voire adopter le principe de précaution, et définir les politiques de prévention.

Service des données et des études statistiques du Commissariat général au développement durable, L'Environnement en France, Focus environnement & santé, La Documentation Française, 2019.

1. **Citer les différents acteurs qui interviennent dans le domaine de la santé environnementale et leurs rôles respectifs.**

2. **Après avoir présenté la veille et la sécurité sanitaires, préciser la place des agences de santé et de Santé publique France au sein de celles-ci.**

FAIT ☐ REVU ☐

Exercice 8

Voir Fiches savoir 15, 16

Le projet Alim'Activ de l'Île-de-France

Document

Le projet Alim'Activ part du constat d'une [...] difficulté à répondre à l'ensemble des besoins alimentaires d'un point de vue quantitatif et qualitatif. [...] La première étape de ce projet [...] vise à objectiver ce constat par la réalisation d'un diagnostic de l'aide alimentaire. [...]. Ce diagnostic s'appuie sur plusieurs sources d'informations recueillies entre juillet et décembre 2018 [...] :

- une analyse documentaire [...] ;
- les réponses des associations d'aide alimentaire et des CCAS du territoire d'étude à un questionnaire en ligne portant sur leurs services, leurs publics [...] ;
- des entretiens avec des professionnels de la santé [...], avec des bénéficiaires et des bénévoles lors de distributions alimentaires aux Restos du Cœur [...] ;
- des groupes de travail [...] avec des bénéficiaires de plusieurs associations d'aide alimentaire (Restos du Cœur, Secours populaire, Croix-Rouge...) [...], avec des représentants des associations d'aide alimentaire, des CCAS et du conseil départemental de Seine-Saint-Denis.

« Projet Alim'Activ. Agir contre la précarité alimentaire par la coordination territoriale », www.solidarites-actives.com, janvier 2019.

1. **Quel est le domaine concerné par ce projet ?**

2. **Quel est le mode d'intervention sociale mis en œuvre dans le projet Alim'Activ ? Justifier votre réponse.**

FAIT ☐ REVU ☐

Exercice 9 Voir Fiche savoir 17

Le réseau de santé mentale Pays Basque

Document

Pourquoi un réseau Santé Mentale ?

Les problématiques de santé mentale concernent aujourd'hui l'ensemble des professionnels : du secteur social, médico-social et du sanitaire. Les modalités d'accompagnement évoluent et, nécessitent de plus en plus des interventions pluridisciplinaires.

Le réseau souhaite apporter un soutien et une aide concrète aux acteurs et aux institutions sanitaires publiques et privées, sociales et médico-sociales au Pays Basque, afin d'optimiser les prises en charge des personnes en souffrance psychique. Il n'a pas pas vocation à prendre directement en charge les personnes, mais à créer un espace d'échange, de formations, de réflexion pour les professionnels.

Objectifs stratégiques du réseau

1) Mieux connaître et comprendre les problématiques de santé mentale

2) Améliorer la qualité des interventions
3) Développer des outils opérationnels en proposant un programme de formation, un site internet, un annuaire en ligne et la création d'une cellule de coordination des situations complexes.

Comment fonctionne le réseau ?

Il fonctionne avec :

– un comité de pilotage, chargé de définir les orientations stratégiques, d'assurer leurs mises en œuvre et leurs évaluations ;

– un comité technique chargés de définir et mettre en œuvre les objectifs opérationnels du réseau. Il est composé de professionnels (médecins, infirmiers, assistants sociaux..) affiliés aux structures des membres fondateurs (conseil [départemental] 64, CHCB*, UDCCAS : Union Départementale des centres communaux d'action sociale ;

– un coordinateur, qui apporte un soutien technique pour mettre en œuvre, assurer le suivi et l'évaluation des projets initiés par le comité technique en lien avec les différents partenaires. Il a également la mission de développer des actions de terrain et d'assurer un rôle de médiation entre les différents acteurs ;
– des adhérents, qui sont à la fois acteurs et bénéficiaires des actions du Réseau.

Je souhaite adhérer au réseau :

– Je signe la charte et je la respecte.

– Je participe à minima à une activité organisée par le réseau pendant l'année.

– Je partage des informations susceptibles de contribuer aux activités du réseau tout en garantissant la confidentialité des données realtives aux personnes.

* Centre hospitalier de la Côte Basque.
D'après la plaquette de présentation du Conseil local de santé mentale Navarre-Côte Basque.

1. **Citer les acteurs du réseau de santé, en différenciant ceux qui font partie du système de soins et les autres. Puis préciser l'intérêt de cette diversité d'acteurs.**

2. **Expliquer la phrase en gras « des adhérents, qui sont à la fois acteurs et bénéficiaires des actions du Réseau ».**

3. **À quoi s'engagent les adhérents au réseau vis-à-vis des informations collectées ? Pourquoi ?**

FAIT ☐ REVU ☐

Exercice 10 Voir Fiche savoir 18

La construction de l'objet d'étude

1. **Classer dans l'ordre chronologique les différentes étapes de la construction de l'objet d'étude suivantes.**

a. **La formulation des hypothèses** **b.** **La recherche d'informations** **c.** **La commande initiale** **d.** **La définition de la question de départ** **e.** **La délimitation de l'objet d'étude**

Exercice 11 Voir Fiche savoir 21

Le diabète dans le monde

Document

Données sur le diabète par régions du monde

Les régions du monde qui concentrent les pays à revenu faible ou intermédiaire sont indiqués en **gras.**
Les régions du monde qui concentrent les pays à revenu élevé ne sont pas indiqués en gras.

PRÉVALENCE ET NOMBRE ESTIMATIFS DE DIABÉTIQUES (adultes de 18 ans ou plus)

	Prévalence (%)		Nombre (millions)	
	1980	2014	1980	2014
Région africaine	3.1 %	7.1 %	4	25
Région des Amériques (Amérique du Nord et Amérique du Sud)	5 %	8.3 %	18	62
Région de la Méditerranée orientale (Egypte, Maroc, Tunisie...)	5.9 %	13.7 %	6	43
Région européenne (dont les pays de l'UE et la Russie)	5.3 %	7.3 %	33	64
Région de l'Asie du Sud-Est (dont l'Inde)	4.1 %	8.6 %	17	96
Région du Pacifique occidental (dont Chine, Japon et Australie...)	4.4 %	8.4 %	29	131
Total	**4.7 %**	**8.5 %**	**108**	**422**

Organisation Mondiale de la Santé. *Rapport mondial sur le diabète*.
Disponible sur www.who.int (consulté le 28 août 2017).

1. Vérifier la qualité des informations.
2. Analyser le tableau.

FAIT ☐ REVU ☐

Exercice 12 Voir Fiche savoir 19

La dépression a progressé en France entre 2010 et 2017

Document

Selon une étude du Bulletin épidémiologique hebdomadaire, le trouble touche de plus en plus les étudiants et les personnes à faibles revenus. [...] À partir d'un questionnaire réalisé auprès de 25 319 personnes, le BEH conclut qu'« en 2017, près d'un adulte de 18 à 75 ans sur dix avait déclaré avoir vécu un épisode dépressif caractérisé ayant eu un retentissement sur ses activités habituelles au cours des douze derniers mois ». L'épisode dépressif caractérisé ou EDC ne correspond en rien à la « déprime » passagère qui peut gagner tout un chacun, il répond à des critères précis, tels qu'une période de quinze jours au moins de tristesse ou de perte d'intérêt associée à au moins trois facteurs secondaires – baisse ou augmentation du poids, difficultés de sommeil, pensées morbides, etc. [...]

Le Monde avec AFP, « La dépression a progressé en France entre 2010 et 2017 », lemonde.fr, 16 octobre 2018.

Présenter les caractéristiques de l'étude.

FAIT ☐ REVU ☐

Exercice 13 Voir Fiche savoir 20

La Nuit de la Solidarité

Document

Qu'est-ce que la Nuit de la Solidarité, et pourquoi en organiser une chaque année ?

[...] La municipalité a élaboré le Pacte parisien de lutte contre la grande exclusion 2015-2020 [...] L'une de ces actions vise à mieux connaître le nombre de personnes sans-abri, ainsi que leurs besoins : c'est la raison pour laquelle Paris a organisé en 2018 la première « Nuit de la Solidarité ». La Nuit de la Solidarité consiste à décompter, une nuit donnée et de façon la plus exhaustive possible, le nombre de personnes en situation de rue (c'est-à-dire n'ayant pas d'endroit où dormir ou dormant dans un endroit impropre au sommeil, tel qu'une voiture, un hall d'immeuble, etc.). Il est proposé à chaque personne rencontrée, anonymement et sur la base du volontariat, de répondre à un questionnaire, qui permet de mieux connaître les besoins.[...]

Comment s'est déroulée la Nuit de la Solidarité du jeudi 7 février 2019 ?

Comme l'an passé, aux côtés de la Ville, de l'État, [...] et associatifs, les citoyens ont été invités à se mobiliser largement pour rendre la démarche possible. Il s'agissait de constituer plus de 360 équipes, réunissant professionnels et citoyens, qui sont allés dans l'espace public, les salles d'attente des urgences, les gares et les stations parisiennes du métro, les parkings, halls et caves d'immeubles. [...].

https://www.paris.fr

1. Présenter les différents modes de recueil de données qui sont mis en œuvre lors de la Nuit de la Solidarité.
2. Pourquoi proposer un protocole d'étude aux enquêteurs serait important pour cette étude ?

FAIT ☐ REVU ☐

Exercice 1

La notion de santé

a. Faux b. Vrai c. Faux d. Faux e. Vrai

Exercice 2

La pauvreté en France en 2016

1. La pauvreté monétaire est la situation de toute personne dont le revenu mensuel est inférieur au seuil de pauvreté. Le seuil de pauvreté correspond à 60 % du niveau de vie médian (le salaire médian sépare la population en deux : autant gagne moins, autant gagne plus). En 2016, les indicateurs relatifs à la pauvreté monétaire permettent d'affirmer que la pauvreté s'enracine en France : 8,8 millions de personnes sont pauvres, soit 14 % de la population générale, mais 19,8 % pour les moins de 18 ans soit 1 enfant sur cinq est pauvre.

2. Le bien-être est l'état de satisfaction globale de l'individu par rapport à sa vie : l'individu est en harmonie avec lui et avec les autres. Pour cela, il doit satisfaire de nombreux besoins concernant à la fois sa santé physique, psychologique et sociale, sa situation matérielle et économique. Or la pauvreté ne permet pas de satisfaire de nombreux problèmes tels qu'habiter dans un logement, s'alimenter correctement en quantité et en qualité, avoir des loisirs. De plus pour Maslow, le sentiment de bien-être est atteint lorsque tous les besoins fondamentaux sont satisfaits. Il présente les besoins dans une pyramide sachant qu'un besoin de niveau supérieur ne peut être satisfait que lorsque les besoins de niveaux inférieurs l'ont été. Par exemple, à la base de la pyramide, les besoins à satisfaire sont les besoins physiologiques (se laver, manger, dormir...) et le besoin de sécurité (le logement, le travail...). À partir du moment où ces besoins ne sont pas satisfaits du fait des difficultés financières, l'individu ne pourra pas accéder aux besoins d'un niveau supérieur tels que le besoin d'appartenance, l'estime de soi.

3. Une inégalité est une différence entre des individus et des groupes sociaux qui porte sur une ressource socialement valorisée. Le revenu peut être à l'origine d'une inégalité puisque c'est un besoin fondamental comme nous l'avons démontré dans la question précédente, c'est donc une ressource socialement valorisée. Les inégalités face à la pauvreté sont des inégalités sociales puisqu'elles sont liées à la situation socio-économique qu'occupe la personne : en 2016, en France, la pauvreté est plus fréquente chez les chômeurs (38,3 % des chômeurs,), chez les familles monoparentales (33,8 %), chez les familles nombreuses (22,9 %) que dans la population générale où elle est de 14 %.

Exercice 3

L'obésité, un enjeu de santé publique

1. Un problème de santé publique a pour caractéristiques une situation épidémiologique inquiétante, des conséquences importantes pour la société, et nécessite la mise en place de mesures collectives par les pouvoirs publics. Effectivement l'obésité est un problème de santé publique parce que d'une part la prévalence du surpoids et l'obésité sont restés à un niveau élevé en 2006 et 2015 en France et l'obésité est un facteur de risque du diabète, des maladies cardiovasculaires et de certains cancers. D'autre part, le Trésor évalue le coût de la surcharge pondérale pour la société a environ 20 milliards d'euros (frais pour rembourser les soins, les arrêts maladie, pour faire de la prévention,...). De plus, le professeur Arnaud Basdevant en affirmant que pour lutter contre cette épidémie, il faut agir à la fois au niveau individuel, environnemental et sociétal reconnait la nécessité de l'intervention des pouvoirs publics.

2. Un déterminant est un facteur qui influence positivement ou négativement l'état de santé.
Les déterminants de l'obésité sont d'une part les déterminants sociaux. Le niveau d'étude influence la prévalence de l'obésité : moins les personnes sont diplômées, plus la prévalence est élevée ; cela se vérifie aussi avec le diplôme des parents. Le niveau socio-économique est aussi un exemple de déterminants sociaux : le taux d'obésité est inversement proportionnel au revenu mensuel des femmes. D'autre part, les déterminants environnementaux influencent également la prévalence de l'obésité : suivant les régions, la prévalence de l'obésité n'est pas la même.

Exercice 4

La protection sociale

1.

b.	f.	a.	d.	e.	c.

2. Assurance : a. d. ; assistance : b. c. e.

3. **La solidarité est un principe sur lequel repose la redistribution ou l'échange de ressources entre des personnes ou des groupes sociaux ; c'est un devoir moral pour les personnes de s'entraider du fait de la prise de conscience de la dépendance qu'il existe entre eux. Or, la protection sociale met en œuvre la solidarité :**

– la solidarité nationale lorsque l'État intervient dans la vie économique et sociale de la société ; on parle de l'État-providence ; les impôts sont collectés puis redistribués par exemple aux personnes précaires sous la forme du revenu de solidarité active ;

– la solidarité professionnelle repose sur la contribution des salariés et des employeurs qui versent des cotisations sociales à l'Union de Recouvrement des cotisations de Sécurité Sociale et d'Allocations Familiales (URSSAF) qui seront ensuite redistribuées par exemple sous forme de pension vieillesse aux retraités. Il y a solidarité entre générations : les personnes actives et les personnes retraitées.

Exercice 5

Les composantes du système de protection sociale

1. a. **vieillesse, maladie, maternité, famille**

b. **les mutuelles, les institutions de prévoyance, les assurances privées**

c. **les cotisations sociales**

2. Mutuelles : Organismes de droit privé à but non lucratif qui versent des prestations en fonction du besoin. Assurances privées : Organismes de droit privé à but lucratif qui versent des prestations dont le montant est calculé en fonction des primes versées. Institutions de prévoyance : organismes de droit privé à but non lucratif, gérés par des représentants d'employeurs et des représentants de salariés.

3. a. Faux **b.** Faux **c.** Faux **d.** Vrai **e.** Faux **f.** Faux **g.** Vrai

Exercice 6

Effet de la complémentaire santé sur le recours aux soins par rapport à la non couverture

1. **Le tableau diffusé par la DREES présente l'effet de la complémentaire santé sur le recours aux soins que ce soit des soins médicaux, d'optique ou dentaire. Les données chiffrées présentent la comparaison entre le recours aux soins des personnes avec une couverture complémentaire et ceux qui n'on pas de couverture. La couverture complémentaire peut-être : une mutuelle, une assurance privée, une institution de prévoyance.**

Depuis le 1er novembre 2019, la complémentaire santé solidaire a remplacé la CMU-c (Couverture maladie universelle – complémentaire). Elle aide les personnes dont les ressources sont modestes et pour lesquelles il est difficile d'adhérer à un organisme complémentaire : le bénéficiaire ne paie pas les consltations chez le médecin, le dentiste, le kinésithérapeute, le forfait hospitalier, les médicaments et la plupart des lunettes et des prothèses dentaires.

2. **Le renoncement aux soins est la non sollicitation du système de soins par une personne alors qu'elle ressent les symptômes d'un éventuel problème de santé. Les obstacles à l'origine de ce renoncement peuvent être d'origine financière, un exemple d'obstacle financier est présenté dans le tableau : les personnes renoncent aux soins à cause du coût trop élevé du reste à charge et de l'absence de complémentaire santé.**

3. **Quasiment une personne sans protection complémentaire sur deux renonce à des soins médicaux du fait de la part des frais de santé qui restent à la charge de l'assuré :**

– le ticket modérateur, part des frais de santé qui reste à la charge de l'assuré après le remboursement de l'assurance maladie ;

– les dépassements d'honoraires lorsque le médecin appartient au secteur 2 et de ce fait pratiquent des tarifs supérieurs aux tarifs conventionnels fixés par la Sécurité sociale. La différence entre les deux reste à la charge de l'assuré ;

– le forfait hospitalier, la participation aux frais d'hospitalisation.

4. **Différents dispositifs ont pour objectif de lutter contre le renoncement aux soins : les programmes régionaux d'accès à la prévention et aux soins**

(PRAPS), la télémédecine, la permanence des soins ; la permanence d'accès aux soins de santé.

Exercice 7

La santé environnementale

1. Les différents acteurs qui interviennent dans le domaine de la santé environnementale sont :
– Les ministères en charge de l'Environnement et de la Santé et les partenaires intéressés par la santé environnementale qui élaborent le 4e plan national santé-environnement.
– L'Agence nationale de sécurité sanitaire de l'alimentation, de l'environnement et du travail (Anses) qui assure la vigilance et évaluation de la toxicité des substances ou agents physiques et des risques liés à l'alimentation, à l'environnement et aux produits de consommation courante.
– Santé publique France qui surveille la santé des populations afin de protéger la santé de tous.

2. Les modes d'intervention mis en œuvre dans le 4e plan national de santé-environnement sont la veille sanitaire et la sécurité sanitaire.
La veille sanitaire est l'ensemble des actions qui cherchent à repérer tout évènement pouvant présenter un risque pour la santé qu'il soit connu (surveillance épidémiologique) ou non connu. Par exemple Santé publique France surveille en permanence la santé de la population.
La sécurité sanitaire a pour objectif de réduire la probabilité de réalisation des risques qui menacent la santé de la population. Par exemple les agences de santé essayent d'établir des liens entre un facteur de risque et une pathologie telle que l'exposition au plomb qui est un facteur de risque du saturnisme infantile.

Exercice 8

Le projet Alim'Activ de l'Île de France

1. Le domaine concerné par le projet est l'aide alimentaire.

2. Le projet Alim'Activ est un exemple de développement social parce premièrement, c'est une démarche collective qui fait intervenir de nombreux acteurs locaux :
– des associations d'aide alimentaire : les Restos du cœur, Secours populaire, Croix-Rouge ;
– des centres communaux d'action sociale est un établissement public communal dont l'une de ces attributions est l'offre de services facultatifs tel que l'aide alimentaire ;
– le Conseil départemental de Seine-Saint-Denis ; qui sont, entre autres, compétents pour lutter contre la pauvreté et l'exclusion sociale.
De plus, les habitants participent au projet pour que ce dernier apporte une réponse adaptée à leurs besoins. Ils ont participé à la première étape du projet pour faire le point sur l'aide alimentaire sur le territoire de la Seine-Saint Denis. Ce diagnostic est un diagnostic local et collectif parce qu'il va permettre d'identifier sur un territoire donné les besoins exprimés par la population. Pour cela, la population a participé à des entretiens et des groupes de travail.

Exercice 9

Le réseau de santé mentale Pays Basque

1. Les acteurs qui font partie du système de soins sont : les médecins et les infirmiers. Les autres sont : des professionnels du secteur social, médico-social dont les assistants sociaux. Le réseau de santé cherche à optimiser les prises en charge des personnes en souffrance psychique. Les problèmes rencontrés par ces personnes concernent à la fois le domaine sanitaire, sociale et médico-social ; l'interdisciplinarité est une des caractéristiques d'un réseau de santé pour une prise en charge globale.

2. Le réseau regroupe des professionnels pour assurer la prise en charge des personnes atteintes de maladies mentales ; ainsi ils sont acteurs du projet. Ils ne prennent pas en charge directement les personnes mais partagent les informations les concernant pour améliorer leur prise en charge. Mais ils sont aussi des bénéficiaires parce que le réseau leur propose un soutien, un espace d'échange, des formations, un site Internet, un annuaire en ligne et une cellule de coordination des situations complexes.

3. Les professionnels adhérents au réseau s'engagent à partager des informations tout en garantissant la confidentialité des données relatives aux personnes. Ces données sont des données dites personnelles parce que les informations sont relatives à une personne que l'on peut identifier directement à partir de son nom et prénom, de son numéro de Sécurité sociale. De plus, certaines de ces données sont sensibles parce qu'elles concernent la santé des personnes.

Les données personnelles doivent être protégées par le secret professionnel qui interdit à certains professionnels (par exemple les professionnels de santé, les assistants de service social) de révéler ce qu'ils ont appris, compris, vu, entendu ou deviné dans le cadre de leur profession sous peine de sanctions pénales.

Exercice 10

La construction de l'objet d'étude

c.	d.	b.	e.	a.

Exercice 11

Le diabète dans le monde

1. Les données sur le diabète par régions du monde sont de qualité :
- Elles sont fiables parce que les références bibliographiques sont présentes (Organisation mondiale de la Santé, Rapport mondial sur le diabète) et le producteurs de données est une structure officielle.
- Les données sont situées dans l'espace et dans le temps, à savoir les régions du monde en 1980 et 2014.
- Les données sont pertinentes ; elles sont en adéquation avec le titre du tableau.
- Ce sont des données récentes.
- Les données sont accessibles sur www.who.int.

2. Dans le monde, de 1980 à 2014, le taux de prévalence du diabète (nombre de diabétiques/population totale) a fortement augmenté, il est passé de 4,7 % à 8,5 % soit un taux de croissance de 80 %. la prévalence du diabète a augmenté plus rapidement dans les pays à revenu faible ou intermédiaire que dans les pays à revenu élevé. D'ailleurs, la région du monde qui a connu la plus forte évolution est la région de la Méditerranée orientale soit 130 %. C'est aussi la région qui a le taux de prévalence le plus élevé en 2014, soit un taux de 13,7 %. Mais si l'on s'intéresse au nombre de diabétiques, c'est la région du Pacifique occidental qui cumule le plus de personnes diabétiques, c'est-à-dire 131 millions de diabétiques, soit quasiment ½ des malades du diabète. C'est la région africaine qui a le taux de prévalence et la prévalence les moins élevés.

Exercice 12

La dépression a progressé en France entre 2010 et 2017

Les caractéristiques de cette étude sont les suivantes :
- Étude descriptive parce qu'elle présente les caractéristiques démographiques et sociales des personnes ayant connu un épisode dépressif caractérisé (âge, sexe, revenus).
- Les données recueillies sont des données quantitatives parce que l'épisode dépressif caractérisé répond à des critères précis quant à sa durée et à ses manifestations.
- La population cible est : les adultes de 18 à 75 ans de France.
- Le recueil de données est réalisé sur un échantillon de la population de 25 319 personnes.

Exercice 13

La Nuit de la Solidarité

1. Une observation permet de compter le nombre de personnes en situation de rue. Ce recueil pourrait permettre d'atteindre l'exhaustivité c'est-à-dire la possibilité de décompter toutes les personnes concernées en une nuit.
Un deuxième type de recueil de données est réalisé en même temps : une enquête par questionnaire pour connaître les besoins de la personne en situation de rue.

2. Diffuser un protocole d'étude à tous les enquêteurs serait important parce qu'il permettait de préciser l'organisation matérielle de l'enquête : les lieux, la population ciblée, la période, l'outil, ainsi que les protection des données) et les indicateurs à mesurer. Les enquêteurs sont nombreux (plus de 360 équipes) et ne sont pas tous des professionnels et ils doivent être efficaces en une nuit. Ce document pourrait leur rappeler ce qui leur aura été expliqué lors de la préparation de la Nuit de la Solidarité. En plus, cet évènement se répète chaque année ; ce protocole, après une mise à jour des dates, pourrait être réutilisé chaque année.

De l'appareil à la molécule

1 Les niveaux d'organisation

L'homme est une structure hiérarchisée en différents niveaux d'organisation : l'organisme, les appareils ou systèmes, les organes, les tissus, les cellules et les molécules **(Doc. 1)**.

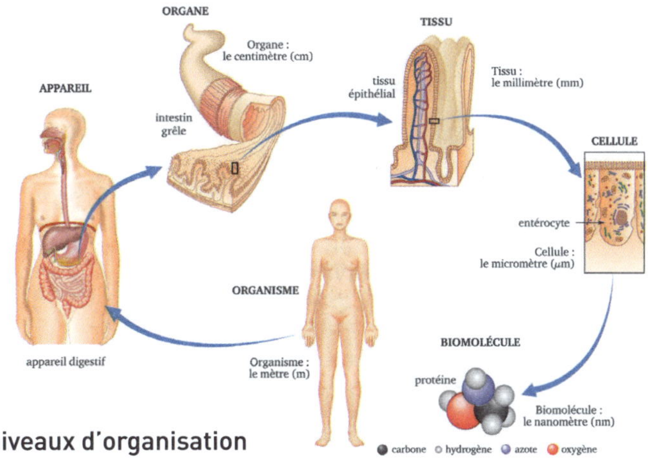

Doc. 1 Les niveaux d'organisation

2 Coupes et orientation dans l'espace

Les coupes sont obtenues à partir de projetés placés sur un individu en position anatomique. Elles permettent d'observer des organes dans différents axes et d'obtenir des précisions sur la localisation, l'étendue, la forme d'une pathologie. Il existe trois plans : le plan frontal, le plan transversal et le plan sagittal **(Doc. 2)**.
La localisation des organes est identifiée grâce aux termes relatifs à l'orientation : antérieur, postérieur, supérieur, inférieur, médian, latéral, proximal, distal.

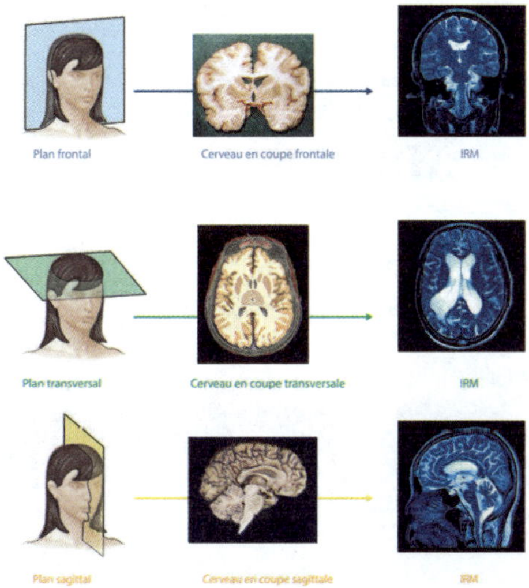

Doc. 2 Les différentes coupes possibles d'un cerveau

3 Organes des cavités

Les organes sont logés dans **(Doc. 3)** :
– les cavités crânienne et rachidienne qui renferment l'encéphale et la moelle épinière ;
– la cavité thoracique qui contient les appareils respiratoire et cardiovasculaire ;
– la cavité abdominopelvienne qui est organisée en deux plans : un plan superficiel (des organes de l'appareil digestif), et un plan profond (les reins).

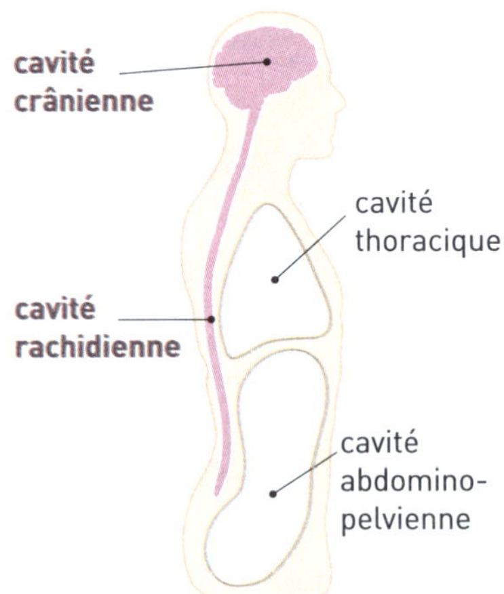

Doc. 3 Les cavités de l'organisme

4 Les tissus

Un tissu est un ensemble de cellules ayant la même origine et participant à la même fonction. La structure et la fonction d'un organe dépendent de l'agencement des tissus qui le composent. Il existe quatre grandes familles de tissus **(Doc. 4)**.

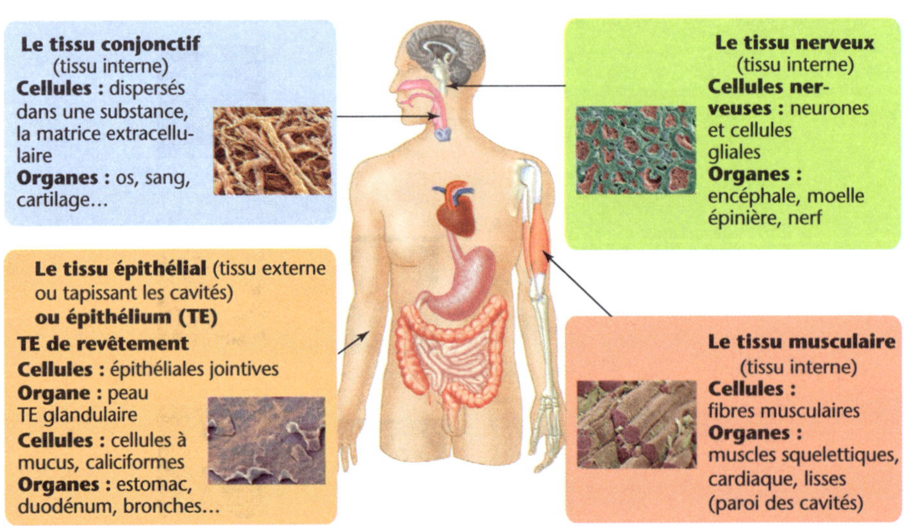

Doc. 4 Les quatre familles de tissus

5 Les cellules : structure, ultrastructure et molécules

La cellule est la plus petite unité structurale et fonctionnelle des êtres vivants. Sa structure présente trois caractéristiques fondamentales : une membrane plasmique, un noyau et du cytoplasme.

Son ultrastructure, visible au microscope électronique, permet d'observer des organites présents dans le cytoplasme **(Doc. 5)**. Les cellules présentent une grande diversité de tailles, de formes et de fonctionnements. Les molécules composant les cellules sont des associations d'atomes, il s'agit :

– des glucides, lipides, protides des membranes cellulaires et des organites ;

– des acides nucléiques impliqués dans l'organisation du noyau.

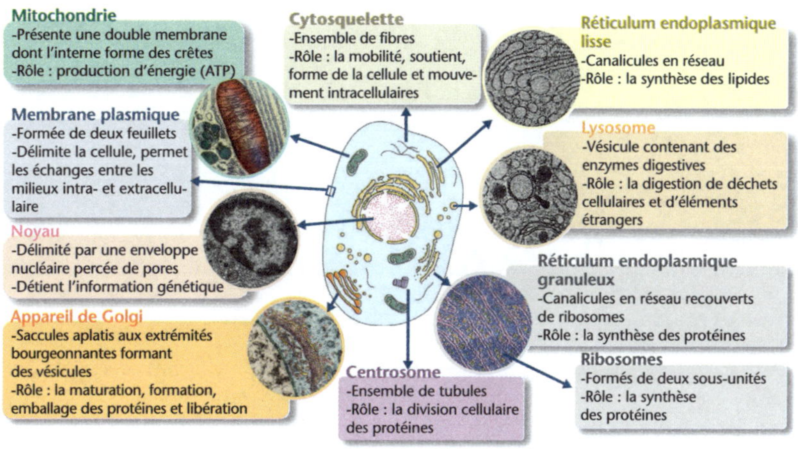

Doc. 5 Ultrastructure d'une cellule

6 Interdépendance des systèmes et appareils

Les appareils et les systèmes coopérent au maintien de l'équilibre du milieu intérieur de l'organisme : homéostasie. Cet équilibre est assuré par des mécanismes de régulation qui assurent la circulation de la matière et de l'information et par les échanges avec l'environnement **(Doc. 6)**.

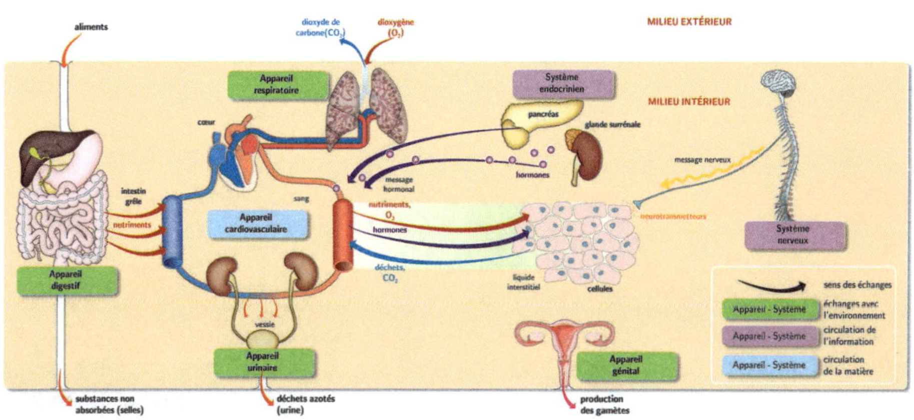

Doc. 6 Interdépendance des appareils et systèmes

Mes notes pour réviser

MOTS CLÉS

Appareils • Cavités • Cellules • Coupes • Frontal • Homéostasie • Molécules • Niveaux d'organisation • Organes • Organisme • Sagittal • Système • Tissus • Transversal

S'ENTRAÎNER AU BAC
Exercice 1 : p. 143

Savoir 2

Organisation du squelette et du système nerveux

Le squelette est formé d'os unis par des articulations. Le système nerveux comprend le système nerveux central qui analyse les informations, et le système périphérique qui les conduit.

1 Organisation du squelette

1.1. Le squelette axial et appendiculaire

Le squelette axial (crâne, rachis, côtes, sternum) protège les organes. Le squelette appendiculaire (membres et ceintures) permet les mouvements **(Doc. 1)**.

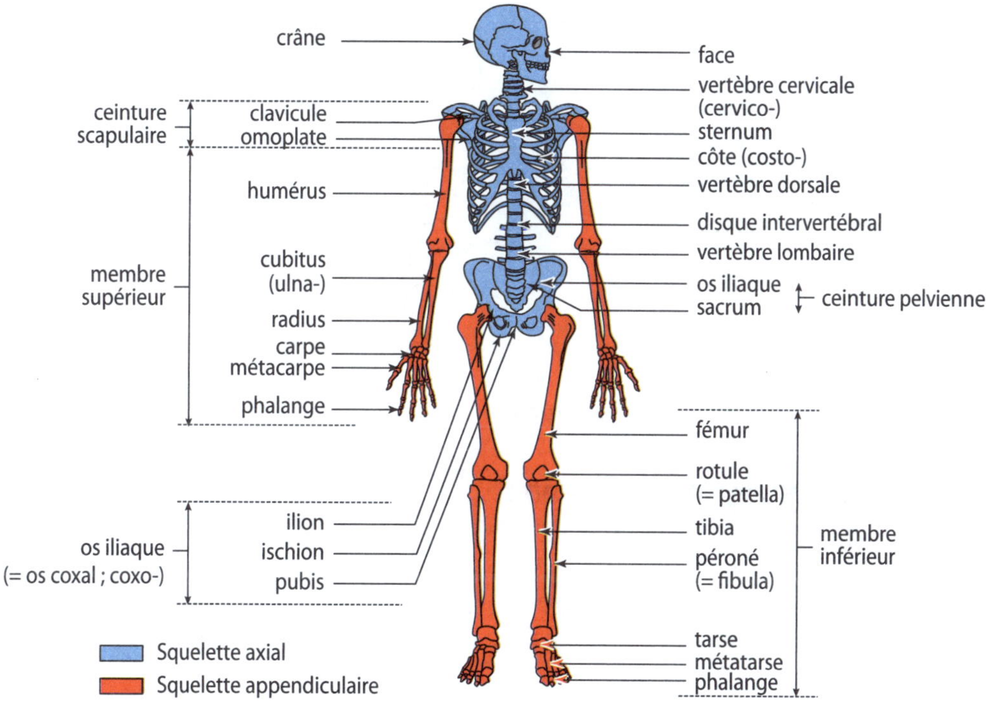

Doc. 1 Les principaux os des squelettes axial et appendiculaire

1.2. Constituants d'une articulation mobile

Une articulation mobile est synoviale. Elle est entourée d'une capsule articulaire, tapissée par la membrane synoviale. Elle sécrète le liquide synovial, protecteur et nourricier Les os sont recouverts de cartilage. Des ligaments renforcent et maintiennent l'articulation.

BPH

2 Organisation des systèmes nerveux central et périphériques (Doc. 2)

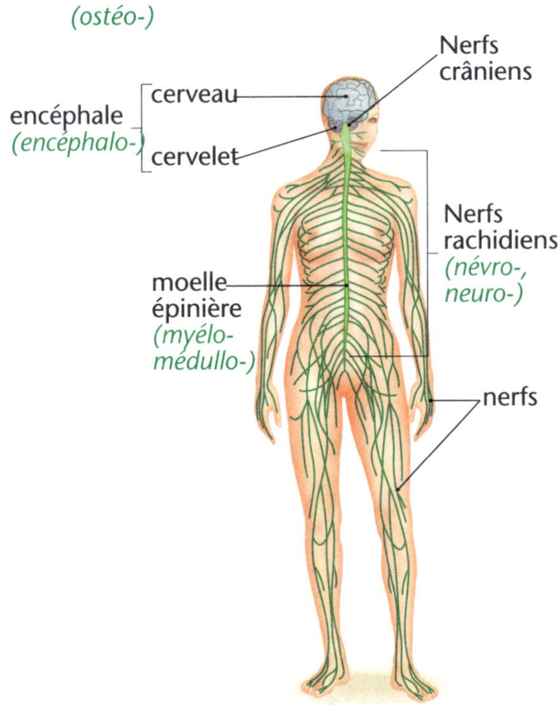

Doc. 2 Le système nerveux humain vu de dos

2.1. Le système nerveux central

a) L'encéphale

Il est composé des deux hémisphères cérébraux, du cervelet et du bulbe rachidien. Chaque hémisphère est recouvert d'une écorce de substance grise et de la substance blanche plus interne. Le cortex cérébral est divisé en quatre lobes, divisés chacun en aires spécialisées.

b) La moelle épinière

Elle est protégée par les vertèbres. La substance grise est centrale et la substance blanche est périphérique. Les racines dorsales conduisent les informations sensorielles, les racines ventrales conduisent les informations motrices. La moelle épinière possède deux fonctions : l'intégration des informations et la conduction des messages.

2.2. Le système nerveux périphérique

Il comprend les nerfs crâniens (12 paires) et rachidiens (31 paires). Ils sont formés de fibres nerveuses, les axones, regroupés en faisceaux. Ils peuvent être sensitifs, moteurs ou mixtes.

3 Structure du neurone

Il est formé d'un corps cellulaire (dans la substance grise), de prolongements fins les dendrites et d'un prolongement long l'axone (dans la substance blanche) **(Doc. 3)**. Il reçoit l'information au niveau des dendrites et les transmet à l'axone.

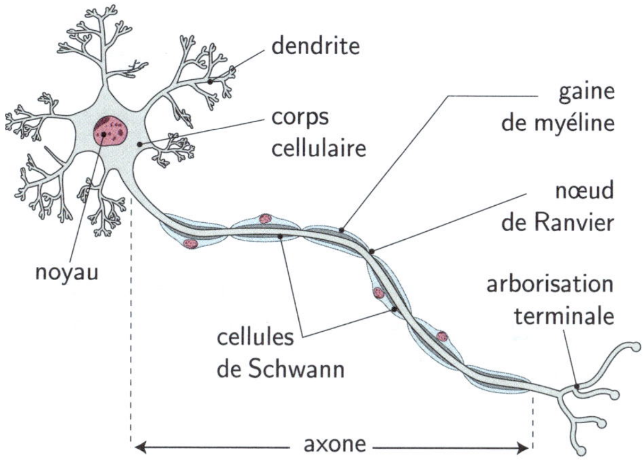

Doc. 3 Le schéma d'un neurone

4 Circulation de l'influx nerveux

L'influx nerveux (IN) est une charge électrique véhiculée le long d'un nerf.

4.1. Le potentiel de repos

C'est la différence de potentiel transmembranaire (-70 mV), sans stimulation.

4.2. Le potentiel d'action

Il apparaît suite à une stimulation suffisante par une dépolarisation, une repolarisation et une hyperpolarisation **(Doc. 4)**.

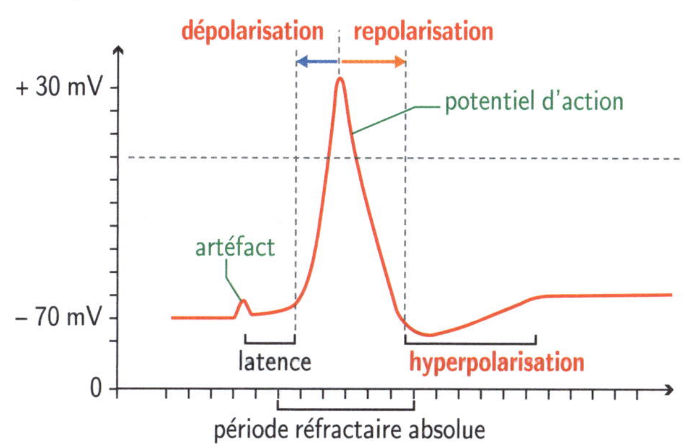

Doc. 4 Le potentiel d'action

4.3. Propriétés de l'influx nerveux

a) Du neurone

Il répond à la loi du tout ou rien (= pas de variation d'amplitude quelle que soit l'intensité). La gaine de myéline augmente la vitesse de IN.

b) Du nerf

L'amplitude du potentiel d'action dépend de l'intensité de la stimulation et la vitesse de propagation dépend du type de fibre (A, B, C) et de leur diamètre.

MES NOTES POUR RÉVISER

MOTS CLÉS

Articulation mobile • Encéphale • Loi du tout ou rien • Moelle épinière • Neurone • Potentiel de repos • Potentiel d'action • Squelette appendiculaire • Squelette axial • Système nerveux central • Système nerveux périphérique

S'ENTRAÎNER AU BAC
Exercice 2 : p. 144

Savoir 3

Atteintes du système nerveux central

Les centres nerveux peuvent être atteints par des traumatismes ou des AVC, visibles par IRM. Selon leurs localisations et leurs importances, les conséquences sont plus ou moins graves.

1 Lésions de la moelle épinière

1.1. Localisation des lésions

Les lésions se rencontrent tout au long du rachis. Les structures situées en dessous de la lésion sont déconnectées de leur commande cérébrale.

1.2. Conséquences (Doc. 1)

Plus la lésion est haute, plus elles sont graves. Entre C1 et C2, la lésion est mortelle. Entre C4 et C7, c'est une tétraplégie. De T1 à L1 c'est une paraplégie. En dessous de L1, ce sont les nerfs des organes de la partie basse du tronc qui sont lésés. Ils sont associés à des troubles de fonctionnement et des névralgies.

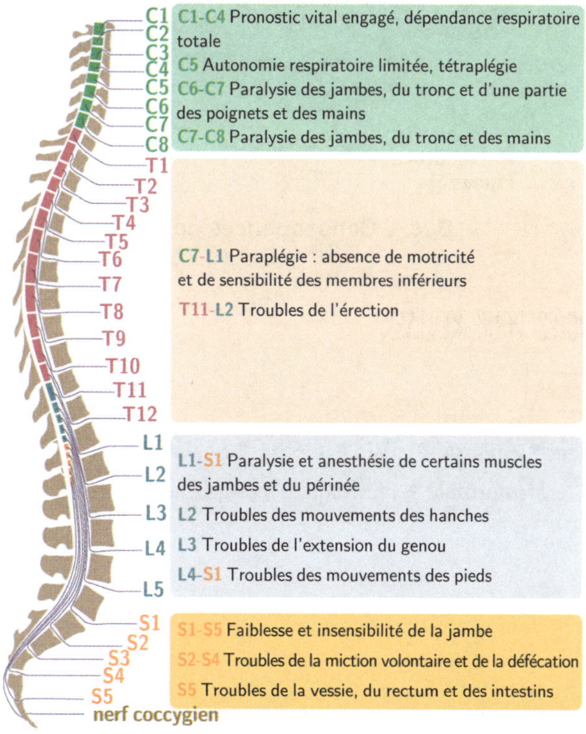

Doc. 1 Conséquences d'une section de la moelle épinière

2 Lésions de l'encéphale : AVC

2.1. Localisation des lésions

L'AVC est une lésion cérébrale interne, qui fait suite à un vaisseau bouché par un caillot ou à une hémorragie. Ses conséquences sont en lien avec son importance et sa localisation **(Doc. 2)**.

2.2. Conséquences (Doc. 2)

On observe une paralysie du côté opposé de l'AVC (hémiplégie), des troubles de la mémoire (amnésie), de l'écriture (dysgraphie), de la lecture (dyslexie), de l'audition (surdité), de la vision (cécité)…

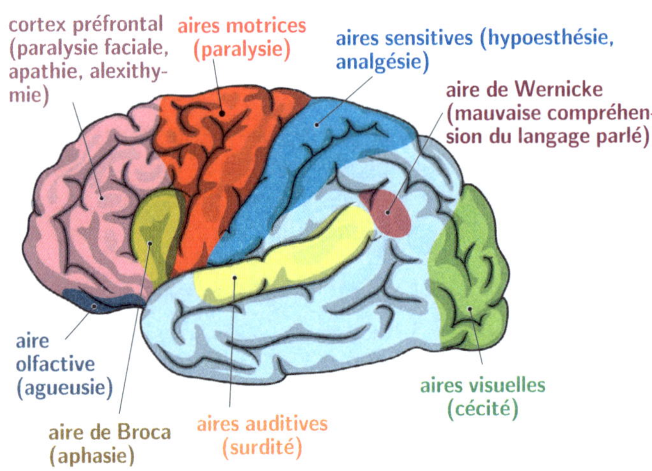

Doc. 2 Conséquences possibles d'un AVC

Mes notes pour réviser

MOTS CLÉS

Amnésie • Aphasie • AVC • Cécité • Dysgraphie • Dyslexie • Hémiplégie • Hémorragie • Névralgie • Paraplégie • Surdité • Tétraplégie

Savoir 4 Physiologie musculaire

1 Le muscle strié squelettique

1.1. Structure : la fibre musculaire

Le muscle strié squelettique est constitué de fibres musculaires ou myocytes. Ce sont des cellules filiformes limitées par une membrane plasmique, le sarcolemme. Elles contiennent dans leur sarcoplasme, au centre de nombreux filaments, les myofibrilles, et en périphérie, plusieurs noyaux **(Doc. 1)**.

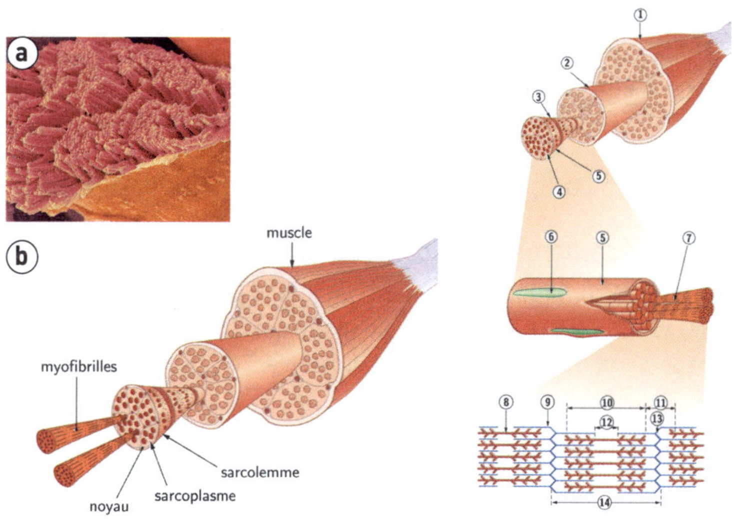

Doc. 1 Structure de la fibre musculaire

1.2. Ultrastructure : les myofibrilles

Les myofibrilles sont composées de filaments épais de myosine et fins d'actine. Ces deux filaments sont responsables de l'aspect strié de la fibre marquée d'une alternance de bandes claires et sombres **(Doc. 2)**.

Les myofibrilles mesurent 1 à 2 µm de diamètre et représentent 80 % du volume cellulaire. Leur sarcoplasme renferme de nombreuses mitochondries pour la production d'énergie indispensable à la contraction musculaire, des grains de glycogène, réserve énergétique de la cellule, de la myoglobine, réserve d'O_2 pour les muscles.

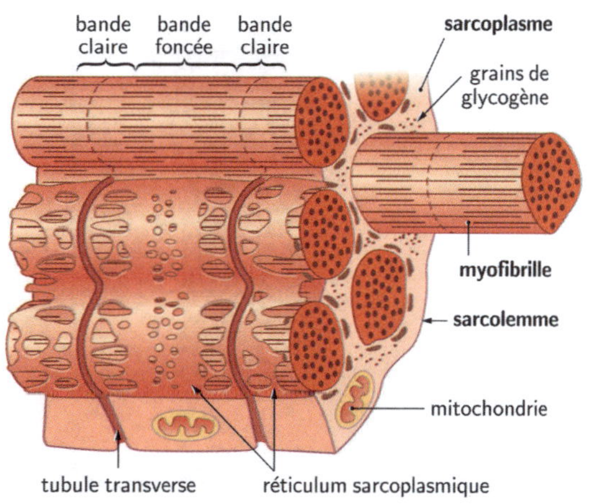

Doc. 2 Ultrastructure de la fibre musculaire

2 La contraction musculaire

2.1. Le sarcomère, unité contractile du muscle

Le sarcomère, délimité par deux stries Z est formé d'une bande A en son centre et de deux demi-bandes I à chaque extrémité. Les bandes A et I sont formées de deux types de myofilaments **(Doc. 3)**.

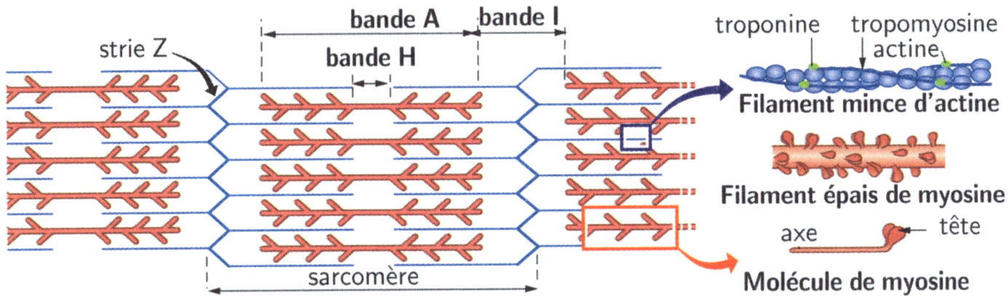

Doc. 3 Représentation schématique du sarcomère

2.2. Le mécanisme de la contraction

Lors de la contraction, la bande H située au centre de chaque bande A d'un sarcomère se réduit. La contraction musculaire fait suite au glissement des myofilaments de myosine et d'actine les uns sur les autres.

3 La jonction neuromusculaire

3.1. Organisation de la jonction neuromusculaire ou synapse

La synapse est composée de trois éléments : un élément pré-synaptique, une fente synaptique, un élément post-synaptique **(Doc. 4)**.

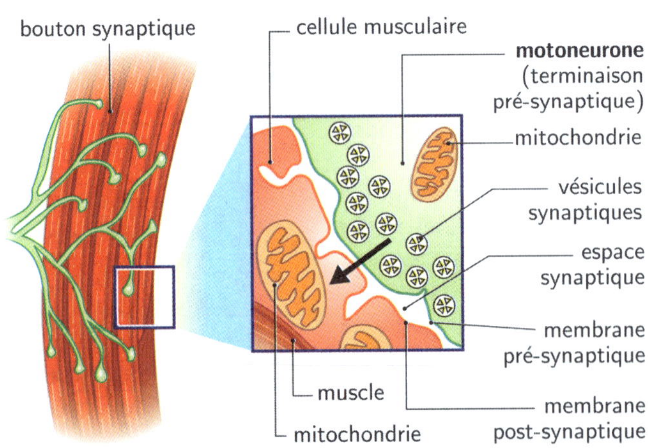

Doc. 4 La jonction neuro-musculaire

3.2. Fonctionnement de la jonction neuromusculaire

La transmission de l'influx nerveux se réalise par voie chimique, à l'aide d'une molécule appelée neurotransmetteur, l'acétylcholine. Elle se réalise en plusieurs étapes **(Doc. 5)** et aboutit à la contraction musculaire.

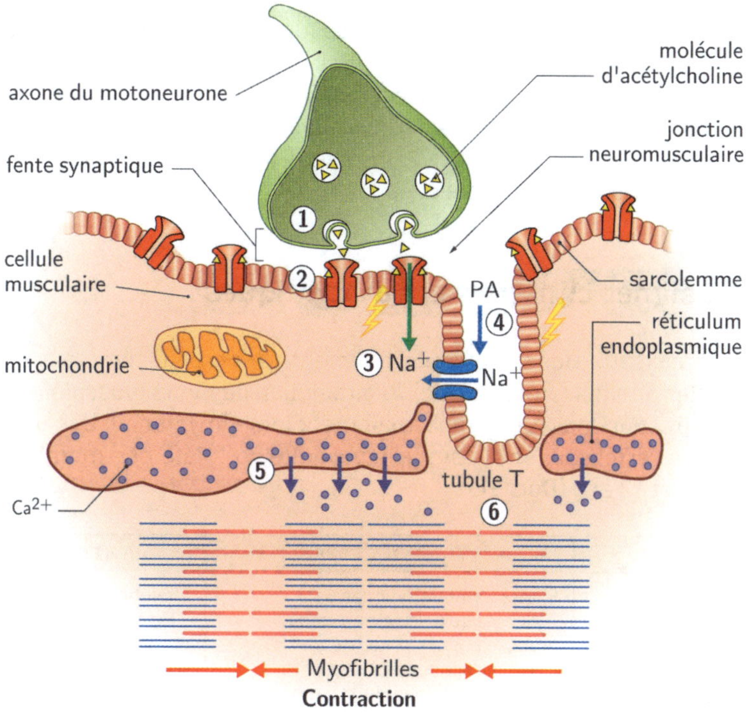

Doc. 5 Les étapes de la transmission synaptique

MES NOTES POUR RÉVISER

MOTS CLÉS

Actine • Contraction • Jonction neuromusculaire • Myocyte • Myofibrille • Myofilaments • Myosine • Neurotransmetteur • Sarcomère • Synapse

....

....

....

....

....

S'ENTRAÎNER AU BAC
Exercices 1 : p. 143 et 2 : p. 144

Savoir
5 La myopathie de Duchenne

1 Origine de la maladie

C'est une maladie génétique neuromusculaire qui affecte uniquement les garçons. Le chromosome sexuel X transmis par la mère est à son origine. Il porte le gène de la dystrophine, dont la mutation est responsable de la pathologie.
La dystrophine est une protéine qui relie les filaments d'actine et le sarcolemme. L'absence de dystrophine chez le myopathe ne permet plus la solidité et la cohésion des fibres musculaires entre elles.

2 Les signes cliniques et paracliniques

Les principaux signes cliniques affectant l'appareil locomoteur sont la fonte des muscles atteints (amyotrophie), la diminution du tonus musculaire (hypotonie), une décontraction musculaire anormalement lente (myotonie). Des déformations de la colonne vertébrale et la paralysie partielle ou totale des membres apparaissent entre 9 et 12 ans **(Doc. 1)**.

AVANT 3 ANS	ENTRE 3 ET 8 ANS	ENTRE 9 ET 12 ANS
Signe du diagnostic clinique : – Hypotonie ① – Démarche digitigrade due à la dégradation du tendon d'Achille ②. 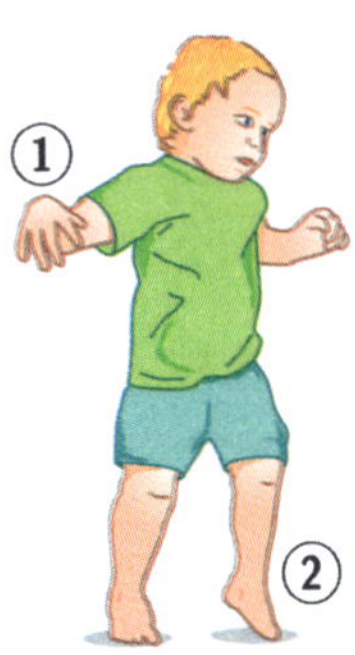	Signes symptomatiques : – Incapacité à se relever sans prendre appui sur ses genoux ①. – Hypertrophie des mollets ②. – Augmentation du taux sanguin de la créatine-phosphokinase. – Tachycardie (100 battements/min). 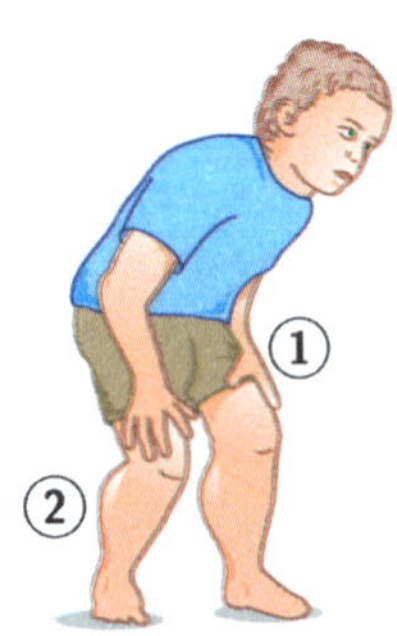	Évolution de la maladie : – Perte de la capacité à marcher ①, utilisation d'un fauteuil-roulant. – Aggravation des déformations rachidiennes ② et pelviennes ③. – Scoliose après la perte de la marche. 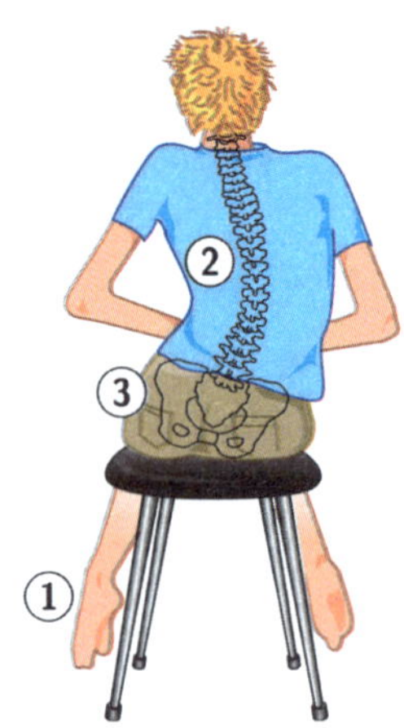

Doc. 1 Évolution de la myopathie de Duchenne

3 Les traitements

Il n'existe pas de traitement curatif. Le traitement vise à prévenir les complications de la maladie : c'est un traitement palliatif. La prise en charge thérapeutique est pluridisciplinaire **(Doc. 2)**. Des thérapies curatives, cellulaire et génique, sont à l'état de recherche.

Kinésithérapie ostéo-articulaire

- préventive pour limiter les déformations du squelette. Appareillage avant les attitudes vicieuses du squelette ;
- entretien des articulations et des muscles par des mouvements. Étirement des articulations pour soulager les rétractions ;
- massages et physiothérapie chaude pour lutter contre la douleur : kinébalnéothérapie ;
- rééducation par le travail ou ergothérapie afin de préserver un confort de vie.

Kinésithérapie respiratoire

- maintenir un capital musculaire respiratoire ;
- désencombrement bronchique en cas de surinfection.

Ventilation mécanique

- nasale, à l'aide d'un masque ;
- trachéotomie possible si la voie buccale est mal tolérée.

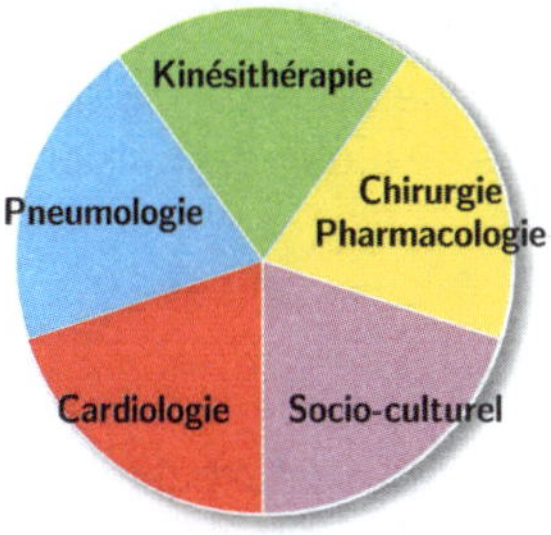

Pharmacologie

- utilisation des corticoïdes malgré les effets secondaires (déminéralisation osseuse,...)

Chirurgie

- incision du tendon d'Achille (ténotomie),
- arthrodèse vertébrale permettant une position assise convenable en rigidifiant le rachis.

Traitement de la cardiomyopathie primitive

Prise en charge globale des myopathes

Doc. 2 Les traitements de la myopathie

Mes notes pour réviser

MOTS CLÉS

Amyotrophie • Dystrophine • Hypotonie • Myopathie • Myotonie • Traitement palliatif

....

....

....

....

....

....

....

....

S'ENTRAÎNER AU BAC
Exercice 1 : p. 143

BPH

Savoir 6

Aliments et nutriments

Les aliments sont constitués de molécules nécessaires à la vie et à la santé. Les grosses molécules sont dégradées dans le tube digestif en molécules plus petites, absorbables et assimilables par les cellules, les nutriments.

1 Différencier les aliments et les nutriments

1.1. Les aliments simples et les aliments composés

Un aliment simple est constitué d'une seule catégorie de molécule : sel, sucre, huile. Un aliment composé est constitué de plusieurs catégories de molécules qui peuvent être digérées ou non.

1.2. La notion de nutriments

Un nutriment est une petite molécule absorbable dans le sang et assimilable par les cellules. En fonction de la quantité apportée dans l'organisme, on distingue :
– les macronutriments en grande quantité sont des molécules organiques : ose, acides aminés et acide gras ;
– Les micronutriments en petite quantité sont les vitamines et les minéraux. Les minéraux présents, en grande quantité sont les macroéléments (Ca^{++}, Na^{+}, K^{+}, Mg^{++}, Cl^{-}, P) ; en quantité infime, ce sont les oligoéléments (fer, zinc, cuivre...).

2 Les molécules et leurs rôles

2.1. Le classement des aliments

Les aliments sont classés en six groupes en fonction de leurs qualités nutritionnelles **(Doc. 1)**.

GROUPES	QUALITÉS NUTRITIONNELLES		
	NUTRIMENTS STRUCTURAUX	NUTRIMENTS ÉNERGÉTIQUES	NUTRIMENTS FONCTIONNELS
1) Viandes, poissons, œufs 	Protéines animales	Lipides	Vitamines 1, B1, B6, B12 Fer, sodium, potassium, phosphore
2) Lait et produits laitiers (yaourts, fromages) 	Protéines animales Calcium	Lipides	Vitamines A et B Phosphore
3) Beurre, huile, margarine (matières grasses) 	Acides gras essentiels	Lipides	Vitamines D, E et K
4) Céréales et dérivés Pain, farine, pomme de terre, légumes secs 	Protéines végétales	Glucides à assimilation lente (amidon)	Fibres Vitamines B et D Magnésium, fer, phosphore

...

GROUPES	QUALITÉS NUTRITIONNELLES		
	NUTRIMENTS STRUCTURAUX	NUTRIMENTS ÉNERGÉTIQUES	NUTRIMENTS FONCTIONNELS
5) Fruits et légumes 	Eau	Glucides (sucres à assimilation rapide)	Fibres (cellulose) Vitamines (A, B, C, E) Sels minéraux
6) Sucre et produits sucrés (confitures, chocolat, miel...) 		Glucides (sucres à assimilation rapide : saccharose, de grande valeur énergétique)	

Doc. 1 Les groupes d'aliments et leurs rôles

2.2. Les molécules énergétiques, structurales et fonctionnelles

– Les molécules énergétiques sont les macronutriments. Elles apportent l'énergie à l'organisme. Ce sont les protides et glucides 17 kJ/g et les lipides 38 kJ/g.
– Les molécules structurales sont des macronutriments (acides aminés et acides gras essentiels) et des micronutriments (calcium : os, fer : l'hémoglobine...). Leur rôle : renouvellement, fabrication, remplacement et réparation des tissus.
– Les molécules fonctionnelles sont essentiellement les micronutriments. Elles permettent le fonctionnement des cellules.

3 Les biomolécules alimentaires

2.1. Polymères, dimères et monomères

Les polymères sont des macromolécules constituées de n molécules simples (monomères) identiques ou différentes, reliées par des liaisons spécifiques **(Doc. 2)**.

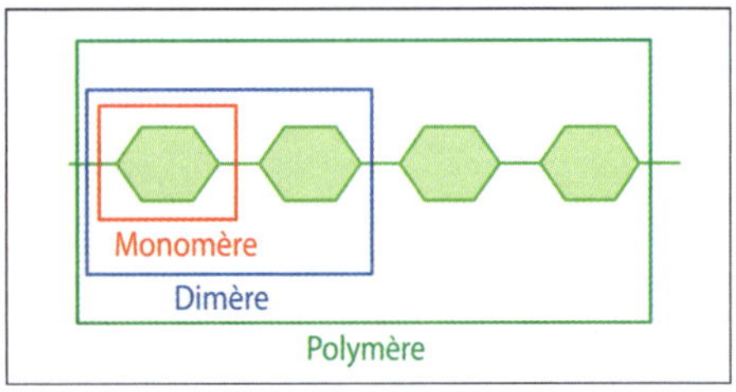

Doc. 2 Polymère, dimère, monomère

a) Les polymères, dimères et monomères glucidiques

– L'amidon est un polymère formé de molécules de glucose reliée par des liaisons osidiques (-O-). Il est la principale source énergétique.
– Les dimères sont formés de deux oses : maltose (glucose-glucose), lactose (glucose-galactose), saccharose (glucose-fructose).
– Les monomères sont des sucres simples (oses) non hydrolysables, solubles et absorbables. Les sucres à 6 Carbone : le glucose, le galactose, et le fructose (= héxoses). De même formule brute ($C_6H_{12}O_6$) et de formule développée différente, ce sont des isomères.

b) Les polymères, dimères et monomères protidiques

Les polymères sont constitués de monomères, les acides aminés reliés par des liaisons spécifiques (-CO-NH-). S'ils ont plus de 100 acides aminés, ce sont des protéines. 20 acides aminés différents entrent dans leur constitution, 8 sont apportés par l'alimentation, ce sont les acides aminés essentiels. L'aspartam formé de deux acides aminés, est un dimère.

2.2. Les lipides

Ils sont insolubles dans l'eau et solubles dans les solvants organiques (alcool, éther...). Ce sont les glycérides (mono, di et triglycérides), les acides gras (saturés et insaturés), le cholestérol et les phospholipides. Les lipides alimentaires sont essentiellement des triglycérides.

4 L'eau

L'eau représente 60 % de la masse corporelle. Elle est apportée, via les aliments et les boissons pour compenser les pertes. L'eau est directement absorbable. C'est un solvant qui transporte les molécules et échange avec les cellules.

Mes notes pour réviser

MOTS CLÉS

Aliment simple • Aliment composé • Dimère • Glucide • Lipide • Macronutriment • Micronutriment • Monomère • Nutriment • Polymère • Protide

....

....

....

....

....

....

....

....

....

....

....

....

....

....

S'ENTRAÎNER AU BAC
Exercice 3 : p. 145

Équilibre et déséquilibre alimentaires

L'alimentation doit être équilibrée pour couvrir les besoins et maintenir la santé. Tout déséquilibre par excès ou insuffisance est une malnutrition, qui conduit à une pathologie.

1 L'équilibre alimentaire

1.1. Besoins quantitatifs et qualitatifs

a) Les besoins quantitatifs
C'est la quantité d'énergie journalière nécessaire aux dépenses basales ou métabolisme de base (fonctionnement des organes) et extra-basales (activité). Ils sont apportés par les macronutriments énergétiques : glucides (55 %), protides (15 %) et lipides (30 %).

b) Les besoins qualitatifs
Ce sont les proportions d'aliments d'origines animale et végétale, qui couvrent les besoins en acides aminés et en acides gras essentiels. La pyramide alimentaire permet d'établir une ration équilibrée par la règle 421GPL **(Doc. 1)**.

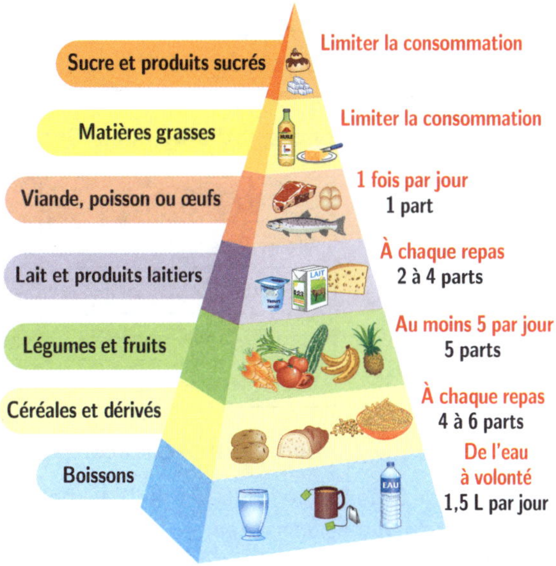

Doc. 1 La pyramide alimentaire

1.2. Les facteurs de variation des besoins qualitatifs et quantitatifs

Les besoins varient en fonction de l'âge, du sexe, de l'activité physique, de l'état physiologique et des conditions extérieures. Chez l'enfant et l'adolescent, la ration de croissance doit couvrir l'augmentation de la masse musculaire (protéines, fer) et du squelette (calcium et vitamines). Chez la femme enceinte, elle doit couvrir le développement du placenta et sa croissance et le développement du fœtus (protéines, fer, calcium).

1.3. Le bilan énergétique

Il correspond à l'équilibre entre les apports (alimentation) et les dépenses (activité). Le bilan est équilibré si les apports sont égaux aux dépenses : l'individu est stable. Si les apports sont supérieurs aux dépenses, le bilan est positif : l'individu prend du poids. S'ils sont inférieurs, le bilan est négatif : l'individu maigrit.

1.4. Calculer et interpréter l'IMC

L'IMC permet d'évaluer la masse corporelle. Il est obtenu en divisant le poids de l'individu par le carré de sa taille (kg.m^{-2}). Il est idéal entre 18,5 et 25. Supérieur à 30, l'individu est considéré comme obèse. Au-delà de 40, l'obésité est morbide. Chez l'homme, quand la surcharge de graisse est abdominale, on parle d'obésité androïde. Chez la femme, quand le tissu adipeux se localise au niveau du bassin, des fesses et des cuisses, on parle d'obésité gynoïde.

2 Le déséquilibre alimentaire

1.1. Un excès d'apport : l'obésité

a) Les facteurs de risque
Ce sont l'âge, les antécédents familiaux, les facteurs endocriniens et comportementaux : sédentarité, manque d'activité, apports alimentaires excessifs...

b) Les conséquences pathologiques (Doc. 2)

SYSTÈME ATTEINT	PATHOLOGIES
Appareil respiratoire	Dyspnée
Squelette	Arthralgies, arthrose
Appareil cardio-vasculaire	HTA, AVC, angor, IDM
Troubles métaboliques	Diabète de type 2

Doc. 2 Conséquences pathologiques de l'obésité

Elles dépendent de l'IMC. Plus l'IMC est élevé et plus les conséquences pathologiques sont importantes.

c) Les traitements
Les conseils hygiéno-diététiques et l'activité physique ; les médicaments (hypolipidémiants et hypoglycémiants) et les traitements chirurgicaux (gastroplastie).

2.2. Malnutrition par carence

Les carences sont des déficits d'apports en macronutriments (acides aminés, acides gras, sucre) ou en micronutriments (vitamines et sels minéraux). Les carences globales affectent tous les nutriments, alors que les carences spécifiques affectent une catégorie de nutriments. La kwashiorkor est une dénutrition par carence en protéines (acides aminés essentiels).

a) Les signes cliniques et paracliniques
Dans le kwashiorkor, les signes cliniques dépendent de la durée de la carence : retard staturo-pondéral, troubles mentaux, œdème, lésions cutanée...
Les signes paracliniques sont observés au cours d'analyse de sang, lymphopénie, hypoalbuminémie, anémie, carence en oligoéléments et en vitamine A...

b) Les facteurs de risque

La maladie, la pauvreté, les guerres, le refus de s'alimenter (anorexie mentale), les alimentations restrictives (végétalisme, végétarisme) favorisent la malnutrition.

c) L'origine qualitative et quantitative de la carence

Un type d'aliment peut couvrir les besoins au niveau quantitatif, mais pas au niveau qualitatif. Il ne peut apporter toutes les catégories de macronutriments (acides aminés et acides gras essentiels) et de micronutriments (sels minéraux et vitamines) en quantité suffisante, il en résulte des carences. Il faut donc varier les apports en quantité et en qualité afin d'établir une ration équilibrée.

Mes notes pour réviser

MOTS CLÉS

Androïde • Besoins qualitatifs • Besoins quantitatifs • Dénutrition • Gastroplastie • IMC • Kwashiorkor • Malnutrition • Obésité • Végétalisme • Végétarisme

Savoir 8

Anatomie et physiologie de l'appareil digestif

L'appareil digestif englobe le tube digestif et des glandes. Leurs anatomie et histologie, assurent la dégradation mécanique et chimique des aliments, avant l'absorption intestinale.

1 Organisation de l'appareil digestif

1.1. Le tube digestif

C'est un conduit, de la bouche à l'anus, formé de nombreux organes dans lesquels transitent les aliments, qui y subissent une dégradation mécanique et chimique.

1.2. Les glandes annexes

Elles sécrètent des substances qui aident à la digestion des aliments en nutriments. Les glandes salivaires sécrètent la salive ((amylase salivaire). Le foie sécrète la bile qui est stockée dans la vésicule biliaire et déversée via le canal cholédoque dans le duodénum. Le pancréas sécrète le suc pancréatique dans le duodénum.

2 Histologie du tube digestif

Il est formé de quatre couches dont la structure dépend de la localisation et de la fonction : la muqueuse au contact des aliments (plus ou moins protectrice), la sous-muqueuse (nerfs et les vaisseaux sanguins), la musculeuse (facilite l'imprégnation des enzymes et la progression) et la séreuse (ou adventice) protège la paroi.

3 Phénomènes mécaniques et chimiques

3.1. Les phénomènes mécaniques de la digestion

Ils assurent la réduction des aliments et leur imprégnation par les sucs digestifs.
Dans la bouche, mastication et insalivation produisent le bol alimentaire.
Dans l'estomac, brassage et malaxage produisent le chyme, dans l'intestin, le chyle.
Dans le colon, les déchets progressent par mouvements péristaltiques.

3.2. Les enzymes digestives (Doc. 1)

LIEU	ENZYMES + BILE	SUBSTRAT	RÉSULTAT
BOUCHE	Amylase salivaire	Amidon (polymère)	Maltose (dimère)
ESTOMAC	Pepsine (protéase)	Protéines (polymères)	Peptides

LIEU	ENZYMES + BILE	SUBSTRAT	RÉSULTAT
INTESTIN	*Pancréatiques* : amylase Protéases Lipase *Bile*	Amidon Peptides Triglycérides Emulsification des lipides	Maltose, Peptides Acides gras + glycérol
	Intestinales : Diholosidases Peptidases	Maltose, saccharose, lactose (dimères) Polypeptides et peptides	Glucose, galactose, fructose, (monomères) Acides aminés

Doc. 1 Les enzymes de la digestion

Les enzymes assurent la digestion chimique. Elles hydrolysent des biomolécules et agissent à une température biocompatible, à un pH strict, sur un substrat spécifique. La bile émulsifie les graisses et facilite leur digestion par la lipase.
Au niveau du côlon, les bactéries du microbiote s'opposent à la prolifération des bactéries pathogènes. Elles réalisent des fermentations et produisent des vitamines, des gaz et des molécules aromatiques **(Doc. 2)**.

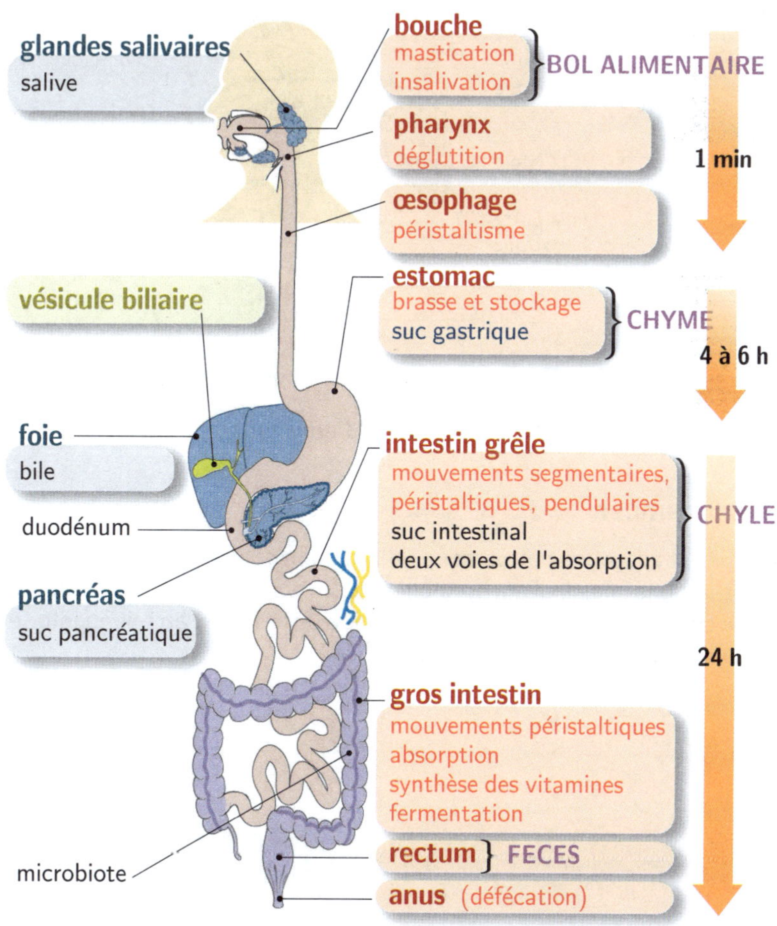

Doc. 2 Digestion mécanique et chimique

4 Absorption des nutriments et de l'eau

Les replis de la muqueuse intestinale, valvules conniventes, villosités et microvillosités, assurent une grande surface d'échange permettant l'absorption.

4.1. Les voies d'absorption

Il y a deux voies d'absorption :
– la voie sanguine pour l'eau, les ions et les molécules hydrophiles ;
– la voie lymphatique pour les molécules hydrophobes (vitamines liposolubles, acides gras à longue chaînes...) **(Doc. 3)**.

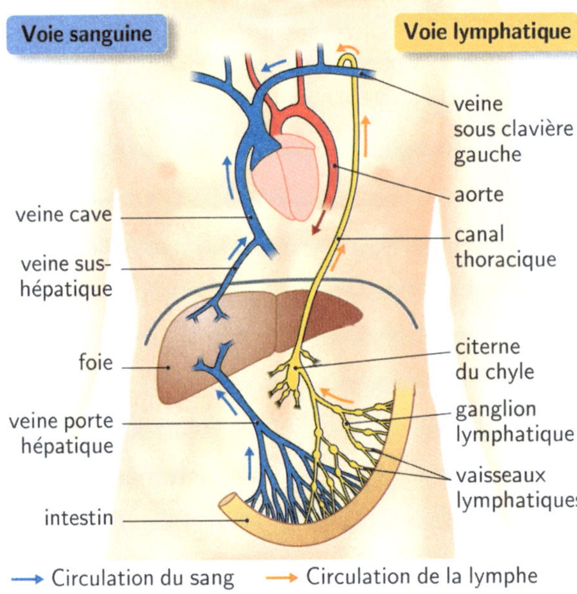

Doc. 3 Les voies d'absorption intestinales

4.2. L'osmose

L'eau est absorbée par osmose du milieu hypotonique vers le milieu hypertonique. Si le contenu intestinal est hypotonique par rapport au milieu intérieur, il y a hydratation. Si le contenu intestinal est hypertonique par rapport au milieu intérieur, l'eau quitte les cellules, c'est la déshydratation.

Mes notes pour réviser

MOTS CLÉS

Bile • Bol alimentaire • Chyle • Chyme • Digestion chimique • Microbiote • Muqueuse • Musculeuse • Osmose • Séreuse • Voie lymphatique • Voie sanguine

S'ENTRAÎNER AU BAC

Exercices 3 : p. 145 et 5 : p. 147

Savoir 9

Anatomie et physiologie du fonctionnement cardiaque

Le cœur est un muscle dont l'activité régulière et cyclique assure la circulation du sang. Son activité électrique est étudiée sur un électrocardiogramme.

1 La structure du cœur

Le cœur est formé de deux hémi-cœurs indépendants, constitués chacun d'une oreillette et d'un ventricule et de valves qui imposent au sang un sens de circulation tout en empêchant le reflux. Cette disposition permet la double circulation du sang dans l'organisme **(Doc. 1)**.

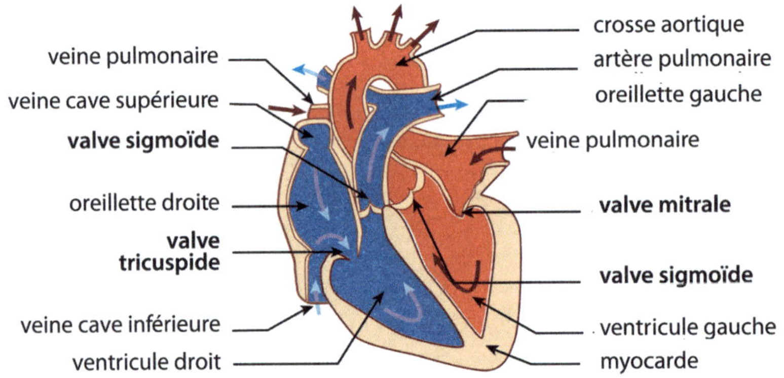

Doc. 1 Schéma du cœur

Le cœur est vascularisé par les vaisseaux coronaires qui assurent sa nutrition. Le myocarde est constitué des myocytes cardiaques (99 %), et des myocytes nodaux (1 %) qui constituent le tissu nodal.

2 L'activité mécanique de la révolution cardiaque

2.1. La révolution cardiaque

La révolution cardiaque correspond à un battement du cœur. Elle comprend une alternance régulière et cyclique de contraction ou systole et de relâchement ou diastole.
Systole et diastole sont à l'origine de variations de pression et de volume ce qui permet l'ouverture et de la fermeture des valves cardiaques. La fermeture produit des bruits perçus à l'auscultation **(Doc. 2)**.

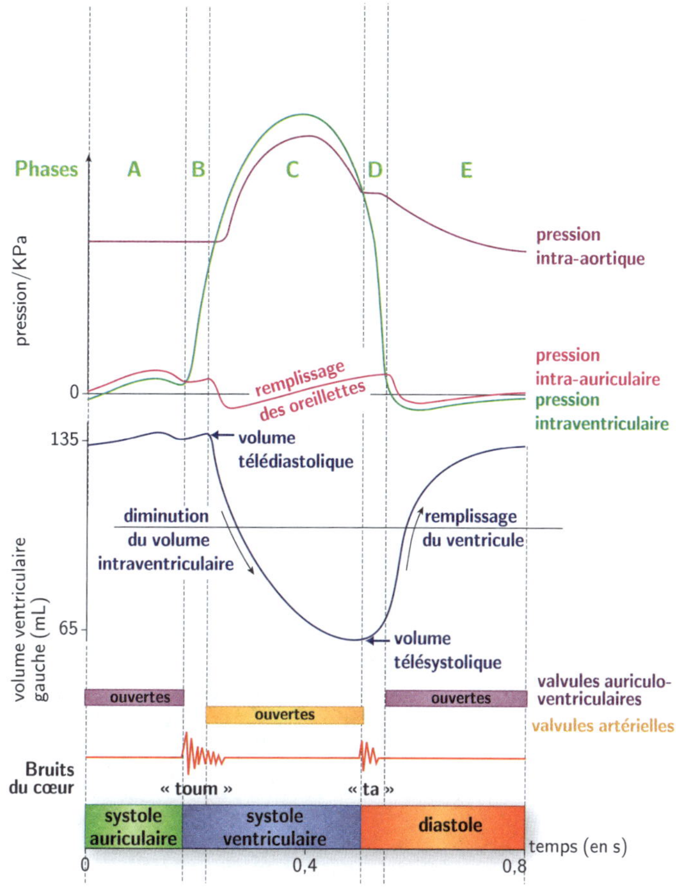

Doc. 2 Phénomènes mécaniques de la révolution cardiaque

A : Les oreillettes se contractent terminant le remplissage des ventricules, c'est la systole auriculaire.
B : Le ventricule se contracte augmentant la pression et la fermeture des valves auriculo-ventriculaires qui émettent le 1er bruit. Le volume de sang dans le ventricule est maximum.
C : La pression ventriculaire dépasse la pression aortique. Les valves artérielles s'ouvrent, le sang est éjecté dans les artères, c'est la systole ventriculaire isotonique.
D : La pression ventriculaire devient inférieure à la pression aortique. Les valves artérielles, se ferment en émettant le 2e bruit. Le volume de sang est minimum. C'est la diastole générale isovolumétrique.
E : Le sang remplit 80 % des ventricules qui sont relâchés. C'est la diastole générale isotonique.

2.2. Paramètres du fonctionnement cardiaque

Le cardiogramme permet le calcul de la durée d'un cycle : 0,8 s.
Le fonctionnement cardiaque est évalué par :
– la fréquence cardiaque (F) : nombre de révolutions/min. Au repos, elle est d'environ 70 à 80 battements par minute (bpm) ;
– le débit cardiaque (DC.L.min^{-1}) : volume de sang en litres éjecté par chaque ventricule en une minute. VES x F (VES = volume d'éjection systolique en L).

3 L'activité électrique du cœur

3.1. Le tissu nodal

L'activité électrique dépend du tissu nodal qui se répartit au nœud sinusal, nœud auriculo-ventriculaire, faisceau de His et réseau de Purkinje **(Doc. 3)**. Les cellules nodales, sont auto-excitables et excitatrices, propriétés qui assurent l'automatisme cardiaque. Les plus rapides imposent leur rythme aux autres.

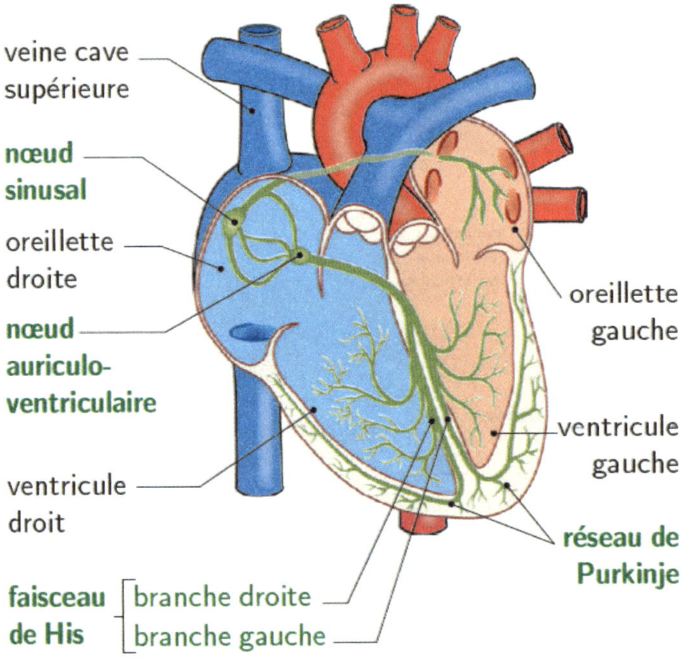

Doc. 3 Le tissu nodal

3.2. L'ECG

L'activité électrique est enregistrée sur un ECG, au moyen d'électrodes. Elle naît au nœud sinusal. Elle se caractérise par les ondes P, QRS et T.
- L'onde P est la dépolarisation de l'oreillette qui déclenche la systole auriculaire.
- Le complexe QRS : dépolarisation des ventricules qui déclenche sa systole.
- L'onde T repolarisation des ventricules déclenche leur relâchement ou diastole.

L'ECG permet le diagnostic des anomalies de la fréquence cardiaque (tachycardie, bradycardie), du rythme (arythmie), des lésions du myocarde (infarctus du myocarde).

Mes notes pour réviser

MOTS CLÉS

Diastole • Débit cardiaque • Dépolarisation • ECG • Fréquence cardiaque • Myocarde • Repolarisation • Révolution cardiaque • Systole • Tissu nodal • Valves

S'ENTRAÎNER AU BAC
Exercice 4 : p. 146

Savoir 10 La régulation du fonctionnement cardiaque

Le cœur est doué d'automatisme. Le système nerveux végétatif permet de réguler son rythme en fonction des besoins.

1 L'innervation cardiaque

Le cœur présente une double innervation sympathique cardioaccélératrice et parasympathique cardiomodératrice. Le cœur est relié aux centres nerveux (bulbaire et médullaire) par les nerfs sensitifs (nerfs de Cyon et de Héring) et les nerfs moteurs (nerfs X ou vague et nerf cardiaque). **(Doc. 1)**. Les barorécepteurs sensibles aux variations de pression sont localisés dans la paroi des artères : sinus carotidien et crosse aortique.

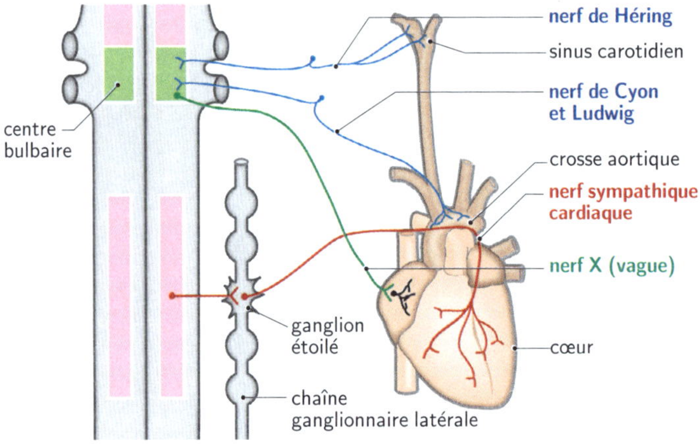

Doc. 1 Double innervation cardiaque

2 La régulation en cas d'hémorragie

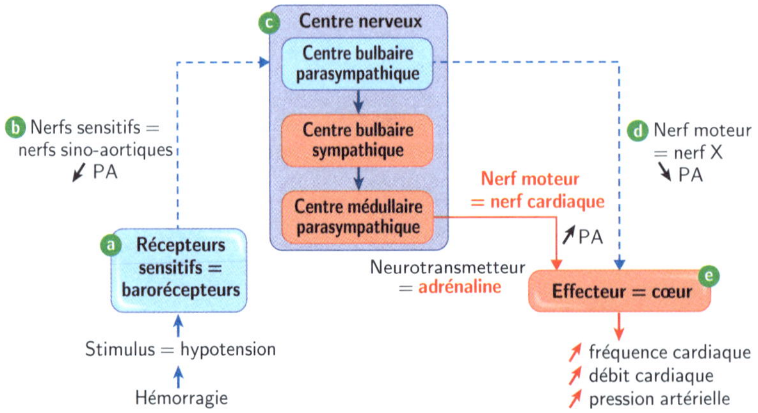

Doc. 2 Arc réflexe dans le cas d'une hémorragie

La diminution de volume de sang, associée à la chute de pression dans les vaisseaux, déclenche le système de régulation cardio-accélérateur. La régulation est de type réflexe **(Doc. 2)**.

Mes notes pour réviser

MOTS CLÉS

Barorécepteurs • Centre nerveux • Nerf cardiaque • Nerfs moteurs • Nerfs sensitifs • Nerf X • Réflexe

Savoir
11
La circulation sanguine

Le sang est propulsé par le cœur dans les vaisseaux sanguins. Il circule dans deux systèmes circulatoires distincts. La structure des vaisseaux est adaptée à leur fonction.

1 Le système circulatoire

Le système circulatoire est constitué de vaisseaux : artères, veines, capillaires rassemblés en deux réseaux distincts, où circule le sang **(Doc. 1)**.

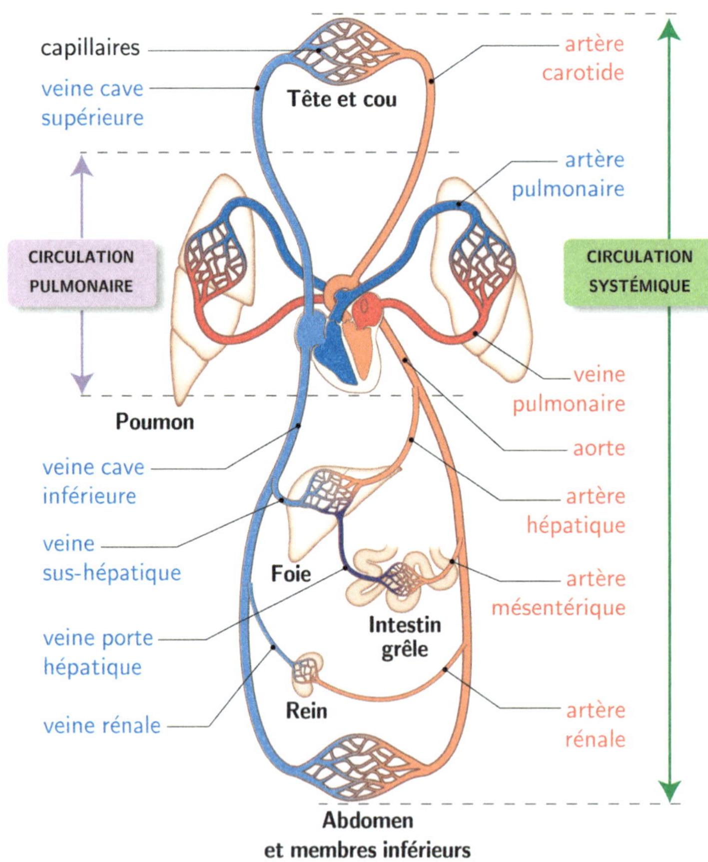

Doc. 1 Le système circulatoire sanguin

1.1. La circulation pulmonaire

Elle s'effectue de l'hémi-cœur droit aux poumons. Le sang non hématosé (pauvre en O_2) quitte le ventricule droit par l'artère pulmonaire. Il est oxygéné au niveau des poumons. Il repart, hématosé (riche en O_2), par les veines pulmonaires, dans l'oreillette gauche.

1.2. La circulation systémique

Elle s'effectue de l'hémi-cœur gauche aux autres organes. Le sang hématosé quitte le ventricule gauche, par l'artère aorte et gagne les organes. Il retourne, non hématosé à l'oreillette droite, par les veines caves.

2 L'histologie et les propriétés des vaisseaux sanguins

2.1. L'histologie

La paroi des artères et des veines est constituée de trois tuniques **(Doc. 2)** :
- l'intima, fine couche de cellules endothéliales au contact du sang ;
- la média, plus ou moins de fibres élastiques et de cellules musculaires lisses ;
- l'adventice, constitué de tissu conjonctif, externe qui protège le vaisseau.

La paroi des artères élastiques, de gros calibre, est épaisse. Leur média, riche en fibres élastiques, amortit les fortes pressions. Les artères musculaires sont de plus petit calibre. Les veines ont une paroi fine, pourvues de valvules veineuses qui permettent la circulation contre la pesanteur Les capillaires ont leur paroi formée d'une seule couche de cellules assurant les échanges.

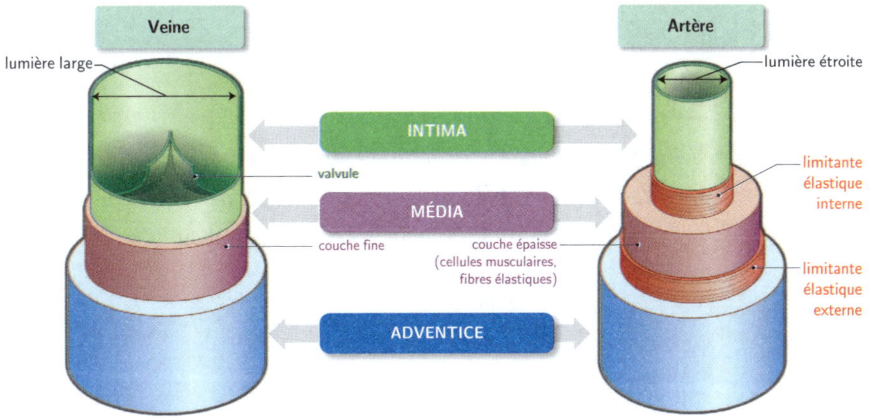

Doc. 2 La structure des vaisseaux sanguins

2.2. Les propriétés : l'élasticité et la vasomotricité

a) Les artères élastiques
Elles sont proches du cœur, et distribuent le sang dans l'organisme. L'élasticité de leur paroi régule le flux sanguin pulsatile à la sortie du cœur en flux continu.

b) Les artères musculaires
Elles apportent le sang aux organes. La vasomotricité de leur paroi régule le flux sanguin en fonction des besoins et maintient une pression artérielle constante.

3 La pression artérielle et sa mesure

La pression artérielle est la force exercée par le sang sur la paroi des artères. Sa mesure à l'aide d'un tensiomètre et d'un stéthoscope est la tension artérielle. Le stéthoscope permet d'écouter l'écoulement du sang dans l'artère. La pression oscille entre la pression maximale ou pression systolique (13 mm de Hg) et la pression minimale ou pression diastolique (9 mm de Hg). L'hypertension est diagnostiquée à partir de 14,9 mm de Hg.

4 La pression sanguine systémique

Le sang propulsé par le ventricule gauche, à haute pression circule dans l'aorte. À mesure que le réseau artériel se ramifie, le nombre de vaisseaux augmente, le calibre des vaisseaux diminue, la résistance à l'écoulement augmente et la pression diminue. Au niveau des capillaires artériels, la pression est très faible ce qui facilite les échanges. La circulation de retour est la circulation veineuse. Le réseau veineux est l'inverse du réseau artériel. Le sang dans les veines est à basse pression et à faible résistance à l'écoulement. Les valvules veineuses empêchent le reflux.

MES NOTES POUR RÉVISER

MOTS CLÉS

Artère • Veine • Capillaire • Circulation pulmonaire • Circulation systémique • Élasticité • Vasomotricité • Tensiomètre • Stéthoscope • Pression artérielle • Pression diastolique • Pression systolique

....

....

....

....

....

....

....

....

....

....

S'ENTRAÎNER AU BAC
Exercice 4 : p. 146

Savoir 12 Athérosclérose et pathologies des vaisseaux coronaires

L'athérosclérose est une pathologie dégénérative, multifactorielle des artères. Lorsqu'elle affecte les artères coronaires, elle conduit à l'angor et à l'IDM.

1 L'athérosclérose

1.1. Pathogénie de l'athérosclérose

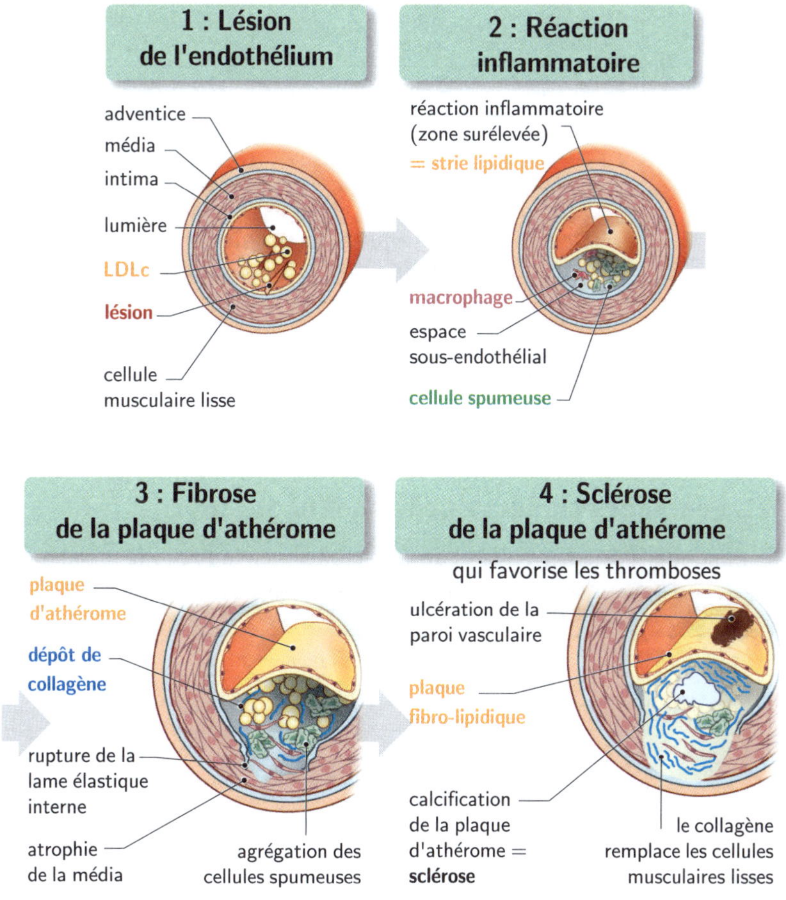

Doc. 1 Pathogénie de l'athérosclérose

① Les cellules endothéliales sont lésées par l'hypercholestérolémie, le tabac...
② Des macrophages se chargent de cholestérol et deviennent des cellules spumeuses qui, en s'agrégeant, forment les stries lipidiques.
③ La limitante élastique interne se rompt. Des cellules musculaires lisses prolifèrent et migrent vers la plaque d'athérome qui devient fibreuse.
④ La plaque d'athérome durcit (sclérose). Il se forme un caillot entraînant une ischémie transitoire ou permanente **(Doc. 1)**.

1.2. Les conséquences physiopathologiques en fonction de l'obstruction

Le rétrécissement du calibre (sténose) des artères conduit à :
– une obstruction partielle, avec réduction du flux sanguin et une insuffisance d'apport en oxygène aux tissus (hypoxie), c'est l'ischémie transitoire ;
– une obstruction complète par un caillot (thrombus) avec arrêt de l'apport d'oxygène aux tissus (anoxie), c'est l'ischémie permanente. Elle peut conduire à la mort tissulaire ou nécrose. En se désagrégeant, le thrombus peut boucher des artères de plus petit calibre (embolie) **(Doc. 2)**.

VAISSEAUX	OBSTRUCTION PARTIELLE ISCHÉMIE TRANSITOIRE	OBSTRUCTION TOTALE PAR UN CAILLOT ISCHÉMIE PERMANENTE
Artères coronaires	Diminution du flux artériel. Douleurs à l'effort : angor.	Anoxie des cellules cardiaques : nécrose. IDM.
Artères cérébrales	Par un caillot, pas de lésions.	Lésions cérébrales qui dépendent du territoire : AVC.
Artère fémorale	Artérite des membres inférieurs. Douleur à la marche, boitement.	Lésions tissulaires : gangrène et amputation.

Doc. 2 Les conséquences physiopathologiques en fonction de l'obstruction du vaisseau

2 Les pathologies des vaisseaux coronaires : angor et IDM

2.1. Les signes cliniques de l'angor et de l'IDM

Ils dépendent de l'ischémie et de la rapidité avec laquelle le flux sanguin est rétabli.

CARDIOPATHIES ISCHÉMIQUES		ANGOR	IDM
Douleurs	Circonstances de survenue	Lors d'un effort ou d'un stress (spasme des artères coronaires).	Brutales au repos. Suite à un effort. Nocturnes pour 50 %.
	Localisation	Thoraciques rétrosternales pouvant irradier au bras gauche et à la mâchoire.	Thoraciques rétrosternales, en étau irradiantes, sensation de mort imminente.
	Intensité	Variable.	Très forte.
	Durée	Brève, qui cesse au repos ou à la trinitrine (vasodilatateur).	Permanente, (quelques heures), trinitrine pas d'effet.
	Signes associés	Angoisse, dyspnée, asthénie, malaise vagal (pâleur, sueur, nausées, vomissements).	

Doc. 3 Les signes cliniques de l'angor et de l'IDM

2.2. Intérêt de l'ECG et des enzymes cardiaques dans le diagnostic de l'IDM

a) L'ECG (Doc. 4)

Il reflète la vascularisation du myocarde et renseigne sur l'état des artères coronaires. Il permet de poser un diagnostic d'ischémie, d'établir sa localisation et l'importance de l'IDM. Dans l'heure qui suit : les ondes T sont amples, pointues et symétriques, puis le segment ST se décale, s'amplifie incluant l'onde T, formant l'onde de Pardee, qui signe la baisse du débit coronaire, et enfin l'onde Q négative, définitive de nécrose.

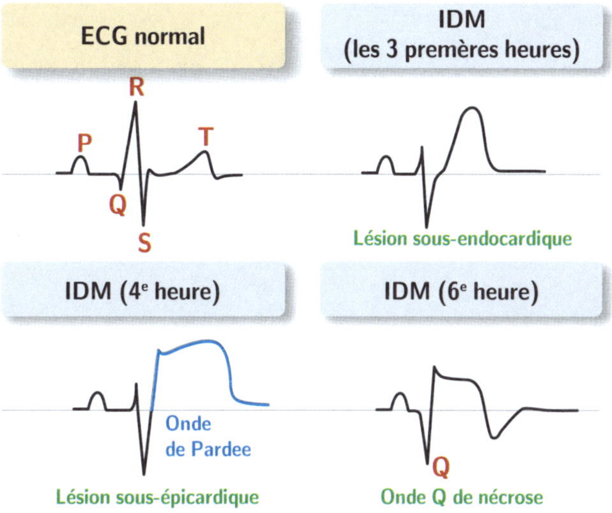

Doc. 4 ECG normal et ECG IDM

b) Les enzymes cardiaques

Elles sont libérées dans le sang suite à la destruction de cellules cardiaques. Leur taux est proportionnel à la lésion.
La troponine signe le diagnostic de certitude.

2.3. Rôles des différents traitements

- Prévenir et corriger les facteurs de risques (FR) qui sont les mêmes que ceux de l'athérosclérose par les conseils hygiéno-diététiques et l'activité physique.
- Traiter par médicaments (thrombolytiques, antiagrégants, vasodilatateur), puis traitement de fond (hypocholestérolémiant, antiagrégant, béta bloquant).

Mes notes pour réviser

MOTS CLÉS

Athérome • ECG • Embolie • Enzymes cardiaques • Ischémie permanente • Ischémie transitoire • Nécrose • Sclérose • Sténose • Thrombus • Trinitrine

S'ENTRAÎNER AU BAC
Exercice 4 : p. 146

Savoir 13

Anatomie et histologie de l'appareil respiratoire

1 Organisation de l'appareil respiratoire

1.1. Anatomie

Il est composé des voies aériennes et les poumons. Les voies aériennes ont pour rôle d'acheminer l'air jusqu'aux alvéoles pulmonaires, où se déroulent les échanges gazeux avec les capillaires sanguins. Les deux poumons ont pour rôle d'assurer, par le mécanisme de l'inspiration et de l'expiration, l'entrée d'air dans les voies aériennes, puis les échanges gazeux entre l'air et le sang au niveau des alvéoles pulmonaires.

1.2. Relation avec l'appareil cardiovasculaire

Les poumons présentent une double vascularisation reliée au cœur : une circulation systémique qui a un rôle nutritionnel (apport de sang hématosé aux organes) et une circulation pulmonaire qui joue un rôle fonctionnel dans les échanges gazeux (hématose).

2 Histologie

2.1. Histologie des voies respiratoires

Les modifications anatomiques et histologiques des voies respiratoires aboutissent à la formation de nombreuses alvéoles dont la paroi est extrêmement fine. Cette évolution de la structure est adaptée à une évolution de leurs fonctions : de voies de conduction et de filtration de l'air, elles deviennent une zone d'échanges gazeux au niveau de la barrière alvéolo-capillaire.

2.2. La barrière alvéolocapillaire

Elle est un exemple de relation structure/ fonction. Sa grande surface, sa vascularisation importante et sa faible épaisseur lui permettent d'optimiser les échanges gazeux. Ceux-ci se réalisent au travers de quatre éléments : le film de surfactant, le pneumocyte I, les lames basales du pneumocyte I et de la cellule endothéliale qui ont fusionné, et la cellule endothéliale.

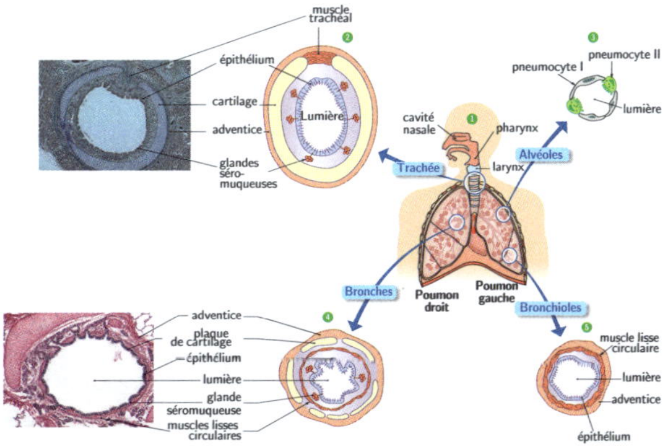

Évolution histologique des voies respiratoires

Mes notes pour réviser

MOTS CLÉS

Barrière alvéolocapillaire • Circulation systémique/pulmonaire • Hématose • Poumons • Voies aériennes

S'ENTRAÎNER AU BAC
Exercice 6 : p. 148

Savoir 14

Dysfonctionnement de l'appareil respiratoire

1 L'asthme

L'asthme est une maladie inflammatoire des bronches, elle résulte le plus souvent de l'inhalation d'un allergène qui déclenche une réaction brutale et intense à l'origine d'une diminution de la lumière de la bronche d'où une obstruction **(Doc. 1)**.
L'individu présente une dyspnée. L'inhalation d'un bronchodilatateur détend les muscles bronchiques, augmente la lumière des bronches et de retrouver une eupnée.
Ce syndrome obstructif est mis en évidence par une spirométrie : le rapport VEMS/CVF inférieur à 70 % sur le spirogramme.
Le premier traitement de l'asthme consiste à supprimer les facteurs déclenchants.
Le traitement de la crise repose sur l'inhalation d'un bronchodilatateur à action rapide d'action, le traitement de fond sur la prise d'anti-inflammatoires.

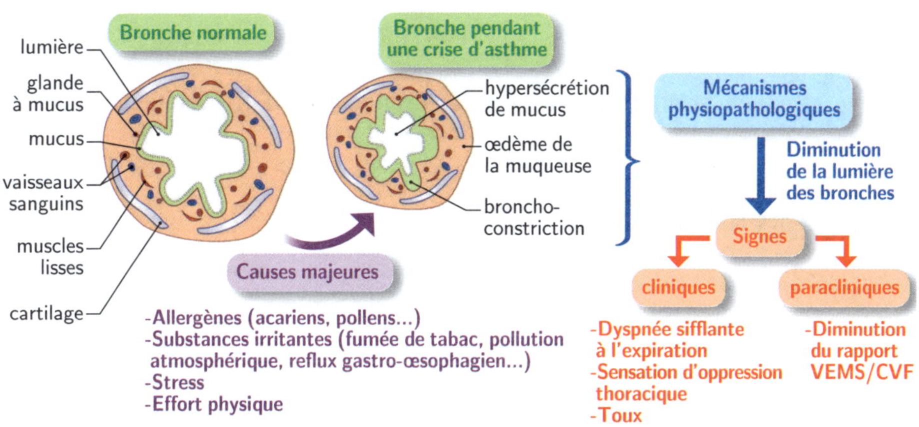

Doc. 1 Conséquences physiopathologiques d'un facteur déclenchant une crise d'asthme

2 Le tabagisme

Le tabagisme actif est défini comme la consommation volontaire de tabac par un individu. La fumée de tabac renferme quatre composants très toxiques pour l'organisme à l'origine de nombreuses pathologies **(Doc. 2)**.

Effets sur le système nerveux central

– **La nicotine** provoque de la **dépendance**. Elle atteint les récepteurs cérébraux en 7 secondes et entraîne un **effet stimulant** (libération d'adrénaline) et **antidépresseur** ; on parle de « shoot » à la nicotine.

– La diminution de la nicotinémie déclenche l'envie d'une nouvelle cigarette et responsable de l'**état de manque**.

Effets sur l'appareil cardiovasculaire

– **La nicotine** augmente la fréquence cardiaque (= **tachycardie**), elle favorise les **thromboses**, **l'athérosclérose** et ses complications (**artérite des membres inférieurs, angor, infarctus du myocarde**).

– **Le monoxyde de carbone** forme la carboxyhémoglobine (HbCO). Son taux augmente de 10 à 20 % chez les fumeurs, diminuant la teneur du sang en dioxygène (= **hypoxémie**) arrivant aux tissus (= **hypoxie**), une coloration bleue des muqueuses (= **cyanose**).

– L'insuffisance respiratoire fatigue le cœur et provoque une insuffisance cardiaque chronique.

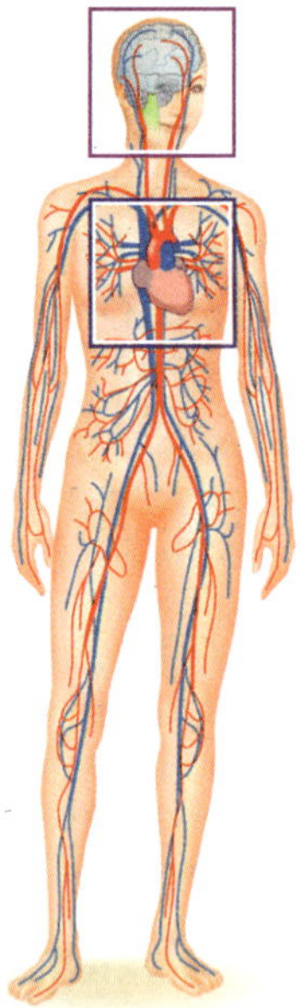

Effets sur l'appareil respiratoire

La fumée de tabac agit directement :

– des **substances irritantes**, qui provoquent une hypersécrétion de mucus et une destruction des cils vibratiles à l'origine de la **toux** et des **expectorations**, une bronchoconstriction d'où la **dyspnée**, et qui réduisent l'activité des macrophages alvéolaires, ce qui favorise les **surinfections** ;

– des **goudrons noircissent des poumons** et ont une action **cancérogène** : 9 cancers bronchopulmonaires sur 10 sont liés au tabagisme actif.

La nicotine et **le monoxyde de carbone** (CO) agissent indirectement. Le CO diminue la teneur du sang en O_2 (= **hypoxémie**) à l'origine d'une augmentation de la fréquence respiratoire (= **tachypnée**) et de difficultés à respirer (= **dyspnée**) à l'effort.

Doc. 2 Conséquences physiopathologiques d'un facteur déclenchant une crise d'asthme

Mes notes pour réviser

MOTS CLÉS

Asthme • Bronchodilatateur • Dyspnée • Spirométrie • Tabagisme

....

....

....

....

....

....

....

....

....

....

S'ENTRAÎNER AU BAC
Exercice 6 : p. 148

Savoir 15 Échanges gazeux et respiration cellulaire

1 Les échanges gazeux : nature et sens

1.1. Localisation

Le dioxygène (O_2) et le dioxyde de carbone (CO_2) s'échangent à deux endroits de l'organisme : au niveau pulmonaire (hématose) et au niveau tissulaire.

1.2. Mécanisme

Ce mécanisme est une diffusion qui entraîne le déplacement d'un gaz sous l'effet de la différence de pression partielle de ce gaz entre deux milieux :
- au niveau pulmonaire : l'O_2 diffuse de l'air alvéolaire vers le sang des capillaires pulmonaires et le CO_2 du sang vers les alvéoles **(Doc. 1)** ;

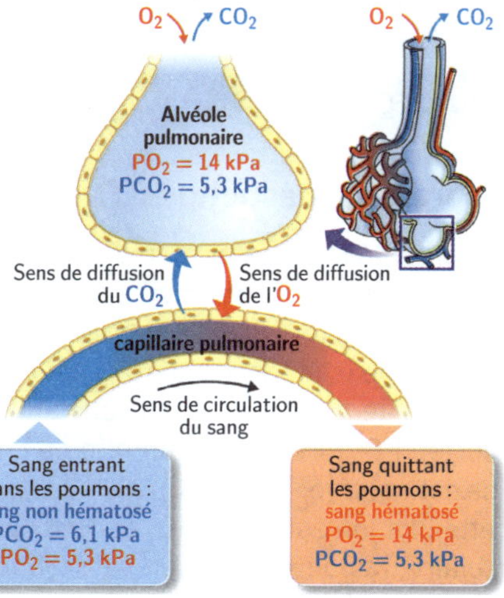

Doc. 1 Sens de diffusion des gaz au niveau pulmonaire

- au niveau tissulaire : l'O_2 diffuse du sang des capillaires tissulaires vers les tissus et le CO_2 des tissus vers le sang **(Doc. 2)**

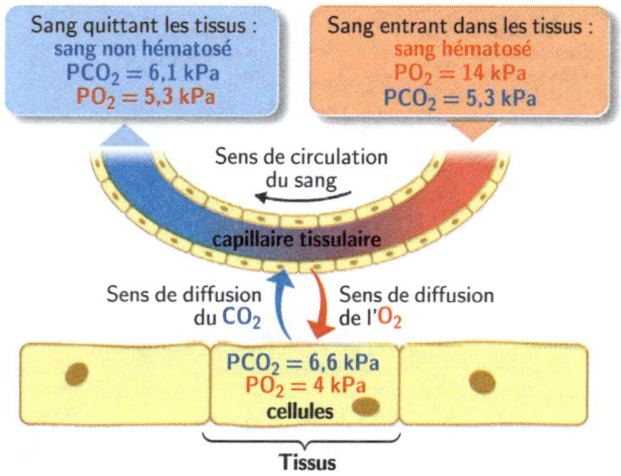

Doc. 2 Sens de diffusion des gaz au niveau tissulaire

2 Le transport des gaz respiratoire : O_2 et CO_2

2.1. Transport de l'O_2

Le dioxygène est transporté à 98 % combiné à l'hémoglobine sous forme d'oxyhémoglobine. Sa fixation est réversible et a lieu sur l'ion ferreux sur le groupement hème de l'hémoglobine.
L'équation de fixation et de dissociation est : $Hb + 4\ O_2 \leftrightarrow Hb(O_2)_4$.
Les 2 % restants sont transportés sous forme dissoute dans le plasma et le cytoplasme des hématies.

2.2. Transport du CO_2

Le dioxyde de carbone est transporté à :
- 60-70 % sous forme d'ions hydrogénocarbonate ;
- 20-25 % sous forme combinée aux fonctions amines de l'hémoglobine et des protéines plasmatiques ;
- 5-10 % sous forme dissoute dans le plasma.

3 Facteurs modulant l'affinité de l'hémoglobine pour l'O_2

3.1. Effet de la pression partielle en O_2

La variation du pourcentage de saturation de l'oxyhémoglobine en O_2 en fonction de la pression partielle en O_2 (= PO_2) est représentée sur la courbe de Barcroft **(Doc. 3)**.
Cette courbe a une allure sigmoïde : le pourcentage de saturation de l'hémoglobine en O_2 varie en fonction de la PO_2 mais ne lui est pas proportionnel.
– Au niveau alvéolaire, le pourcentage de saturation de l'hémoglobine en O_2 est de 98 % : sous de fortes PO_2 (= 14 kPa), l'affinité de l'hémoglobine pour l'O_2 est forte, l'oxyhémoglobine est saturée.
L'équation de cette fixation est : $Hb + 4O_2 \rightarrow Hb(O_2)_4$.
– Au niveau tissulaire, le pourcentage de saturation de l'oxyhémoglobine en O_2 est d'environ 65 % : sous de faibles PO_2 (= 4 kPa), l'affinité de l'hémoglobine pour l'O_2 est faible : l'oxyhémoglobine se dissocie, il y a libération de l'O_2 aux tissus.
L'équation de cette libération est : $Hb(O_2)_4 \rightarrow Hb + 4O_2$.

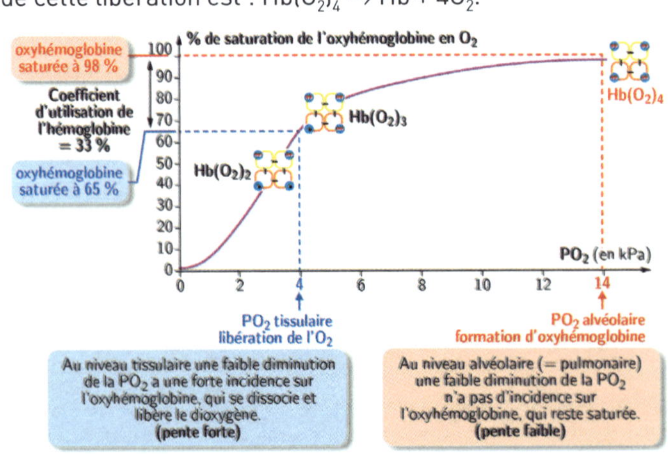

Doc. 3 Courbe de dissociation de l'oxyhémoglobine

3.2. Effet de l'activité musculaire sur le pourcentage de saturation de l'hémoglobine

Elle augmente la PCO_2 tissulaire (= hypercapnie), et la température corporelle (hyperthermie) et diminue le pH sanguin (acidose).
L'exercice musculaire n'influe pas sur l'affinité de l'hémoglobine pour le dioxygène à la PO_2 alvéolaire **(Doc. 4)**.
Au niveau musculaire, pour une même PO_2 faible, l'exercice musculaire diminue l'affinité de l'hémoglobine pour le dioxygène, sa libération est facilitée : c'est l'effet Bohr. Les tissus en activité sont oxygénés.

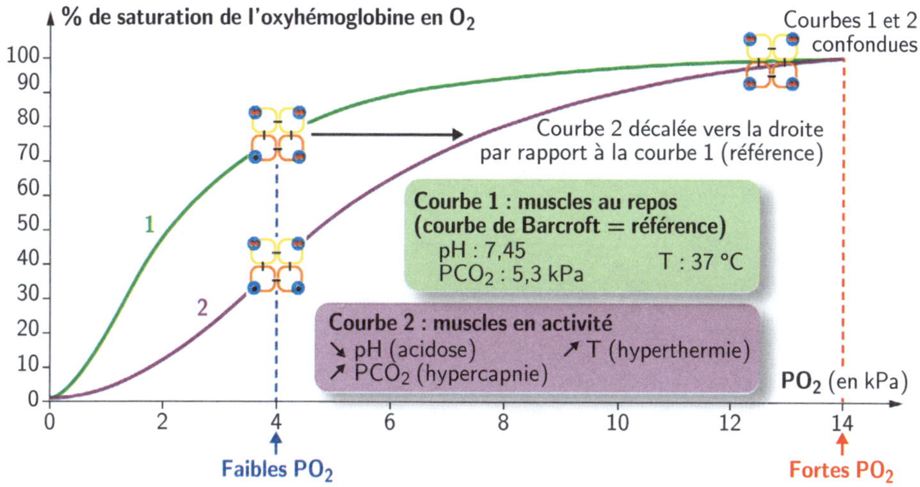

Doc. 4 Effet de l'exercice musculaire sur l'affinité de l'hémoglobine pour le dioxygène

4 La respiration cellulaire

Elle se déroule dans les mitochondries. En présence d'O_2, les biomolécules énergétiques (glucose, acides gras) sont dégradées et produisent de l'énergie sous forme d'ATP.
L'équation bilan de cette réaction est : $C_6H_{12}O_6 + 6O_2 \rightarrow 6CO_2 + 6H_2O$ + 36 ATP + chaleur
L'ATP intervient dans la contraction musculaire, le transport de molécules de part et d'autre de la membrane plasmique, et la synthèse de molécules.

BPH

MES NOTES POUR RÉVISER

MOTS CLÉS

Acidose • Barcroft • Bohr • Diffusion • Hématose • Hypercapnie • Hyperthermie • Oxyhémoglobine • Respiration cellulaire

Savoir 16

Les techniques d'exploration de l'organisme (1)

BPH

Ces techniques permettent d'obtenir, des images de l'intérieur du corps.

1 Basées sur les rayons X

<table>
<tr><td></td><td>RADIOGRAPHIE</td><td>MAMMOGRAPHIE</td><td>SCANOGRAPHIE</td></tr>
<tr><td></td><td colspan="2">IMAGE EN 2D</td><td>IMAGE EN 3D</td></tr>
<tr><td rowspan="3">PRINCIPE</td><td colspan="3">Les rayons X traversent les tissus en fonction de leur densité = absorption différentielle des rayons par les tissus. Les tissus denses absorbent les rayons. Ils sont radio-opaques (blanc sur le cliché). Les tissus mous se laissent traverser, ils sont radios transparents (contrastes de gris et noir sur le cliché).</td></tr>
<tr><td colspan="2">Les rayons X émis par un tube radiogène. Sujet placé entre le tube radiogène et la plaque photographique.</td><td rowspan="2">Scanner = détecteur + amplificateur + ordinateur. Il associe radiographie et informatique. Sujet allongé sur une table en mouvement lent dans l'anneau, qui tourne autour. Image en coupe axiale.</td></tr>
<tr><td>Injection d'un produit radio-opaque dans l'angiographie et l'hystérosalpingographie.</td><td>Le sein est comprimé entre deux plaques située entre le rayon radiogène et la plaque photographique.</td></tr>
<tr><td>INTÉRÊTS</td><td>Fracture des os, pathologies pulmonaires, obstruction de trompes : hystérosalpingographie, vaisseaux : caillots, athéromes angiographie</td><td>Kystes, tumeurs. Si l'image n'est pas exploitable : échographie complémentaire.</td><td>Préciser le diagnostic. Crâne : tumeur, sphère ORL. Os : tumeur, hernie discale.</td></tr>
</table>

2 Champ magnétique : IRM

2.1. Les signaux utilisés

Les signaux sont issus de l'énergie emmagasinée par les atomes d'hydrogène, et mis en résonnance, sous un champ magnétique et un électro-aimant. Leur vitesse de restitution dépend de l'organe. Ils sont analysés et traduits en image par un ordinateur.

2.2. Intérêts diagnostiques

L'IRM permet le diagnostic de maladies neurologiques, AVC, lésions du rachis : hernies ou lésions traumatiques, tumeurs de nombreux organes : foie, os, muscle...

Mes notes pour réviser

MOTS CLÉS

Angiographie • Absorption différentielle • Hystérosalpingographie • IRM • Radio-opaque • Radio-transparent

S'ENTRAÎNER AU BAC
Exercice 4 : p. 146

Savoir 17 Les techniques d'exploration de l'organisme (2)

Elles permettent d'obtenir des images, ou d'observer directement les parois creuses.

1 Les ultra-sons

	ÉCHOGRAPHIE	DOPPLER
PRINCIPE	Un gel est étalé sur la peau au niveau de l'organe à étudier. Une sonde émettrice-réceptrice émet des ultrasons qui se propagent et se réfléchissent sur les tissus. Les échos sont transformés en signaux électriques sur un écran.	
	Les liquides sans particules apparaissent en noir, avec particules en gris plus ou moins homogène.	Signal : son, couleur, courbe, reflet de la vitesse du sang.
INTÉRÊTS	Examen indolore. Peut-être répété.	
	Coupe d'organes dans différents plans. *Échographie cardiaque* : morphologie du cœur en mouvement, VES, perméabilité des valves *Échographie obstétricale* : localisation, croissance, nombre de fœtus, anomalies (clarté nucale = trisomie 21), guide pour amniocentèse.	Conditions d'écoulement du sang et d'irrigation d'un organe (sténose, thrombose).

2 La scintigraphie

2.1. Principe

L'isotope radioactif, transporté par le sang, se fixe sélectivement sur un organe. Les rayonnements des cellules, détectés par une gamma caméra donnent une image.

2.2. Intérêts

Zones d'hypofixation (points froids) : destruction d'un tissu, mauvaise irrigation (viabilité du myocarde). Zone d'hyperfixation (points chauds) : métastases (cancer).

3 La fibroscopie

	EXPLORATION DIGESTIVE		PATHOLOGIES RESPIRATOIRES	
PRINCIPE	Introduire le fibroscope dans une cavité creuse. Observer directement la paroi d'un organe ou visualiser les images sur un écran.			
INTÉRÊTS	Diagnostique Biopsies, gastrite œsophagite, colite, polype, ulcère…	Thérapeutique Ablation, prothèse, coagulations…	Diagnostique Biopsies, lavage alvéolaire (amiante, (bactéries)	Thérapeutique Exérèse d'une lésion…
RISQUE	Technique invasive : hémorragie, perforation, infection			

BPH

Mes notes pour réviser

MOTS CLÉS

Amniocentèse • Biopsie • Échos • Fibroscope • Gastrite • Hémorragie • Hyperfixation • Hypofixation • Isotope radioactif • Thrombose • Ulcère

S'ENTRAÎNER AU BAC
Exercice 4 : p. 146

Savoir 18

Les techniques d'exploration de l'organisme (3)

Ces techniques permettent d'obtenir des courbes afin d'analyser le fonctionnement des organes.

1 L'ECG

C'est un enregistrement de l'activité électrique du cœur, nécessaire à ses contractions. Il renseigne sur la santé du cœur.

BPH

1.1. Les ondes de l'ECG

Chaque onde est un phénomène électrique qui précède un phénomène mécanique. Onde P : dépolarisation de l'oreillette à l'origine de sa systole, complexe QRS : dépolarisation du ventricule déclenche la systole ; onde T repolarisation du ventricule à l'origine de la diastole.

1.2. ECG et pathologies cardiaques

L'ECG permet de détecter des pathologies cardiaques et coronariennes : fréquence (tachycardie, bradycardie), rythme (arythmie), lésions : onde Q de nécrose (IDM) **(Doc. 1)**.

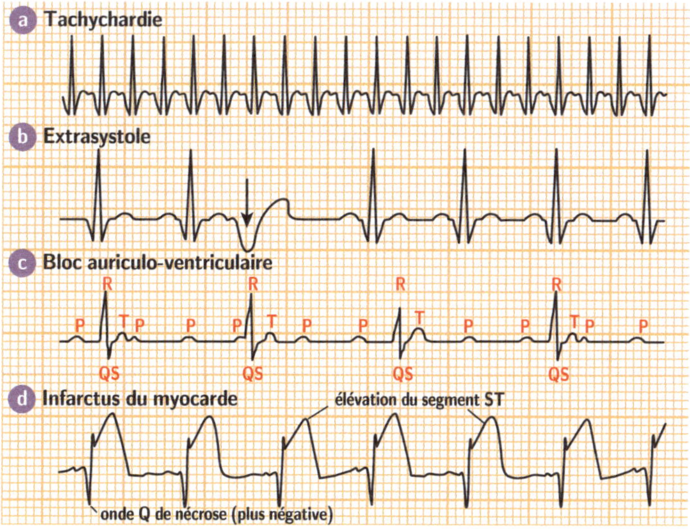

Doc. 1 Des anomalies décelables sur un ECG

2 La spirométrie

C'est un examen qui permet d'évaluer la fonction respiratoire d'un sujet.

2.1. Technique

Inspirations et expirations normales puis forcées dans un spiromètre.

2.2. Spirogramme (Doc. 2)

Il permet d'évaluer les volumes et capacités respiratoires d'un individu et l'indice de Tiffeneau : VEMS/CVF, si < 70 %, il révèle un trouble obstructif comme l'asthme.

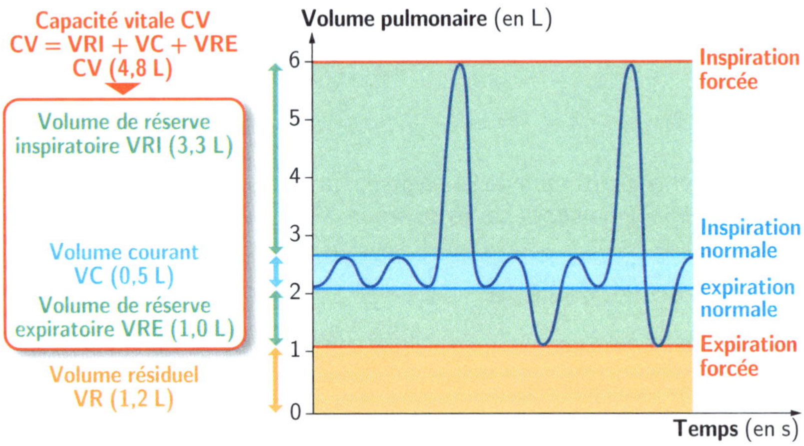

Doc. 2 Tracé spirométrique d'un sujet sain

Mes notes pour réviser

MOTS CLÉS

Complexe QRS • CV • ECG • IDM • Onde P • Onde Q • Onde T • Spiromètre • Trouble obstructif • VEMS/CVF

S'ENTRAÎNER AU BAC
Exercice 6 : p. 148

Exercice 1 Voir Fiches savoir 1, 4 et 5

La myopathie de Duchenne

La myopathie de Duchenne est une maladie musculaire dégénérative. Les garçons atteints ne synthétisent pas, ou de façon incorrecte, une protéine musculaire : la dystrophine. Cette protéine est indispensable à la cohésion des fibres musculaires et son absence entraîne, lors des contractions, leur déchirure.

1. Histologie

Les tissus musculaires constituent environ 40 % de la masse corporelle.

1.1. Définir le terme histologie.

1.2. Le document 1 schématise trois catégories de tissus parmi lesquels figure le tissu musculaire. Identifier chacune de ces catégories de tissu en justifiant les réponses.

Doc. 1 : Trois types de tissus (échelle différentes)

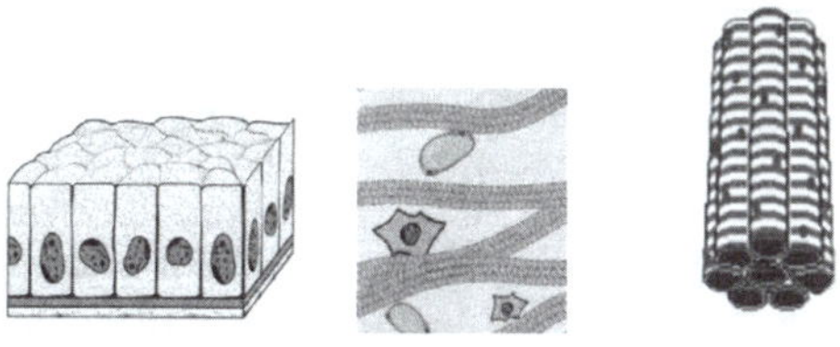

2. Contraction musculaire

Les myofibrilles constituent la fibre musculaire et sont responsables de sa contraction.

2.1. Le document 2 schématise une portion de myofibrille à l'état relâché. Le reproduire et placer les annotations suivantes : strie Z ; actine ; myosine ; sarcomère.

Doc. 2 : Portion de myofibrille relâchée

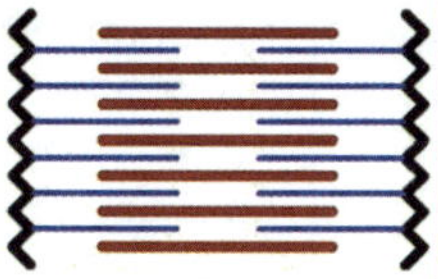

2.2. Schématiser cette même portion de myofibrille, une fois contractée.

3. Mode de transmission de la myopathie de Duchenne

Le neveu de 15 ans de Madame D est atteint de la myopathie de Duchenne. Sa maladie a été détectée vers l'âge de quatre ans, alors qu'il avait des difficultés à monter les escaliers et à se relever de la position assise. À l'examen clinique, il présentait une augmentation du volume des mollets et une accélération du rythme cardiaque.

Pour établir un diagnostic, le médecin avait prescrit des examens complémentaires :
- des examens sanguins comprenant un **hémogramme** et le dosage d'enzymes notamment la créatine phosphokinase (CPK) ;
- une **biopsie** musculaire ;
- un tracé de l'activité électrique des muscles.

Les résultats des examens, notamment l'augmentation de la concentration de CPK sanguine, ont montré que les fibres musculaires étaient endommagées et ont permis de confirmer le diagnostic.

Depuis, l'état de santé du garçon s'est dégradé. L'**amyotrophie** provoque un état de grande fatigue, des difficultés à déglutir, des déformations osseuses. Il n'existe pas de traitement curatif. La kinésithérapie est le seul traitement qui vise à soulager le patient sans espoir de guérison.

3.1. Définir les trois termes médicaux inscrits en caractère gras dans le texte.

3.2. Donner les termes médicaux correspondant aux trois expressions soulignées dans le texte.

La myopathie de Duchenne est une maladie récessive gonosomique liée au chromosome X. Le document 3 présente l'arbre généalogique d'une famille dont l'un des enfants présente la myopathie de Duchenne.

Doc. 3 : Arbre généalogique

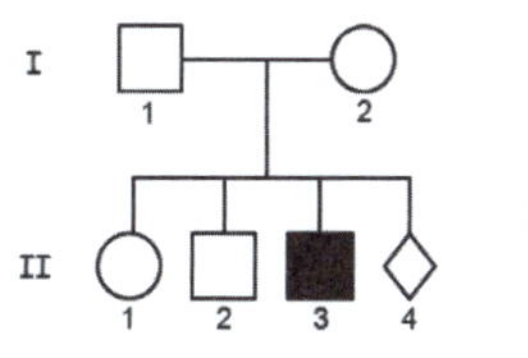

3.3. Par convention, on désigne l'allèle sain par la lettre S et l'allèle muté par la lettre m.
Écrire les génotypes des individus I.1, I.2, II.1 et II.3. Justifier les réponses.

3.4. Déterminer la probabilité pour que l'enfant II.4 à naître soit atteint de la maladie. Réaliser un échiquier de croisement pour justifier la réponse en indiquant le sexe et le phénotype correspondant à chaque génotype. Conclure.

FAIT ☐ REVU ☐

Exercice 2 Voir Fiches savoir 2 et 4

Neurone et mode d'action des neurotransmetteurs

La nicotine contenue dans la cigarette crée une dépendance en agissant au niveau de certains neurones dopaminergiques du système nerveux central (SNC) responsables de la sensation de plaisir. Des expériences ont été réalisées afin de comprendre son action sur le SNC.

1. Légender le schéma du neurone présenté dans le document 1.

Doc. 1 : Neurone

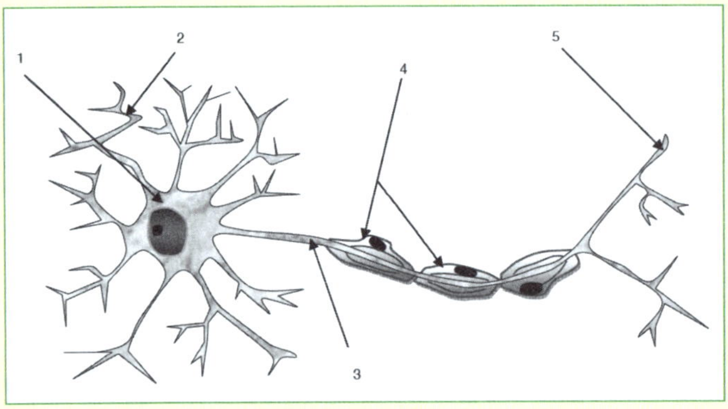

2. Le document 2 a présente un schéma expérimental comportant deux neurones (N1 et N2) reliés entre eux par une synapse.

Le document 2 b montre les résultats d'une série de quatre expériences permettant d'étudier les effets de la nicotine sur les neurones.

Document 2 a : Schéma expérimental

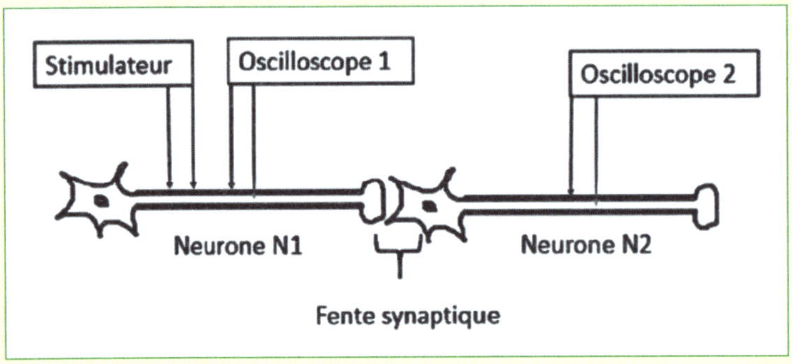

Document 2 b : Expériences effectuées et résultats obtenus

Protocole expérimental		Enregistrement d'un potentiel d'action sur l'oscilloscope 1	Détection d'acétylcholine dans la fente synaptique	Enregistrement d'un potentiel d'action sur l'oscilloscope 2
1	Absence de stimulation de N1	non	non	non
2	Stimulation de N1	oui	oui	oui
3	Absence de stimulation de N1 + injection d'acétylcholine dans la fente synaptique	non	oui	oui
4	Absence de stimulation de N1 + injection de nicotine dans la fente synaptique	non	non	oui

2.1. Préciser l'intérêt de l'expérience 1 du document 2 b.

Un neurotransmetteur est une molécule sécrétée par un neurone présynaptique stimulé. Il se fixe sur des récepteurs spécifiques du neurone post-synaptique et déclenche sur ce dernier une réponse électrique enregistrable.

2.2. Comparer les expériences 1 et 2 puis comparer les expériences 1 et 3 du document 2 b afin de justifier l'appartenance de l'acétylcholine à la catégorie neurotransmetteurs.

3. Déduire de l'expérience 4 du document 2 b le mode d'action de la nicotine.

FAIT ☐ REVU ☐

Exercice 3 Voir Fiches savoir 6 et 8

Digestion et absorption de molécules

Doc. 1

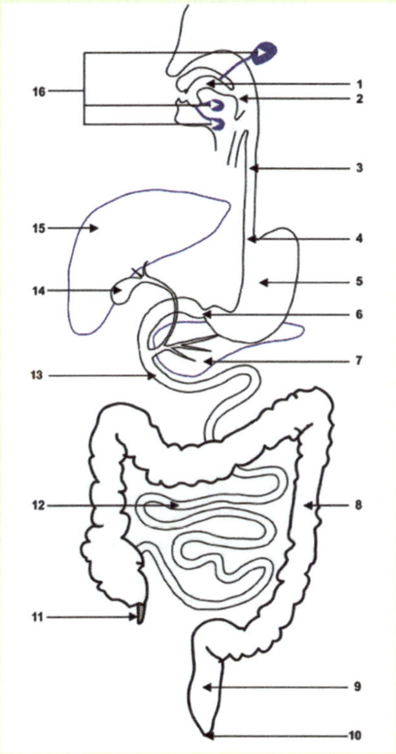

1. La digestion met en jeu un ensemble d'organes représentés sur le document 1. Titrer et annoter le document 1.

2. L'œuf est constitué d'un blanc, l'ovalbumine (ou albumine) et d'un jaune composé essentiellement de lipides. Ces molécules sont simplifiées dans le tube digestif pour être absorbées. Afin de déterminer les conditions d'action des enzymes digestives, des tests in vitro sont effectués. Le tableau du document 2 présente les conditions expérimentales et les résultats des tests.

Doc. 2

Constituant testé	Tube	Température d'incubation en °C	pH initial	Extraits ajoutés	Test du biuret réalisé après 30 min
Blanc d'œuf	1	37	8	Extraits pancréatiques	Coloration bleue
	2	0	8	Extraits pancréatiques	Coloration violette
	3	80	8	Extraits pancréatiques	Coloration violette
	4	37	2	Extraits pancréatiques	Coloration violette

2.1. Analysez chaque expérience du document 2 et conclure en précisant les conditions nécessaires à la digestion du blanc d'œuf.

2.2. La digestion de l'œuf fait intervenir deux catégories d'enzymes : protéases et lipases.

Préciser pour ces enzymes : leur origine, lieu d'action, substrat, et produits de la réaction.

3. L'œuf fait partie d'un groupe d'aliments. Citer ce groupe et justifier, par rapport à sa composition, le classement dans ce groupe.

4. La plupart des molécules sont absorbées au niveau de l'intestin grêle.

4.1. À l'aide du document 3, présenter deux arguments montrant que la structure de l'intestin est adaptée à sa fonction d'absorption.

Doc. 3 : Absorption intestinale des molécules

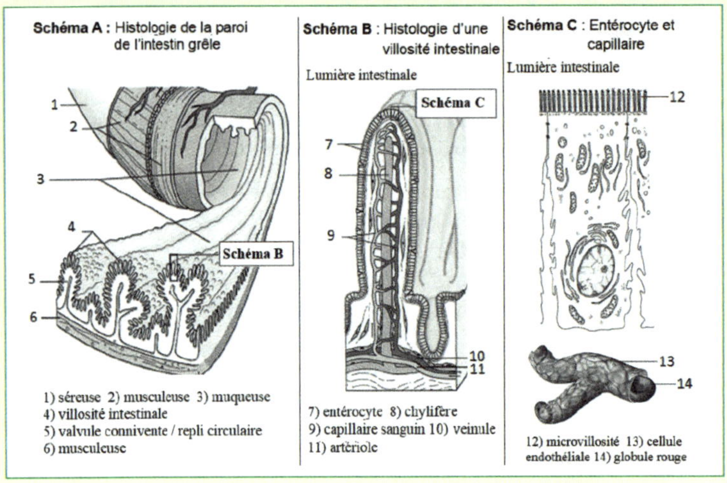

4.2. Flécher le trajet des molécules lors de leur absorption sur les schémas B et C du document 3.

5. Des molécules d'antibiotiques, hydrosolubles, utilisées en cas d'infection, peuvent être directement absorbées sans hydrolyse préalable dans l'intestin.

Doc. 4 : Distribution des molécules jusqu'au foyer infectieux

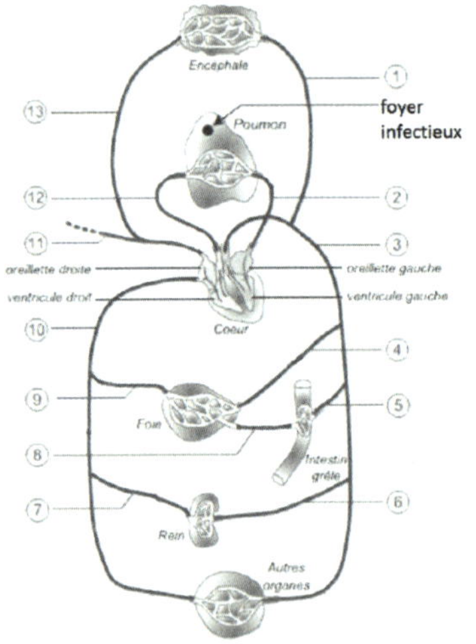

Vaisseaux contenant du sang riche en dioxygène :
1) artère carotide
2) veine pulmonaire
3) aorte
4) artère hépatique
5) artère intestinale
6) artère rénale

Vaisseaux contenant du sang pauvre en dioxygène :
7) veine rénale
8) veine porte hépatique
9) veine sus-hépatique
10) veine cave inférieure
11) veine sous clavière
12) artère pulmonaire
13) veine jugulaire

Sur le document 4 préciser le trajet de ces molécules depuis leur lieu d'absorption dans le sang au niveau intestinal jusqu'à par exemple, un foyer infectieux pulmonaire.

FAIT ☐ REVU ☐

Exercice 4 Voir Fiches savoir 6, 9, 11, 12 et 17

La surveillance du fœtus

Mme X arrive à l'hopital pour accoucher. La sage-femme pose un monitoring classique de surveillance fœtale, constitué d'un capteur de pression mesurant les contractions utérines et d'une sonde Doppler évaluant la fréquence cardiaque foetale.

1. Quelle technique d'imagerie médicale utilise le même principe de fonctionnement que la sonde Doppler ? Quel est son principe ?

2. Quel type de pathologie, chez l'adulte, peut-être diagnostiqué à l'aide d'un Doppler ?

3. Le STAN

La poche des eaux étant rompue, le médecin gynécologue obstétricien réalise un STAN, examen qui mesure le rythme cardiaque fœtal, à la recherche d'une éventuelle bradycardie.

Le fœtus à terme a un rythme cardiaque compris entre 110 à 150 cycles par minutes. En dessous de la valeur minimale, il y a un stress fœtal, lié à la contraction souvent par compression relative du cordon. La conséquence est une diminution du passage du sang du placenta vers le fœtus pouvant se traduire par une acidose fœtale.

Le STAN est un moniteur de surveillance fœtale pendant le travail qui calcule le rythme cardiaque fœtal (RCF). Ce système analyse l'ECG du fœtus grâce à une électrode placée sur son cuir chevelu.

Le STAN (ST analysis) analyse le segment ST. Son élargissement, chez l'adulte indique une angine de poitrine ou une menace d'infarctus du myocarde. Chez le foetus, il indique un passage en métabolisme anaérobie avec risques, d'acidose métabolique et de séquelle cérébrale, d'origine anoxique chez l'enfant.

Cette méthode réduit sensiblement les faux positifs obtenus avec le monitoring classique et limite le recours aux césariennes et extractions instrumentales.

D'après Blanche Touvet, sage-femme consultante clinique pour la méthodologie STAN et du Pr Christophe Vayssière, PU-PH au CHU de Toulouse.

3.1. Définir les neuf termes soulignés.

3.2. Quel liquide est contenu dans la poche des eaux ?

Le document 1 suivant représente un **ECG classique** :

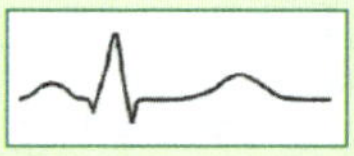

3.3. Reproduire le schéma, puis positionner les ondes P, QRS et T ainsi que le segment ST.

3.4. Rappeler à quels phénomènes électriques correspondent les ondes P, QRS et T.

L'enregistrement de l'ECG (méthode STAN) du fœtus de Mme X est donnée dans le document 2.

Doc. 2 : ECG du fœtus de Mme X

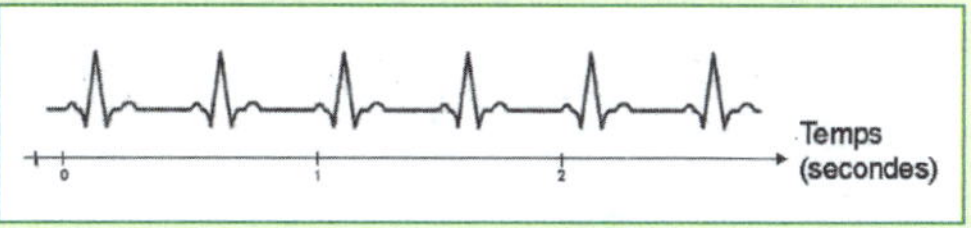

3.5. Calculer la fréquence cardiaque du fœtus en expliquant la démarche. À l'aide de l'article, indiquer si le diagnostic de bradycardie donné par le monitoring classique de surveillance fœtale est confirmé par le STAN.

FAIT ☐ REVU ☐

Exercice 5 Voir Fiche savoir 8

Diabète gestationnel et régulation de la glycémie

Des mesures de glycémie réalisées à jeun chez Mme X mettent en évidence un léger diabète gestationnel. Ce risque d'hyperglycémie chez la mère risque d'entraîner chez le fœtus une augmentation de ses propres sécrétions d'insuline, avec pour conséquence une augmentation anormale de son poids compliquant l'accouchement.

Doc. 1

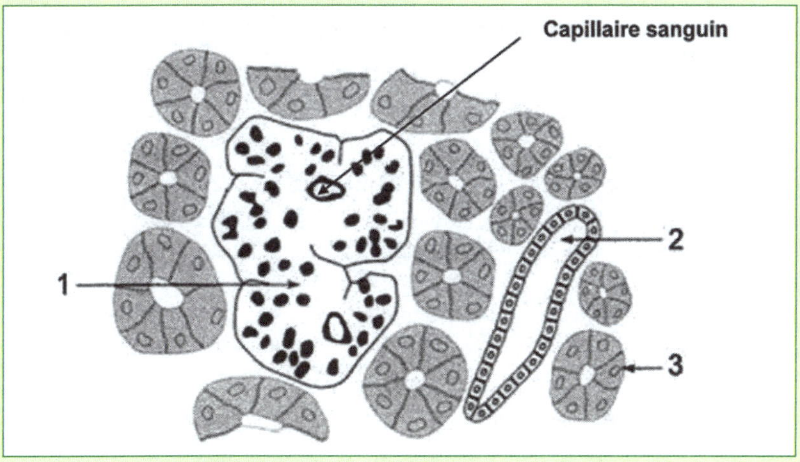

1. Définir le terme hyperglycémie.

2. Le document 1 est un schéma d'une coupe histologique de l'organe sécrétant l'insuline. Donner un titre à ce document, puis reporter les légendes correspondant aux repères 1 à 3.

3. Comment agit l'insuline ? Rappeler sa fonction.

Exercice 6 Voir Fiches savoir 13, 14 et 18

La grippe saisonnière

1. La réponse de l'organisme au virus de la grippe :

Les symptômes de la grippe peuvent être classés en deux catégories :

– les symptômes généraux : **pyrexie**, douleurs articulaires, perte d'appétit, **asthénie** ;

– les symptômes spécifiques à l'appareil respiratoire : **rhinite** (souvent associée à une pharyngite), toux sèche évoluant en toux grasse au cours du temps. Ces symptômes traduisent une activation du système immunitaire.

1.1. Définir les trois termes en caractères gras. Donner les termes médicaux correspondant aux deux expressions soulignées.

Des expériences sont réalisées afin de mettre en évidence l'implication de certains leucocytes dans la lutte contre le virus de la grippe.

Plusieurs lots de souris sont infectés par le virus de la grippe. Pour les lots 2 à 5, certaines catégories de lymphocytes sont supprimées. Après l'infection, on mesure le temps nécessaire aux souris pour éliminer le virus. Parallèlement, le pourcentage de survie de chaque lot est estimé.

Les résultats sont rassemblés dans le tableau ci-dessous :

	Lymphocytes TB	Lymphocytes T4	Lymphocytes B	Temps requis pour éliminer le virus (jours)	Taux de survie (en %)
Lot 1	+	+	+	7 à 10	100
Lot 2	-	+	+	10 à 14	50
Lot 3	+	+	-	10 à 14	100
Lot 4	+	-	+	Non évaluable	0
Lot 5	-	+	-	Non évaluable	0

(+) signifie que le type cellulaire est présent chez la souris
(-) signifie que le type cellulaire est supprimé chez la souris

Remarque : tous les autres leucocytes non mentionnés dans le tableau sont présents chez les souris.

1.2. Le lot 1 est le lot témoin. Justifier son intérêt.

1.3. Analyser les expériences des lots 2 et 3. En déduire le type de réaction immunitaire le plus efficace pour lutter contre le virus de la grippe.

1.4. La coopération entre immunocytes est indispensable pour une réponse immunitaire. Justifier cette affirmation à l'aide des expériences des lots 4 et 5.

2. Exemple d'une complication de la grippe chez un individu asthmatique

La grippe est particulièrement grave chez les sujets à risques tels que les patients asthmatiques. Les complications sont dues à un envahissement plus important de l'appareil respiratoire par le virus ou à une surinfection bactérienne.

L'asthme est une maladie inflammatoire chronique des bronches. Les crises se manifestent par des difficultés respiratoires caractérisées par un sifflement. Une crise aiguë entraîne une **tachypnée**, une tachycardie, une **cyanose** des lèvres et des ongles, une asthénie.

2.1. Définir les deux termes en caractères gras. Donner le terme médical correspondant à l'expression soulignée.

Le document 1 correspond à un schéma simplifié d'une coupe axiale de bronches chez un sujet sain et chez un sujet asthmatique pendant une crise.

Doc. 1 : Coupe de bronche

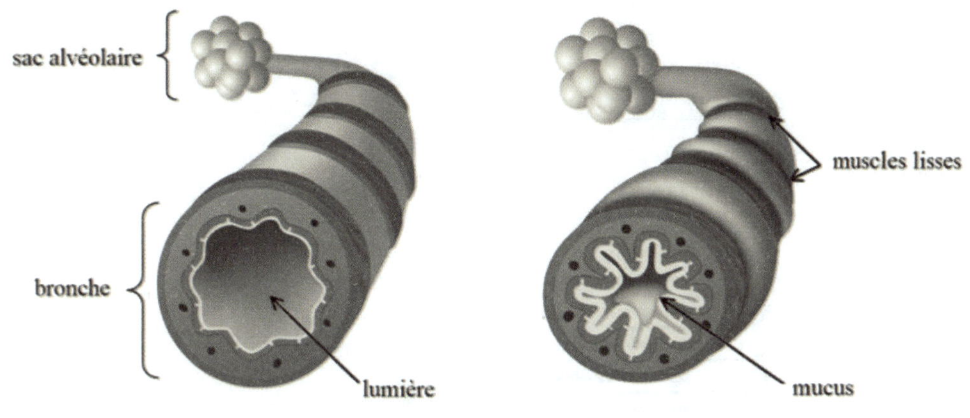

Voie respiratoire du sujet sain

Voie respiratoire d'un sujet asthmatique pendant une crise

2.2. **À partir de l'observation du document 1, décrire deux causes de la difficulté respiratoire chez le sujet asthmatique pendant une crise.**

Le document 2 présente les résultats d'une spirométrie réalisée chez un individu sain et chez un individu lors d'une crise d'asthme. Cet examen permet de déterminer la capacité inspiratoire (CI) et le volume expiratoire maximum en une seconde (VEMS).

Doc. 2 : Spirogramme

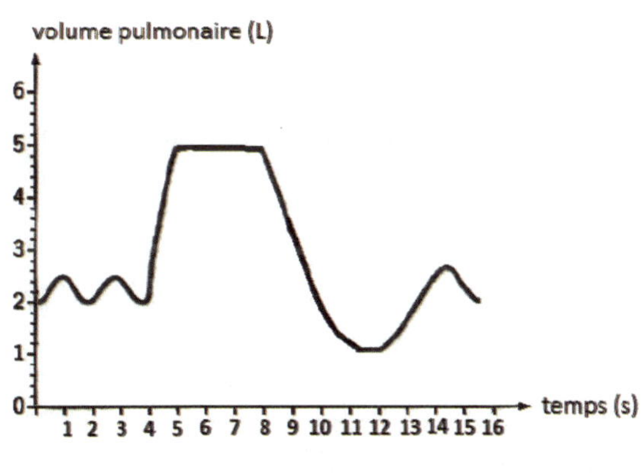

Spirogramme d'un individu asthmatique

Données :

- VEMS : volume maximum d'air expiré au cours de la première seconde après une inspiration forcée.

  VEMS mesuré chez un sujet sain : 3,7 L.

- CI : volume d'air maximum inspiré après une expiration courante.

  CI mesurée chez un sujet sain : 3,9 L.

2.3. **Présenter le principe de la spirométrie.**

2.4. **À l'aide du document 2, déterminer la CI et le VEMS de l'individu asthmatique. Comparer les résultats obtenus avec ceux d'un individu sain. En déduire quelle(s) phase(s) de l'acte respiratoire est (sont) affectée(s) par l'asthme.**

FAIT ☐ REVU ☐

BPH

Exercice 1

La myopathie de Duchenne

1.1. L'histologie est l'étude des tissus.

1.2. Schéma A : cellules jointives reposant sur une lame basale, il s'agit d'un tissu épithélial.
Schéma B : cellules disjointes et présence de fibres, ils s'agit d'un tissu conjonctif.
Schéma B : cellules fusiformes, parallèles et striées, il s'agit de tissu musculaire.

2.1.

2.2. on peut observer un raccourcissement du sarcomère par glissement des filaments d'actine sur les filaments de myosine. Les demi-bandes I diminuent ainsi que la bande H.

3.1. Hémogramme : (NFS) : résultat de l'analyse qualitative et quantitative des éléments figurés du sang contenus dans 1 mm^3, de la formule leucocytaire et du taux d'hémoglobine.
Biopsie : prélèvement d'un fragment de tissu vivant sur un patient afin de l'analyser en laboratoire d'anatomopathologie.
Amyotrophie : diminution de volume des muscles striés squelettiques.

3.2. Accélération du rythme cardiaque : tachycardie, tracé de l'activité électrique des muscles : électromyogramme, état de grande fatigue : asthénie.

3.3 I.1 : homme sain XS//Y, I.2. : femme saine mais ayant un enfant malade donc hétérozygote XS//Xm, II.1. : fille saine mais ayant une mère hétérozygote donc XS//XS ou XS//Xm, II3 : garçon malade donc obligatoirement Xm//Y.

3.4. Ce couple à 100 % de chance d'avoir une fille saine et 50 % de risque d'avoir un garçon malade.

I2 \ I1	XS	Y
XS	XS//XS	XS//Y
Xm	XS//Xm	Xm/Y

Exercice 2

Neurone et mode d'action du neurotransmetteur

1. 1. Corps cellulaire 2. Dendrites 3. Axone 4. Cellules de Schwann 5. Arborisation terminale

2.1. L'expérience témoin permet de vérifier qu'en absence de stimulation, il n'y a pas de potentiel d'action entre les neurones. Elle permet de servir de références pour les autres expériences.

2.2. Dans l'expérience 2, lorsqu'on stimule le neurone 1, il y a un potentiel d'action visible à son niveau et au niveau du neurone 2. Le message nerveux est transmis du neurone 1 au neurone 2. On retrouve de l'acétylcholine au milieu ce qui n'est pas le cas dans l'expérience 1. L'acétylcholine est donc libérée par les neurones lors de la stimulation.
Dans l'expérience 3, l'acétylcholine seule suffit à déclencher une réponse du neurone post-synaptique, alors que sans ACH (expérience 1), il n'y avait pas de réaction du neurone post-synaptique. Il agit donc sur ce neurone en déclenchant la naissance d'un potentiel d'action. L'ACH est donc bien le neurotransmetteur.

3. Selon l'expérience 4, la nicotine agit sur le neurone comme le fait l'acétylcholine : elle déclenche un potentiel d'action. Elle a donc une action comparable à un neurotransmetteur en stimulant le neurone post-synaptique.

Exercice 3

Digestion et absorption de molécules

1. 1. Cavité buccale 2. Pharynx 3. Œsophage 4. Cardia 5. Estomac 6. Pylore 7. Pancréas 8. Côlon 9. Rectum 10. Anus 11. Appendice 12. Intestin grêle (jéjunum). 13. Duodénum 14. Vésicule biliaire 15. Foie 16. Glandes salivaires
Titre : Schéma de l'appareil digestif

2.

Tube 1	Test du biuret négatif. Pas d'albumine. L'extrait pancréatique hydrolyse l'albumine en acides aminés.
Tube 2	Test du biuret positif. Présence d'albumine. L'extrait pancréatique n'hydrolyse pas l'albumine en acides aminés à 0°C. Température basse.
Tube 3	Test du biuret positif. Présence d'albumine. L'extrait pancréatique n'hydrolyse pas l'albumine en acides aminés à 80. Température élevée
Tube 4	Le test du biuret est positif. La solution contient de l'albumine. L'extrait pancréatique n'hydrolyse pas l'albumine en acides aminés en pH = 2, pH acide.

	Origine	Lieu d'action	Substrat	Produit de la réaction
Protéase	Cellule acineuse (pancréas)	Lumière du duodénum	Protéines (albumine)	Peptides
Lipase	Cellule acineuse (pancréas)	Lumière du duodénum	Triglycérides	Acides gras et glycérol

Conclusion : L'extrait pancréatique contient des protéases, qui catalysent l'hydrolyse de l'albumine en acides aminés. Ces enzymes agissent dans des conditions de température compatibles avec la vie et à des conditions de pH spécifiques. Elles sont biocompatibles. À basse température, elles sont inactivées, à haute température elles sont détruites (dénaturées).

3. L'œuf fait partie du groupe « viandes, poissons, œufs » (VPO). Ce groupe comporte des aliments riches en protéines (albumine) et en lipides (triglycérides, cholestérol), d'origine animale.

4.1. L'intestin grêle est constitué de trois niveaux de replis : les valvules conniventes, les villosités et de microvillosités. Ces structures augmentent la surface d'échange adaptée à sa fonction d'absorption.

4.2.

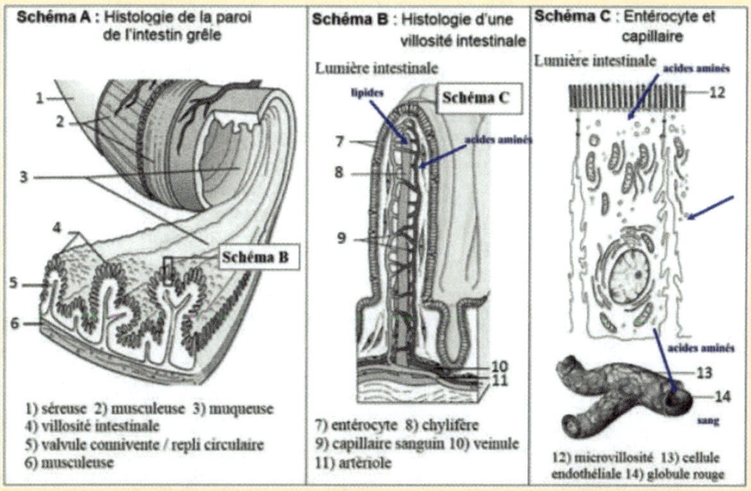

5.

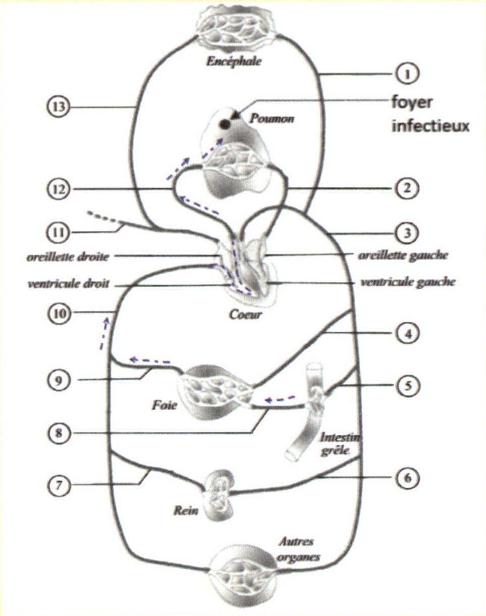

Exercice 4

Surveillance du foetus

1. C'est l'échographie.
Principe : Un gel est placé sur la peau dans la region à observer. Une sonde émettrice-réceptrice émet des utrasons qui traversent les tissus en fonction de leur composition et de leur densité. Au contact des tissus, ils réfléchisent sous forme d'échos, qui sont captés par la sonde. Elle les transmet à un ordinateur, qui les analyse et produit une image, sur un écran.

2. Le Doppler sert à diagnostiquer une obstruction (sténose ou thrombose) des vaisseaux sanguins (avec conséquence de modifier la vitesse de circulation du sang) que mesure la sonde Doppler.

3.1. Bradycardie : ralentissement du rythme cardiaque.
Gynécologue : médecin spécialiste de l'appareil généital féminin.
Obstétricien : qui suit la grossesse et l'accouchement.
Angine de poitrine : souffrance myocardique (ischémie) due à une hypoxie provoquée par une sténose coronaire.
Infarctus du myocarde : nécrose du myocarde suite à une ischémie consécutive à l'obstruction d'une artère.
Métabolisme : ensemble de réactions chimiques de synthèse et de dégradation dans l'organisme.
Anaérobie : qui se fait en absence d'oxygène.
Acidose : acidification du sang (diminution du pH)
Anoxique : due à une absence d'oxygène.

3.2. Il s'agit du liquide amniotique.

3.3.

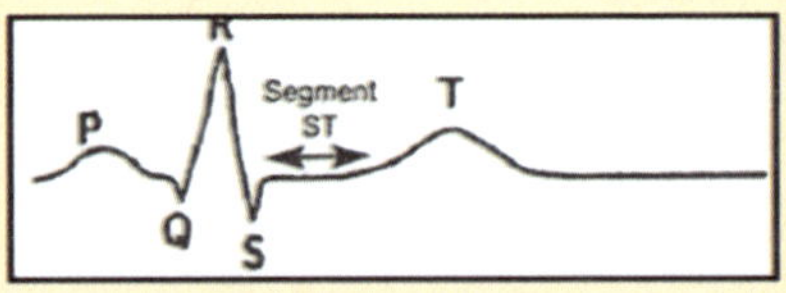

3.4. Onde P : dépolarisation auriculaire
Onde QRS : dépolarisation ventriculaire
Onde T : repolarisation ventriculaire

3.5. Il y a deux cycles cardiaques en 1 seconde soit 120 cycles par 60 secondes (1 minute).
L'article indique que la fréquence normale est de 110 à 150 bpm. 120 bpm est compris entre ces valeur, elle est donc normale. Il n'y a pas de bradycardie. Le diagnostic du monitoring est infirmé.

Exercice 5

Diabète gestationnel et régulation de la glycémie

1. Hyperglycémie : concentration de glucose dans le sang supérieure à la normale.

2. Titre : coupe de pancréas (ou histologie).
1 : îlot de Langerhans (ou pancréas endocrine).
2 : canal collecteur (canal excréteur ou canal conduisant le suc pancréatique).
3 : acinus (ou pancréas exocrine).

3. L'insuline augmente la pénétration du glucose dans les cellules hépatiques, musculaires et adipeuses (cellules cibles) ainsi que son stockage.
Elle stimule la glycogénogenèse hépatique et musculaire et la lipogenèse dans les adipocytes.
La fonction de l'insuline est de diminuer la glycémie. (hormone hypoglycémiante).

Exercice 6

La grippe saisonnière

1.1. Pyrexie : fièvre.
Asthénie : état de grande fatigue.
Rhinite : inflammation aigue ou chronique de la muqueuse nasale.
Douleurs articulaires : arthrodynies.
Perte d'appétit : anorexie.

1.2. Le lot témoin permet de montrer que l'association des trois lymphocytes est nécessaire à l'élimination des virus et à la survie de 100 % des souris infectées.

1.3. Lot 2 : L'absence de lymphocytes T8 allonge le temps de la réponse immunitaire et ne permet la survie que de 50 % des souris infectées.
Lot 3 : : L'absence de lymphocytes B allonge le temps de la réponse immunitaire mais permet la survie de 100 % des souris infectées.
Dans les deux cas, le délai d'élimination est identique de 10 à 14 J, en sachant que le taux de survie est de 100 % en présence des lymphocytes T8 et absence des lymphocytes B contre 50 % avec présence des lymphocytes B et absence des lymphocytes T8, on peut déduire que l'immunité impliquant les lymphocytes T8 est plus efficace pour lutter contre les virus, il s'agit donc d'une réponse immunitaire acquise cellulaire.

1.4. Lot 4 : en l'absence de lymphocyte T4 on observe la mort de toutes les souris.
Lot 5 : les lymphocytes T4 seuls n'assurent aucune immunité, on observe également la mort de toutes les souris.
On peut donc en déduire que les lymphocytes T4 sont des cellules indispensables au fonctionnement des lymphocytes T8 et B. Une fois activés, ils se transforment en lymphocytes T auxiliaires, sécréteurs d'interleukine, molécules qui activent à leur tour les lymphocytes T8 et B ce qui déclenche la réponse contre le virus de la grippe.

2.1. Tachypnée : augmentation de la fréquence respiratoire.
Cyanose : coloration bleue de la peau et des muqueuses.
Difficultés respiratoires : dyspnée.

2.2. L'inhalation d'un allergène déclenche une réaction brutale et intense
– la muqueuse déjà sensibilisée réagit : il y a formation d'un œdème et production excessive de mucus ;
– les muscles lisses présents dans la paroi se contractent.
L'œdème de la muqueuse, l'hypersécrétion de mucus et la bronchoconstriction, mécanismes physiopathologiques, réduisent le diamètre de la lumière des bronches et sont à l'origine de l'obstruction bronchique. L'air circule difficilement, surtout au cours de l'expiration, une dyspnée sifflante à l'expiration apparaît ainsi qu'une sensation d'oppression thoracique. Le mucus produit en excès est ensuite éliminé par une toux avec expectorations.

2.3. L'exploration fonctionnelle respiratoire se déroule de la façon suivante : l'individu inspire et expire plusieurs fois dans le spiromètre puis réalise une inspiration forcée suivie d'une expiration forcée.

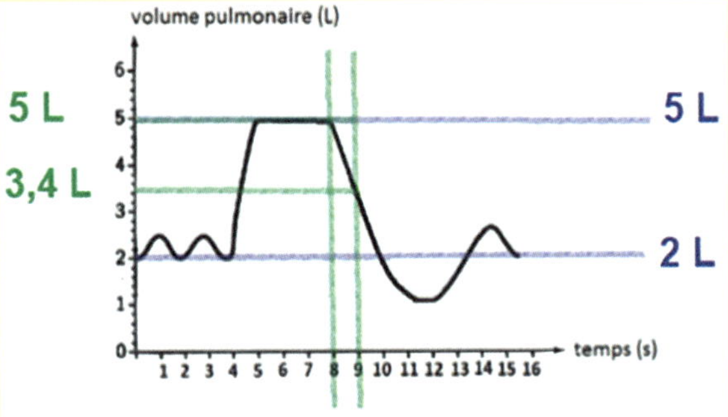

CI = 5L - 2 L = 3L

VEMS = 5 L - 3,4 L = 1,6 L

2.4. On peut observer une forte diminution du VEMS, on peut alors en déduire que c'est l'expiration qui est affectée par l'asthme.

Acides et bases

1 Rappels des formules essentielles

$m = n \times M$ Calcul de M : • M = somme des masses molaires des atomes composant la molécule ou l'ion Ex. : $M_{H_2O} = 2M(H) + M(O)$ • Ou $M = m_{\text{atome ou ion}} \times N_A$	m : masse totale de l'espèce chimique considérée (g) n : quantité de matière (= nombre de moles de l'espèce chimique) (mol) M : masse molaire de l'espèce chimique considérée ($g \cdot mol^{-1}$) N_A : constante d'Avogadro ($N_A = 6{,}02 \cdot 10^{23}\ mol^{-1}$)
$C = \frac{n_{\text{soluté}}}{V_{\text{sol}}}$ Lien entre C et C_m : $C_m = \frac{m_{\text{soluté}}}{V_{\text{sol}}}$ $\boldsymbol{C_m = C \times M}$	**Concentrations d'une solution** C_m : concentration massique apportée en solution ($g \cdot L^{-1}$) C : concentration molaire apportée en solution ($mol \cdot L^{-1}$) V_{sol} : volume de la solution (L)

2 Préparation d'une solution aqueuse

• **Première possibilité : par dissolution d'un soluté**

La solution est obtenue par dissolution d'un composé moléculaire ou ionique dans de l'eau. La masse m de composé à dissoudre (calculée à l'aide des formules du 1) dépend de la concentration désirée pour la solution.

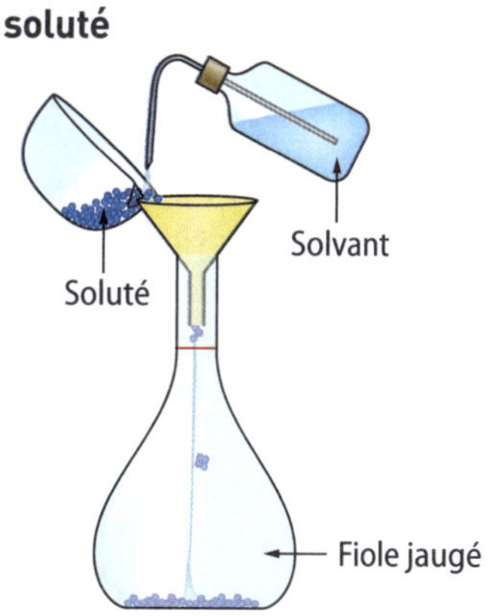

• **Seconde possibilité : par dilution d'une solution mère**

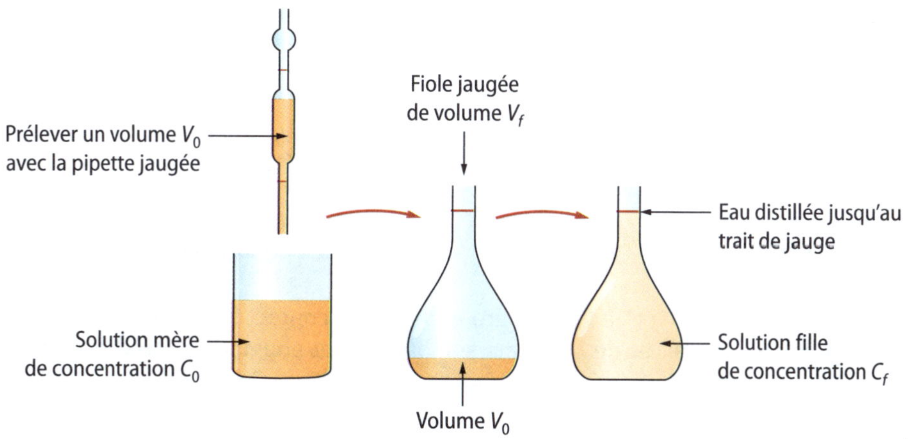

Une dilution est caractérisée par un **facteur de dilution F** (sans unité). Plus F est élevé, plus la solution est diluée. On dit que la solution mère est diluée F fois.

$$F = \frac{C_0}{C_f} \quad \text{ou} \quad F = \frac{V_f}{V_0}$$

Astuce : $F = \dfrac{\text{grandeur de valeur la plus grande}}{\text{grandeur de valeur la plus petite}}$

Attention aux unités ! V_f et V_0 doivent avoir la même unité. De même, pour C_0 et C_f.

3 Nature d'une solution

Toutes les solutions aqueuses contiennent des **ions hydroxyde HO^-** et des **ions oxonium $H3O^+$**. Ces ions proviennent en grande partie des solutés introduits dans la solution mais aussi, pour très peu d'entre eux, de la réaction d'autoprotolyse de l'eau (voir 5).

NATURE DE LA SOLUTION	PH DE LA SOLUTION À 25°C	COMPARAISON DES CONCENTRATIONS $[H_3O^+]$ ET $[HO^-]$
Solution acide	$0 \leqslant pH < 7$	$[H_3O^+] > [HO^-]$ On considère $[HO^-] \approx 0$ mol.L^{-1} quand $pH < 6$.
Solution neutre	$pH \approx 7$	$[H_3O^+] \approx [HO^-] = 10^{-7}$ mol.L^{-1}
Solution basique	$7 < pH \leqslant 14$	$[H_3O^+] < [HO^-]$ On considère $[H_3O^+] \approx 0$ mol.L^{-1} quand $pH > 8$.

Détermination du pH : avec un papier pH (mesure approximative) ou avec un pH-mètre (mesure précise). Le pH est une grandeur sans unité.
Il est possible de neutraliser les solutions acides ou basiques. Neutraliser une solution revient à modifier son pH pour l'amener à un pH proche de 7. Ainsi, on peut neutraliser :
- Une solution acide par ajout d'une solution basique.
- Une solution basique par ajout d'une solution acide.

Les solutions acides et basiques peuvent présenter des dangers pour l'homme ou pour l'environnement (cf. pictogrammes ci-dessous). Il faut se protéger (port de lunettes, gants, blouses) et adopter les bons gestes (ne pas respirer les vapeurs, diluer les solutions, si possible, faire attention aux mélanges entre solutions).

Corrosif

Toxique, irritant

Cancérogène

Danger pour le milieu aquatique

Si accident : rincer à l'eau claire la partie en contact (yeux, peau), boire de l'eau si ingestion, respirer de l'air frais si inhalation et appeler le SAMU suivant la gravité de la situation.

4 Les acides et les bases selon Brönsted - Réaction acido-basique

La nature d'une solution provient du caractère acide ou basique des solutés introduits.

Théorie de Brönsted
Un acide est une espèce chimique capable de céder un proton H^+.
Une base est espèce chimique capable de capter un proton H^+.
Conséquences :
- La demi-équation protonique : acide = base + H^+.
- l'acide et la base forment un **couple : acide / base**. On dit qu'ils sont conjugués.

Couples de l'eau
H_3O^+/ H_2O : ici H_3O^+ joue le rôle de l'acide et H_2O celui de la base.
H_2O/HO^- : ici H_2O joue le rôle de l'acide et HO^- celui de la base.
L'eau est dite ampholyte ou amphotère (rôle d'acide ou de base suivant le contexte).

Réaction acido-basique : elle a lieu entre l'acide d'un couple et la base d'un autre couple.
Écriture d'une équation de réaction :
1. *Sélectionner les 2 couples mis en jeu dans la transformation chimique.*
2. *Entourer les réactifs dans ces couples.*
3. *Écrire l'équation. Les produits seront les espèces chimiques conjugués des réactifs.*

EXEMPLE Réaction entre HCOOH et H_2O
Couples impliqués : $\boxed{HCOOH}/HCOO^-$ et $H_3O^+/\boxed{H_2O}$.
Équation de réaction: $HCOOH_{(aq)} + H_2O_{(l)} \rightleftarrows HCOO^-_{(aq)} + H_3O^+_{(aq)}$

5 Autoprotolyse de l'eau

Autoprotolyse de l'eau : $H_2O_{(l)} + H_2O_{(l)} \rightleftarrows H_3O^+_{(aq)} + HO^-_{(aq)}$

C'est la réaction entre une molécule d'eau jouant le rôle d'acide et une molécule d'eau jouant le rôle de base. C'est une réaction limitée (symbole $\rightleftarrows$).
On associe, à cette réaction, une constante appelée **produit ionique de l'eau K_e** :
$K_e = [H_3O^+] \times [HO^-]$ **K_e est sans unité** (A 25°C, $K_e = 1{,}0.10^{-14}$)

Calcul des concentrations en ions H_3O^+ et HO^- dans une solution aqueuse
Dès que la solution est aqueuse, on dispose de 2 formules pour calculer ces concentrations :
- $[H_3O^+] = 10^{-pH}$ ou $[H_3O^+] = \dfrac{K_e}{[HO^-]}$ permettent de calculer $[H_3O^+]$.
- $[HO^-] = \dfrac{K_e}{[H_3O^+]}$ permet de calculer $[HO^-]$.

PHYSIQUE CHIMIE

Mes notes pour réviser

Savoir 2 Propriété oxydante des antiseptiques et des désinfectants

1 Actions des antiseptiques et désinfectants

Antiseptique : sur les tissus vivants (eau oxygénée, diiode), etc.
Désinfectant : sur objet inerte (eau de Javel, alcool, etc.)
Ils vont agir en oxydant les micro-organismes ciblés.

PROPRIÉTÉS	Bactéricide	Virucide	Fongicide	Sporicide
ACTION LÉTALE SUR LES	Bactéries	Virus	Champignons	Spores

Bactériostatique : ne détruit pas mais limite la prolifération des bactéries.

2 Oxydant, réducteur et réaction d'oxydoréduction

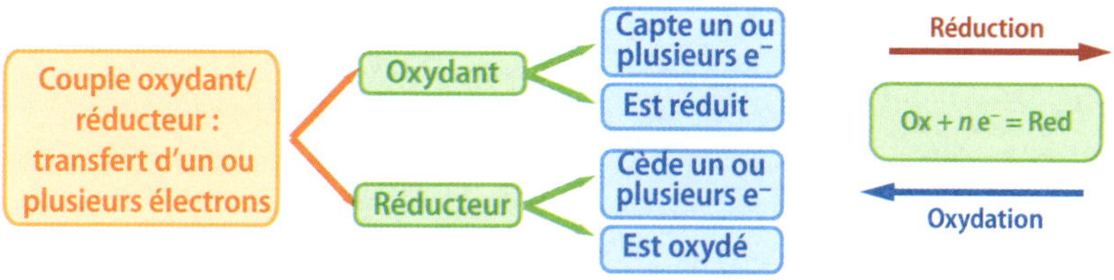

L'oxydant et le réducteur forment un **couple : Ox / Red**. Une réaction d'oxydoréduction se fait entre l'ox d'un couple et le red d'un autre couple.

<u>Écriture de l'équation de réaction</u>

1. Identifier et entourer les réactifs dans les couples Ox/Red.
2. Écrire les 2 demi-équations issues des couples <u>en plaçant les réactifs à gauche</u>.
3. Multiplier si besoin, ces demi-équations par un nombre pour les « équilibrer » en électrons puis les additionner (pas d'e^- dans l'équation finale de réaction).

EXEMPLE réaction entre MnO_4^- et H_2O_2
Couples impliqués : MnO_4^- / Mn^{2+} et O_2/H_2O_2 .
Demi-équations électroniques :

$$(MnO_4^-{}_{(aq)} + 8H^+_{(aq)} + 5e^- = Mn^{2+}_{(aq)} + 4\,H_2O_{(l)}) \times 2$$

$$+ \quad (H_2O_{2(aq)} = O_{2(g)} + 2H^+_{(aq)} + 2\,e^-) \times 5$$

$$2\,MnO_4^-{}_{(aq)} + 16\,H^+_{(aq)} + \cancel{10e^-} + 5\,H_2O_{2(aq)} \rightarrow 2\,Mn^{2+}_{(aq)} + 8\,H_2O_{(l)} + 5\,O_{2(g)} + 10H^+_{(aq)} + \cancel{10\,e^-}$$

> On multiplie respectivement par 2 et par 5 pour éliminer les électrons après addition.

Soit : $\mathbf{2\,MnO_4^-{}_{(aq)} + 6H^+_{(aq)} + 5\,H_2O_{2(aq)} \rightarrow 2\,Mn^{2+}_{(aq)} + 8\,H_2O_{(l)} + 5\,O_{2(g)}}$ s

3 Emploi des produits oxydants

Ne pas mélanger sans précaution 2 produits. Par exemple, en cas de mélange, il est possible d'observer : un risque d'inhiber l'action (le mélange de solutions d'eau oxygénée et de permanganate de potassium détruit l'effet antiseptique – *cf.* équation ci-dessus) et un dégagement gazeux toxique de dichlore Cl_2 si mélange d'eau de Javel à une solution acide :

$$\mathbf{ClO^-_{(aq)} + 2\,H^+_{(aq)} + Cl^-_{(aq)} \rightarrow H_2O_{(l)} + Cl_{2(g)}}$$

Conserver les produits oxydants à l'abri de la lumière et de la chaleur.

PHYSIQUE CHIMIE

Respecter la durée de conservation (au-delà, leur efficacité n'est pas garantie).

EXEMPLE l'eau oxygénée H_2O_2 se dismute spontanément et très lentement : $2\ H_2O_{2(aq)} \rightarrow H_2O_{(l)} + O_{2(aq)}$. Elle perd alors progressivement son principe actif : H_2O_2.

MES NOTES POUR RÉVISER

Savoir 3

Sécurité électrique

1 Les caractéristiques de la tension du secteur

Un oscillogramme permet de mesurer les caractéristiques d'une tension sinusoïdale.

MESURE D'UNE DURÉE Δt : $\Delta t = k' \cdot x$	MESURE D'UNE TENSION U : $U = k \cdot y$
Δt : s, k': secondes par division , x : nbre de divisions	U : V, k :volts par division, y : nbre de divisions

La tension du secteur en est un exemple (T = 20ms, f = 50 Hz, U_{max} = 325 V).

La période T d'un signal d'une tension périodique est la durée nécessaire pour que le signal se reproduise identique à lui-même.

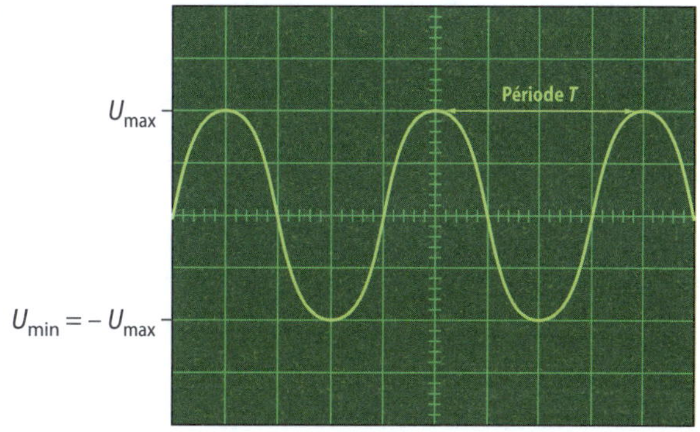

La fréquence *F* d'un signal d'une tension périodique est égale au nombre de périodes en une seconde. ***F=1/T*** avec T en secondes (s) et F en hertz (Hz).

La tension maximale U_{max} dite amplitude est la plus grande valeur de la tension. Elle se mesure avec un oscilloscope.

La tension efficace U_{eff} se mesure avec un voltmètre et $U_{max} = U_{eff}\sqrt{2}$

2 Les risques électriques pour les personnes et les installations

➜ **Rappel** : l'intensité du courant électrique ***I*** s'exprime en Ampère (A).

a) Détérioration des appareils

Une surintensité (intensité trop élevée) résultant d'une surcharge électrique ou d'un court-circuit peut provoquer la détérioration des appareils, des échauffements et des incendies. On protège les installations avec des coupe-circuits à cartouche(fusibles) et **des disjoncteurs**.

Il existe également des **disjoncteurs différentiels** qui détectent les fuites de courant et protègent les utilisateurs d'une **électrisation.**

b) La sécurité des personnes

Le corps humain se comporte comme un conducteur électrique. **Toute personne avec un conducteur sous tension est en danger. L'électrisation** est le passage d'un courant électrique dans le corps humain. **L'électrocution** est le passage d'un courant qui provoque un arrêt cardio-respiratoire (décès).

La mise à la terre est obligatoire dans toute installation. C'est une borne mâle reliée à la terre par un gros pieu métallique**. La mise à la terre protège l'utilisateur de toute électrocution.**

PHYSIQUE CHIMIE

Quelques règles à respecter : couper l'alimentation électrique avant toute intervention sur l'installation. Débrancher tout appareil avant de le réparer. Ne jamais utiliser un appareil électrique les mains mouillées ou sur un sol humide. Ne jamais surcharger les prises multiples.

Mes notes pour réviser

Savoir 4

Utilisation des rayons infrarouges

1 Domaine des ondes électromagnétiques

Les radiations visibles constituent seulement une partie du domaine des ondes électromagnétiques. Ces ondes se propagent dans le vide à la célérité $c = 3{,}00 \times 10^8\ m \cdot s^{-1}$.
Chaque radiation est caractérisée par sa **fréquence** ν(nu) exprimée en Hertz (Hz) ou par sa **longueur d'onde** λ (lambda) exprimée en mètres (m).

$\nu = \frac{1}{T}$ **et** $\lambda_0 = \frac{c}{\nu} = c \cdot T$ avec T période en secondes (s)

2 Mise en évidence du spectre de la lumière blanche et des rayonnements invisibles

En dispersant un faisceau de lumière blanche par un prisme :
En M et en N, on détecte des rayonnements invisibles par l'œil.
Au-delà du rouge, ce sont les **rayonnements infrarouges (IR)** et au-delà du violet, ce sont les **rayonnements ultraviolets (UV).**

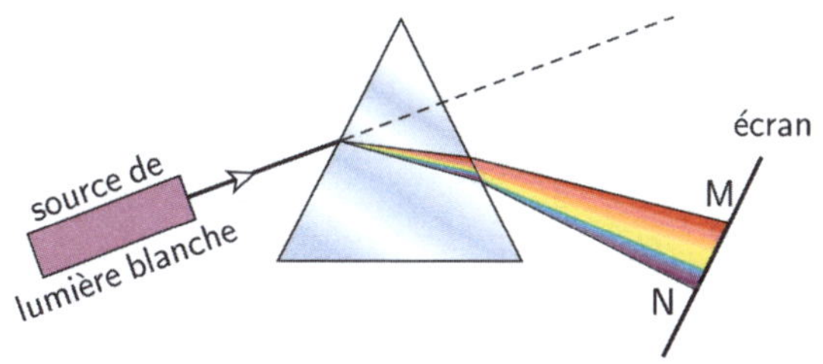

3 Les trois domaines

4 La loi de Wien

La longueur d'onde λ_{im} correspond à la radiation d'intensité maximale émise par un corps.
La loi de Wien relie λ_{im} à la température T du corps chaud, et à B constante de Wien :

$\lambda_{im} = \frac{B}{T}$ avec λ_{im} en mètres (m), T en kelvin (K), $B = 2{,}9 \times 10^{-3}\ K \cdot m$

→ **Attention !** Le corps chaud n'émet une unique radiation de longueur d'onde λ_{im}, mais d'autres radiations voisines avec une intensité un peu plus faible.

5 Le corps humain émetteur d'IR

Le corps humain est émetteur de rayonnement infrarouges lointains (λ > 3 μm = 3 000 nm) de très faible intensité sans aucun danger pour l'Homme.

6 Détecteurs d'infrarouges

De nombreux appareils sont des détecteurs d'IR : les thermomètres médicaux, les caméras à vision nocturne, les caméras pour thermographie et les appareils électroniques commandés par une télécommande IR, etc.

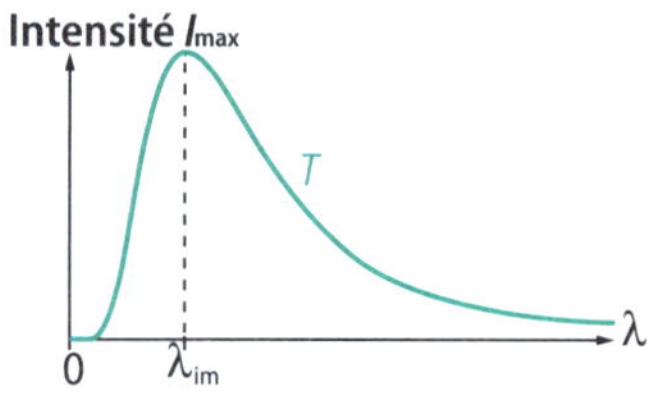

Mes notes pour réviser

Savoir 5

Vitesse de déplacement et sécurité routière

1 Énergie cinétique de translation

Tout corps en mouvement de translation possède une énergie cinétique E_C :

$E_C = \frac{1}{2}mv^2$	E_C : énergie cinétique en joules (J) m : masse en kilogrammes (kg) v : vitesse en $m \cdot s^{-1}$

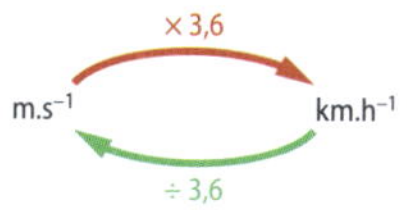

2 La distance d'arrêt : une résultante des distances de réaction et de freinage

La distance d'arrêt d_A est la distance parcourue par le véhicule entre le moment où le conducteur perçoit un obstacle et le moment où le véhicule s'arrête. $d_A = d_R + d_F$

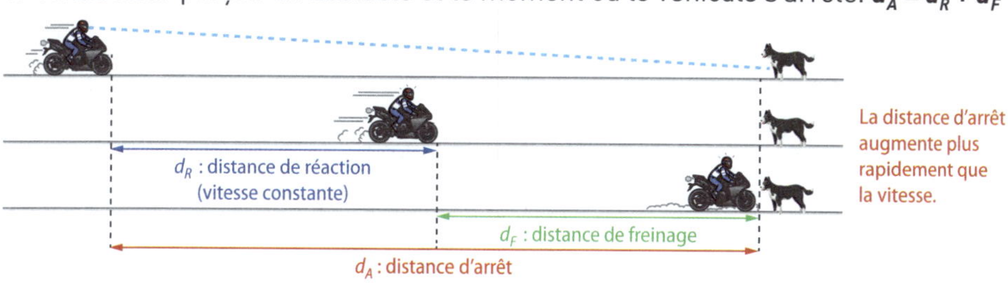

d_R : distance de réaction (distance parcourue entre la perception de l'obstacle et le début de freinage)
d_F : distance de freinage (distance parcourue pendant le freinage et jusqu'à l'arrêt complet du véhicule. Le véhicule s'arrête par dissipation de son énergie cinétique par les forces de frottements dues aux freins)

3 Exemples de facteurs influençant la distance d'arrêt

La vitesse v de déplacement du véhicule.
Facteurs augmentant t_R (dans de bonnes conditions, $t_R \approx 1$ s) : fatigue, alcool, médicaments, drogues, inattention, mauvaise visibilité, etc.
Facteurs augmentant d_F : état de la route (sable, corps gras) ou du véhicule (freins, suspensions, pneus) et météorologie (verglas, pluie, neige).

$d_R = v \times t_R$	d_R en mètres v en $m \cdot s^{-1}$	t_R : temps de réaction du conducteur en secondes (s)
$d_F = \frac{E_C}{F} = \frac{mv^2}{2F}$	d_F en mètres E_C : énergie cinétique avant le freinage en joules (J) F : force de frottement en newtons (N)	m : masse du véhicule et de ses occupants en kilogrammes (kg) v en $m \cdot s^{-1}$

4 Que se passe-t-il en cas de choc ?

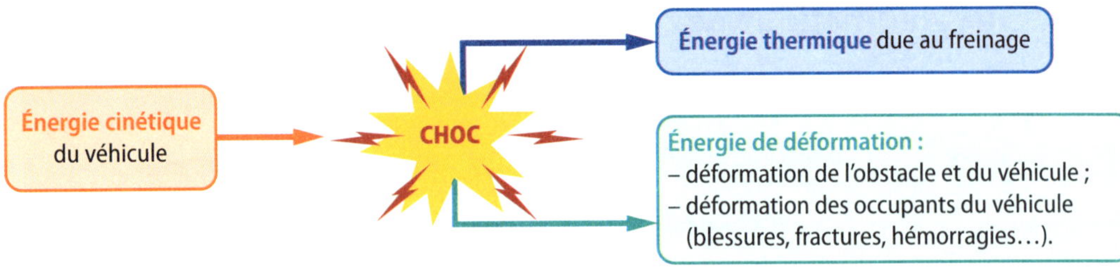

Mes notes pour réviser

Savoir 6

Les sons et l'audition

1 La nature des sons et des ultrasons

Les sons et les ultrasons sont produits par de la matière en vibration. Leur propagation nécessite un milieu matériel (gaz, liquide, solide) et ne peut se faire dans le vide. La propagation d'un son est la **propagation de variations de pression** (ou onde de pression), dans toutes les directions sans transport de matière mais avec **transfert d'énergie.** Une onde sonore pure est une onde sinusoïdale caractérisée par sa fréquence **f exprimée en Hertz (Hz) et par son amplitude.** ***T*** la période est en secondes (s).

$$f = \frac{1}{T}$$

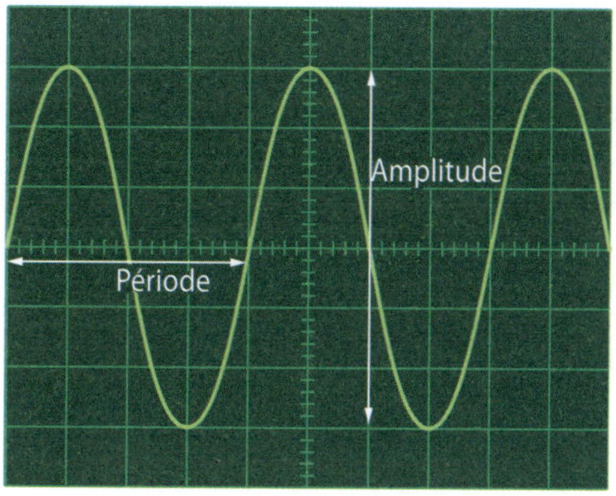

La réception d'un son est réalisée par un récepteur comportant une membrane capable de vibrer (ex : le tympan de l'oreille, le récepteur d'un micro, etc.).

2 Les fréquences audibles

La fréquence d'un son détermine la **hauteur du son.** Plus la fréquence est élevée plus le son est aigu et plus elle est faible plus le son est grave.

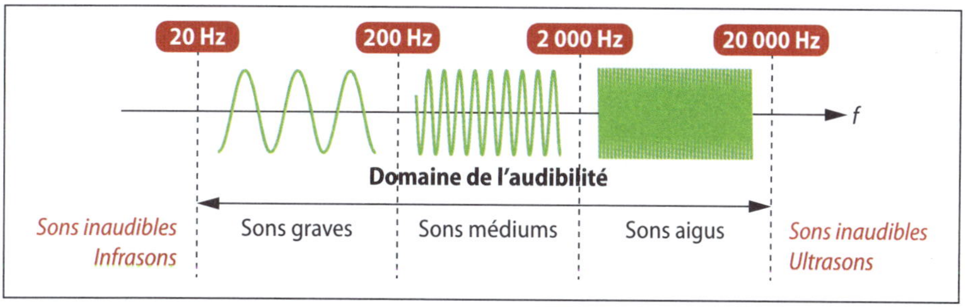

L'oreille humaine n'est pas sensible aux **ultrasons (*f* > 20 000 Hz)** ni aux **infrasons (*f* < 20 Hz)**. La sensibilité de l'oreille est optimale pour *f* aux alentours de 3 000 Hz.

3 Le niveau d'intensité sonore

La puissance d'un son détermine **le niveau d'intensité sonore *L*.** Il dépend de l'amplitude de l'onde et se mesure en **décibels (dB)**. Le niveau sonore augmente de 3 dB lorsque l'amplitude de l'onde double de valeur ou lorsque l'on double la source.

EXEMPLES	CHUCHOTEMENT	VOIX	CRIS	TRONÇONNEUSE	TONNERRE	RÉACTEUR
db	20	40	60	**85**	120	140
Ressenti	Seuil de perception	Confort	Fatigue	**Seuil de danger**	Seuil de douleur	Danger

4 Audiogramme et compensation d'une déficience auditive

Un audiogramme représente la perte d'audition en dB en fonction de la fréquence du son. Les raisons de cette perte sont l'âge, des écoutes de sons trop forts (concerts, écouteurs à volume élevé...) ou des accidents. Une déficience auditive est compensée par le port d'appareils auditifs amplifiant l'intensité sonore. Si l'oreille est trop endommagée on a recours à une chirurgie (implants cochléaires ou prothèse auditive)

Mes notes pour réviser

Savoir 7

La vision chez l'être humain

1 La propagation de la lumière

La lumière se propage **en ligne droite dans un milieu homogène et transparent.**

EXEMPLES un rayon laser, les rayons solaires à travers les nuages.

Si le milieu n'est pas homogène ou est constitué de milieux différents, la lumière est déviée.

2 L'œil humain et son modèle optique

Les principaux constituants transparents de l'œil sont :
- La cornée, l'humeur aqueuse, le cristallin et l'humeur vitrée.
- La pupille est la partie apparente du cristallin.

Les messages reçus par la rétine sont envoyés au cerveau par le nerf optique.

Modélisation de l'œil

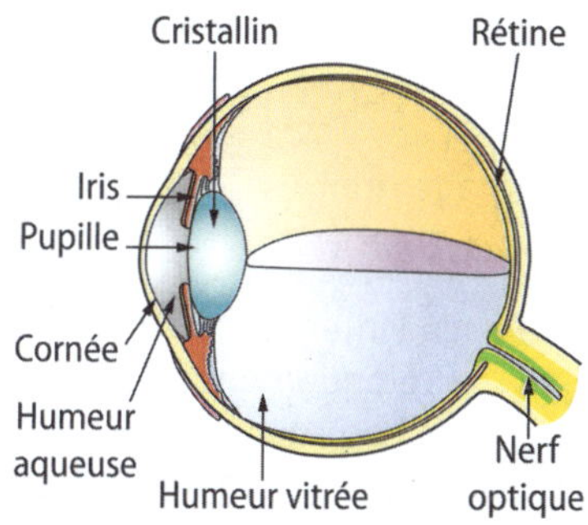

L'œil réduit et le modèle optique

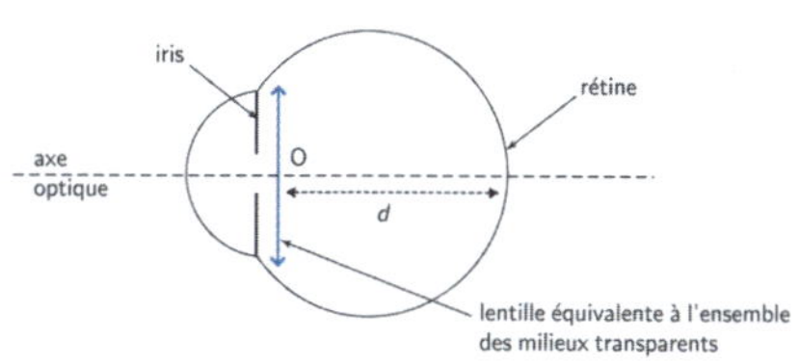

3 Image formée par une lentille

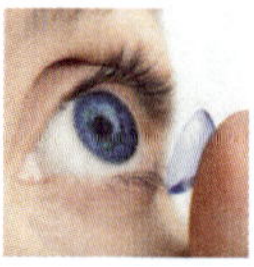

Une lentille mince est caractérisée par son centre optique O, par son foyer principal image F′, par son foyer principal objet F (F et F′ sont symétriques par rapport à O) et par son axe principal aussi appelé axe optique.

Il existe des lentilles convergentes (bords minces) et des lentilles divergentes (bords épais). Une lentille est caractérisée par sa distance focale positive ou négative : $f' = \pm OF'$

➜ À retenir

Tout rayon incident parallèle à l'axe principal d'une lentille émerge en passant par le foyer principal image F'.
Tout rayon incident passant par le centre optique d'une lentille n'est pas dévié.
Tout rayon incident passant par le foyer principal objet F émerge parallèlement à l'axe principal

Construction d'une image formée par une lentille :

Pour construire l'image A'B' d'un objet AB, il suffit de tracer la marche de deux rayons particuliers issus de B afin de trouver B'. Le point A' s'obtient par projection de B' sur l'axe principal.

Cas d'une lentille convergente :

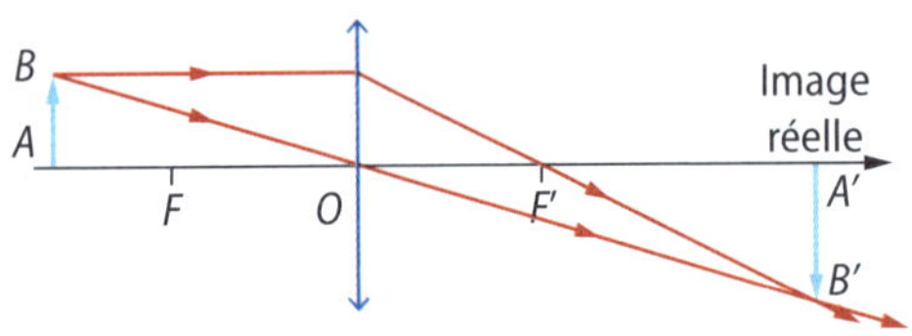

Cas de l'objet situé avant F, image réelle

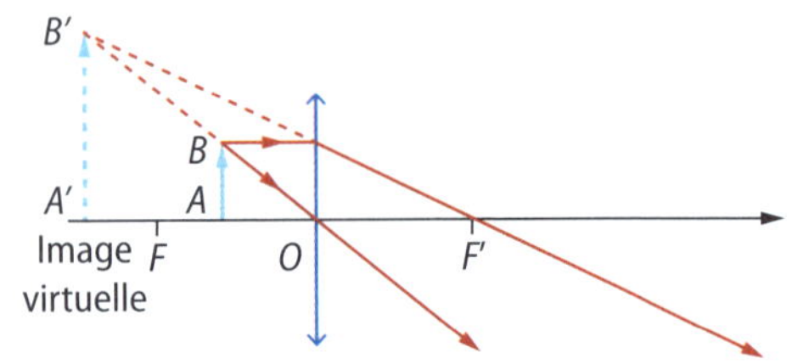

Cas de l'objet situé entre F et O, image virtuelle. C'est le cas de la loupe.

Si une image obtenue est à l'intersection de rayons émergents : elle est dite réelle.
Si elle est obtenue par le prolongement de rayons émergents : elle est dite virtuelle.
Le grandissement γ est égal au rapport A'B' / AB.
$\gamma > 0$ si l'image est droite (dans le même sens que l'objet) et $\gamma < 0$ si l'image est renversée.

4 Les défauts de l'œil et leurs corrections

• **Définition de la vergence**

La vergence d'une lentille est égale à l'inverse de de sa distance focale : $C = \frac{1}{f'}$.
C peut être positive ou négative. C est parfois notée V.

• **Le phénomène d'accommodation**

L'image d'un objet situé à l'infini se situe dans le plan focal image de la lentille pour l'œil normal **(œil emmétrope)** au repos, ce plan coïncide avec la rétine
Si l'objet se rapproche l'œil fait un effort grâce à ses muscles ciliaires pour ramener l'image sur la rétine. **C'est le phénomène d'accommodation**, la distance focale diminue et la vergence C augmente.

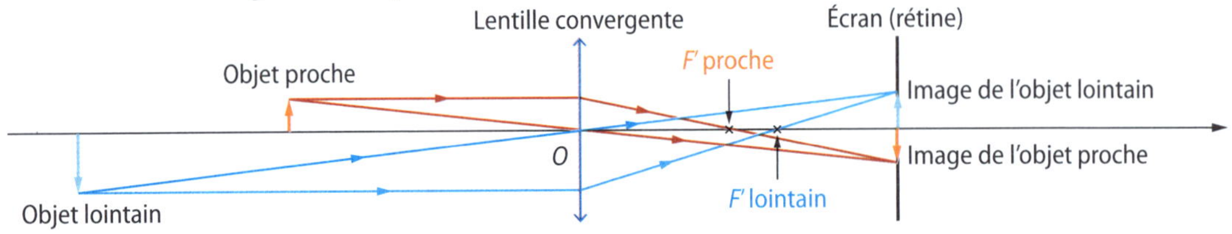

→ À connaître

Le punctum proximum (PP) est le point le plus proche pouvant être vu. L'œil accommode au maximum. La vergence de l'œil est maximale

Le punctum remotum (PR) est le point le plus éloigné pouvant être vu. L'œil emmétrope au repos le voit sans accommoder. La vergence est minimale

Pour un œil normal(emmétrope) le PP est situé à 25 cm et le PR à l'infini.

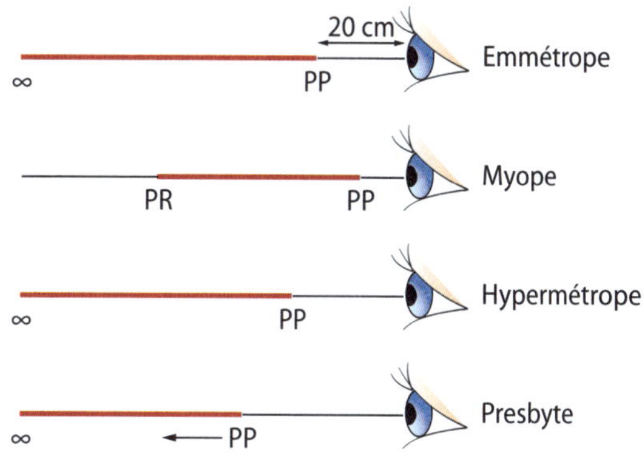

• **Œil myope, hypermétrope et presbyte**

DÉFAUT	MYOPIE	HYPERMÉTROPIE	PRESBYTIE
Caractéristiques	L'œil myope au repos est trop convergent F' est devant la rétine. *C est trop élevée*	L'œil hypermétrope au repos n'est pas assez convergent. F' est situé derrière la rétine. Difficulté pour voir les objets de prés. *C est trop faible*	L'œil presbyte accommode moins bien. *C est trop faible*
Schéma	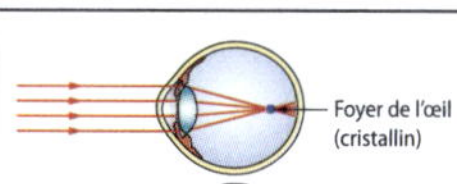	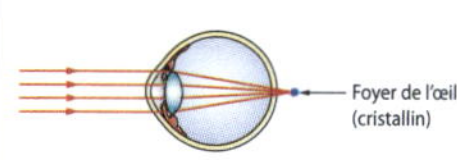	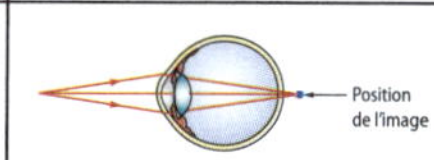
Correction du défaut	Avec une lentille divergente. $C_{cor} < 0$	Avec une lentille convergente. $C_{cor} > 0$	Avec une lentille convergente. $C_{cor} > 0$
Schéma de l'oeil corrigé	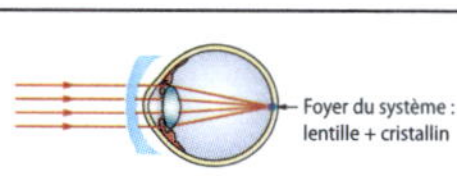	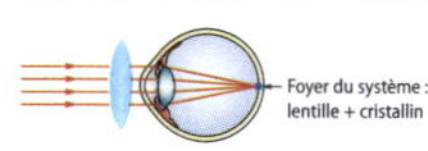	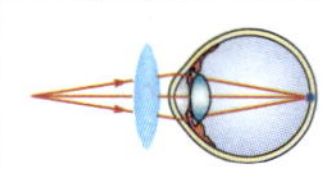
Explication Deux lentilles accolées équivalent à : $C_f = C + C_{cor}$	$C_{cor} < 0$ pour diminuer C	$C_{cor} > 0$ pour augmenter C	$C_{cor} > 0$ pour augmenter C

MES NOTES POUR RÉVISER

Savoir 8 Propriétés des fluides

1 Le débit en volume D

Le débit en volume ou **débit volumique D,** est le volume V de fluide qui traverse une section S du circuit en 1 seconde. Il existe deux régimes d'écoulement des liquides visqueux :

L'écoulement en régime laminaire caractérisé par une vitesse d'écoulement faible. Les diverses couches concentriques de liquides glissent les unes sur les autres avec des vitesses différentes sans se mélanger.

On considère alors une vitesse moyenne d'écoulement v.

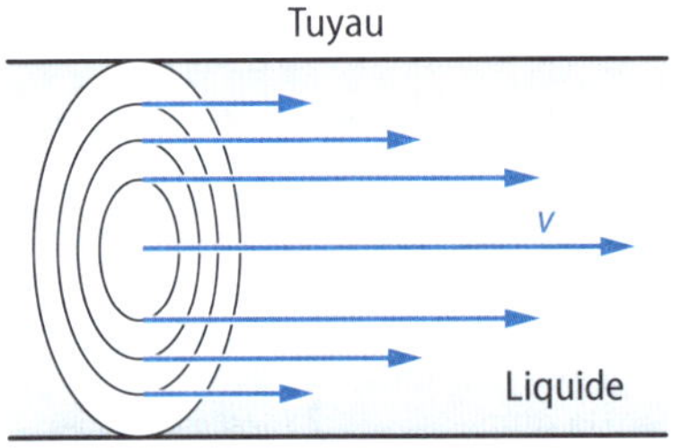

Profil des vitesses d'écoulement pour un régime laminaire

L'écoulement en régime turbulent, le liquide s'écoule à grande vitesse les molécules sont animées de mouvements tourbillonnants.

Cas d'un écoulement turbulent à vitesse plus élevée

2 Expressions du débit volumique

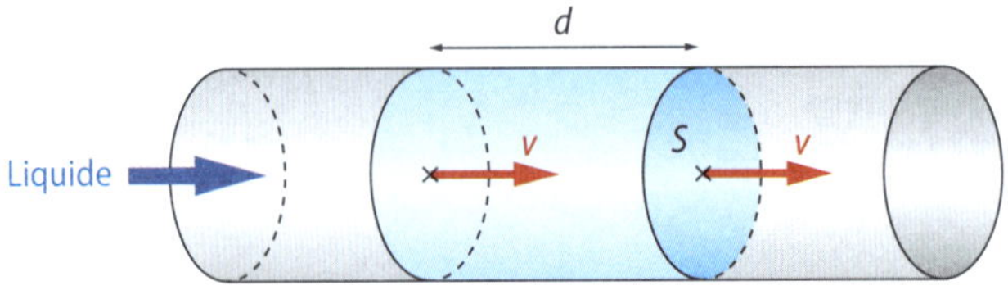

$\mathbf{D} = \dfrac{V}{\Delta t}$ **D** en $m^3 \cdot s^{-1}$ **; V** en m^3 ; **Δt** en secondes (s) Autres unités usuelles : $L \cdot min^{-1}$ et $cm^3 \cdot s^{-1}$	$\mathbf{D = v \times S}$ **D** en $m^3 \cdot s^{-1}$ **; v** en $m \cdot s^{-1}$; **S** en m^2

➜ **Attention !** Ne confondez pas V et v : V est un volume et v est une vitesse.

3 Expression du débit cardiaque D_C

Le débit cardiaque $\mathbf{D_C}$ correspond au volume de sang fourni par le cœur chaque minute. Il est égal au volume de sang éjecté par les ventricules cardiaques à chaque battement cardiaque noté $\mathbf{V_{ES}}$ multiplié par la **fréquence cardiaque** $\mathbf{f_C}$ (nombre de battements en une minute).

Donc : $\mathbf{D_C = f_C \times V_{ES}}$

On peut déterminer la fréquence cardiaque f_C en utilisant un électrocardiogramme ou en prenant le pouls (compter le nombre de battements pendant une minute).

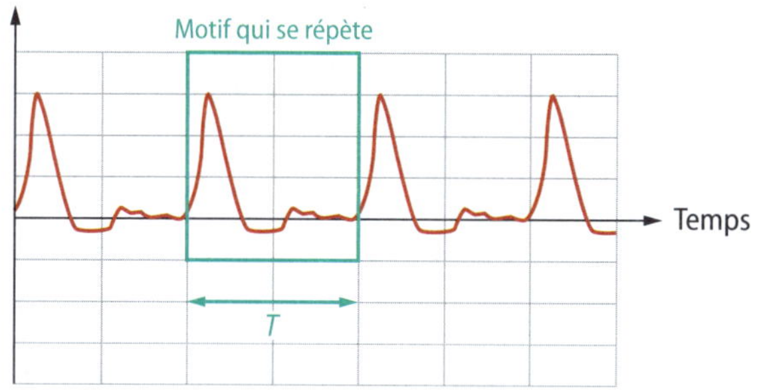

Exemple d'ECG

Mes notes pour réviser

Savoir 9

Pression d'un liquide et tension artérielle

1 La pression d'un liquide

a) Les forces pressantes

Une force pressante exercée sur un corps par un liquide, un solide ou un gaz est modélisée par un vecteur force $\vec{F}$

- Point d'application : centre M de la surface de contact S
- Direction : perpendiculaire à la surface
- Sens : vers l'extérieur
- Longueur : proportionnelle à la valeur F de la force

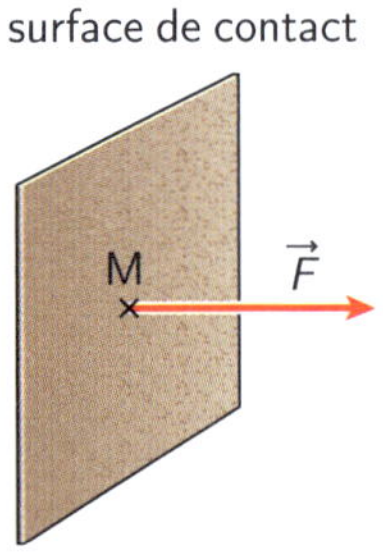

b) La pression

La pression p exercée par une force pressante de valeur F sur une surface d'aire égale à S est définie par : $p = \frac{F}{S}$ F en newtons (N) ; S en mètres carrés (m^2) ; p en pascals (Pa)

Le pascal, symbole Pa est l'unité de pression de système international (SI)

Autres unités : 1 bar = 10^5 Pa ; 1 hPa = 10^2 Pa ; 1 mbar = 1hPa ; le centimètre ou le millimètre de mercure (cmHg ou mmHg) et l'atmosphère (atm)

2 La loi fondamentale de la statique des fluides

La différence de pression $\mathbf{p_B - p_A}$ entre deux points A et B d'un liquide au repos de masse volumique ρ, séparés par une dénivellation **h** est égale à :

$$\mathbf{p_B - p_A} = \rho \times \mathbf{g} \times \mathbf{h}$$

Où g est la pesanteur en $N.kg^{-1}$, p_A et p_B en Pa, ρ en $kg \cdot m^{-3}$, h en m.

D'où :

– La pression est la <u>même en tout point du situé dans un même plan horizontal</u> : $p_A = p_{A'}$.

– La pression de tout point à surface libre est égale à la pression atmosphérique $p_{atm} = p_c = p_{C'}$.

– La pression <u>augmente avec la profondeur h</u> du point $p_B > p_A$ car $h_B > h_A$.

– La pression <u>augmente avec la masse volumique ρ</u> du liquide.

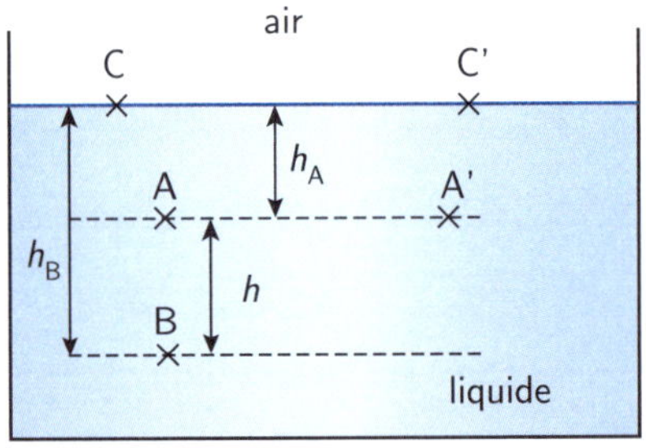

3 La tension artérielle

La tension artérielle T est égale à la différence entre la pression du sang en un point de de l'appareil circulatoire et la pression atmosphérique. Elle se mesure avec un tensiomètre

$T = p_{artérielle} - p_{atm}$

T est en Pa (unité SI) mais usuellement exprimée en cmHg

La tension artérielle varie entre deux valeurs extrêmes : la tension systolique (contraction du cœur) et la tension diastolique (relâchement du cœur)

Les valeurs normales sont voisines de (12/8 cmHg). Des valeurs trop élevées (T>14/9 cmHg) correspondent à une **hypertension artérielle,** des valeurs trop faibles (T<10/6 cmHg) à **une hypotension artérielle.**

MES NOTES POUR RÉVISER

Savoir 10

Les molécules organiques dans le monde du vivant

Les molécules organiques sont des molécules constituées essentiellement d'atomes de carbone et d'hydrogène. Elles peuvent comporter d'autres atomes (ex. : O ou N) qui leur confèrent des propriétés spécifiques. Par observation des similitudes de propriétés, on les a regroupées par famille (voir 3 sur les fonctions organiques).

1 Valence des atomes

La valence est le nombre de liaisons covalentes établies que doit établir un atome.

ATOME	C	H	N	O
NOMBRE DE LIAISONS	4	1	3	2
L'ATOME EST DIT	tétravalent	monovalent	trivalent	divalent

2 Écriture d'une molécule

TYPE DE FORMULE	FORMULE BRUTE	FORMULE DÉVELOPPÉE	FORMULE SEMI-DÉVELOPPÉE	FORMULE TOPOLOGIQUE
	On indique, par ordre alphabétique, le nombre d'atomes : $C_nH_xN_yO_z$.	Toutes les liaisons sont représentées.	Les liaisons avec un atome d'hydrogène ne sont pas représentées.	Représentation segmentaires des liaisons C–C. Les groupes CH_x ne sont pas représentés.
Indique la composition de la molécule	Oui	Oui	Oui	Oui
Indique la structure de la molécule	Non	Oui	Oui	Oui
Intérêts	– Calcul de la masse molaire M	– Identification des fonctions donc des familles – Identification du squelette carboné de la molécule – Identification des molécules isomères		

➜ **Remarque** : Le squelette carboné, ou chaine carbonée, est ce qu'il reste de la molécule lorsque l'on ôte tous les atomes périphériques autres que les atomes de carbone.

➜ **Attention** : ces formules ne donnent pas d'indications sur la répartition spatiale des atomes. Pour cela, il faut utiliser des modèles moléculaires ou des logiciels de représentation 3D.

EXEMPLES représentation d'une molécule

FORMULE BRUTE	FORMULE DÉVELOPPÉE	FORMULE SEMI-DÉVELOPPÉE	FORMULE TOPOLOGIQUE
C_3H_7NO	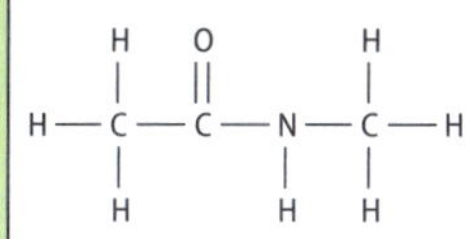	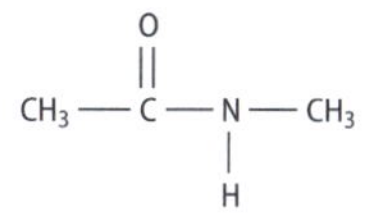	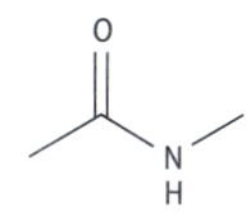

3 Quelques fonctions organiques (entourées en rouge ci-dessous)

ENCHAÎNEMENT	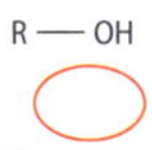	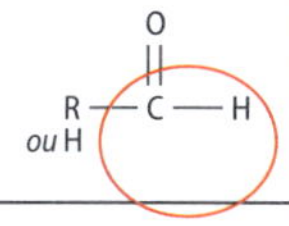	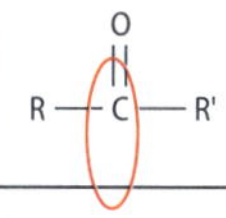	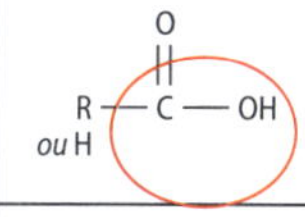
FONCTION	Alcool	Aldéhyde	Cétone	Acide carboxylique
ENCHAÎNEMENT	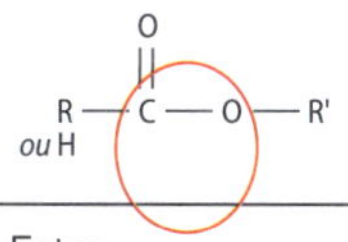	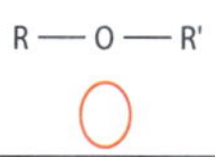	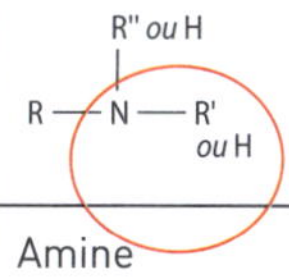	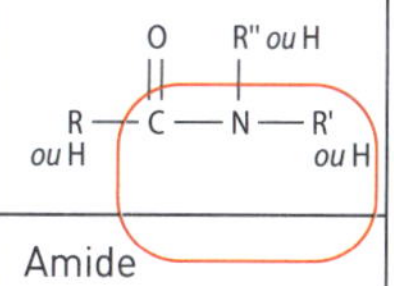
FONCTION	Ester	Étheroxyde	Amine	Amide

R et R′ sont des groupes alkyles (de formule brute générale C_xH_y).

➜ **Remarque :** Une amine est dite primaire lorsque l'atome N est lié à 2 atomes H ($R\text{-}NH_2$).

4 Isomérie de constitution

On appelle isomères des molécules de même formule brute mais de formules développées (donc semi-développées ou topologiques) différentes. Il existe :

• **L'isomère de chaîne** : les molécules diffèrent par leur chaîne carbonée.

• **L'isomérie de position de fonction** : la chaîne carbonée et la fonction sont identiques mais la fonction n'est pas fixée sur le même atome de carbone de cette chaîne.

• **L'isomérie de nature de fonction** : les molécules ne possèdent pas la même fonction.

NOMBRE *N* D'ATOMES DE CARBONE	1	2	3	4	5	6
NOM DE L'ALCANE LINÉAIRE	méthane	éthane	propane	butane	pentane	hexane

PHYSIQUE CHIMIE

5 Nomenclature

a) Quelques rappels

Les alcanes sont des hydrocarbures (= composés uniquement d'atomes de carbone et d'hydrogène) à chaîne linéaire saturée ou ramifiée saturée. Nature des chaînes :

$CH_3—CH_2—CH_2—CH_2—CH_2—CH_3$	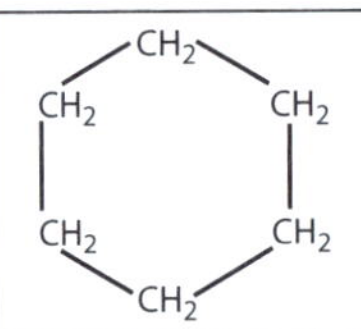	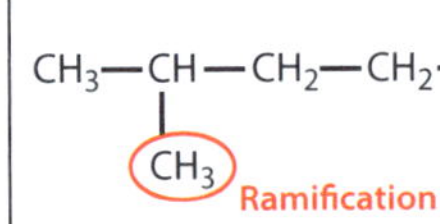	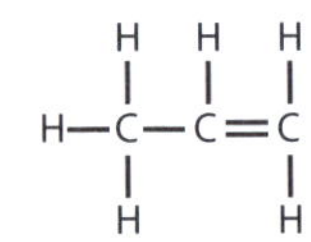
Chaîne linéaire saturée	Chaîne cyclique saturée	Chaîne ramifiée saturée	Chaîne linéaire insaturée

Chaîne saturée : que des liaisons simples entre les atomes de carbone.
Chaîne ramifiée : identifier la chaîne principale (=enchaînement d'atomes de carbone le plus long possible). Le reste de la molécule correspond à ou aux ramifications.

Carbone fonctionnel :

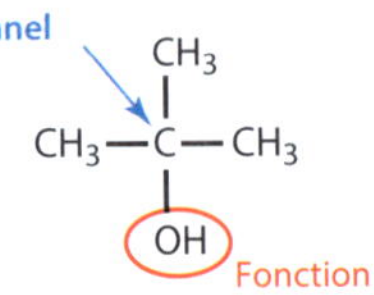

Atome C portant la fonction

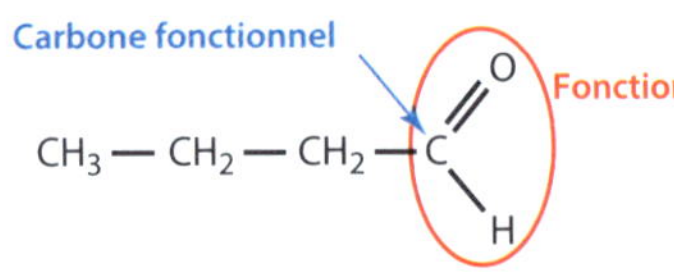

Atome C présent dans la fonction

b) Principe de la nomenclature

Le nom d'une molécule se construit en 3 parties : un préfixe + un radical + un suffixe.

- Le radical indique le nombre d'atomes de carbone dans la chaîne principale.

NOMBRE D'ATOMES DE CARBONE DANS LA CHAINE PRINCIPALE	1	2	3	4	5	6	7
Radical	méth	éth	prop	but	pent	hex	hept

- Le préfixe indique la nature de la ramification et son emplacement sur la chaîne principale.

NOMBRE D'ATOME DE CARBONE DANS LA RAMIFICATION	1	2	3	4	5
Nom de la ramification	méthyl	éthyl	propyl	butyl	pentyl

- Le suffixe indique la famille de la molécule et la position x du carbone fonctionnel dans la chaîne principale (x correspond au numéro attribué au carbone fonctionnel).

FAMILLE	ALCANE	ALCOOL	ALDÉHYDE	CÉTONE	ACIDE CARBOXYLIQUE
suffixe	ane	an-x-ol	anal	an-x-one	anoïque

➜ **Attention** : pour les acides carboxyliques, il faut faire précéder le tout du mot « acide ».

Règles à observer :
– numéroter les atomes de carbone de la chaîne principale. Il y a 2 possibilités suivant l'extrémité de la chaine principale choisie pour débuter la numérotation. Comment choisir :

- Le carbone fonctionnel doit correspondre au plus petit numéro possible.

• En cas d'absence de carbone fonctionnel, les ramifications doivent être portées par les atomes de carbone de la chaine principale de plus petit numéro possible.
– les chiffres sont séparés par des virgules, un chiffre et une lettre sont séparés par un tiret ;
– si plusieurs ramifications, elles sont inscrites par ordre alphabétique.

EXEMPLES

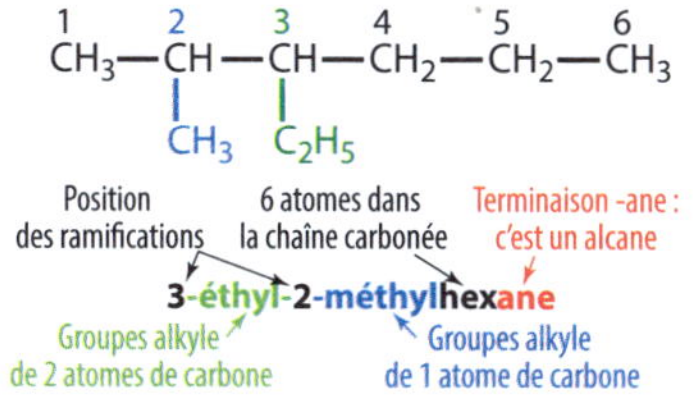

Source : http://spc.emde.free.fr/

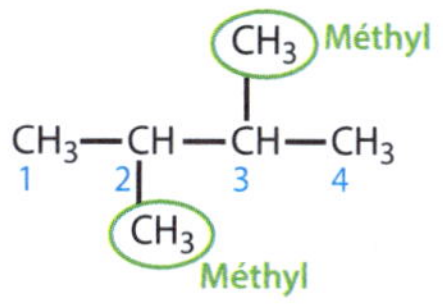

2,3-diméthylbutane
« di » devant méthyl pour 2 (2 ramifications méthyl)

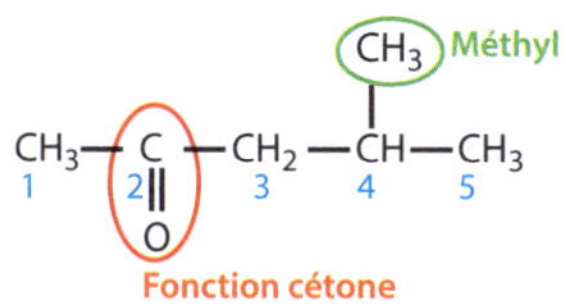

4-méthylpentan-2-one

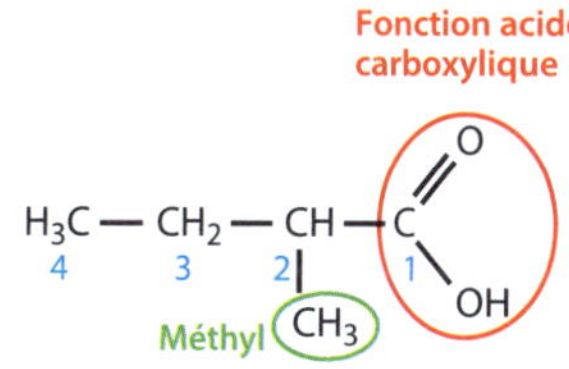

acide 2-méthylbutanoïque

MES NOTES POUR RÉVISER

Savoir 11 Structures des molécules d'intérêt biologique

1 Les glucides (= ensemble des sucres rapides et des sucres lents)

Les sucres rapides : une structure linéaire ou cyclique
Utilisables de suite par l'organisme ou vite assimilés

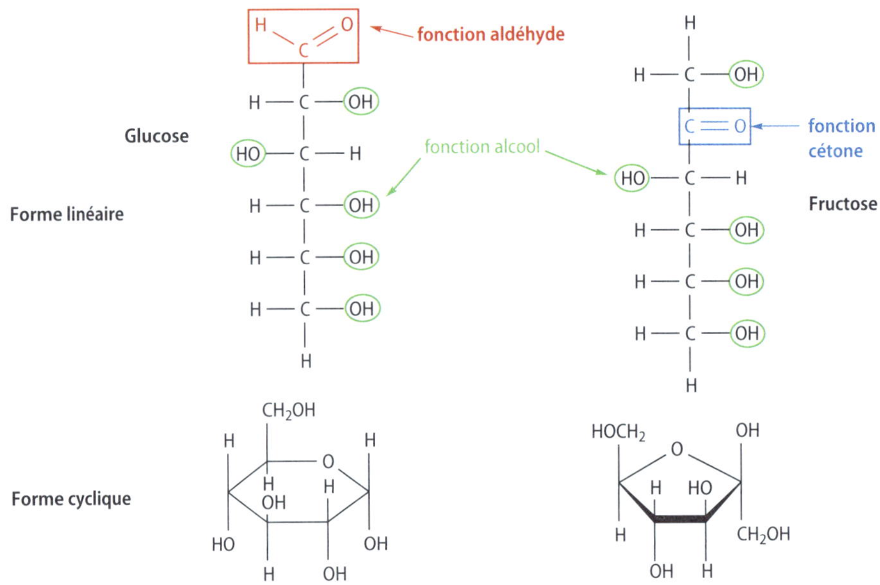

Les sucres lents :
une structure plus complexe
Lentement assimilés par l'organisme

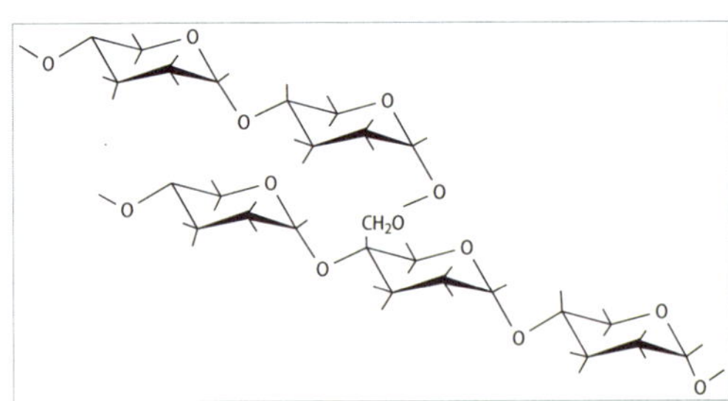

<u>Test de présence de la fonction aldéhyde dans les glucides</u> : on ajoute du réactif de Fehling (solution de couleur bleue) puis on chauffe. Si un précipité rouge brique se forme alors le glucide contient une fonction aldéhyde (aucun changement si fonction cétone).

2 Les lipides (= ensemble des acides gras, des triglycérides et des stérols)

Les **acides gras** sont des acides carboxyliques à longue chaîne.

- linéaire saturée (acide gras saturé). Formule brute générale $C_nH_{2n}O_2$: fig. 1.
- ou linéaire insaturée (acide gras insaturé). Présence de liaison(s) double(s) C=C : fig. 2.

Les **triglycérides** sont des triesters (présence de 3 fonctions ester) issus de la réaction entre un alcool (le glycérol) et 3 acides gras : fig. 3.

Les **stérols** sont identifiables par leur noyau de stérane : fig. 4.

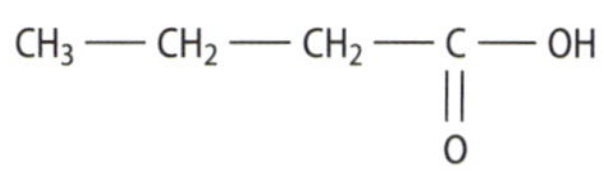

Fig. 1 : acide butyrique

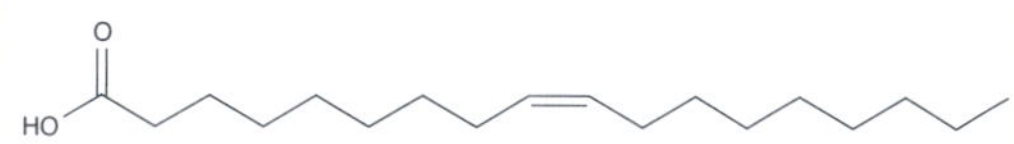

Fig. 2 : acide oléique

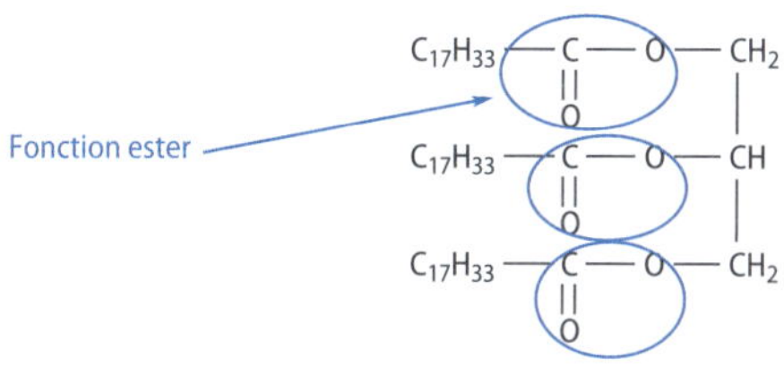

Fig. 3 : oléine

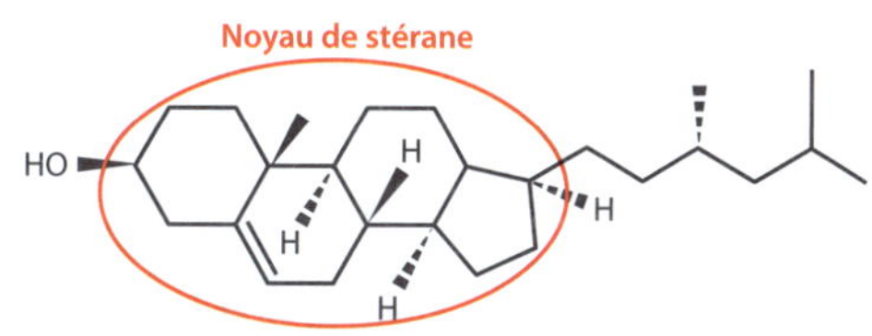

Fig. 4 : cholestérol

3 Les protéines (= un ou plusieurs polypeptides repliés)

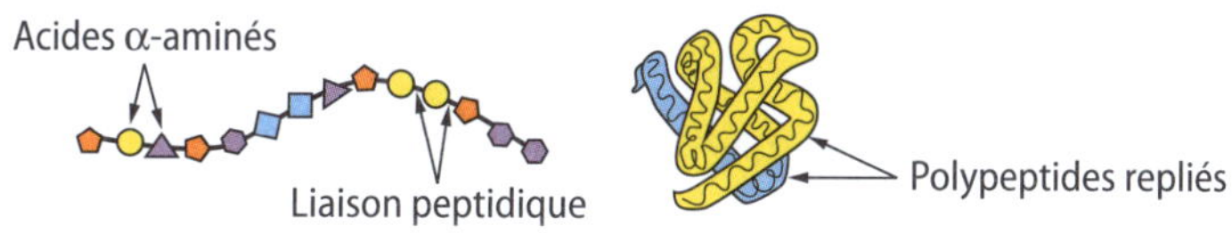

Un **polypeptide** résulte d'une réaction entre plusieurs acides aminés qui se lient par une **liaison peptique** (ci-contre : polypeptide issu de 2 acides aminés).

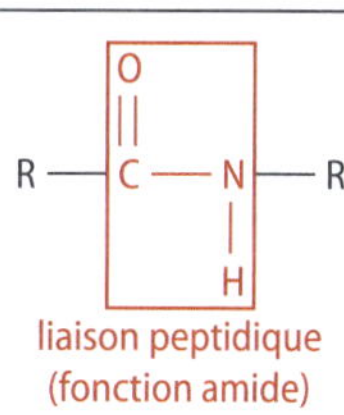

La dégradation des protéines produit de **l'urée** qui sera éliminée, via l'urine, par les reins.

Acide aminé = molécule organique comportant une fonction acide carboxylique et une fonction amine primaire. Si ces deux fonctions sont portées par le même atome de carbone, alors on parle d'acide α-aminé (voir ci-contre).

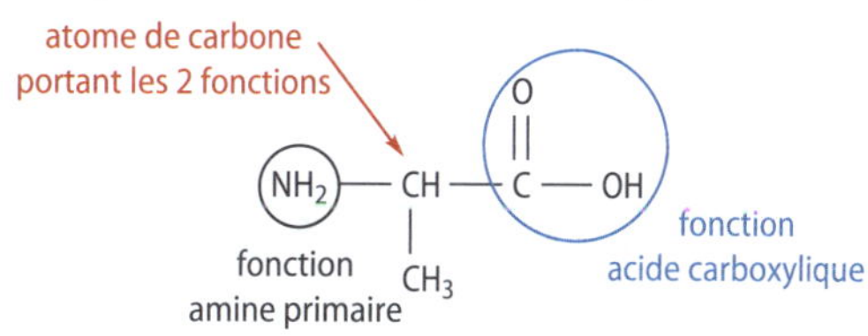

4 La vitamine C ou acide ascorbique $C_6H_8O_6$: acide et réducteur

La vitamine C appartient au couple **acide**/base : $\mathbf{C_6H_8O_6}$/ $C_6H_7O_6^-$ et au couple oxydant/**réducteur** : $C_6H_6O_6$/$\mathbf{C_6H_8O_6}$. Grâce à ce caractère réducteur, la vitamine C est un très bon antioxydant.

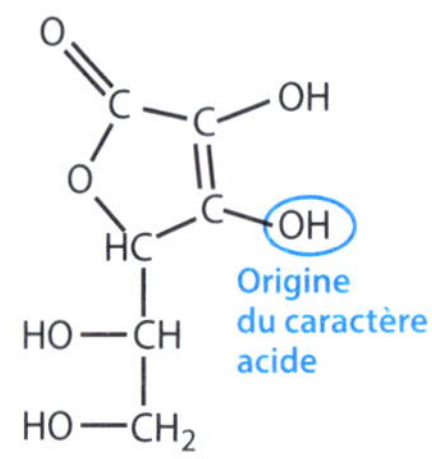

Forme acide du couple : acide ascorbique

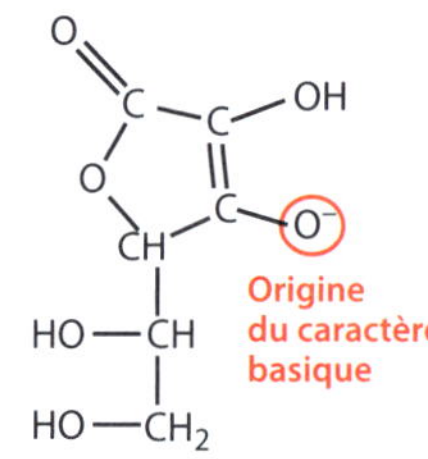

Forme basique du couple : ion ascorbate

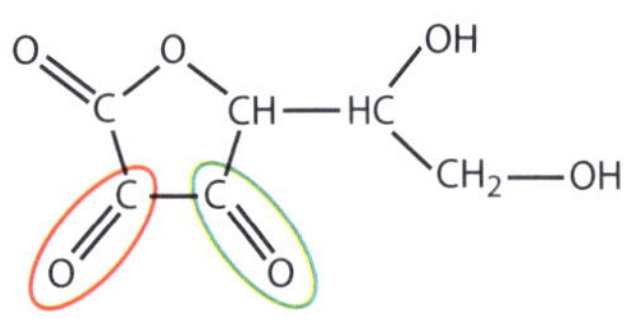

Forme oxydée : acide déshydroascorbique (perte de 2 atomes d'hydrogène)

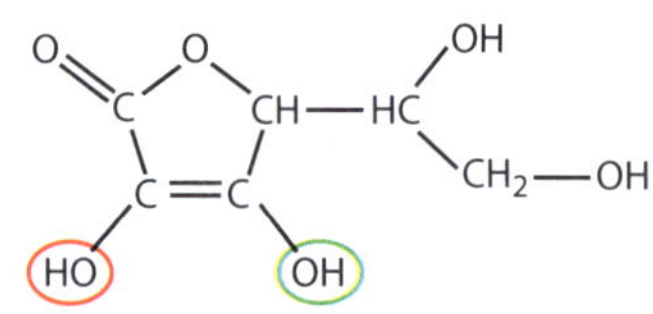

Forme réduite : acide ascorbique

Mes notes pour réviser

PHYSIQUE CHIMIE

Savoir 12

La polarisation des liaisons et ses conséquences

1 Liaison polaire

Les atomes exercent, chacun, une attraction pouvant être différente sur les électrons des liaisons covalentes. Cette attraction est quantifiée par l'électronégativité des atomes notée χ(Khi, grandeur sans unité). Si les électronégativités des 2 atomes partageant une liaison covalente sont différentes (il faut un écart minimal de 0,4) alors les électrons de la liaison ne se répartissent pas équitablement entre les 2 atomes: la **liaison** est dite **polaire**.

EXEMPLE $\chi(O) = 3{,}44$ et $\chi(H) = 2{,}20$

$\chi(O) \neq \chi(H)$ et $\chi(O) - \chi(H) = 1{,}24 > 0{,}4 \Rightarrow$ la liaison O-H est polaire

Conséquence : la **molécule d'eau**, composée de 2 liaisons O-H est une molécule **polaire**. Il en résulte des charges locales au sein de la molécule.

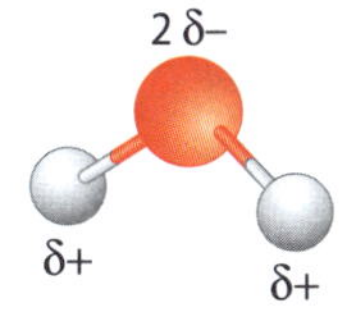

2 La liaison hydrogène

a) Présentation

C'est une **liaison électrostatique qui s'établit entre des molécules polaires**. Elle résulte de l'attraction entre deux charges de signes opposés.

EXEMPLE ci-dessous, on constate des liaisons hydrogène (en pointillés) entre plusieurs molécules d'eau.

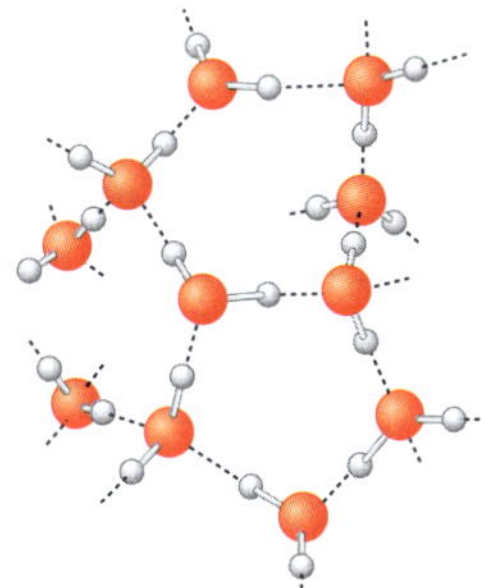

b) Conséquences

- **Effet thermique sur les changements d'état :** la présence et le nombre de liaisons hydrogène augmentent l'énergie thermique à apporter à un corps pour un changement d'état. **Il faut plus d'énergie pour le changement d'un corps pur polarisé**.

PHYSIQUE CHIMIE

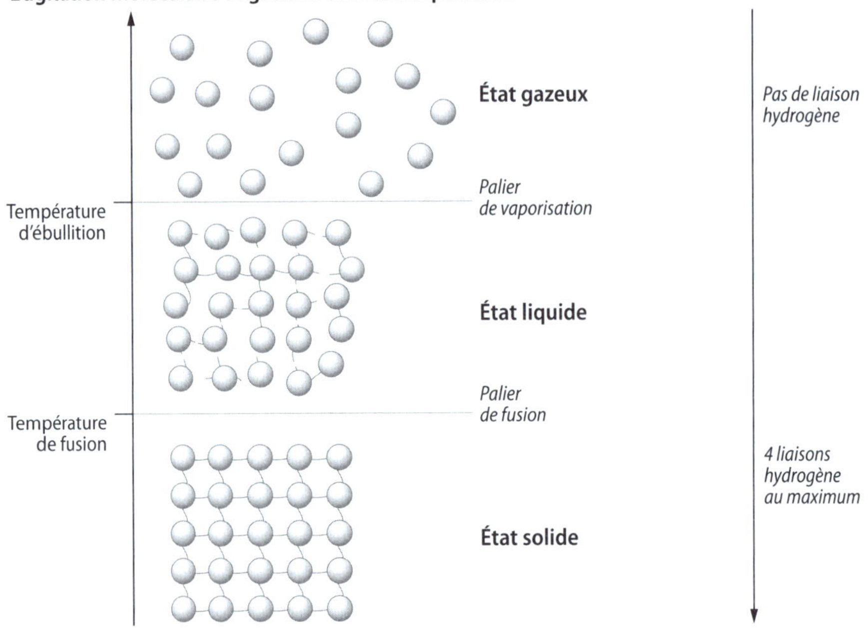

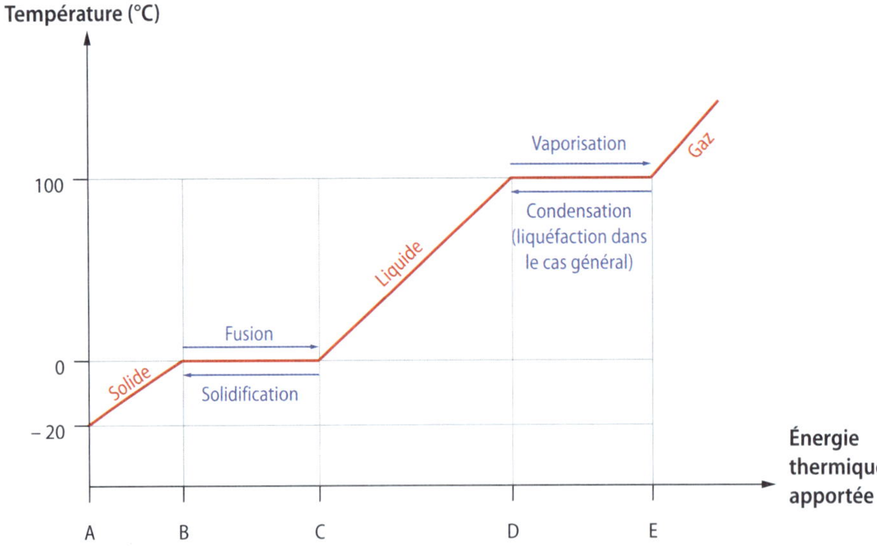

Conséquence : **les températures de changement d'état sont plus élevées pour un corps pur polarisé**.

MOLÉCULE (POLARITÉ)	H_2O (POLAIRE)	H_2S (APOLAIRE)
Température d'ébullition (°C)	100	– 60

• **Effet sur la masse volumique de l'eau :** la glace a une structure de réseau cristallin dans lequel les molécules d'eau sont liées à leurs voisines par 4 liaisons hydrogène, les éloignant ainsi les unes des autres.
Ainsi 1 kg de glace occupe un plus grand volume que 1 kg d'eau liquide.

Conséquence sur la masse volumique : $\rho_{glace} < \rho_{eau\ liquide}$.
Voilà pourquoi les glaçons flottent !

Rappel :

$$\rho = \frac{m}{V}$$

• **Effet sur la solubilité :**

Les **composés ioniques ou les molécules polaires** se dissolvent **dans les solvants polaires**, c'est-à-dire les solvants constitués de molécules polaires, comme l'eau.

Les **molécules apolaires** se dissolvent **dans les solvants apolaires**, c'est-à-dire les solvants constitués de molécule apolaires, comme le cyclohexane ou tout solvant organique.

EXEMPLE 1 **solubilité des glucides dans l'eau**

Les glucides possèdent des liaisons polarisées O-H. Ce sont des molécules polaires qui vont former des liaisons hydrogène avec l'eau d'où leur très grande solubilité dans l'eau.

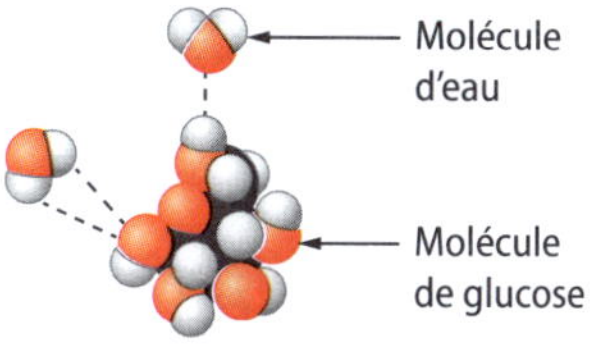

Solubilité des glucides dans l'eau

EXEMPLE 2 **Solubilité des tensioactifs**

Les tensioactifs sont des molécules dont une partie est **hydrophile (soit polaire donc soluble dans l'eau)** tandis que l'autre partie est **hydrophobe (soit apolaire donc non soluble dans l'eau** mais soluble dans solvant apolaire). Il se forme des micelles.

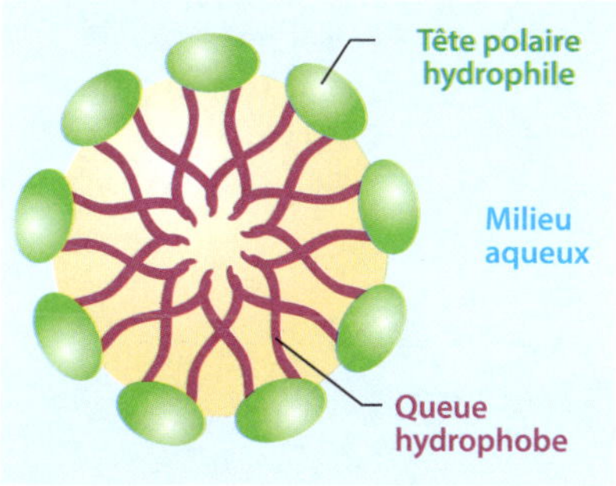

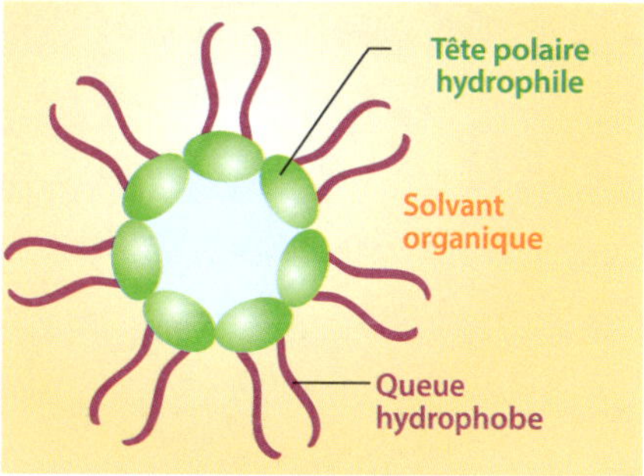

3 Extraction d'une substance : exemple de l'extraction liquide-liquide

But : extraire une substance d'une solution

Le solvant qui permet cette extraction est appelé **solvant extracteur**. Il répond à **3 critères** :

• Être à **l'état liquide.**

• Être **non miscible au solvant initial** dans lequel se trouve la substance à extraire → On obtiendra ainsi 2 phases du fait de cette non miscibilité. **La phase qui surnage sera celle de plus faible densité**.

• Et la substance à extraire doit y être très soluble.

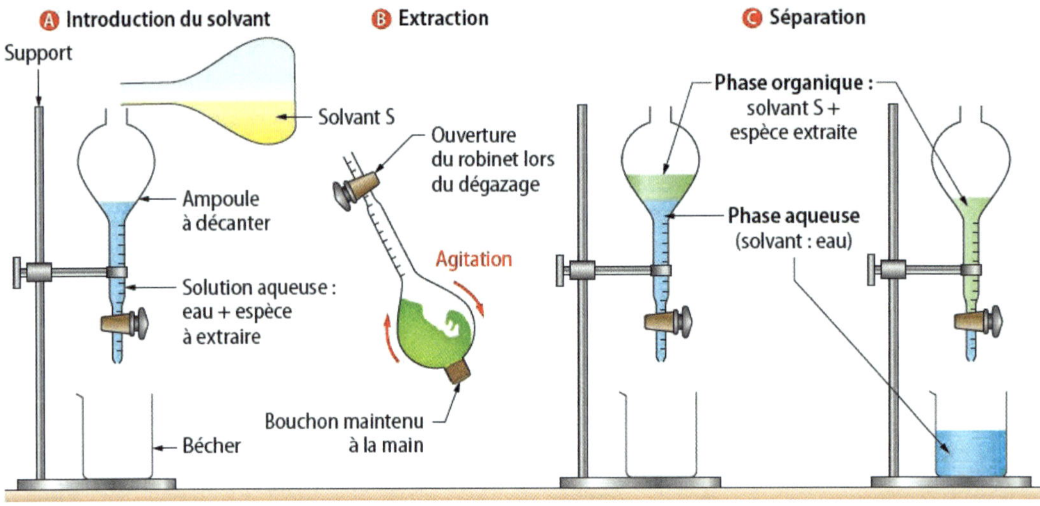

Mes notes pour réviser

Savoir 13

Les besoins énergétiques de l'être humain

1 La dépense énergétique journalière

Le métabolisme de base (MB) est l'ensemble des besoins énergétiques de notre organisme au repos pour assurer en autre ses fonctions vitales, sa croissance et le maintien de sa température corporelle. Le calcul du métabolisme de base (MB) en kilocalories (kcal) est donné par la relation de Harris et Benedict :

Pour les femmes : $MB = 9{,}740 \times M + 172{,}9 \times T - 4{,}737 \times A + 667{,}051$

Pour les hommes : $MB = 13{,}707 \times M + 492{,}3 \times T - 6{,}673 \times A + 77{,}607$

M masse en kg, T taille en m, A âge de la personne en années

Puis pour obtenir **la dépense énergétique journalière**, il faut multiplier le **MB** par un facteur **A** qui augmente avec l'activité physique : A varie de 1,2 (aucune activité physique) jusqu'à 2 pour (activité physique intense).

Dépense énergétique journalière = MB × A

EXEMPLE Dépense énergétique journalière = MB × 1,5 pour une activité physique régulière

Les unités d'énergie **: le joule (J) unité du système international (SI)**

La calorie cal : 1 cal = 4,18 J ; 1 kcal = 1×10^3 cal ; 1 kJ = 1×10^3 J

2 Les différentes formes de pertes de chaleur de l'organisme

Une grande partie de l'énergie apportée par les nutriments est transférée au milieu extérieur selon quatre formes de transfert :

Par conduction : transfert d'énergie par contact direct du corps le plus chaud vers le corps le corps le plus froid

Par convection : transfert d'énergie avec déplacement de matière du corps le plus chaud vers le corps le plus froid (l'air se réchauffe au contact de la peau, puis est remplacé par de l'air froid etc ...)

Par rayonnement : émission d'IR par notre corps qui est chaud

Par évaporation : évaporation de la sueur (ressenti de cette perte de chaleur en si on laisse sécher la peau mouillée)

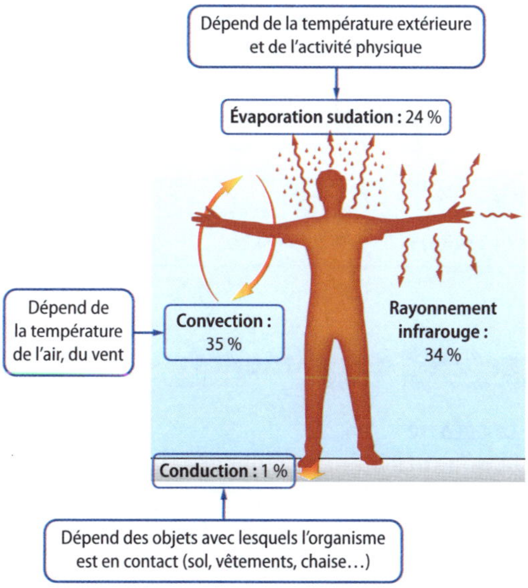

PHYSIQUE CHIMIE

3 L'activité musculaire, conversion d'énergie

L'énergie dans les muscles est produite par la transformation chimiques de nutriments issus de la digestion. Ces transformations chimiques apportent de l'énergie chimique qui permet au muscle de travailler (énergie mécanique) et au corps de conserver sa température constante (énergie thermique).

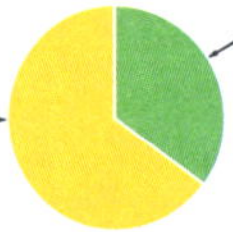

4 Transformations endothermiques et exothermiques

Une transformation (physique ou chimique) **exothermique** produit de l'énergie thermique (transfert d'énergie vers le milieu extérieur)
Une transformation (physique ou chimique) **endothermique** absorbe de l'énergie thermique (énergie prélevée au milieu extérieur)

EXEMPLES

TRANSFORMATION	PHYSIQUE	CHIMIQUE
Exothermique	La condensation de la vapeur par temps très humide sur la chevelure	Combustion Réaction entre des nutriments et le dioxygène
Endothermique	Évaporation de la sueur (la vaporisation) énergie apportée par le corps.	La photosynthèse utilise l'énergie solaire ($6CO_2 + 6H_2O \rightarrow C_6H_{12}O_6 + 6O_2$)

5 Les aliments combustibles du corps humains

Au cours de la digestion les aliments sont transformés en nutriments**. Ce sont les nutriments qui fournissent l'énergie à l'organisme.**
Les principaux nutriments qui fournissent de l'énergie son : **les lipides, les glucides, et les protéines.** D'autres n'apportent pas d'énergie à l'organisme mais sont indispensables : les minéraux (Na^+, Ca^{2+} ...), les vitamines et les oligoéléments (fluor, iode fer)

NUTRIMENT	LIPIDES	GLUCIDES	PROTÉINES
Energie libérée par 1 gramme	38 kJ = 9 kcal	17 kJ = 4 kcal	17 kJ = 4 kcal

6 Valeur énergétique des aliments

a) Définition de la calorie :
Une calorie est la quantité d'énergie nécessaire pour élever 1 g d'eau de 1 degré Celsius
Rappel : 1 cal = 4,18 J

b) Valeur calorique d'un aliment et l'énergie délivrée par une ration alimentaire

VALEURS MOYENNES	Énergie	Matières grasses	Glucides	Protéines	Fibres	Sel
POUR UNE PORTION DE 50 G	760 kJ/179 kcal	1,0 g	36,7 g	5,8 g	1,5 g	0,006 g

Pour calculer la valeur calorique de la portion, on additionne les valeurs caloriques apportées par chaque nutriment.

EXEMPLE de calcul de l'apport énergétique d'une portion de pâtes alimentaires de 50 g.
$E = 1{,}0 \times 38 + 36{,}7 \times 17 + 5{,}8 \times 17 \approx 760$ kJ ou : $E = 1{,}0 \times 9 + 36{,}7 \times 4 + 5{,}8 \times 4 = 179$ kcal
L'énergie délivrée par une ration alimentaire (ex : un repas) est égale à la somme de toutes les valeurs caloriques des aliments ingérés.

→ **Remarque :** tous les conseils de régime qui indiquent des valeurs en calories de certaines activités ou de certains aliments, donnent des valeurs en calories qui sont réalité des kilocalories.

PHYSIQUE CHIMIE

MES NOTES POUR RÉVISER

Savoir 14 Les glucides, sources d'énergie pour l'organisme

1 Les sources d'énergie du corps humain

Les besoins énergétiques du corps humain sont d'environ 2 000 kcal par jour. Les glucides constituent la principale source d'énergie pour le corps.

NUTRIMENTS	RÔLE	% D'APPORT IDÉAL EN ÉNERGIE
Protides	Construction du corps	17 % des besoins
Lipides	Source d'énergie lors d'un effort	33 % des besoins
Glucides	Source d'énergie **majoritaire** lors d'un effort	**50 % des besoins**

➜ **Remarque :** les protides regroupent protéines, acides aminés et peptides.

2 Comment le corps tire-t-il son énergie des glucides ?

Les cellules puisent leur énergie du glucose, en 2 étapes, à l'aide de **réactions d'oxydoréduction.**

Étape 1 : la glycolyse

Réaction **anaérobie** d'oxydoréduction entre le glucose $C_6H_{12}O_6$ et le coenzyme NAD^+ présent dans les cellules pour former l'acide pyruvique $C_3H_4O_3$. **Équation de réaction de glycolyse :**

$$C_6H_{12}O_6 + 2\ NAD^+ \rightarrow 2\ C_3H_4O_3 + 2\ NADH + 2\ H^+ + \text{Énergie (ATP)}$$

Étape 2

• **La combustion*** de l'acide pyruvique dans les mitochondries des cellules (= filière **aérobie donc en présence du dioxygène apporté par la respiration**)

*La combustion est réaction aérobie exothermique d'oxydoréduction produisant CO_2 et H_2O

• **Ou la fermentation lactique** (= filière anaérobie donc sans dioxygène).

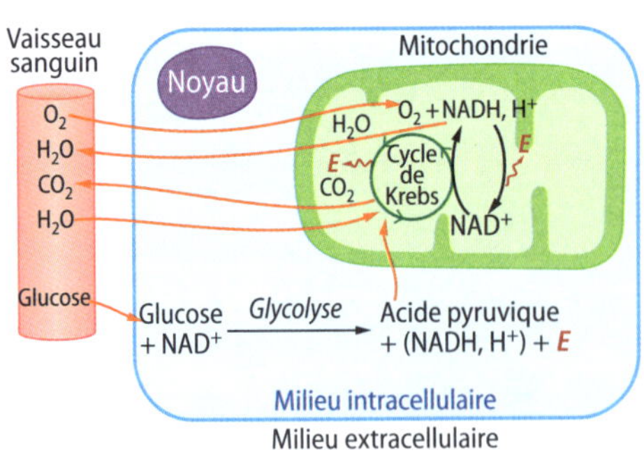

Glycolyse puis combustion de l'acide pyruvique dans les mitochondries des cellules.

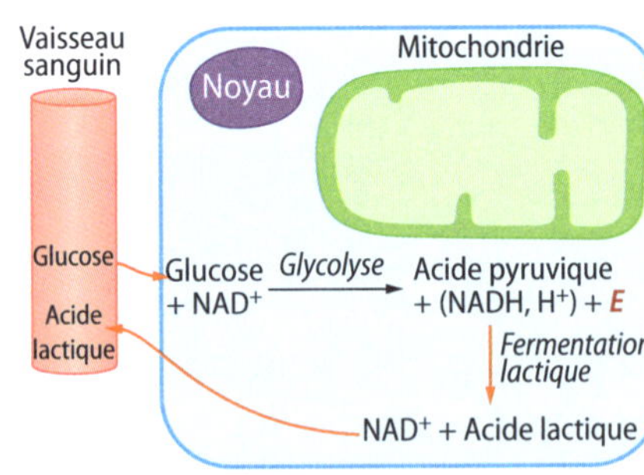

Glycolyse puis fermentation lactique.

Bilan filière aérobie :
Glucose + dioxygène → eau + dioxyde de carbone + Énergie
$C_6H_{12}O_6 + 6O_2 \rightarrow 6H_2O + 6CO_2 + \text{Énergie (36 ATP)}$

Bilan filière anaérobie :
Glucose → acide lactique + Énergie
$C_6H_{12}O_6 \rightarrow 2C_3H_6O_3 + \text{Énergie (2 ATP)}$

Légende : → Transport de molécule → Réaction chimique *E* Libération d'énergie

L'énergie libérée par les réactions dans les cellules n'est pas utilisable directement. Elle est captée par des molécules d'ATP qui, en s'hydrolysant, libèrent de l'énergie utilisable par l'organisme (12 kcal·mol^{-1} d'ATP hydrolysée).

Lors d'un effort physique, les besoins en dioxygène et en glucose (donc en nutriments) augmentent ⇒ la respiration augmente pour augmenter l'apport en dioxygène dans le sang et le rythme cardiaque accélère pour augmenter le débit sanguin (le sang transportant dioxygène et nutriments).

3 La réaction d'hydrolyse, étape essentielle à l'apport en glucose dans le sang

Le glucose provient des glucides ingérés au cours des repas. Lors de la digestion, les glucides sont hydrolysés et libèrent, entre autre du glucose. Une **réaction d'hydrolyse** (du grec *Hydro* : eau et *Lysis* : briser) est une rupture de liaison covalente au sein d'une molécule par action d'une molécule d'eau. Elle génère deux molécules plus petites. C'est une **réaction lente**. Elle peut être accélérée par :

• l'emploi d'un catalyseur : une enzyme dans le corps humain (= hydrolyse enzymatique) ou de l'acide en laboratoire (= hydrolyse acide).

• et par chauffage (seulement en laboratoire, à l'aide d'un chauffage à reflux).

EXEMPLE Hydrolyse du lactose

$$\text{Lactose + eau} \xrightarrow{\text{lactase}} \text{glucose + galactose}$$

$$C_{12}H_{22}O_{11} + H_2O \xrightarrow{\text{lactase}} C_6H_{12}O_6 + C_6H_{12}O_6$$

La lactase est une enzyme secrétée par les intestins. C'est un catalyseur (substance qui augmente la vitesse d'une réaction chimique sans être consommée)

4 Origines du glucose présent dans le sang

a) Classification des glucides

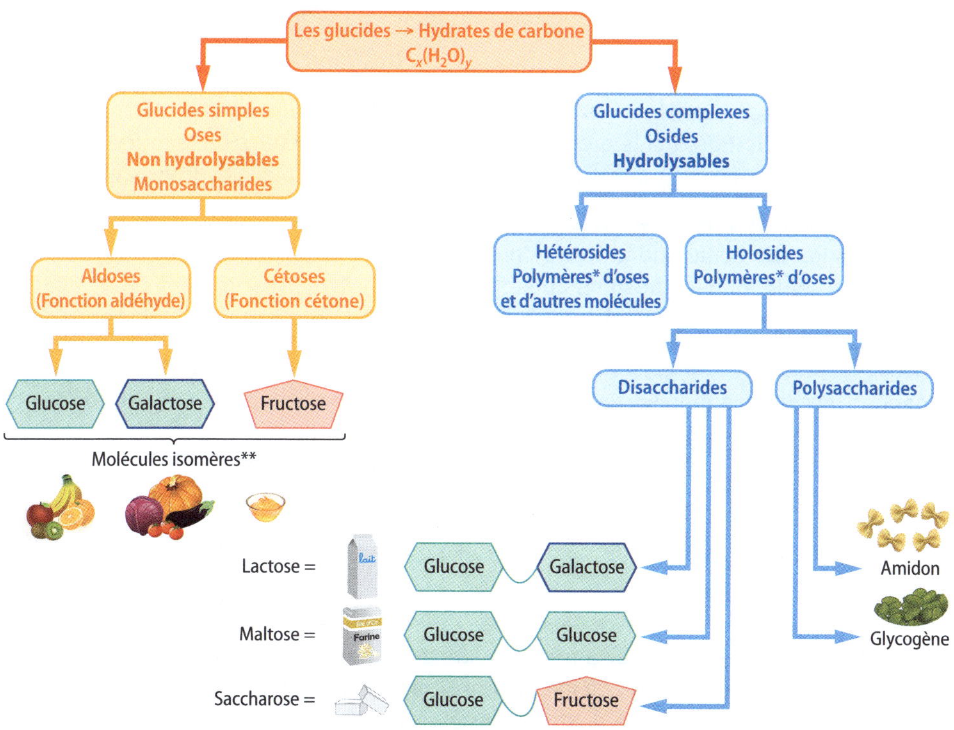

*Polymère :** macromolécule obtenue par assemblage répétitif d'un grand nombre (= indice de polymérisation noté n) de blocs d'atomes identiques appelés monomères.

** Molécules **isomères** : molécules de même formule brute mais de formules développées (donc semi-développées ou topologiques) différentes.

b) Hydrolyse des glucides complexes

Dans le tube digestif, tous les glucides complexes sont hydrolysés lors de la digestion et donnent des glucides simples. Ces hydrolyses sont catalysées par les enzymes présentes dans le corps et ont une action optimale autour de 37 °C (certaines enzymes, comme les glucidases, ont besoin d'un milieu acide pour être activée).

EXEMPLES

Milieu acide ou Maltase

$C_{12}H_{22}O_{11} + H_2O \rightarrow C_6H_{12}O_6 + C_6H_{12}O_6$ (Maltose → Glucose + Glucose)

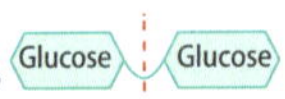

Milieu acide ou Maltase

$C_{12}H_{22}O_{11} + H_2O \rightarrow C_6H_{12}O_6 + C_6H_{12}O_6$ (Saccharose → Glucose + Fructose)

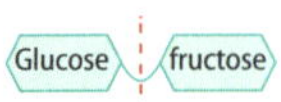

En laboratoire, on remplace les enzymes par quelques mL d'acide (ex. : acide chlorhydrique) et on augmente la température du milieu réaction à l'aide d'un chauffage à reflux.

EXEMPLE DE PROTOCOLE METTANT EN ÉVIDENCE CES 2 FACTEURS CINÉTIQUES (= ACCÉLÉRANT LA RÉACTION) :

S_1	Dans plusieurs tubes à essais	200 mL d'empois d'amidon + 3 mL d'acide chlorhydrique	A température ambiante
S_2			Avec chauffage*. Ex. : T = 50 °C
S_3		S_3 : 200 mL d'empois d'amidon + 3 mL d'eau distillée	Avec chauffage (même T que S_2)

*chauffage au bain marie

Réaction d'hydrolyse de l'amidon (polymère du glucose) : $(C_6H_{10}O_5)n + nH_2O \rightarrow nC_6H_{12}O_6$

Il faut comparer la durée de l'hydrolyse de tout l'amidon dans chacune des solutions. Pour cela, toutes les 10 minutes, il faut tester un tube à essais de chaque solution avec :

- Du réactif de Fehling (attention ! neutraliser l'acide avec 3 mL de soude de même concentration avant) : si formation d'un précipité rouge brique alors présence de sucres réducteurs (ici le glucose) : l'hydrolyse est en cours ou terminée
- De l'eau iodée : si apparition d'une coloration bleue alors hydrolyse non terminée

c) Gestion des réserves de glucose par l'organisme

Tous les molécules de glucose obtenues lors de la digestion sont utilisées immédiatement selon les besoins ou stockées :

- Dans le foie et les muscles, sous forme de **glycogène**, équivalent de l'amidon dans le corps humain.

Réaction de condensation (= réaction inverse de l'hydrolyse) :

$$n(C_6H_{12}O_6) \longrightarrow HO-\!\!\left(C_6H_{10}O_5\right)_n\!-H + (n-1)H_2O$$

Glucose → Glycogène + Eau

Autre notation du glycogène :

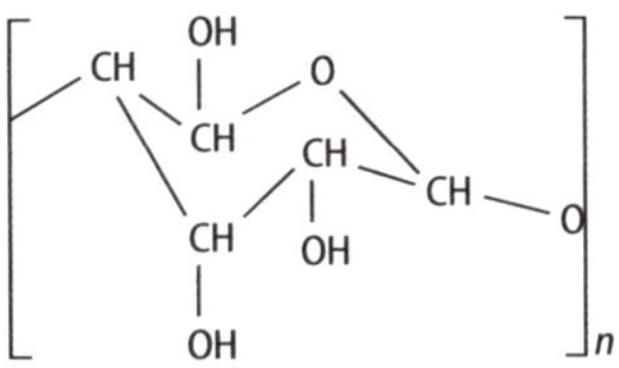

- Dans les tissus adipeux après transformation en triglycérides par le foie.

Le stockage est fonction de la concentration massique en glucose dans le sang (ou glycémie). Une glycémie normale varie entre 0,74 et 1,06 $g \cdot L^{-1}$ dans le sang. C'est l'insuline, protéine hormonale secrétée par le pancréas qui régule la glycémie dans le sang.

Mes notes pour réviser

Savoir 15 La gestion responsable des ressources naturelles pour l'alimentation humaine

1 Critères chimiques de potabilité de l'eau

Une eau potable doit être sans danger pour le consommateur et répondre à de nombreux critères physico-chimiques et bactériologiques.
Principalement : elle doit être **exempte de bactéries, de virus et de parasites, de certaines substances toxiques** (arsenic, plomb, hydrocarbures ...) et **obéir à certaines normes maximales pour des substances chimiques** indésirables comme les nitrates, les phosphates, les hydrocarbures et les pesticides... et également certains ions comme les chlorures ; les sulfates, le potassium...

2 Eau du robinet, eau minérale et eau de source

Ces trois eaux sont potables.
La différence entre une eau minérale et une eau de source est la constance dans le temps de la concentration en minéraux et oligo-éléments pour l'eau minérale.
Les besoins quotidiens de l'être humain en sels minéraux et en oligo-éléments peuvent être apportés par la consommation d'eau. Chaque eau étant différente dans sa composition, il est recommandé de varier les différentes sortes d'eau consommées.

EAU	UNE EAU MINÉRALE	UNE EAU DE SOURCE
pH	7,4	7,3
Ca^{2+}	468	113
Mg^{2+}	74,5	28
Na^{+}	9,4	7
K^{+}	2,8	2
HCO^{3-}	372	447
SO_4^{2-}	1121	42
Cl^{-}	7,6	8
NO_3^{-}	–	< 2

3 Origines de la pollution de l'eau

Les principaux polluants de l'eau : les pesticides, les nitrates et les phosphates (pollution agricole), les hydrocarbures, les métaux lourds, substances toxiques (pollution industrielle) les déchets plastiques, les résidus médicamenteux, les bactéries provenant des matières fécales.

4 Les sols, milieux d'échange de matière

Le rôle du complexe argilo-humique (CAH), mélange de matières minérales et d'humus, est important dans le maintien d'un sol riche en humus. C'est un **réservoir de fertilité chimique** du sol. Il fixe les ions positifs (Ca^{2+}, K^+, Na^+, Mg^{2+}...) et évite leur perte par lessivage. Il ne fixe pas les ions nitrate NO_3^- qui vont polluer les rivières. **L'humus permet le stockage de l'eau**.
Lorsque la décomposition de la matière organique est insuffisante pour nourrir le sol, il faut apporter des engrais. Les engrais NPK apportent aux plantes leur besoin en azote N, en phosphore P en potassium K, sous forme d'ions nitrate $\mathbf{NO_3^-}$, phosphate $\mathbf{PO_4^{2-}}$ et potassium $\mathbf{K^+}$.

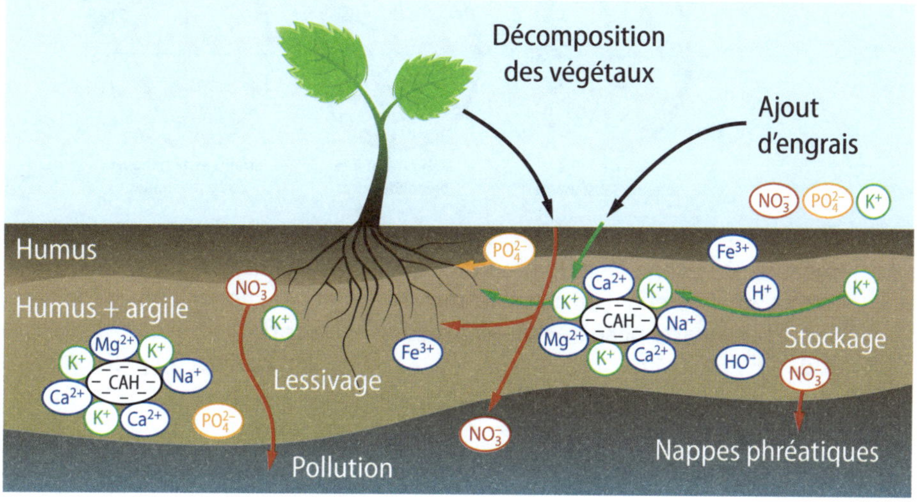

5 Définitions à connaître : 3 variétés

Les insecticides : produits chimiques qui éliminent les insectes.
Les herbicides : produits chimiques qui éliminent les plantes non désirables.
Les fongicides : produits qui éliminent les champignons.

Mes notes pour réviser

PHYSIQUE CHIMIE

Savoir 16

Mesures et incertitudes

1 Présentation

L'exactitude d'une mesure dépend :
- de la précision, de la justesse (valeur mesurée proche de la vraie valeur) et de la fidélité (mesures répétées donnant des valeurs proches) de la verrerie ou de l'appareil de mesure
- **et** du bon respect du protocole pour effectuer la mesure.

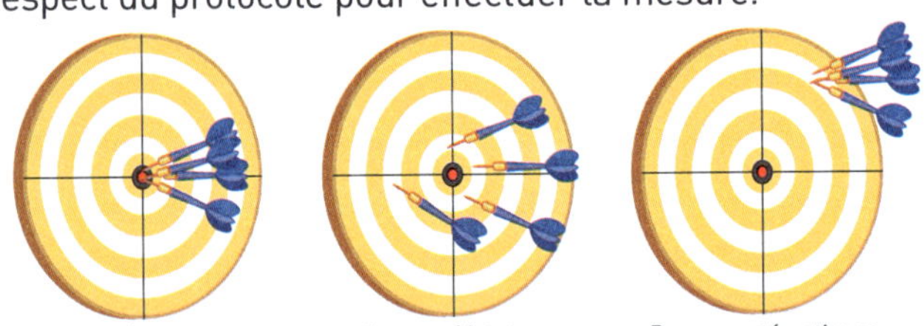

Peu d'erreurs (mesure satisfaisante) — Erreurs aléatoires prépondérantes — Erreurs systématiques prépondérantes

Cas classiquement observé lors d'une mesure. On donne alors le résultat de la mesure en prenant en considération les légers écarts observés ou **incertitude**.

Plusieurs explications possibles. Les plus courantes sont un :
- mauvais étalonnage de l'appareil de mesure
- non respect du protocole, etc.

2 Résultat d'une mesure

Le résultat d'une mesure doit prendre en considération l'incertitude :

$M = \langle m \rangle \pm \Delta M$, en precisant l'unité si elle existe.

où <m> est la valeur moyenne de toutes les mesures réalisées et ΔM l'incertitude de mesure

Donc $\langle m \rangle - \Delta M < M < \langle m \rangle + \Delta M$.

3 L'incertitude de mesure ΔM

Elle est souvent indiquée sur les appareils ou bien se calcule par une formule indiquée par le constructeur ou l'exercice. À défaut, on utilise l'incertitude-type suivante :

$C = \frac{\Delta}{\sqrt{3}}$ avec Δ : précision donnée par le constructeur.

4 Précision d'une mesure

La précision d'une mesure est donnée par le calcul de l'incertitude relative :

Incertitude relative $= \frac{\Delta M}{\langle m \rangle}$. À multiplier par 100 pour l'exprimer en pourcentage.

EXEMPLE mesure d'une température – valeurs obtenues (°C) : 22,3 ; 23,1 ; 21,9 et 22,7.

On lit sur le thermomètre : ± 0,1 °C ← Incertitude de mesure $\Delta\theta$

Alors $\langle\theta\rangle = \frac{22{,}3 + 23{,}1 + 21{,}9 + 22{,}7}{4} = 22{,}5$ °. Ainsi $\theta = 22{,}5 \pm 0{,}1$ °C. La température est comprise entre 22,4 °C et 22,6 °C.

La précision de cette mesure est de 0,4 % (incertitude relative = $\frac{0{,}1}{22{,}5} \times 100$).

MES NOTES POUR RÉVISER

S'ENTRAÎNER AU BAC

Exercice 1

Quels acides pour l'entretien de la maison ?

L'écologie et le souci d'un environnement sain ont encouragé Madame X à étudier la composition de trois produits ménagers (voir documents 1 à 3). Elle désire trouver le produit le plus efficace et aussi le moins nocif pour détartrer le robinet en inox de son évier en polymère plastique synthétique.

Document 1 Le vinaigre, naturellement détartrant

Mode d'emploi : verser le vinaigre directement sur la surface à détartrer, laisser agir quelques heures puis rincer abondamment. Bien aérer la pièce. Détartrage plus efficace à chaud.

Le vinaigre est un détartrant naturel très efficace, non polluant, biodégradable et très bon marché qui permet de plus d'assainir et désodoriser la maison. Son utilisation est à bannir sur les surfaces poreuses comme le marbre, la pierre, le ciment, il les attaque. Il faut l'utiliser avec précautions sur les surfaces métalliques.

Acide ....

Mention d'avertissement (CLP) :

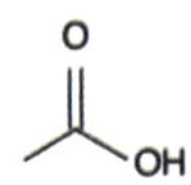

Mention de danger (CLP) :
H226 - Liquide et vapeurs inflammables.
H314 - Provoque des brûlures de la peau et des lésions oculaires graves.

Document 2 L'acide citrique, agent détartrant Cit'cal

CIT'CAL

ACIDE CITRIQUE

Super détartrant naturel, écologique, utilisable pour les surfaces et dans les appareils électroménagers

Usages multiples : dissout rouille, calcaire incrusté, taches tenaces (thé, brûlé, ...)

L'acide citrique est un acide végétal entièrement biodégradable. Il s'agit d'un produit naturel d'entretien de la maison aujourd'hui très prisé pour ses propriétés anti-oxydantes, anticalcaires, bactéricides, fongicides et anti-algues. L'usage de l'acide est à proscrire pour les surfaces sensibles aux acides : aluminium, marbre, émail.

Mode d'emploi : dissoudre la poudre dans de l'eau chaude, laisser agir quelques minutes puis rincer abondamment.

Acide citrique
$C_6H_8O_7$
Informations de sécurité selon le SGH :

Mention(s) de danger :
H319 : provoque une sévère irritation des yeux

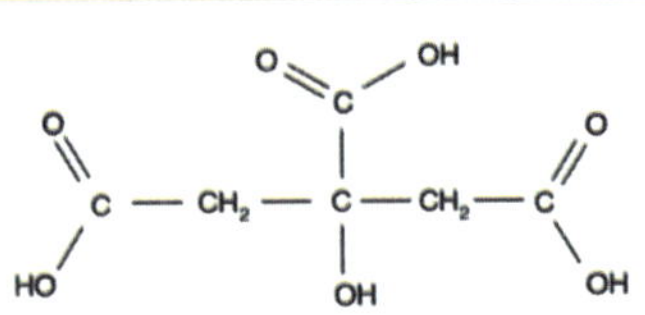

Document 3 L'acide sulfamique, agent détartrant Sulf'cal

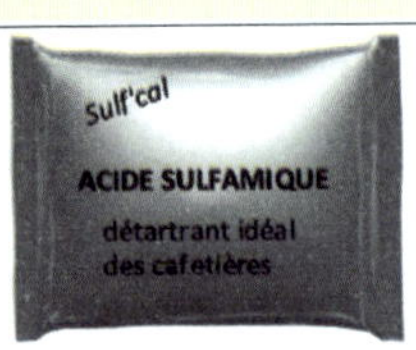

L'acide sulfamique est un agent de nettoyage et de détartrage moins corrosif que les autres acides minéraux. Il peut donc servir au nettoyage du matériel en acier inox, en cuivre, en laiton et à l'occasion en aluminium.

Mode d'emploi : mélanger à de l'eau chaude, laisser agir cinq minutes puis rincer abondamment à l'eau. Procéder à des détartrages très réguliers.

Acide sulfamique

H_3NSO_3

Mention d'avertissement (CLP) :

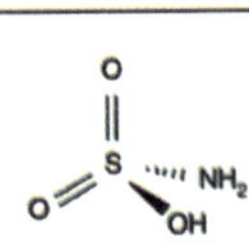

Mention de danger (CLP) :
H315 - Provoque une irritation cutanée.
H319 - Provoque une sévère irritation des yeux.
H412 - Nocif pour les organismes aquatiques, entraîne des effets néfastes à long terme.

Document 4 Recette d'un détartrant maison pour robinetterie

Dissoudre 2 à 5 cuillères à soupe* de poudre d'acide citrique dans 1 litre d'eau chaude.

Frotter énergiquement les parties les plus entartrées ou laisser le mélange agir environ 30 min puis rincer abondamment.

* 1 cuillère à soupe représente un volume estimé à 15 mL.

Document 5 Liste du matériel disponible au laboratoire

Une balance électronique, une spatule, un compte-goutte, une burette graduée de 25 mL, une coupelle de pesée, des tubes à essais, un entonnoir, des éprouvettes graduées de 250 mL, 500 mL et 1 L, des béchers de 250 mL, 500 mL et 1 L, des fioles jaugées de 250 mL, 500,0 mL et 1,0 L, des pipettes jaugées de 10,0 mL, 25,0 mL, 50,0 mL, 100,0 mL, une pissette d'eau distillée.

Données

Masse volumique de l'acide citrique :

$\rho = 1,66\ g \cdot mL^{-1}$

Masses molaires atomiques en $g \cdot mol^{-1}$:

$M(C) = 12,0$; $M(H) = 1,0$; $M(O) = 16,0$

Formule de calcul de l'incertitude-type : $\frac{\text{écart-type}}{\sqrt{n}}$

où n représente le nombre de mesures effectuées

1. Nommer l'acide indiqué par sa formule topologique dans le détartrant du document 1. Puis donner la formule semi-développée de cet acide.

2. Définir un acide selon la théorie de Brönsted.

3. Identifier, dans les documents 1 à 3, les différents acides utilisables pour un détartrage. Dresser un tableau récapitulatif de leurs avantages et inconvénients. Déterminer l'acide adapté aux exigences de Madame X.

Madame X achète de l'acide citrique et prépare 1L de produit détartrant maison avec 4 cuillères à soupe d'acide citrique (voir document 4).

4. Donner le nom de la technique utilisée par Madame X pour réaliser cette solution.

5. À l'aide du document 5, faire la liste précise du matériel nécessaire.

6. Déterminer la concentration massique C_m en acide citrique dans la solution réalisée par Madame X puis calculer la concentration molaire C correspondante.

Lors d'une séance d'activité expérimentale, des lycéens fabriquent la même solution détartrante que Madame X. Il la dilue ensuite 10 fois avant de réaliser la mesure de son pH.

Résultat des mesures obtenues par les lycéens :

GROUPE	1	2	3	4	5	6	7	8	9
PH	2,32	2,26	2,22	2,21	2,18	2,23	2,19	2,34	2,11

7. Calculer, en utilisant le mode «statistiques» de la calculatrice, la valeur moyenne du pH retenu et l'écart-type associé. Déterminer alors la valeur du pH de la solution des lycéens en précisant la valeur de l'incertitude-type.

Corrigés p. 206

FAIT ☐ REVU ☐

Exercice 2

Bon usage d'antiseptiques

Un patient doit laver une plaie. Étant allergique au Dakin®, le médecin prescrit de la Bétadine® 10 %.

Données :

Couples oxydant/réducteur	Demi-équation d'oxydoréduction
Diiode / ion iodure : $I_{2(aq)}$ / $I^-_{(aq)}$	$I_{2(aq)} + 2e^- = 2I^-_{(aq)}$
Ion hypochlorite / dichlore : $ClO^-_{(aq)}$ / $Cl_{2(g)}$	$2ClO^-_{(aq)} + 4H^+_{(aq)} + 2e^- = Cl_{2(g)} + 2H_2O_{(l)}$
Ion tétrathionate / ion thiosulfate : $S_4O^{2-}_{6(aq)}$ / $S_2O^{2-}_{3(aq)}$	$S_4O^{2-}_{6(aq)} + 2e^- = 2S_2O^{2-}_{3(aq)}$

Document 1 Extrait de notice d'une solution antiseptique Bétadine® 10 %

Composition : principe actif : povidone iodée qui libère du diiode I_2.

Mode d'administration et posologie: Voie cutanée. À utiliser pure ou diluée.

Utilisation pure : en badigeonnage sur la peau.

Utilisation diluée : – lavage des plaies : diluer au 1/10ème avec de l'eau.
– irrigations des plaies : diluer à 2 % dans du sérum physiologique stérile.

Contre-indication : allergie au diiode.

Incompatibilités : L'association iode/mercuriels est à proscrire, risque de composés caustiques. Chaleur, lumière et pH alcalin (instabilité).

Document 2 Extrait de la notice d'une solution antiseptique Dakin®

Composition : Solution concentrée d'hypochlorite de sodium (principe actif : ion hypochlorite ClO^-). Permanganate de potassium. Dihydrogénophosphate de sodium. Eau purifiée.

Mode d'administration et posologie : Dakin à utiliser pur en irrigations, lavages (ex: lavage des plaies...), bains.

Contre-indications : allergie à la substance active ou à l'un des autres composants.

Incompatibilité : Ne pas utiliser en même temps qu'un autre antiseptique.

1. **Expliquer pourquoi le patient doit utiliser de la Bétadine® 10% préalablement diluée au dixième.**

2. **Indiquer si les principes actifs du Dakin® et de la Bétadine® 10 % sont des oxydants ou des réducteurs. Justifier.**

La base de données publique des médicaments indique que le thiosulfate de sodium inactive le diiode. Il peut ainsi être utilisé comme antidote (contrepoison) de la Bétadine®.

3. **Écrire l'équation d'oxydoréduction de la réaction entre le diiode $I_{2(aq)}$ et l'ion thiosulfate $S_2O_{3(aq)}^{2-}$.**

4. **Expliquer l'effet antidote du thiosulfate de sodium pour la Bétadine®.**

5. **Calculer le volume de solution de thiosulfate de sodium à $5{,}0 \times 10^{-2}$ mol·L^{-1} nécessaire pour inactiver $2{,}0 \times 10^{-3}$ mol de diiode.**

Corrigés p. 206

FAIT ☐ REVU ☐

Exercice 3

Les risques encourus par l'utilisation d'un appareillage électrique défectueux

Lors d'une intervention dans un hôpital, un électricien est projeté en arrière en touchant la porte d'un autoclave (appareil de stérilisation du matériel médical). Il perd connaissance. Le disjoncteur coupe le courant dans le circuit électrique au bout de 200 ms. Un médecin intervient immédiatement auprès de l'électricien après avoir débranché et ôté la baladeuse (lampe électrique portative) que ce dernier tenait fermement dans son autre main (mains crispée sur la baladeuse). Une enquête révélera que cette baladeuse présentait un défaut d'isolation des conducteurs au niveau de son alimentation.

Document 1 Enregistrement de divers signaux

Réglage de l'oscilloscope de la figure 2 :

Sensibilité verticale : 100 V/div

Base de temps 5 ms/div

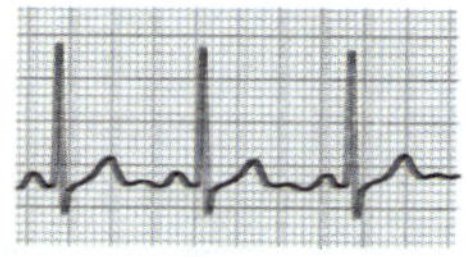

1 : Enregistrement d'un électrocardiogramme

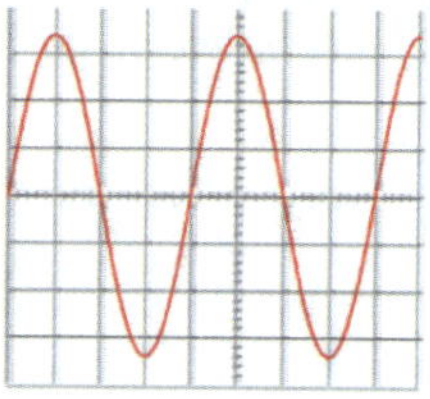

2 : Oscillogramme d'un signal inconnu

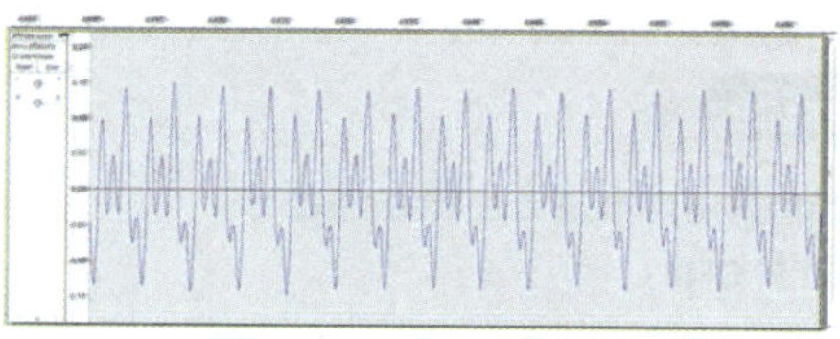

3 : Enregistrement de la note Do3 d'un orgue

Document 2 Variation de la résistance R du corps humain en fonction de la tension de contact et de l'état de la peau.

RÉSISTANCE DU CORPS HUMAIN

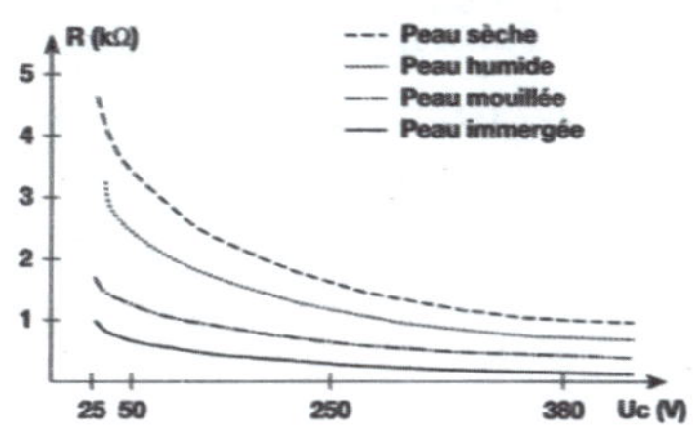

Document 4 Schéma de principe d'une installation électrique

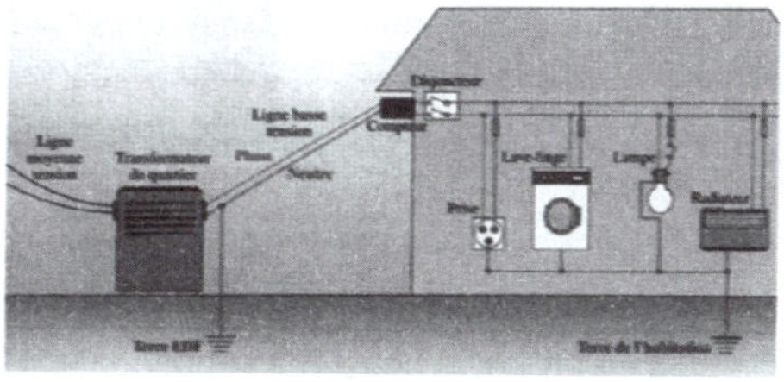

Document 3 Effets physiologiques du courant alternatif sur le corps humain

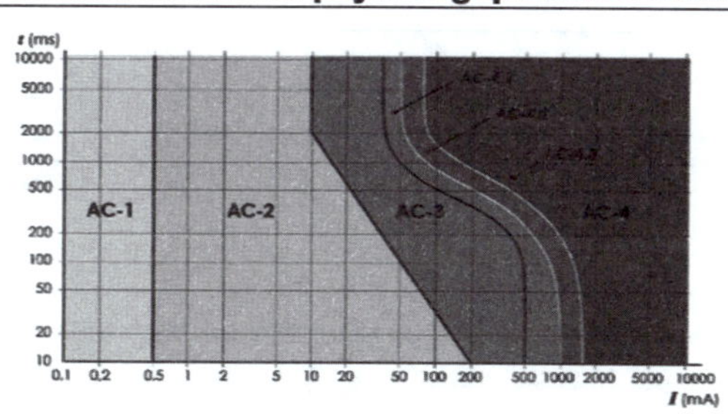

AC-1 : aucun effet

AC-2 : sensations désagréables mais aucun danger

AC-3 : Tétanisation musculaire avec risque de paralysie respiratoire mais sans fibrillation ventriculaire

AC-4 : Fibrillation ventriculaire, possibilités d'arrêt respiratoire, d'arrêt cardiaque, de brûlures graves, etc

__Donnée__ : loi d'Ohm U = R × I avec U, tension aux bornes du dipôle (V), I le courant le traversant (A) et R, la résistance du dipôle (Ω).

1. Quelle est, d'après l'allure des signaux du document 1, la propriété commune à ces 3 signaux ?

2. Calculer la fréquence et la tension efficace du signal inconnu de la figure 2 de ce document. Peut-il s'agir de la tension du secteur ?

Le risque électrique est lié à la résistance du corps humain. Elle varie en fonction de l'individu et de l'état de sa peau. Lors de l'accident, l'électricien se trouvait dans un local parfaitement sec et sa peau était sèche lorsqu'il est entré en contact avec la phase du secteur.

3. À l'aide du document 2, évaluer une valeur approchée de l'intensité du courant ayant traversé le corps de l'électricien. Exprimer cette intensité en mA.

4. À l'aide du document 3, expliquer les constatations effectuées par le médecin.

5. S'agit-il d'une électrisation ou bien d'une électrocution. Justifier

6. Citer deux règles de sécurité à respecter afin d'éviter ces accidents électriques.

7. Sur le document 4, identifier les éléments du réseau électrique qui protègent les usagers.

Corrigés p. 206

FAIT ☐ REVU ☐

Exercice 4

La cryothérapie ou thérapie par le froid

La cryothérapie est très utilisée en dermatologie. Cette technique consiste à détruire des cellules en congelant rapidement les tissus par application de diazote liquide sur les zones à traiter.

Données :

Température de changement d'état du diazote à pression atmosphérique :

$\theta_{fusion}(N_2) = -210°C$ et $\theta_{ébullition}(N_2) = -196°C$

Electronégativité χ de quelques atomes :
Hydrogène H : 2,2 Oxygène O : 3,4 Azote N : 3,0

Masses volumiques :
eau liquide : $1,0\ g \cdot cm^{-3}$ eau solide : $0,92\ g \cdot cm^{-3}$

1. Expliquer le caractère polaire de la liaison O-H.

2. Schématiser une molécule d'eau et expliquer son caractère polaire.

3. Préciser, en vous appuyant sur un raisonnement à l'échelle moléculaire, si le volume de l'eau augmente ou diminue lorsqu'elle passe de l'état liquide à l'état solide.

4. Vérifier la réponse précédente à l'aide de calculs basés sur les masses volumiques fournies en données (prendre une masse d'un gramme d'eau pour ces calculs).

5. Lors de la mise en contact avec la peau du patient, le diazote bout. En déduire la température du diazote au moment de ce contact. Justifier.

6. Quel est alors le changement d'état subit par l'eau contenue dans les cellules de l'épiderme au moment de ce contact ? Justifier.

7. Déduire de vos réponses précédentes, une explication à la destruction de la membrane cellulaire lors de l'application de diazote sur la peau.

Corrigés p. 207

FAIT ☐ REVU ☐

Exercice 5

Une consultation ophtalmologique

Suite à des difficultés pour voir le tableau, un enfant est amené en consultation chez un ophtalmologue.

Donnée : vergence d'une lentille V : $V = \frac{1}{f'}$ avec f', la distance focale en m

Document 1 Coupe d'un œil

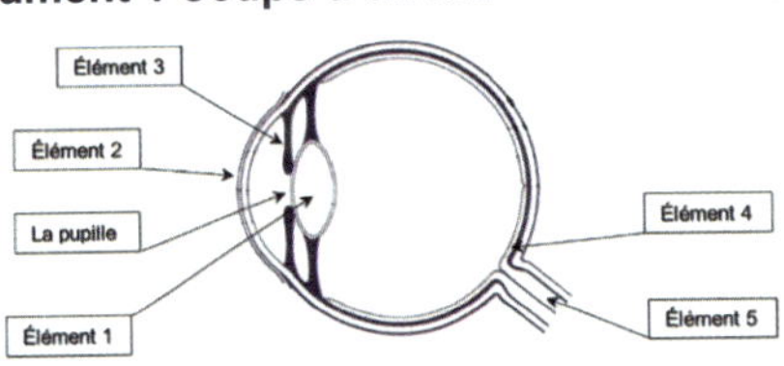

La lentille convergente dans les schémas modélise l'ensemble des milieux transparents de l'œil.

Document 2 Schéma d'un œil emmétrope

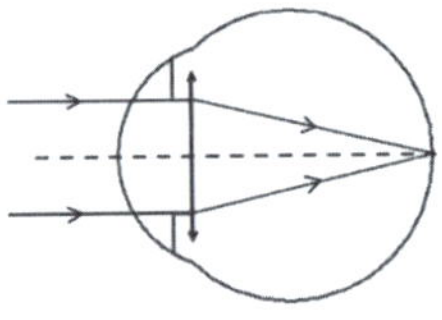

Document 3 Schéma de l'œil droit de l'enfant

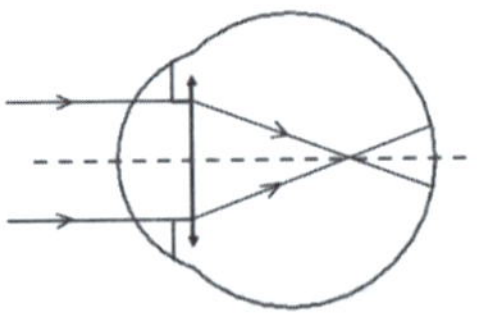

1. Faire correspondre aux éléments 1 à 5 du document 1, le terme correct parmi les suivants : rétine, cristallin, iris, cornée et nerf optique.

2. Associer à chaque élément de l'œil, cité précédemment, son rôle parmi les suivants :

Fait converger les rayons lumineux	Endroit où l'image se forme	Transmet les informations de l'œil au cerveau	Partie colorée qui permet de régler la quantité de lumière entrant dans l'œil	Paroi transparente qui se trouve à l'avant de l'œil et le protège

3. Comment varie le diamètre de la pupille lorsque la luminosité augmente ?

Un œil emmétrope ne nécessite aucune correction. La distance focale f' de la lentille équivalente pour une œil emmétrope est de $1,67 \times 10^{-2}$ m.

4. Calculer la vergence V_E d'un œil emmétrope au repos. Nommer l'unité de la vergence.

L'examen réalisé par l'ophtalmologue révèle, pour une vision à l'infini, que l'œil droit de l'enfant a une vergence V_P égale à 62,0 SI. Le **document 3** schématise la progression des rayons lumineux issus d'un objet à l'infini pour cet œil au repos.

5. Choisir le mot en italique qui convient pour les phrases suivantes :

L'œil droit de ce patient est trop *divergent/ convergent*. Ce patient souffre *de myopie/ d'hypermétropie* pour cet œil.

6. Déterminer le type de lentille (convergente ou divergente) que doit prescrire l'ophtalmologue à l'enfant pour corriger sa vision.

Soient V_E la vergence d'un œil emmétrope, V_C la vergence de la lentille correctrice et V_P la vergence de l'œil de l'enfant.

7. Donner la relation liant V_E, V_C et V_P.

8. Calculer la vergence de la lentille correctrice V_C que doit prescrire l'ophtalmologue.

Corrigés p. 207

FAIT ☐ REVU ☐

PHYSIQUE CHIMIE

Exercice 6

Perte de poids pour un étudiant

Un étudiant, âgé de 24 ans, désire perdre du poids (1,78 m et 75 kg actuellement).

<u>*Données*</u> : Équation de Harris et Benedict pour un homme :

MB(kcal)= 13,7 × Masse(kg) + 4,9 × Taille(cm) – 6,7 × Âge(années) + 77,6

Besoins énergétiques quotidiens en fonction de l'activité physique :

Profil étudiant	Signification	Besoins énergétiques réels
Sédentaire	Aucun exercice quotidien ou presque	*MB* × 1,2
Légèrement actif	Exercices physiques (1 à 3 fois par semaine)	*MB* × 1,375
Actif	Exercices physiques réguliers (3 à 5 fois par semaine)	*MB* × 1,55
Très actif	Sport quotidien ou exercices physiques soutenus	*MB* × 1,725
Extrêmement actif	Sportif de haut niveau	*MB* × 1,9

1. Calculer le métabolisme de base MB de l'étudiant.

2. Cet étudiant fait du sport deux fois par semaine. Déterminer ses besoins énergétiques journaliers réels.

Chaque semaine, cet étudiant consomme l'équivalent énergétique de 19 635 kcal.

3. Cet étudiant peut-il perdre du « poids » en courant deux fois par semaine ? Justifier.

4. Donner un conseil argumenté à cet étudiant sur sa pratique sportive pour qu'il arrive à perdre du «poids» sans modifier son alimentation.

Il retrouve dans la journée un ami à la piscine (température de l'air : 30°C et température de l'eau : 23°C). Il trouve cependant l'eau trop froide et peine à y rentrer.

5. Expliquer l'origine de cette sensation de froid ressentie par l'étudiant.

6. Quels sont les mécanismes à l'origine des pertes thermiques de l'organisme de l'étudiant dans l'eau ? Choisir les deux bonnes réponses dans la liste suivante: Convection, Conduction, Evaporation, Rayonnement.

7. Quel est le mode de transfert thermique qui permet au soleil de chauffer l'eau de la piscine? Expliquer brièvement.

En sortant de l'eau, ils se désaltèrent avec une boisson contenant des glaçons. Les glaçons fondent très vite.

8. La fonte des glaçons consomme-t-elle ou fournit-elle de l'énergie ? Justifier.

Corrigés p. 207

FAIT ☐ REVU ☐

Exercice 7

Étude de la composition d'un lait

Le lait est un produit de consommation courante qui contient notamment des glucides, des lipides et des protéines.

Données :

Formule semi-développée du glucose:

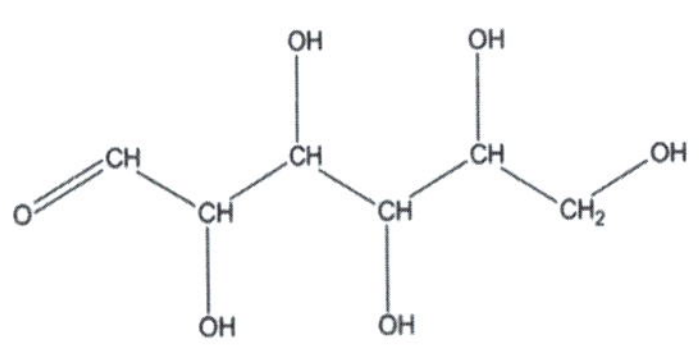

Quelques acides aminés :

Acide glutamique	$HOOC-CH_2-CH_2-CH-COOH$ | NH_2
Molécule a	$HO-C_6H_4-CH_2-CH-NH_2$ | $COOH$
Molécule b	$HOOC-C_6H_4-CH_2-CH-OH$ | NH_2
Molécule c	$H_2N-C_6H_4-CH_2-CH-COOH$ | OH

Masses molaires atomiques (g.mol^{-1}) : M(H)=1,0 ; M(C)=12,0 ; M(O)=16,0

Formule d'un acide gras saturé: $C_nH_{2n+1}-COOH$

Formule de l'acide myristique : $C_{13}H_{27}-COOH$

Le lactose est un sucre du lait ; il subit une hydrolyse enzymatique lors de la digestion modélisée par l'équation de réaction suivante :

Lactose + A → Glucose + Galactose

1. Nommer la molécule A présente dans cette équation.

2. Recopier la formule de la molécule de glucose puis entourer et nommer les fonctions présentes.

3. Le glucose et le galactose étant deux isomères, donner la formule brute du galactose.

4. Calculer la masse molaire M du glucose.

5. Un litre de lait contient 24 g de glucose. Calculer la quantité de matière de glucose correspondante.

Le lait contient également de nombreux d'acides gras dont les acides myristique, palmitique, stéarique, etc.

6. Donner la définition d'un acide gras.

7. Déterminer si l'acide myristique est un acide gras saturé ou insaturé. Justifier

Le lait contient également deux types de protéines: le lactosérum et la caséine. La caséine est une source d'acides α-aminés. Elle fournit entre autre à l'organisme la tyrosine et l'acide glutamique.

8. **Montrer que l'acide glutamique est un acide α-aminé.**

La tyrosine et l'acide glutamique réagissent ensemble lors d'une réaction de condensation modélisée par l'équation suivante :

Acide glutamique + Tyrosine ⇄ Dipeptide + Eau

Le dipeptide formé a pour formule semi-développée :

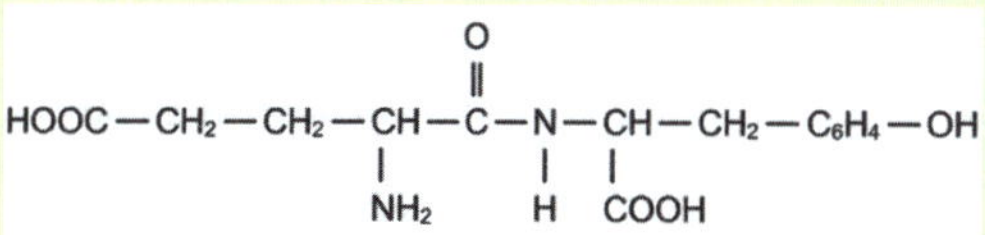

9. **Identifier les fonctions présentes dans ce dipeptide. Nommer la fonction correspondant à la liaison peptidique.**

10. **Identifier la formule semi-développée de la tyrosine parmi les molécules a, b et c figurant dans les données.**

Corrigés p. 208

FAIT ☐ REVU ☐

CORRIGÉS

Exercice 1 p. 198

1. Acide éthanoïque. Formule semi-développée : $CH_3 - COOH$

2. Espèce chimique capable de céder un proton H^+.

3.

	AVANTAGES		INCONVÉNIENTS	
	Bon pour l'environnement	Actions	Surfaces contre-indiquées	Dangers mentionnés
ACIDE ÉTHANOÏQUE	Non polluant et biodégradable	Détartre, désodorise et assainit	Surfaces poreuses. Surfaces métalliques déconseillées	Brûlure de la peau et lésions oculaires graves /Produit inflammable
ACIDE CITRIQUE	biodégradable	Détartre + actions antioxydante, bactéricide, fongicide, anti-algues	Aluminium, marbre et émail	Sévère irritation oculaire
ACIDE SULFAMIQUE		Détartre et nettoie		Irritation cutanée et oculaire (sévère) Nocifs pour les organismes aquatiques

L'acide approprié est l'acide citrique (bon pour l'environnement et l'inox).

4. Préparation d'une solution par dissolution.

5. Fiole jaugée de 1,0 L, un entonnoir, une pissette d'eau distillée et sa cuillère à soupe.

6. $C_m = \dfrac{m_{acide\ citrique}}{V_{solution}}$ où $m_{acide\ citrique} = \rho \times V_{acide\ citrique}$

$= 1{,}66\ g \cdot mL^{-1} \times 4 \times 15\ mL$ (voir doc.4).

$$\mathbf{C_m} = \frac{1{,}0 \cdot 10^2}{1{,}0} = \mathbf{1{,}0 \cdot 10^2\ g \cdot L^{-1}}$$

$\mathbf{C} = C_m / M(C_6H_8O_7)$

$= 1{,}0 \cdot 10^2 / (6 \times 12{,}0 + 8 \times 1{,}0 + 7 \times 16{,}0)$

$= \mathbf{5{,}2 \cdot 10^{-1}\ mol \cdot L^{-1}} = 0{,}52\ mol \cdot L^{-1}$.

7. D'après le mode statistiques de la calculatrice : **<pH> = 2,23** et **écart-type = 0,148**.

Incertitude-type = $0{,}148 / \sqrt{9} = \mathbf{4{,}93 \cdot 10^{-2}}$ donc

$2{,}23 - 4{,}93 \cdot 10^{-2} < pH < 2{,}23 + 4{,}93 \cdot 10^{-2}$

soit **2,18 < pH < 2,28.**

Exercice 2 p. 199

1. *Voir document 1* : utilisation diluée au 1/10e pour le lavage des plaies.

2. Principes actifs : I_2 et ClO^-. D'après les couples oxydant/réducteur des données, il s'agit d'**oxydant**.

3.

$$\begin{array}{rl} & I_2(aq) + 2\,e^- = 2\,I^-(aq) \\ + & 2\,S_2O_3^{2-}{}_{(aq)} = S_4O_6^{2-}{}_{(aq)} + 2\,e^- \\ \hline & I_2(aq) + 2\,S_2O_3^{2-}{}_{(aq)} \rightarrow 2\,I^-(aq) + S_4O_6^{2-}{}_{(aq)} \end{array}$$

4. Effet antidote : les ions thiosulfate consomment le diiode I_2. Disparition de l'allergène.

5. D'après l'équation : $n(S_2O_3^{2-}) = 2\,n(I_2)$ donc $C \cdot V = 2\,n(I_2) \Rightarrow \mathbf{V} = 2\,n(I_2)/C$

$= 2 \cdot 2{,}0 \cdot 10^{-3} / 5{,}0 \cdot 10^{-2} = \mathbf{8{,}0 \cdot 10^{-2}\ L = 80\ mL}$.

Exercice 3 p. 200

1. Ils sont périodiques.

2. T correspond à 4 divisions soit $T = 4 \times 5 = 20$ ms

$$\Rightarrow \mathbf{f} = 1/T = \frac{1}{20 \cdot 10^{-3}} = \mathbf{50\ Hz}$$

Tension efficace : on lit U_{max} sur l'oscillogramme.

$U_{max} = 3{,}4\ div \times 100V/div = 3{,}4 \cdot 10^2\ V \approx 340\ V$

$\mathbf{U_{eff}} = U_{max} / \sqrt{2} = 2{,}4 \cdot 10^2\ V \approx \mathbf{240\ V} > 230\ V$

Il ne s'agit pas de la tension de secteur (la fréquence correspond mais pas la tension).

3. $R \approx \mathbf{2k\Omega}$ (doc. 2 : sur la courbe correspondant à une peau sèche pour une tension d'environ 230 V).

$I = U/R = 230 / 2 \cdot 10^3 \approx \mathbf{1{,}2 \cdot 10^{-1} A}$ **soit environ 120 mA.**

PHYSIQUE CHIMIE

4. Doc. 3 : pour 120 mA pendant 200 ms *(voir énoncé)* : zone AC-3. L'électricien avait la main crispée sur sa lampe (= muscles tétanisés) et avait fait un simple malaise. C'est en accord avec les effets physiologiques d'une zone AC-3.

5. Il s'agit d'une électrisation puisque l'électricien n'est pas décédé.

6. couper le courant dans le lieu de l'intervention électrique, débrancher l'appareil concerné, porter des chaussures avec semelles isolantes.

7. La terre, le disjoncteur (différentiel) et les coupe-circuits à cartouche (fusibles).

Exercice 4 p. 202

1. et **2.** *Voir savoir 12, paragraphe 1*

3. Eau à l'état solide : réseau cristallin avec un nombre de liaisons hydrogène plus élevé que dans l'eau liquide ⇒ augmentation du volume d'eau en passant de l'état liquide à l'état solide.

4. $\rho = m/V$ donc $\mathbf{V = m/\rho}$ **.** Attention aux unités. Calculs avec m = 1,0 g d'eau :
$V(H_2O_{(l)}) = 1{,}0 / 1{,}0 = 1{,}0$ cm³ et $V(H_2O_{(s)}) = 1{,}0 / 0{,}92 = 1{,}1$ cm³. **On a bien** $\mathbf{V(H_2O_{(s)}) > V(H_2O_{(l)})}$.

5. Le diazote bout ⇒ il s'agit d'une ébullition. Le diazote est à –196 °C car $\theta_{\text{ébullition}}(N_2) = -196$ °C.

6. À 196 °C, l'eau contenue dans les cellules passe de l'état liquide à l'état solide. Il y a **solidification**.

7. $V(H_2O_{(s)}) > V(H_2O_{(l)})$ ⇒ la cellule « gonfle », ce qui fait éclater la membrane cellulaire.

PHYSIQUE CHIMIE

Exercice 5 p. 202

1.

ÉLÉMENT	1	2	3	4	5
Terme	Cristallin	Cornée	Iris	Rétine	Nerf optique

2.

Rôle	Fait converger les rayons lumineux	Paroi transparente qui se trouve à l'avant de l'œil et le protège	Partie colorée qui permet de régler la quantité de lumière entrant dans l'œil	Endroit où l'image se forme	Transmet les informations de l'œil au cerveau

3. Il diminue (voir rôle de l'iris : il se ferme quand la luminosité augmente).

4. $V_E = 1/f' = 1 / 1{,}67 \cdot 10^{-2} = 59{,}9\ \delta$ (dioptrie)

5. convergent – myopie

6. L'œil étant trop convergent, il faut prescrire des **lentilles divergentes**.

7. $V_E = V_P + V_C$

8. $V_C = V_E - V_P = 59{,}9 - 62{,}0 = -2{,}1\delta$. L'ophtalmologue va prescrire **une correction de –2δ.**

Exercice 6 p. 203

1. MB = 13·7 × 75 + 4,9 × 178 – 6,7 × 24 + 77,6 = 1816 ,5 kcal

2. Besoins énergétiques réels = MB × 1,375 = 1816,5 × 1,375 =2498 kcal

3. Non. Énergie consommée chaque jour = 19635/7 = 2805 kcal par jour > 2498 kcal dont il a besoin.

4. Pratiquer du sport chaque jour (1816,5 × 1,725 = 3133 kcal chaque jour).

5. La température de son corps est plus élevée que celle de l'eau. L'énergie thermique allant vers le corps le plus froid, il a une sensation de fraicheur justifiée.

6. Conduction et rayonnement.

7. Par rayonnement. L'eau aborde les rayonnements lumineux ⇒ augmentation de l'énergie thermique et donc de la température de l'eau.

8. La fonte des glaçons consomme de l'énergie puisque l'énergie thermique de l'eau doit augmenter.

Exercice 7 p. 204

1. L'eau H_2O.

2. *voir savoir 11, paragraphe 1* , sucres rapides (glucose).

3. Ils ont même formule brute car isomère : $C_6H_{12}O_6$.

4. $M(C_6H_{12}O_6) = 6 \times M(C) + 12 \times M(H) + 6 \times M(O)$ $= 180\ g \cdot mol^{-1}$

5. $n = m/M = 24/180 = 0{,}13$ mol

6. Acide carboxylique à longue chaine linéaire saturée ou insaturée (sauf l'acide butyrique qui possède une petite chaine carbonée).

7. Acide gras saturé si de formule C_nH_{2n+1} –COOH. Pour l'acide myristique, n = 13. 2n + 1 = 27. Cela correspond à la formule de l'acide myristique : $C_{13}H_{27}$–COOH. Il est saturé.

8. Les fonctions amine $-NH_2$ et acide carboxylique –COOH sont portées par un même carbone.

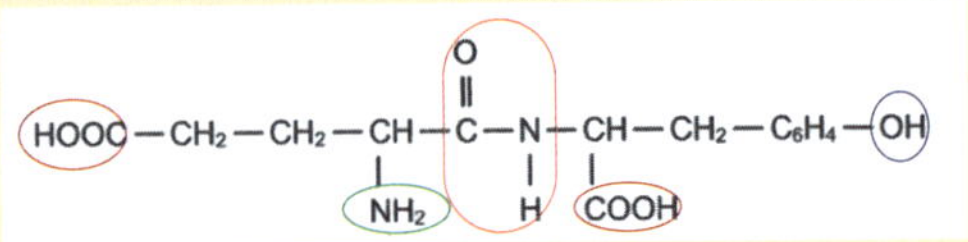

9. En rouge : acide carboxylique ; en vert : amine ; en bleu : alcool ; en orange : amide (liaison peptidique).

10. Molécule a (voir partie à droite de la liaison peptidique dans le dipeptide).

Savoir 1 Le commentaire : la problématique et le plan

Un commentaire vise à rendre compte de l'intérêt littéraire d'un texte. C'est pourquoi il s'articule autour d'un questionnement global qui en éclaire les enjeux : la problématique.
Le plan retenu pour l'organisation des idées constitue donc une réponse graduelle à cette interrogation initiale, qui oriente toute la démarche argumentative. Le sujet vous indiquera des axes, mais il vous faudra organiser vos idées en sous-parties.

1 La lecture du texte

Lisez attentivement le texte pour vous en approprier le sens global.
Dégagez des impressions de lecture, en interrogeant l'intention de l'auteur, les effets du texte sur le lecteur, ses particularités, ses tonalités.

CONSEIL
Prenez en compte les spécificités du genre littéraire.

2 La problématique

Trouvez une problématique qui reflète l'enjeu majeur du texte, la question principale qu'un lecteur peut se poser.
Organisez les remarques, les axes donnés dans le sujet, qui correspondent aux idées qu'il s'agira de démontrer.

CONSEIL
La **problématique** peut être formulée après la lecture du texte, mais aussi après avoir organisé les idées sous forme de plan.

3 Le plan

Construisez un plan détaillé : notez les idées sous forme de titres.
Formulez des arguments démontrant les idées principales. Chaque argument prendra la forme d'une sous-partie.
Hiérarchisez les idées en organisant les sous-parties selon une progression.
Intégrez des analyses du texte pour justifier vos idées.

CONSEIL
- Un **plan** peut être thématique ou suivre le déroulement du texte.
- Pour vos sous-parties, formulez des idées qui donnent une **orientation argumentative** à votre lecture pour éviter une approche trop descriptive.

Savoir 2 Le commentaire : la rédaction

La rédaction du commentaire s'attache à rendre perceptibles la construction et la progression de la pensée, selon une organisation et une mise en page rigoureuses. Elle assure la cohésion de l'ensemble de la démarche en établissant des liens entre ses différentes étapes et idées, tout en intégrant des observations stylistiques précises.

1 L'introduction

L'introduction comporte :
– **une présentation** du texte et des informations nécessaires à sa compréhension ;
– **une problématique** qui oriente la lecture ;
– **l'annonce du plan**.

Point méthode

La **problématique** peut se formuler avec :
– une **interrogation directe** :
Faut-il vraiment rire du personnage d'Arnolphe ?
– une **interrogation indirecte** :
Nous nous demanderons s'il faut vraiment rire du personnage d'Arnolphe.

2 Le développement

Chaque partie est encadrée par une **phrase introductive** et une **conclusion** qui sert de **transition**.
Chaque sous-partie correspond à un **paragraphe argumentatif** : il débute par un **argument** et comporte une **analyse** du texte appuyée par des exemples et des citations.

Point méthode

Les citations doivent **s'intégrer** rigoureusement à la rédaction.
Vous ne pouvez pas écrire : *Le personnage ressent du dégoût « hideux », « aversion ».*
Mais vous pouvez écrire : *Le dégoût du personnage transparaît dans son « aversion » pour cet être « hideux ».*

3 La conclusion

La conclusion comporte :
– **une réponse à la problématique ;**
– **une ouverture** (facultative) vers des éléments de réflexion en lien avec les points soulevés par le commentaire.

CONSEILS

- **Sautez au moins une ligne** entre les grandes étapes du commentaire (introduction, parties, conclusion) afin de faire apparaître la structure de votre pensée.
- Proposez des parties et sous-parties de longueur équilibrée.

Je m'entraîne à rédiger

....

....

....

....

....

....

....

....

....

....

....

....

....

....

....

....

....

....

....

....

....

....

....

....

....

....

Savoir 3

La contraction : les règles à suivre

La contraction permet d'évaluer la capacité à comprendre un texte et à le synthétiser. Il s'agit donc de rendre compte de ce que dit un texte en faisant ressortir clairement ses grandes articulations et en n'y ajoutant aucun commentaire.

1 Reformuler de manière synthétique

Réduisez le texte au quart.
Évitez les redites.
Choisissez un vocabulaire adapté et précis.
Trouvez des formules synthétiques.

CONSEILS
Évitez de :
- vous attarder sur les exemples, concentrez-vous sur les arguments ;
- recopier des passages entiers.

2 Respecter la voix de l'auteur

Faites ressortir la thèse de l'auteur.
Adoptez le ton de l'auteur.
Proscrivez tout commentaire personnel.

CONSEIL
Essayez de faire comme si l'auteur résumait lui-même son propos.

3 Mettre en valeur la structure

Suivez le mouvement du texte.
Rendez perceptible la progression de la pensée.
Explicitez la cohésion logique des idées.

CONSEIL
La structure en paragraphes est souvent une aide pour identifier les mouvements du texte.

Je m'entraîne à rédiger

Savoir 4

L'essai : la rédaction

L'essai invite à réfléchir sur un sujet en lien avec un texte relevant de la littérature d'idées.
Il peut concerner tous les **enjeux du monde contemporain** : le progrès, les droits des femmes, les discriminations, la place de l'art dans la société, la justice, etc.
Votre devoir doit se présenter comme une **réflexion argumentée et structurée,** mais aussi personnelle : elle s'appuie sur des exemples tirés de vos lectures et de votre culture personnelle.
Votre développement constitue un **raisonnement progressif et logique** : chaque partie découle logiquement de la précédente, sans la renier, et permet de donner une réponse complète et nuancée au sujet.

1 L'introduction

L'introduction comporte :
- une **amorce** destinée à amener naturellement le sujet ;
- la **citation** du sujet et son **analyse** rapide ;
- l'**annonce du plan**.

CONSEIL
Débutez votre introduction avec un exemple plutôt qu'avec une phrase générale et imprécise.

2 Le développement

Il comporte **deux à trois parties**. Si vous optez pour un plan en deux parties, veillez bien à ne pas vous contredire. Chaque partie est **argumentative** : elle s'appuie sur des arguments et des exemples.
Les articulations du raisonnement sont soulignées en début et en fin de partie par des conclusions partielles et des transitions.

CONSEIL
Concevez la première partie comme une concession (« oui car... ») et réservez les arguments qui vous paraissent les plus justes à la deuxième partie (« mais... » et pas « non car... »).

Point méthode

Les **exemples** ne sont pas nécessairement littéraires : vous pouvez faire référence à des œuvres artistiques mais aussi à l'histoire et à l'actualité.

3 La conclusion

La conclusion ne résume pas l'intégralité du raisonnement. Elle apporte **une réponse claire et nuancée au sujet**.
Elle propose, quand cela se justifie, une **ouverture** de la réflexion.

CONSEIL
Vous pouvez revenir de manière plus approfondie sur l'exemple donné en introduction : cela montre que votre essai a une cohérence.

Je m'entraîne à rédiger

....
....
....
....
....
....
....
....
....
....
....
....
....
....
....
....
....
....
....
....
....

Savoir
5 L'explication orale : l'épreuve

1 La définition de l'épreuve

L'explication orale porte sur un texte d'une vingtaine de lignes environ.
Vous devez expliquer le texte de **manière linéaire**. Il s'agit de montrer comment la singularité de son écriture est mise au service du sens.

• Les conditions de l'épreuve

Temps de préparation : 30 minutes
Temps de passage : 12 minutes
Étapes de l'oral :
– lecture à voix haute de l'extrait (2 points)
– explication orale (8 points)
– question de grammaire (2 points)

2 Le déroulé de l'épreuve

2.1. La lecture à voix haute

Vous devez lire le texte à **voix haute** avant votre explication. Pour cela, veillez au rythme des phrases, aux pauses, faites correctement les liaisons.
Il s'agit d'en faire une **lecture expressive**, sans hésitation.
Il faut respecter les règles liées au genre :
– respecter la versification pour la poésie ou le théâtre en vers ;
– pour les personnages de théâtre, ne pas lire leur nom avant les répliques.

Point méthode

La **lecture à voix haute** est un temps à part entière de l'épreuve, qui nécessite une préparation spécifique.
Entraînez-vous régulièrement, enregistrez-vous si besoin pour vous écouter.

2.2. L'explication linéaire

On attend une **introduction** donnant les éléments nécessaires à la compréhension du texte :
– **présentation de l'œuvre**, de l'auteur, du contexte historique et littéraire ;
– **situation du passage** dans l'œuvre ;
– **projet de lecture** ou problématique ;
– **annonce d'un plan** qui suit les grandes étapes du texte.
Le **développement** suit la progression du texte.
La **conclusion** répond à la problématique et propose une ouverture sur la suite de l'œuvre, un texte faisant écho à cet extrait, etc.

Savoir 6

L'explication orale : l'analyse linéaire

1 Trouver la progression du texte

Le **plan** de votre explication doit être fondé sur celui du texte. Plusieurs indices vous permettent d'en délimiter les parties :
– la structure en strophes ou en paragraphes ;
– les liens logiques ou temporels marquant des ruptures ;
– les changements de rythme.

CONSEIL
Repérez les parties pour vous permettre de mieux saisir le mouvement général du texte et dynamiser votre explication linéaire.

2 Analyser l'écriture au service du sens

Chaque remarque stylistique doit être reliée à un effet de sens.
Alternez entre des remarques de détail sur un mot, une expression, une figure de style, et des remarques plus générales sur une phrase ou un paragraphe.
Indiquez les éléments qui se font écho au sein de l'extrait, ou qui renvoient à d'autres passages de l'œuvre intégrale.

Point méthode

Lors du temps de préparation, annotez votre texte au lieu de recopier entièrement vos analyses sur une autre feuille. Vous gagnerez un temps précieux.

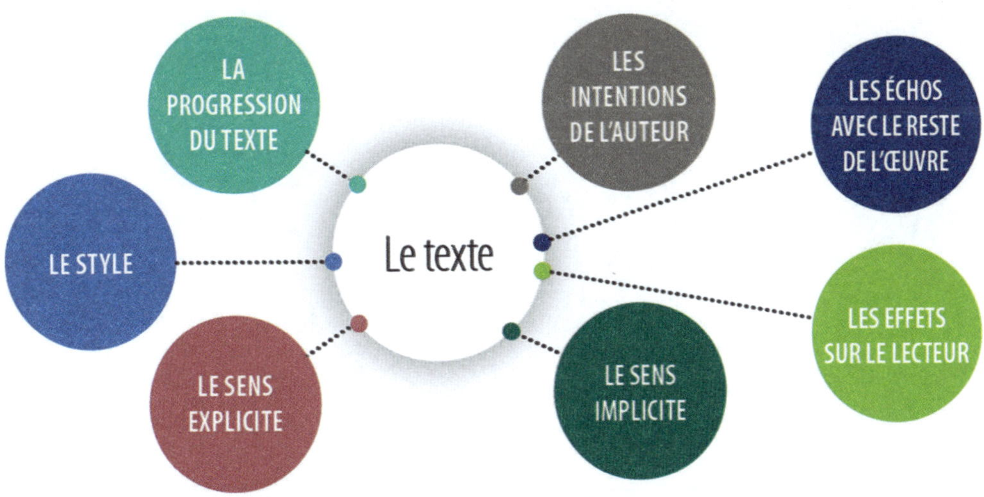

FRANÇAIS

3 La question de grammaire

Elle porte sur la **syntaxe** d'une phrase ou d'une partie de phrase, extraite du texte étudié.
Il s'agit de vérifier les connaissances sur le fonctionnement de la langue. Quand cela est possible, il est pertinent de relier l'analyse syntaxique à des effets de sens.

CONSEIL
Préparez la question de grammaire au début de l'épreuve, car elle requiert concentration et rigueur.

Je prends des notes pour mon oral

L'entretien

1 La définition de l'épreuve

L'entretien se fonde sur le choix personnel d'une œuvre que vous avez lue pendant l'année, parmi les œuvres du programme ou les lectures cursives.
Vous devrez expliquer **pourquoi vous avez choisi de présenter cette œuvre à l'oral** plutôt que les autres.
Pour nourrir votre entretien, vous pouvez **mobiliser toutes les activités** (exposés, écrits d'appropriation, etc.) et tous **les documents** (œuvres d'art, textes complémentaires, etc.) **en rapport avec l'œuvre choisie**.

• Les conditions de l'épreuve

L'entretien dure 8 minutes :
– 2 minutes environ pour présenter votre choix ;
– 6 minutes environ de discussion avec l'examinateur.

CONSEIL
L'entretien se prépare **dès le début de l'année** : il vous faut parfaitement maîtriser l'œuvre, qu'il est conseillé de relire une ou deux fois dans l'année, en anticipant les questions qui pourraient être posées par l'examinateur.

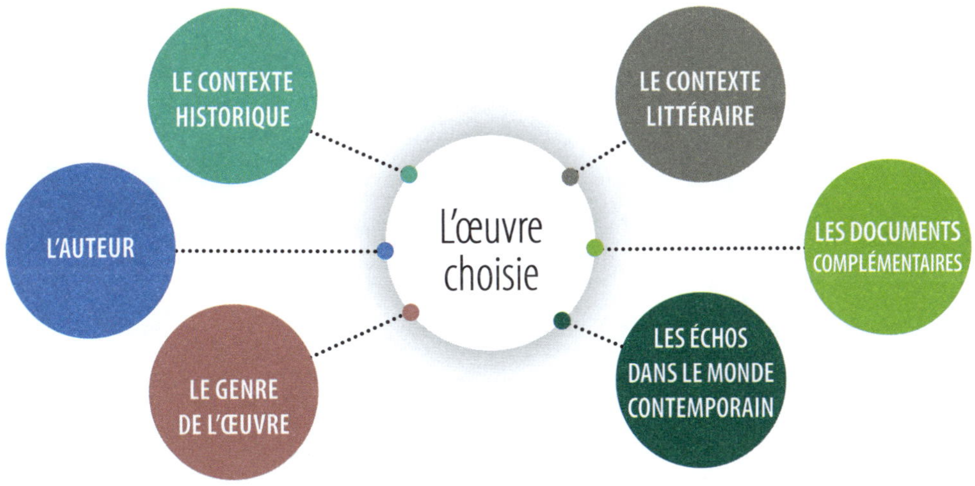

2 Comment répondre ?

Les questions qui vous sont posées servent à voir si vous avez acquis les compétences évaluées. Mais il s'agit surtout d'un **échange** et votre façon de vous exprimer est aussi importante que ce que vous dites :
- **développez vos réponses**, ne vous contentez pas de répondre par oui ou par non ;
- **appuyez-vous sur des exemples** et soyez toujours précis(e) ;
- **adaptez votre niveau de langue** à l'exercice et évitez toute familiarité.

CONSEIL
Votre façon de vous tenir et d'aborder votre examinateur est importante : tenez-vous bien et regardez votre examinateur quand vous lui parlez.

Préparer mon entretien

....

....

....

....

....

....

....

....

....

....

....

....

....

....

....

....

....

....

....

Savoir

8 La question de grammaire

La question de grammaire est notée sur deux points.
Elle prend appui sur un passage du texte présenté en lecture linéaire et peut porter sur une courte phrase ou une partie de phrase. Elle est en lien avec le programme de grammaire en première, à savoir les propositions subordonnées conjonctives circonstancielles, l'interrogation et la négation.

1 Les propositions subordonnées conjonctives circonstancielles

1.1. Des propositions mobiles et supprimables ?

- La majorité des **propositions subordonnées circonstancielles** sont mobiles et supprimables (*Il a fallu faire de nombreuses concessions* ***pour qu'il vienne.***).
- Certaines ne sont toutefois **pas mobiles et/ou difficilement supprimables** (*Elle était en danger* ***si bien qu'elle a dû abandonner.***).
- Certaines entrent dans un **système d'interdépendance avec la proposition principale**, car elles **dépendent d'un adverbe** (*plus, moins, trop, si...*) ou **d'un déterminant complexe** (*plus de, moins de, trop de...*) situé dans celle-ci (*La voiture est* ***plus*** *spacieuse* ***que je ne l'imaginais.*** */ Il est* ***trop*** *gentil* ***pour qu'on lui veuille du mal.***)

1.2. L'outil subordonnant

Les propositions subordonnées circonstancielles sont introduites par **une conjonction de subordination** ou **une locution** (= plusieurs mots) **conjonctive de subordination**. Celle-ci a un sens lié à la circonstance exprimée, mais ne remplit aucune fonction syntaxique dans la proposition subordonnée. Par exemple :
- **cause** : *parce que, puisque, comme, étant donné que, vu que, attendu que...*
- **conséquence** : *si bien que, de (telle) sorte que, si (tellement, tant)... que, trop (assez)... pour que...*
- **but** : *pour que, afin que, dans le but que, dans l'idée que, de peur (crainte) que...*
- **condition** : *si, dans l'hypothèse où, à condition que, au cas où, à moins que, pourvu que...*
- **concession** : *bien que, quoique, malgré le fait que, quand bien même, même si...*

1.3. La fonction syntaxique des propositions subordonnées circonstancielles

Les propositions subordonnées circonstancielles précisent **les circonstances de l'action** et remplissent, dans la phrase, la fonction de **complément circonstanciel** : de temps, de cause, de conséquence, de but, de condition, d'opposition, de concession ou de comparaison.

FRANÇAIS

2 L'interrogation

2.1. La phrase interrogative

→ L'interrogation totale

– La question **porte sur toute la phrase** ; la **réponse** attendue est **« Oui »** ou **« Non »**.
– Sa **syntaxe** diffère en fonction du registre de langue : inversion simple ou complexe sujet-verbe à l'écrit et dans un langage oral soutenu (*Viendras-tu ? / Ce film vous a-t-il plu ?)* ; utilisation de la locution « est-ce que » ou syntaxe identique à la déclarative à l'écrit et à l'oral dans un langage courant (*Est-ce que tu viendras ? / Tu viendras ?)*.

→ L'interrogation partielle

– La question **porte sur un élément de la phrase** ; la **réponse** attendue est **une précision**.
– Elle est marquée par l'utilisation d'un **mot interrogatif** : un **pronom interrogatif** *qui, que, quoi, lequel, laquelle...* (***Qui** participe ?*), un **déterminant interrogatif** *quel, quelle...* (***Quelle** heure est-il ?*) ou un **adverbe interrogatif** *où, quand, comment, pourquoi...* (***Pourquoi** est-il parti ?*).
– On peut employer une **forme renforcée** avec ... « est-ce que /...est-ce qui » **placé après le mot interrogatif** (*Quand **est-ce que** tu viendras ? / Qui **est-ce qui** participe ?*).

2.2. La proposition subordonnée interrogative indirecte

→ La syntaxe de la proposition subordonnée interrogative indirecte

– Une **PS interrogative indirecte** est la transcription, au discours indirect, d'une interrogation directe. Le **mot interrogatif** devient alors un **mot subordonnant** qui introduit la PS. (***Comment** va-t-il ? → Je me demande **comment** il va.*).
– La **PS interrogative indirecte** est construite avec des verbes comme ***(se) demander, ne pas savoir, ignorer***... (*Je ne **sais** pas ce que je dois faire.*).
– Il faut veiller à la **concordance des temps** car la phrase interrogative de départ s'inscrit, au discours indirect, dans le système temps du récit (*Je ne **sais** pas ce que je **dois** faire. / Je ne **savais** pas ce que je **devais** faire.*).

→ Totale/Partielle

– Une **interrogative indirecte**, transposition d'une interrogation directe totale, est introduite par l'**adverbe interrogatif « si »** (*Partiras-tu ? → Je me demande **si** tu partiras.*).
– Une **interrogative indirecte**, transposition d'une interrogation directe partielle, est généralement introduite par **le même mot interrogatif**, sauf pour « que », « qu'est-ce que » et « quoi » remplacés par « ce que » et « qu'est-ce qui » remplacé par « ce qui » (***Comment** va-t-il ? → J'ignore **comment** il va. / **Que** fera-t-il ? → J'ignore **ce qu**'il fera.*).
– Dans la plupart des cas, il n'y a **pas d'inversion sujet-verbe** dans l'interrogative indirecte. (*À quelle heure **arrive-t-il** ? → Je me demande à quelle heure **il arrive**.*)

FRANÇAIS

3 La négation

3.1. Syntaxe

- **Négation totale** : la phrase négative nie la totalité de la phrase affirmative à l'aide des adverbes « **ne...pas », « ne...point » ou « ne »** seul dans un langage soutenu (*Je viens demain.* → *Je* **ne** *viens* **pas** *demain. / Je le sais.* → *Je* **ne** *le sais.*).
- **Négation partielle** : la phrase négative nie une partie de la phrase affirmative à l'aide de l'**adverbe « ne »** associé à des adverbes **(*jamais, guère...*)**, des **pronoms (*personne, rien...*)**, des **déterminants (*aucun, nul...*)** (*Ce film m'a* **beaucoup** *plu.* → *Ce film* **ne** *m'a* **guère** *plus.*).
- **Négation restrictive** : la phrase négative nie implicitement tout un ensemble d'éléments et n'en garde qu'un à l'aide de « **ne...que** » (*Elle* **ne** *lit* **que** *des autobiographies.*).

3.2. Le *ne*

- **L'adverbe « ne »**, à l'oral ou dans un langage oral, peut être effacé et la négation est alors portée par l'autre élément négatif. (*Je veux* **pas.** */* **Personne** *vient.*)
- Dans certaines PS, on peut trouver un **« ne » qui n'a pas de valeur négative** et **qui n'est pas obligatoire**. On parle de **« ne » explétif**.

JE M'ENTRAÎNE À LA QUESTION DE GRAMMAIRE

....

....

....

....

....

....

....

....

....

....

....

....

....

....

Les classes de mots

MOTS VARIABLES

NOMS
- **Communs :** *chien, table…*
- **Propres :** *France, Victor Hugo…*

PRONOMS
- **Personnels :** *je, tu, il, me, te, lui…*
- **Possessifs :** *le mien, les siennes…*
- **Démonstratifs :** *celui(-ci), celle(-ci), ceci, cela…*
- **Interrogatifs :** *qui, que…*
- **Relatifs :** *qui, que, quoi, dont, où, lequel, auquel, duquel…*
- **Indéfinis :** *aucun, nul, personne, rien, quelqu'un, quelque chose, le même…*

ADJECTIFS
Ex : *beau, grand, rouge…*

VERBES
Ex : *manger, aller, finir, prendre…*

DÉTERMINANTS
- **Articles définis :** *le, la, les…*
- **Articles indéfinis :** *une, une, des…*
- **Déterminants possessifs :** *ma, ton, leur…*
- **Déterminants démonstratifs :** *ce, cette, ces…*
- **Déterminants indéfinis :** *certain, tout, quelque, plusieurs, aucun…*
- **Déterminants exclamatifs ou interrogatifs :** *quel, quelles, quels*

MOTS INVARIABLES

CONJONCTIONS DE COORDINATION
Ex : *mais, ou, et, donc, or, ni, car*

CONJONCTIONS DE SUBORDINATION
Ex : *que, quand, si, comme, bien que, dès que, avant que…*

PRÉPOSITIONS
Ex : *dans, de, en, à, pour…*

ONOMATOPÉES
Ex : *clac, boum, toc…*

ADVERBES
Ex : *gentiment, bien, très, si, ensuite, après, ici, loin, jamais, toujours…*

INTERJECTIONS
Ex : *ô, hélas, ah, eh…*

Les fonctions syntaxiques

FONCTIONS LIÉES AU VERBE

- **SUJET**
  - *Il mange à la maison.*
  - *Mon meilleur ami mange à la maison.*
  - *Qui mange à la maison ce soir ?*
  - *Manger au travail est interdit.*
- **COMPLÉMENTS ESSENTIELS**
  - **Compléments du verbe**
    - **Le complément d'objet direct** (COD) : *Il mange une pomme./Il la mange.*
    - **Le complément d'objet indirect** (COI) : *Il parle à sa mère./Il lui parle.*
  - **Attributs**
    - **Du sujet :** *Ce plat est délicieux.*
    - **Du COD :** *Je l'ai mangé chaud.*
  - **Complément d'agent**
    Ce plat a été cuisiné par mon frère.

FONCTIONS LIÉES AU NOM

- **ÉPITHÈTE**
  Les pommes vertes ne sont pas mûres.
- **APPOSITION**
  Le plus grand écrivain du XIXe siècle, Victor Hugo, est mort en 1885.
- **COMPLÉMENTS**
  - **Du nom :** *Le plat de ma mère est délicieux.*
  - **De l'adjectif :** *Je suis content de te voir.*
  - **De l'adverbe :** *Tu fais bien de le dire.*

FONCTIONS LIÉES À LA PHRASE

- **COMPLÉMENTS CIRCONSTANCIELS**
  - *J'ai mangé hier.*
  - *J'ai mangé à la maison.*
  - *J'ai préparé ce plat pour que tu le manges.*

OUTILS

Les types **de propositions**

PROPOSITIONS PRINCIPALES

Elles ne sont subordonnées à aucune proposition, mais au moins une proposition leur est subordonnée.

Ex : Quand j'ai faim, **[je mange]**.
Ex : **[Je bois de l'eau]** quand je mange.

PROPOSITIONS SUBORDONNÉES

Elles dépendent d'une autre proposition.

Relatives

Elles sont introduites par un pronom relatif.

ADJECTIVES

Elles peuvent être remplacées par un adjectif. Elles complètent un antécédent.

Déterminatives

Elles permettent de distinguer ce dont on parle.

Ex : Je veux manger ce plat **[que tu as cuisiné]**.
(Je veux manger ce plat **cuisiné.**)

Explicatives

Elles apportent une précision à propos de l'antécédent.

Ex : Ce plat, **[qui comporte des ingrédients périssables]**, doit être mis au réfrigérateur.
(Ce plat, **périssable,** doit être mis au réfrigérateur.)

SUBSTANTIVES

Elles peuvent être remplacées par un nom. Elles ne complètent pas d'antécédent.

Ex : **[Ce que tu dis]** est intéressant.
(**Ton propos** est intéressant.)

PROPOSITIONS INDÉPENDANTES

Elles ne sont subordonnées à aucune proposition et aucune proposition ne leur est subordonnée. Deux indépendantes peuvent être coordonnées par une conjonction de coordination, ou juxtaposées à l'aide d'une virgule, d'un point-virgule ou d'un deux-points.

- **Proposition indépendante seule**
  Ex : [Je mange].
- **Propositions indépendantes coordonnées**
  Ex : [Je mange] et [je bois].
- **Propositions indépendantes juxtaposées**
  Ex : [Je mange], [tu bois].

Complétives

Elles sont compléments du verbe.
On ne peut ni les supprimer ni les déplacer.

- **Complétives introduites par « que »**
  Ex : Je veux **[que tu manges]**.
- **Interrogatives indirectes**
  Ex : Je me demande **[s'il viendra]**.
  Ex : Je me demande **[où il est]**.
- **Exclamatives**
  Ex : Admire **[comme il est beau !]**
- **Infinitives**
  Ex : Je vois **[les invités arriver]**.

Circonstancielles

Elles sont compléments de la phrase et ont la fonction de complément circonstanciel.
On peut les déplacer ou les supprimer.

- **Conjonctives**
  Elles sont introduites par une conjonction de subordination.
  Ex : J'ai fini de manger **[avant que tu n'arrives]**.
- **Participiales**
  Elles contiennent un participe passé ou présent et ne sont introduites par aucun mot subordonnant.
  Ex : **[Le chat parti]**, les souris dansent.
  Ex : **[Les taux d'intérêt baissant]**, il est intéressant d'emprunter.

Les tonalités

	Tonalité	Définition	Formes d'expression possibles
FAIRE RIRE	Comique	Exploite des situations, gestes ou paroles qui provoquent le rire.	Comique de mots, de situation ou de gestes ; quiproquos ; absurde…
	Ironique	Adopte une distance critique par un décalage comique entre les mots et la pensée.	Antiphrases ; sarcasmes ; formules faussement élogieuses ; décalages entre la réalité et son expression…
	Satirique	Amplifie les défauts d'une personne ou d'une institution pour les tourner en dérision.	Caricature ; périphrases dévalorisantes ; hyperboles ; antithèses ; amplifications…
	Parodique	Tourne en dérision un style en imitant de manière outrancière ses caractéristiques.	Imitation exagérée des particularités du style imité et de ses procédés ; traits humoristiques ; absurde…
ÉMOUVOIR	Lyrique	Correspond à l'épanchement des sentiments, des émotions.	Lexique des sentiments ; expression du moi et appel au destinataire ; exclamations, apostrophes…
	Pathétique	Inspire la compassion en soulignant l'intensité de la tristesse, des souffrances éprouvées.	Lexique de la souffrance, du malheur, de la tristesse et du chagrin ; apostrophes, supplications, lamentations…
	Tragique	Est liée à l'émotion que provoque le malheur et le sentiment de la fatalité, qui génère terreur et pitié.	Lexique de la mort et de la fatalité ; langage soutenu, grave et solennel ; interrogations, invocations et apostrophes ; antithèses…
SUSCITER L'ADMIRATION	Épique	Introduit une situation exceptionnelle qui met en valeur des exploits héroïques.	Lexique du combat ; procédés de l'amplification (hyperboles, antithèses) ; comparaisons et métaphores…
SUSCITER L'ÉMERVEILLEMENT	Merveilleuse	Introduit un univers irréel enchanteur.	Lexique de la magie et de la surprise ; comparaisons, métaphores, hyperboles…
SUSCITER LA PEUR	Fantastique	Suscite un trouble ou une angoisse, en introduisant des éléments perçus comme surnaturels.	Modalisateurs du doute, de l'inquiétude, de la peur ; interrogations et exclamations ; images inattendues…
FAIRE ÉVOLUER UN POINT DE VUE	Didactique	Traduit la volonté pédagogique de renseigner le lecteur sur un domaine de connaissance.	Lexique de l'apprentissage et de la connaissance ; connecteurs et raisonnements logiques ; vocabulaire technique et précis…
	Polémique	Exprime une prise de position indignée qui attaque ouvertement des personnes ou phénomènes.	Lexique dépréciatif ; exagérations ; sarcasmes, indignation, apostrophe ; appel aux valeurs ; exclamations ; questions rhétoriques…

Les figures de style

Figure	Définition	Exemple
FIGURES D'INSISTANCE Elles consistent à réunir des mots de sens opposé.		
Le parallélisme	Reproduit une même construction syntaxique.	« *Présente je vous fuis, absente je vous trouve.* » (Racine)
Le chiasme	Est un parallélisme adoptant une disposition croisée (du type AB/BA).	« *Un roi chantait en bas, en haut mourait un dieu.* » (Hugo)
L'anaphore	Répète un mot ou groupe de mots en début de phrase ou de vers.	« *Paris, Paris outragé ! Paris brisé ! Paris martyrisé ! mais Paris libéré !* » (De Gaulle)
L'accumulation	Est une énumération de termes ou d'expressions de même fonction grammaticale.	« *Voici des fruits, des fleurs, des feuilles et des branches* » (Verlaine)
La gradation	Est une accumulation selon une intensité croissante ou décroissante.	« *Marchez, courez, volez où l'honneur vous appelle.* » (Boileau)
L'hyperbole	Est une image exagérant la réalité.	« *Ses moindres actions lui semblent des miracles* » (Molière)
FIGURES D'OPPOSITION		
L'antithèse	Oppose des termes de sens contraires.	« *Non : j'ai pu vivre dans la servitude, mais j'ai toujours été libre* » (Montesquieu)
L'oxymore	Désigne une expression comportant deux termes de sens opposés.	« *Cette obscure clarté qui tombe des étoiles.* » (Corneille)
FIGURES DE SUBSTITUTION Elles consistent à remplacer un mot ou une expression par une autre tournure ou à opérer un glissement vers un autre sens.		
L'euphémisme	Est une expression adoucie de la réalité.	« *Et tôt serons étendus sous la lame* » (Ronsard)
La litote	Dit moins pour laisser entendre plus que ce qui est dit.	« *Va, je ne te hais point !* » (Corneille)
La périphrase	Remplace un mot par une expression plus complexe.	« *Ce voyageur ailé* » (Baudelaire)
La métonymie	Remplace un mot par un élément auquel il est associé.	« *Le fer aurait déjà tranché ma destinée* » (Racine)
L'antiphrase	Dit le contraire de ce que l'on pense, à des fins ironiques.	« *Vivent les collèges d'où l'on sort si habile homme !* » (Molière)
FIGURES D'ANALOGIE Elles effectuent des rapprochements entre des termes ou idées.		
La comparaison	Met en relation deux éléments autour d'un point commun.	« *Sa barbe était d'argent comme un ruisseau d'avril* » (Hugo)
La métaphore	Associe deux éléments autour d'un point commun mais sans outil de comparaison.	« *Le lac, divin miroir* » (Vigny)
La personnification	Est une image qui confère des caractéristiques humaines à un élément inanimé.	« *Les horloges / Volontaires et vigilantes.* » (Verhaeren)
L'allégorie	Présente une entité abstraite sous une forme concrète.	« *Je veux peindre la France une mère affligée* » (d'Aubigné)

FRANÇAIS

Figure	Définition	Exemple
La prosopopée	Consiste à donner la parole à un élément inanimé ou un être disparu.	*« Je suis la pipe d'un auteur » (Baudelaire)*
La synesthésie	Établit l'alliance de plusieurs perceptions sensorielles.	*« Il sonne une cloche de feu rose dans les nuages » (Rimbaud)*
FIGURES LIÉES AUX SONORITÉS Elles jouent avec les sons des mots.		
L'allitération	Consiste en la répétition expressive d'une ou plusieurs consonnes.	*« Ce brasier du bronze et des brumes »* (Aragon)
L'assonance	Consiste en la répétition expressive d'un même son vocalique.	*« Je fais souvent ce rêve étrange et pénétrant »* (Verlaine)
La paronomase	Associe des mots comportant des sonorités proches, mais au sens différent.	*« Aboli bibelot d'inanité sonore »* (Mallarmé)
L'onomatopée	Est la retranscription d'un bruit.	*« Les coquilles tintent, ding don ! » (Rostand)*

Émile Zola, *L'Œuvre* (1886)

Dans ce roman, Zola dépeint les tourments de la création à travers le parcours du peintre Claude Lantier, génie avorté qui se consacre corps et âme à son art, au détriment de ses proches. Sa femme délaissée, Christine, meurtrie par l'acharnement désespéré que Claude voue à sa peinture hallucinée d'une femme nue, croit l'avoir reconquis au cours d'une nuit d'amour intense.

Le jour ne se débrouillait pas, sale et triste, un de ces petits jours d'hiver lugubres ; et, au bout d'une heure, Christine se réveilla dans un grand frisson glacé. Elle ne comprit pas. Pourquoi donc se trouvait-elle seule ? Puis, elle se souvint : elle s'était endormie, la joue contre son cœur, les membres mêlés aux siens. Alors, comment avait-il pu s'en aller ? où pouvait-il être ? Tout d'un coup, dans son engourdissement, elle sauta du lit avec violence, elle courut à l'atelier. Mon Dieu ! est-ce qu'il était retourné près de l'autre[1] ? est-ce que l'autre venait encore de le reprendre, lorsqu'elle croyait l'avoir conquis à jamais ?

Au premier coup d'œil, elle ne vit rien, l'atelier lui parut désert, sous le petit jour boueux et froid. Mais, comme elle se rassurait en n'apercevant personne, elle leva les yeux vers la toile, et un cri terrible jaillit de sa gorge béante.

« Claude, oh ! Claude... »

Claude s'était pendu à la grande échelle, en face de son œuvre manquée. Il avait simplement pris une des cordes qui tenaient le châssis au mur, et il était monté sur la plate-forme en attacher le bout à la traverse de chêne, clouée par lui un jour, afin de consolider les montants. Puis, de là-haut, il avait sauté dans le vide. En chemise, les pieds nus, atroce avec sa langue noire et ses yeux sanglants sortis des orbites, il pendait là, grandi affreusement dans sa raideur immobile, la face tournée vers le tableau, tout près de la Femme au sexe fleuri d'une rose mystique, comme s'il lui eût soufflé son âme à son dernier râle, et qu'il l'eût regardée encore, de ses prunelles fixes.

Christine, pourtant, restait droite, soulevée de douleur, d'épouvante et de colère. Son corps en était gonflé, sa gorge ne lâchait plus qu'un hurlement continu. Elle ouvrit les bras, les tendit vers le tableau, ferma les deux poings.

« Oh ! Claude, oh ! Claude... Elle t'a repris, elle t'a tué, tué, tué, la gueuse ! »

Et ses jambes fléchirent, elle tourna et s'abattit sur le carreau. L'excès de la souffrance avait retiré tout le sang de son cœur, elle demeura évanouie par terre, comme morte, pareille à une loque blanche, misérable et finie, écrasée sous la souveraineté farouche de l'art. Au-dessus d'elle, la Femme rayonnait avec son éclat symbolique d'idole, la peinture triomphait, seule immortelle et debout, jusque dans sa démence.

1. La femme du tableau qui obsède Claude.

FRANÇAIS

Sujet

Vous ferez le commentaire de ce texte. Vous pourrez vous appuyer sur le parcours de lecture suivant :

1. Un réalisme saisissant

2. Le triomphe de l'Art sur la Vie

Introduction

Zola imagine dans *L'Œuvre* le destin d'un peintre maudit, Claude Lantier, engagé dans une lutte avec lui-même qui aura raison de lui. En effet, brisé par ses vains efforts pour représenter une femme nue qui l'obsède, ce dernier se donne la mort devant son tableau, provoquant un véritable choc pour sa femme, Christine, qui le découvre. Pourquoi cette scène terrible provoque-t-elle aussi la sidération du lecteur ? Le récit de cette découverte adopte un réalisme choquant, afin de présenter la mort de Claude comme le terrifiant triomphe de l'art sur la vie.

1. Un réalisme saisissant

A. Tension dramatique du passage

Ce passage suit une gradation dramatique intense. L'atmosphère « lugubre » introduit de sombres présages : l'anomalie inquiétante signalée par la tournure négative « Le jour ne se débrouillait pas » génère d'inquiétants signaux à travers les notations visuelles et tactiles (« sale et triste », « boueux et froid », « grand frisson glacé »). Si bien que l'on partage la tension nerveuse de Christine, qui se lit dans ses nombreuses interrogations angoissées au style indirect libre. La fausse joie qui accompagne l'arrivée dans l'atelier ne fait que renforcer un violent effet de surprise. La phrase des lignes 7 à 9 épouse la progression de la découverte, tout en retardant habilement la raison de ce « cri », révélée dans une vision brutale par une formule brève : « Claude s'était pendu à la grande échelle ». Le lecteur est saisi par l'anéantissement que connaît du même coup Christine.

B. Des personnages perçus par leur corps

Ce passage met à distance l'émotion en présentant les personnages comme des êtres avant tout organiques. C'est le corps de Christine qui semble déterminer et exprimer toutes ses réactions, qui transparaissent dans des manifestations purement physiques. À l'instar du « cri » qui « jaillit de sa gorge » comme malgré elle, son corps devient sujet syntaxique : « son corps [...] était gonflé, sa gorge ne lâchait plus qu'un hurlement continu », « ses jambes fléchirent ». La souffrance se lit dans la précision du sang retiré de son cœur et s'exprime dans sa gestuelle. Quant à Claude, sa dépendance pour la Femme du tableau s'apparente à une attirance sexuelle, comme le suggère la notation spatiale « tout près de la Femme au sexe fleuri ».

C. Réalité crue de la mort

Le réalisme de cette scène tient surtout à son caractère répugnant. Le cadavre de Claude est donné à voir sans ménagement, avec « sa langue noire », « ses yeux sanglants sortis de ses orbites », « ses prunelles fixes ». Or cette description, loin d'inspirer la compassion, se complaît dans l'évocation de l'organisation pratique de la pendaison, pour conclure de façon anodine : « Puis, de là-haut, il avait sauté dans le vide ». Le sort de Claude, comme celui de Christine, dont l'illusion naïve du début se voit cruellement démentie, n'inspire ici aucune forme d'empathie.

2. Le triomphe de l'Art sur la Vie

A. Un triangle amoureux

La concurrence entre l'Art et la Vie s'exprime ici par la rivalité entre Christine et la Femme du tableau, véritable maîtresse de Claude, comme le souligne la périphrase dénigrante « l'autre » qui trahit la jalousie de l'épouse trahie, de même que la formule insultante « la gueuse » assimile la peinture à une débauchée auprès de qui Claude est « retourné », qui l'a « repris », l'attirant par ses appas. Littéralement hypnotisé par cette Méduse, dont il ne peut plus détacher « ses prunelles fixes », le peintre a préféré se livrer tout entier à son art.

B. Art et aliénation

L'art est ici assimilé à une forme de folie, de « démence » qui peut dominer l'artiste, à l'instar de la « Femme ». Cette figure démoniaque semble avoir aspiré l'âme de sa victime, comme le suggère la comparaison de la ligne 24, c'est elle qui est désignée comme responsable de la mort de Claude par Christine et son triomphe donne lieu à une vision hallucinée qui confirme l'ampleur de son emprise : « la Femme rayonnait avec son éclat symbolique d'idole ». Claude s'est vu dépassé par sa ferveur créatrice et a sacrifié sa famille sur l'autel de l'art, comme le signalent différentes formules allégoriques : Christine finit « écrasée sous la souveraineté farouche de l'art » et « la peinture triomphait, seule immortelle et debout ».

Conclusion

Cette page est saisissante car elle instaure une tension dramatique efficace, renforcée par un traitement réaliste qui anéantit littéralement les personnages, de manière à exprimer l'écrasante victoire de l'art sur la vie. Zola semble relayer, sur un mode désabusé, la vision que Verlaine donne en 1884 des *Poètes maudits*, selon laquelle l'artiste est promis à un destin tragique.

**Victor Hugo, « Soleils couchants »,
poème VI, *Les Feuilles d'automne* (1831)**

Le soleil s'est couché ce soir dans les nuées ;
Demain viendra l'orage, et le soir, et la nuit ;
Puis l'aube, et ses clartés de vapeurs obstruées ;
Puis les nuits, puis les jours, pas du temps qui s'enfuit !

Tous ces jours passeront ; ils passeront en foule
Sur la face des mers, sur la face des monts,
Sur les fleuves d'argent, sur les forêts où roule
Comme un hymne confus des morts que nous aimons.

Et la face des eaux, et le front des montagnes,
Ridés et non vieillis, et les bois toujours verts
S'iront rajeunissant ; le fleuve des campagnes
Prendra sans cesse aux monts le flot qu'il donne aux mers.

Mais moi, sous chaque jour courbant plus bas ma tête,
Je passe, et, refroidi sous ce soleil joyeux,
Je m'en irai bientôt, au milieu de la fête,
Sans que rien manque au monde, immense et radieux !

Sujet

Vous ferez le commentaire de ce texte. Vous pourrez vous appuyer sur le parcours de lecture suivant :

1. L'expression de la fuite du temps
2. Une célébration de la nature et de la vie

Introduction

Le motif du soleil couchant a souvent suscité la mélancolie des poètes romantiques. Victor Hugo y consacre même toute une section de son recueil *Les Feuilles d'automne*, paru en 1831. Le poème qui clôt cette section renouvelle ce motif traditionnel en associant l'angoisse de notre décrépitude à la glorification d'une nature éternelle. Nous verrons comment ce chant de déploration se mue en un hymne à la vie. En effet, tout en rappelant la fuite inexorable du temps, il célèbre le cycle de la vie perpétué par la nature.

1. L'expression de la fuite du temps

A. L'écoulement sensible du temps

Ce poème rend sensible la fuite du temps, à travers des rythmes essentiellement binaires, remarquables dans les strophes 2 et 3, où les parallélismes renforcés par l'anaphore de « sur » ou « et » reproduisent des balancements d'un flux régulier. La césure est souvent très marquée, comme pour appuyer la métaphore des « pas du temps qui s'enfuit » qui résonnent dans la répétition du son [p] au vers 4. Les enjambements des vers 5 et 6 et des vers 7 et 8 semblent quant à eux mimer une sorte d'accélération d'un mouvement ininterrompu.

B. Angoisse de la mort

La métaphore initiale du coucher introduit, par la répétition de ce « soir » symbolique, une atmosphère ténébreuse graduelle au vers 2 qui évoque l'approche de la mort, renforcée par les mots « nuées » et « nuit » à la rime. Quant au futur de certitude qui scande le poème, il semble nous projeter avec insistance vers l'issue fatale, inéluctable.

C. Insignifiance de l'homme

L'évocation de notre sort, réduite à trois vers, nous ramène à notre insignifiance. La formule « sous chaque jour » présente l'homme comme littéralement écrasé par le poids des âges, et le participe présent « courbant » donne à voir un déclin vers le « bas », dont la rapidité est intensifiée par le rythme croissant (2/4//6). L'antithèse « refroidi sous ce soleil » montre le caractère irréversible de notre sort, qui se limite à « passe(r) » dans ce monde sans y jouer un rôle déterminant.

2. Célébration de la nature et de la vie

A. Une nature toute puissante

La nature, éternelle et cyclique, échappe quant à elle aux effets du temps. L'alternance signalée dans le premier quatrain entre ses manifestations lumineuses et ses phases sombres rend compte de cet aspect circulaire que vient conforter l'image des vers 11-12 (« le fleuve des campagnes / Prendra sans cesse aux monts le flot qu'il donne aux mers »), où l'antithèse exprime la perpétuation d'un cycle. L'évocation des « bois toujours verts » introduit un printemps fabuleux qui défie le temps, tout comme les enjambements des vers 10, 11 et 12 miment la continuité d'une nature sans bornes.

B. Une nature mythique et sacrée

Ce poème célèbre une nature ancestrale, immémoriale, qui préside aux destinées humaines. Les nombreux pluriels employés pour désigner les éléments qui la composent traduisent la richesse d'un univers où liquides, minéraux et végétaux se complètent. Les personnifications qui les affectent (« la face des mers », « la face des monts », « la face des eaux », « le front des montagnes », « les bois (...) rajeunissant ») contribuent à rendre compte d'une nature habitée et sacrée, investie d'une sagesse inaltérable qui transparaît dans l'antithèse « Ridés et non vieillis ». La métaphore des « fleuves d'argent » accentue cette dimension majestueuse et mythique.

C. Célébration de la vie et leçon d'acceptation

Cette évocation d'une nature grandiose sert en réalité à célébrer la vie dont la mort fait aussi partie, nous livrant une belle leçon d'acceptation. Les vivants et les morts semblent reliés dans la perception de ce grand Tout « où roule / Comme un hymne confus des morts que nous aimons » : les allitérations rendent sensible cette communion des âmes réunies ici dans un présent perpétuel. C'est pourquoi la nature et la vie qu'elle représente s'apparentent à une véritable « fête », aux accents « joyeux » qui font oublier la dureté de la mort (gommée par l'euphémisme « Je m'en irai »), tout comme la disparition du poète se voit éclipsée par l'image d'un soleil éclatant. L'adjectif « radieux » qui clôt le poème impose par la diérèse un mélange de joie et de lumière qui nous réconcilie avec l'équilibre du monde.

Conclusion

Le motif traditionnel du soleil couchant se voit donc ici habilement renouvelé : tout en suscitant un épanchement mélancolique sur la fuite du temps et notre finitude, il nous aide également à contempler la beauté du monde pour sublimer la mort et célébrer la vie.

Samuel Beckett, *En attendant Godot* (1952)

Vladimir et Estragon, deux vagabonds, attendent au bord d'une route, au pied d'un arbre, un certain Godot. Mais l'attente s'éternise…

ESTRAGON. Viens voir. *(Il entraîne Vladimir vers l'arbre. Ils s'immobilisent devant. Silence.)* Et si on se pendait ?

VLADIMIR. Avec quoi ?

ESTRAGON. Tu n'as pas un bout de corde ?

VLADIMIR. Non.

ESTRAGON. Alors on ne peut pas.

VLADIMIR. Allons-nous-en.

ESTRAGON. Attends, il y a ma ceinture.

VLADIMIR. C'est trop court.

ESTRAGON. Tu tireras sur mes jambes.

VLADIMIR. Et qui tirera sur les miennes ?

ESTRAGON. C'est vrai.

VLADIMIR. Fais voir quand même. *(Estragon dénoue la corde qui maintient son pantalon. Celui-ci, beaucoup trop large, lui tombe autour des chevilles. Ils regardent la corde.)* À la rigueur ça pourrait aller. Mais est-elle solide ?

ESTRAGON. On va voir. Tiens.

Ils prennent chacun un bout de la corde et tirent. La corde se casse. Ils manquent de tomber.

VLADIMIR. Elle ne vaut rien.

Silence.

ESTRAGON. Tu dis qu'il faut revenir demain ?

VLADIMIR. Oui.

ESTRAGON. Alors on apportera une bonne corde.

VLADIMIR. C'est ça.

Silence.

ESTRAGON. Didi.

VLADIMIR. Oui.

ESTRAGON. Je ne peux plus continuer comme ça.

VLADIMIR. On dit ça.

ESTRAGON. Si on se quittait ? Ça irait peut-être mieux.

VLADIMIR. On se pendra demain. *(Un temps.)* À moins que Godot ne vienne.

ESTRAGON. Et s'il vient ?

VLADIMIR. Nous serons sauvés.

Sujet

Vous ferez le commentaire de ce texte. Vous pourrez vous appuyer sur le parcours de lecture suivant :

1. Un comique déconcertant

2. Une vision tragique de la condition humaine

Introduction

« Les *Pensées* de Pascal jouées par les Fratellini », c'est ainsi que Jean Anouilh désigne la pièce de Beckett *En attendant Godot*. En effet, cette œuvre emblématique du théâtre de l'Absurde, à travers l'attente dérisoire de deux vagabonds désemparés, semble restituer la vision pascalienne de l'Homme, marqué par son néant. Comment le comique fait-il ici ressortir la dimension tragique de l'existence ? La situation grotesque de ces deux anti-héros ne manque pas de nous déconcerter, mais c'est pour mieux illustrer le caractère dérisoire de l'humaine condition.

1. Un comique déconcertant

A. Des personnages insipides

Ces personnages sans envergure, aux prénoms saugrenus, qui semblent eux-mêmes ignorer la raison de leur présence, peuvent déconcerter. Ils aspirent à quitter les lieux (« Allons-nous-en ») et ne sont pas très loquaces. La brièveté et la simplicité de leurs répliques les privent de profondeur psychologique voire d'intensité dramatique. Ils s'apparentent à un vieux couple ridicule (le diminutif « Didi » fait sourire), qui envisage de « se quitt(er) » à travers des formules conventionnelles : « Je ne peux plus continuer comme ça ».

B. Des clowns grotesques

Jouant avec les codes du duo comique traditionnel, Beckett fait de ses personnages de véritables clowns, se livrant aux bouffonneries typiques du cirque pour provoquer un rire facile. En effet, le pantalon d'Estragon lui « tombe autour des chevilles » et les protagonistes « manquent de tomber » après avoir tiré sur la corde. Ce comique de gestes semble se prêter à un comique de répétition, puisqu'il est question de recommencer (« on apportera une bonne corde », « On se pendra demain »).

C. Une action dérisoire

Toute l'action de cette scène semble dépourvue d'intensité dramatique et se réduit à des considérations dérisoires. La tentative de suicide est annoncée comme une proposition anodine pour tuer l'ennui : « Et si on se pendait ? », ce qui rend la situation saugrenue. La mort se voit ainsi ramenée à des détails d'ordre pratique (« C'est trop court », « on apportera une bonne corde »), ce qui prête à sourire et en ôte la gravité. En somme, il s'agit presque de chercher comment occuper le temps de la représentation, l'intrigue se résumant tout entière dans l'attente.

2. Une vision tragique de la condition humaine

A. Un vide existentiel

La mise en scène de cette errance statique nous renvoie à l'expression d'un ennui existentiel profond. Les formules interrogatives traduisent un désœuvrement tragique et une profonde inquiétude existentielle. D'autant que la répétition des interrogations introduites par « si » (« Et si on se pendait ? », « Si on se quittait ? », « Et s'il vient ») confirme à la fois un besoin acharné d'occuper ce temps obsédant et l'incertitude constante qui s'y rattache. Ces vagabonds figés au bord d'une route, dans un décor vide, pourraient figurer une humanité désemparée, incapable de trouver quelle voie emprunter pour donner une consistance à l'existence.

B. Vacuité des relations humaines

Le sentiment de vide se voit renforcé par la dissolution des liens et des échanges qui pourraient nous soutenir. La question de Vladimir « Et qui tirera sur les miennes ? » se fait l'écho de la profonde solitude qui entoure ces êtres livrés à eux-mêmes. D'autant que les deux compagnons ne semblent plus arriver à communiquer : l'extrême brièveté de leurs répliques, entrecoupées de nombreux silences, rend compte de l'inanité de leur échange. Le dialogue semble même s'éteindre de lui-même, à en juger par les réponses laconiques sans relance : « C'est vrai », « Oui », « C'est ça », « On dit ça ».

C. Une angoisse métaphysique ?

Cette scène pourrait nous confronter à l'immense inquiétude que provoque l'absence de réponses aux questions métaphysiques. Si la mort est ici envisagée, dans l'attente de ce « Godot » désespérément absent dont le nom nous fait penser à « Dieu », c'est que ces personnages se font l'écho de nos incertitudes angoissées. La formule désespérée « Je ne peux plus continuer comme ça » revêt alors de profonds accents tragiques ; tandis que l'hypothèse rassurante « À moins que Godot ne vienne » introduit un espoir de salut : « Nous serons sauvés ». Mais l'incertitude demeure : l'humanité semble condamnée à une attente vaine de réponses : « il faut revenir demain ».

Conclusion

La situation incongrue de ces deux pantins dérisoires serait donc à l'image de notre condition misérable. Quoi de mieux alors que le registre comique pour dire toute l'absurdité de notre sort ? On comprend pourquoi Ionesco, autre représentant de l'Absurde, considère le comique comme « plus désespérant que le tragique ».

Virginie Despentes, *King Kong Théorie* (2006)

Dans l'essai King Kong Théorie, *Virginie Despentes examine les différents aspects et mécanismes de l'aliénation des femmes.*

Étonnant, et salement révélateur : la révolution féministe n'a donné lieu à aucune réorganisation concernant la garde des enfants. La gestion de l'espace domestique non plus. Travaux bénévoles, donc féminins. On est restées dans le même état d'artisanat. Politiquement autant qu'économiquement, nous n'avons pas occupé l'espace public, nous ne nous le sommes pas approprié. Nous n'avons pas créé les crèches ; ni les lieux de gardes d'enfants dont nous avions besoin, nous n'avons pas créé les systèmes industrialisés de ménage à domicile qui nous auraient émancipées. Ces secteurs économiquement rentables, nous ne les avons pas investis, ni pour faire fortune, ni pour rendre service à notre communauté. Pourquoi personne n'a inventé l'équivalent de Ikea pour la garde des enfants, l'équivalent de Macintosh pour le ménage à la maison ? Le collectif est resté un mode masculin. Nous manquons d'assurance quant à notre légitimité à investir le politique – c'est la moindre des choses, au vu de la terreur physique et morale à laquelle notre catégorie sexuelle est confrontée.

Comme si d'autres allaient s'occuper correctement de nos problèmes, et comme si nos préoccupations spécifiques n'étaient pas si importantes. Nous avons tort. S'il est évident que les femmes deviennent exactement aussi corruptibles et dégueulasses que les hommes au contact du pouvoir, il est indéniable que certaines considérations sont spécifiquement féminines. Délaisser le terrain politique comme nous l'avons fait marque nos propres réticences à l'émancipation. Il est vrai que pour se battre et réussir en politique, il faut être prête à sacrifier sa féminité, puisqu'il faut être prête à combattre, triompher, faire montre de sa puissance. Il faut oublier d'être douce, agréable, serviable, il faut s'autoriser à dominer l'autre, publiquement. Se passer de son assentiment, exercer le pouvoir frontalement, sans minauder ni s'excuser, car rares sont les concurrents qui vous féliciteront de les battre.

Sujet 1

Contraction

Vous rédigerez une contraction du texte de Virginie Despentes, en 75 mots environ.

Sujet 2

Essai

Selon vous, peut-on échapper aux stéréotypes de genre ? Vous répondrez à cette question dans un essai organisé et illustré par des exemples.

1. La contraction

La révolution féministe n'a rien changé aux travaux domestiques accomplis par les femmes. Nous n'avons pas créé les structures qui nous auraient permis de nous émanciper. Nous n'avons pas développé de secteurs économiques qui auraient rendu service à l'ensemble des femmes. Nous ne nous croyons pas capables de nous affirmer économiquement et politiquement.

Nous avons eu tort en délaissant le terrain politique. Il faut accepter de renoncer à une part de notre féminité pour nous affirmer politiquement.

2. L'essai

Dans la société française contemporaine, l'égalité entre les femmes et les hommes est acquise en droits, mais chaque genre reste attaché à de nombreux stéréotypes qui contribuent à maintenir des inégalités. Peut-on échapper à ces stéréotypes de genre ? S'ils restent encore très forts dans notre société, ils font l'objet d'un combat pour davantage d'égalité entre les femmes et les hommes.

Les stéréotypes de genre restent très présents dans notre société et tendent à pousser les femmes à concevoir leur rôle comme subalterne par rapport aux hommes.

Dès le plus jeune âge, on distingue fréquemment les genres en habillant les petites filles en rose et les petits garçons en bleu, mais aussi en attendant d'eux des qualités différentes. Comme le souligne Virginie Despentes dans *King Kong Théorie*, une femme se doit d'être « douce, agréable, serviable ». Un homme, au contraire, se doit d'être fort, courageux, ou encore dynamique. La publicité, le cinéma, les séries, tout contribue à diffuser nettement ces stéréotypes de genre. Ainsi, de nombreux films ne donnent aux femmes que des rôles secondaires d'épouses ou de mères et les rôles principaux, les personnages qui agissent, restent souvent masculins. Les catalogues de jouets ont également été étudiés par des sociologues qui ont montré que les petites filles étaient associées à des jouets qui les renverraient à la sphère domestique, considérée comme le domaine des femmes. De leur côté, les jouets des garçons les prépareraient davantage à l'action et à l'aventure.

Ces stéréotypes renforcent les inégalités qui subsistent car ils conditionnent les individus, dès leur enfance, à se conformer à des attentes et à jouer des rôles différents dans la société. Ainsi, les stéréotypes conduisent les petites filles à apprendre à devenir de bonnes mères et de bonnes épouses, c'est-à-dire des femmes dépendantes des hommes et à leur service. Les hommes sont quant à eux soumis au poids des stéréotypes qui leur ordonnent d'être performants et de ne pas faiblir.

La lutte contre les stéréotypes de genre permet de s'en libérer. C'est une nouvelle étape dans le combat pour l'égalité entre les femmes et les hommes.

La critique et la dénonciation des stéréotypes de genre contribue à une plus grande égalité entre les hommes et les femmes. Ainsi, l'éducation et l'école permettent d'éveiller les consciences. En termes d'orientation, on sait que les filles se destinent davantage aux métiers qui consistent à s'occuper des autres et renoncent plus facilement que les garçons à aller vers les études scientifiques. C'est pourquoi on tente de lutter contre cette autocensure dans les lycées en montrant qu'elle est liée à des stéréotypes. La littérature dénonce également les stéréotypes de genre et invite à s'en libérer. Ainsi, l'étude de textes anciens comme *La Princesse de Clèves* ou *L'École des femmes* nous montre le chemin parcouru par les femmes mais aussi l'actualité de ces textes : on attend toujours d'une femme d'être une bonne épouse comme on l'attendait de Mlle de Chartres.

La société contemporaine est traversée par de grandes volontés de rompre avec les stéréotypes de genre. Le mouvement médiatique *Me too* dans le domaine du cinéma, s'il consiste d'abord à dénoncer le harcèlement sexuel dont les femmes sont victimes, contribue également à faire réfléchir aux stéréotypes de genre. Tout cela contribue à faire évoluer la société vers une influence moindre des stéréotypes de genre. Les jeunes générations revendiquent ainsi de plus en plus leur liberté par rapport aux attentes que la société fait peser sur les garçons et les filles, que ce soit en termes d'apparence physique ou de goût.

Il est possible d'échapper aux stéréotypes de genre en ayant conscience de leur existence et de leur impact sur les inégalités qui subsistent entre les femmes et les hommes. Apprendre à les critiquer et à les déconstruire permet en partie d'y échapper.

Voltaire, *Candide*, chapitre 3 (1759)

Après avoir été chassé du château du baron de Thunder-ten-tronckh, qui fait figure de véritable paradis terrestre, Candide arrive sur un champ de bataille. Pour ce jeune héros naïf et inexpérimenté, c'est l'occasion de confronter à la réalité l'enseignement philosophique de son maître Pangloss qui prétend que « tout est pour le mieux dans le meilleur des mondes ».

CHAPITRE III

COMMENT CANDIDE SE SAUVA D'ENTRE LES BULGARES, ET CE QU'IL DEVINT

Rien n'était si beau, si leste, si brillant, si bien ordonné que les deux armées. Les trompettes, les fifres[1], les hautbois, les tambours, les canons, formaient une harmonie telle qu'il n'y en eut jamais en enfer. Les canons renversèrent d'abord à peu près six mille hommes de chaque côté ; ensuite la mousqueterie[2] ôta du meilleur des mondes environ neuf à dix mille coquins qui en infectaient la surface. La baïonnette[3] fut aussi la raison suffisante de la mort de quelques milliers d'hommes. Le tout pouvait bien se monter à une trentaine de mille âmes. Candide, qui tremblait comme un philosophe, se cacha du mieux qu'il put pendant cette boucherie héroïque.

Enfin, tandis que les deux rois faisaient chanter des *Te Deum*[4] chacun dans son camp, il prit le parti d'aller raisonner ailleurs des effets et des causes. Il passa par-dessus des tas de morts et de mourants, et gagna d'abord un village voisin ; il était en cendres : c'était un village abare[5] que les Bulgares avaient brûlé, selon les lois du droit public. Ici des vieillards criblés de coups regardaient mourir leurs femmes égorgées, qui tenaient leurs enfants à leurs mamelles sanglantes ; là des filles éventrées après avoir assouvi les besoins naturels de quelques héros rendaient les derniers soupirs ; d'autres, à demi brûlées, criaient qu'on achevât de leur donner la mort. Des cervelles étaient répandues sur la terre à côté de bras et de jambes coupés.

Candide s'enfuit au plus vite dans un autre village : il appartenait à des Bulgares, et des héros abares l'avaient traité de même.

1. Petites flûtes au son aigu.
2. Fusil.
3. Lame fixée sur un fusil pour le combat rapproché.
4. Chants de louanges adressées à Dieu.
5. Terme désignant un peuple originaire de l'actuelle Turquie.

Questions de grammaire

1. « une harmonie telle qu'il n'y en eut jamais en enfer. » (l. 2) : analysez la négation.

2. « Candide, qui tremblait comme un philosophe, se cacha du mieux qu'il put pendant cette boucherie héroïque » (l. 5-6) : relevez les propositions subordonnées ; identifiez leur nature et leur fonction.

3. « il appartenait à des Bulgares, et des héros abares l'avaient traité de même. » (l. 14-15) : transformez cette phrase pour obtenir une proposition principale et une proposition subordonnée circonstancielle ; identifiez la proposition subordonnée ; expliquez les transformations que vous avez opérées.

Corrigé des questions de grammaire

1. La négation est constituée de la particule élidée « n' » et de l'adverbe « jamais ». Il s'agit d'une négation partielle.

2. Cette phrase complexe présente deux propositions subordonnées. « Qui tremblait comme un philosophe » est une proposition subordonnée relative (nature) complément de l'antécédent « Candide » (fonction). « Qu'il put pendant cette boucherie héroïque » est une proposition subordonnée relative (nature) complément de l'antécédent « mieux » (fonction).

3. « Il appartenait à des Bulgares, si bien que des héros abares l'avaient traité de même. ». La proposition subordonnée conjonctive circonstancielle de conséquence est introduite par la locution conjonctive

« si bien que » qui remplace la conjonction de coordination « et ».

Explication linéaire

Introduction

Le passage dresse la description de la guerre à travers le regard de Candide. D'abord émerveillé du spectacle que lui offre les troupes armées, ce dernier prend conscience des atrocités d'une guerre privée d'héroïsme. Dans cette étude, nous analyserons les procédés employés par Voltaire pour faire la satire de la guerre. Nous démontrerons également que ce chapitre du conte philosophique remet en cause la philosophie de Pangloss : « Tout est pour le mieux dans le meilleur des mondes ». Le premier paragraphe du texte fait la description de la fanfare militaire puis comptabilise avec désinvolture le nombre de soldats morts. Mêlant les tonalités tragique et ironique, les deux paragraphes suivants évoquent les victimes des villages saccagés par les deux armées.

Premier paragraphe

Dans cette description très ironique, Voltaire fait l'éloge paradoxal de la guerre : en passant par le regard admiratif et naïf de Candide (notons l'accumulation de termes mélioratifs et l'emploi de l'adverbe intensif « si »), il souligne en réalité l'absurdité et les horreurs de la guerre. La première phrase associe le défilé militaire à un spectacle. On remarque que les « canons » se sont glissés dans la liste des instruments de la fanfare ; ce décalage ironique est l'une des marques de l'ironie voltairienne.

Si le début du texte est élogieux, on découvre rapidement que cette « harmonie » n'a même pas sa place « en enfer ». Par cet autre décalage ironique, Voltaire laisse entendre que la guerre est certainement pire que l'enfer.

La voix narrative dresse une comptabilité des soldats morts avec désinvolture (« à peu près », « environ », « quelques »), comme si les vies des soldats n'avaient aucune valeur. Dans ces trois phrases, les sujets des verbes sont les armes ; on a l'impression que personne ne les tient et que les soldats sont les victimes des « canons », de la « mousqueterie » et de la « baïonnette ».

Par ailleurs, les références à l'enseignement philosophique de Pangloss viennent comme une justification peu convaincante de cette tuerie militaire. En effet, Candide, au regard naïf, voit dans la guerre un moyen d'améliorer le monde : « la mousqueterie ôta du meilleur des mondes environ neuf à dix mille coquins qui en infectaient la surface ». Face à la barbarie de la guerre, peut-on encore parler de « meilleur des mondes » ? Voltaire utilise ici une antiphrase ironique afin de discréditer la philosophie de Pangloss, personnage fictif derrière les traits duquel se cache le philosophe Leibniz, un contemporain de Voltaire.

Le paragraphe se clôt sur l'oxymore « boucherie héroïque ». Cette description, loin d'offrir une vision épique, souligne la barbarie de la guerre.

Deuxième paragraphe

Après avoir été présentés comme les victimes de la guerre, les soldats vont devenir les bourreaux des populations. L'ordre policé de ces deux armées bien « ordonnées » laisse place à la barbarie. La superposition des tonalités ironique et pathétique renforce la puissance de ce blâme.

Cette description édifiante évoque successivement les dégâts matériels, le village étant réduit « en cendres », puis humains. Non seulement les populations sont tuées mais elles sont également torturées : « des vieillards criblés de coups », « d'autres, à demi brûlées », « de bras et de jambes coupés » ; cette description crue est insoutenable. Les victimes et les bourreaux perdent jusqu'à leur humanité, la guerre les réduisant à l'état de bête : « mamelles sanglantes », « les besoins naturels ». Enfin, la barbarie des soldats violant des femmes est soulignée par l'usage de l'antiphrase ironique du terme « héros ».

Troisième paragraphe

La fin du texte évoque la réciprocité de cette barbarie dans les deux camps. Voltaire a certainement choisi le nom latin « abare » pour sa proximité phonétique avec les mots « bulgare » et « barbare ». Finalement les deux peuples se valent en termes de barbarie. Si ce blâme condamne la guerre en général, il peut plus particulièrement évoquer la réalité des guerres ottomanes qui durent depuis plusieurs siècles, ainsi que la Guerre de sept ans qui ravage l'Europe de 1756 à 1763.

Conclusion

Au fil du texte, le regard de Candide évolue, passant de l'admiration à l'effroi. C'est donc une première estafilade au précepte « tout est pour le mieux dans le meilleur des mondes ». Dans ce conte philosophique et initiatique, Candide devra affronter encore de nombreuses épreuves avant de remettre en cause la philosophie de son maître Pangloss.

LEXIQUE

Le récit

1. Les mots-clés

Auteur : personne réelle ayant écrit le récit.

Narrateur : personne fictive, souvent inconnue, racontant l'histoire. Il peut s'agir d'un personnage du récit.

Narration : récit de faits, d'actions ou d'événements.

Personnage : personne, fictive le plus souvent, dont on rapporte les faits et opinions dans le récit.

Description : présentation de lieu ou de personnages dans un récit.

2. Les points de vue

Point de vue externe : le narrateur raconte l'histoire de l'extérieur. Il rapporte les faits et gestes des personnages sans connaître leurs pensées ou leurs sentiments. Il se montre, la plupart du temps, neutre.

Point de vue interne : le narrateur épouse le point de vue d'un personnage. Il connaît ses sentiments et ses pensées, mais ignore ceux des autres personnages. Le lecteur s'identifie souvent à ce personnage.

Point de vue omniscient : le narrateur, semblable à un dieu, connaît les opinions, les sentiments et les raisons d'agir de tous les personnages.

3. Les genres

Le conte : récit d'aventures imaginaires, souvent merveilleuses.

La nouvelle : court récit souvent centré sur un seul événement.

Roman : récit de forme et de longueur variables, racontant des faits le plus souvent imaginaires.

Autobiographie : récit que l'on fait de sa propre vie, en insistant sur sa dimension privée et intime.

Mémoires (masc. pl.) : récit que l'on fait de sa propre vie, en insistant sur les événements historiques auxquels on a participé.

Récit de voyage : récit d'un ou de plusieurs voyages que l'on a faits.

La poésie

1. Les mots-clés

Prose : forme ordinaire du discours, qui n'est pas soumis aux règles de la poésie.

Rime : répétition d'un son à la fin de deux vers différents.

Strophe : ensemble de vers constituant un système de rimes.

Vers : ligne d'un poème.

2. Les tonalités

Lyrique : qui exprime des sentiments personnels dans une langue musicale.

Élégiaque : qui exprime des sentiments tristes et des regrets.

Épique : qui donne une impression de souffle grandiose, qui raconte des événements et des actions hors du commun.

Satirique : qui se moque de quelque chose ou de quelqu'un.

3. Les genres

Le lai : poème narratif du Moyen-Âge, de longueur variable.

La chanson : poème chanté et accompagné de musique.

Ballade : poème composé de trois strophes s'achevant par un vers refrain et d'une demi-strophe, l'envoi.

L'ode : poème lyrique ou élogieux de forme assez souple.

La fable : récit plaisant délivrant une morale.

Le sonnet : poème composé de deux quatrains et de deux tercets.

L'épopée : long poème racontant des exploits guerriers.

Le théâtre

1. Les mots-clés

Acte : partie d'une pièce, constituée de scènes.

Scène : partie d'une pièce délimitée par l'entrée ou la sortie d'un personnage.

Dialogue : discussion entre plusieurs personnages.

Didascalie interne : indication de mise en scène (sur le ton, les gestes, déplacements, etc.) prononcée par un acteur (« Je sors ! »).

Didascalie externe : indication de mise en scène, en italique, qui n'est pas prononcée par les acteurs (« *La princesse sort.* »).

Réplique : prise de parole d'un personnage.

Tirade : dans un dialogue, longue prise de parole d'un personnage.

Monologue : scène où un personnage parle seul.

Stichomythie : échange rapide entre personnages, manifestant souvent une certaine tension.

2. Les tonalités

Burlesque : qui fait rire par ses exagérations ou son extravagance.

Comique : qui fait rire ou sourire.

Farcesque : qui fait rire par des moyens grossiers.

Satirique : qui se moque, parfois violemment.

Didactique : qui délivre un enseignement.

Pathétique : qui suscite la pitié des spectateurs.

Tragique : qui suscite la pitié et la terreur des spectateurs.

3. Les genres

La comédie : pièce en prose, présentant des personnages de tous les milieux sociaux, mettant en scène des conflits amoureux, et parfois politiques.

La comédie baroque : pièce en vers aux règles assez souples mettant en scène des conflits familiaux ou amoureux.

La comédie classique : pièce en vers ou en prose mettant en scène des conflits familiaux ou amoureux, parfois comique, et critiquant parfois l'ordre social.

La tragédie classique : pièce en vers, sérieuse, présentant des personnages nobles et mettant en scène des conflits amoureux, familiaux et souvent politiques.

Le drame romantique : pièce en prose ou en vers, présentant des personnages de tous les milieux sociaux, et mélangeant les tonalités tragique et comique.

Le vaudeville : comédie légère, en prose, au rythme très rapide, mettant souvent en scène des couples infidèles.

L'anti-pièce : pièce en rupture avec les conventions du théâtre, souvent ironique et absurde, qui remet en cause les notions de personnage, d'action ou de dialogue.

Littérature d'idées et de l'argumentation

1. Les mots-clés

Thèse : position défendue par l'auteur.

Argument : idée générale permettant à l'auteur de justifier et d'appuyer sa thèse.

Exemple : cas particulier, concret, servant à illustrer un argument.

Démonstration : raisonnement prouvant la vérité d'une affirmation.

Éloge : démonstration vantant les mérites de quelqu'un ou de quelque chose.

Blâme : démonstration dénonçant ou attaquant quelqu'un ou quelque chose.

2. Les tonalités

Satirique : qui se moque de quelque chose ou de quelqu'un, parfois violemment.

Didactique : qui délivre un enseignement.

Pathétique : qui suscite la pitié et la compassion des spectateurs.

3. Les genres

Le discours : exposé développé à l'oral, devant un public.

La plaidoirie : discours ou écrit défendant quelque chose ou quelqu'un.

Le réquisitoire : discours ou écrit accusant quelque chose ou quelqu'un.

L'article : texte publié dans un journal, qui présente des faits ou expose un point de vue.

Le pamphlet : texte court attaquant violemment, souvent en se moquant, une personne ou une institution.

La préface : texte situé en tête d'un livre, et qui sert à le présenter au lecteur.

L'essai : œuvre, de forme et de longueur variables, souvent très libre, présentant un point de vue personnel sur un sujet précis.

La fable : récit plaisant délivrant une morale.

Le récit : texte de genre (roman, nouvelle, mémoires, autobiographie, conte, etc.) et de longueurs variables, racontant une histoire.

Savoir **1**

Suites numériques

1 Premières définitions

• Soit k un entier naturel. Une **suite numérique** u de nombres réels est une correspondance qui, à tout entier naturel $n \geqslant k$, associe un nombre réel $u(n)$, noté généralement u_n.

u_n s'appelle le terme d'indice n de la suite u.

La suite u est alors appelée la suite de terme général u_n, notée $(u_n)_{n \geqslant k}$.

• Une suite est **définie explicitement** lorsque son terme général u_n est exprimé uniquement en fonction de n.

Par exemple, la suite (v_n) définie par $v_n = n^2 - 5n + 4$ est définie explicitement et on a $v_0 = 4$, $v_1 = 1^2 - 5 \times 1 + 4 = 0$, $v_2 = 2^2 - 5 \times 2 + 4 = -2$, $v_3 = -2$, $v_4 = 0$, $v_5 = 4$,...

Elle est **définie par récurrence** lorsque son terme général est exprimé en fonction du (des) terme(s) précédent(s) de la suite.

Par exemple, la suite (w_n) définie par

$$\begin{cases} w_{n+1} = w_n + \dfrac{2}{w_n} \\ w_0 = 1 \end{cases}$$

est définie par récurrence

et on a

$$w_0 = 1, w_1 = w_0 + \frac{2}{w_0} = 3,$$

$$w_2 = w_1 + \frac{2}{w_1} = \frac{11}{3}, w_3 = \frac{139}{33},$$

$$w_4 = \frac{21499}{4587},\ldots$$

2 Variations d'une suite

• (u_n) est une suite **croissante** à partir du rang p si $\boldsymbol{u_{n+1} \geqslant u_n}$ pour tout entier $n \geqslant p$.

• (u_n) est une suite **décroissante** à partir du rang p si $\boldsymbol{u_{n+1} \geqslant u_n}$ pour tout entier $n \leqslant p$.

• (u_n) est une suite **constante** à partir du rang p si $\boldsymbol{u_{n+1} = u_n}$ pour tout entier $n \geqslant p$.

Pour déterminer les variations d'une suite, on peut par exemple chercher le signe de la différence $u_{n+1} - u_n$ (si elle est positive, la suite est croissante ; si elle est négative, la suite est décroissante). Si elle est définie explicitement, on peut également utiliser les mêmes méthodes que pour les fonctions.

3 Représentation graphique d'une suite

La **représentation graphique** d'une suite (u_n) est l'ensemble des points de coordonnées $(n\ ;\ u_n)$: il s'agit donc d'un nuage de points.

On a, par exemple, représenté la suite (w_n) définie précédemment :

Représentation de la suite (w_n)

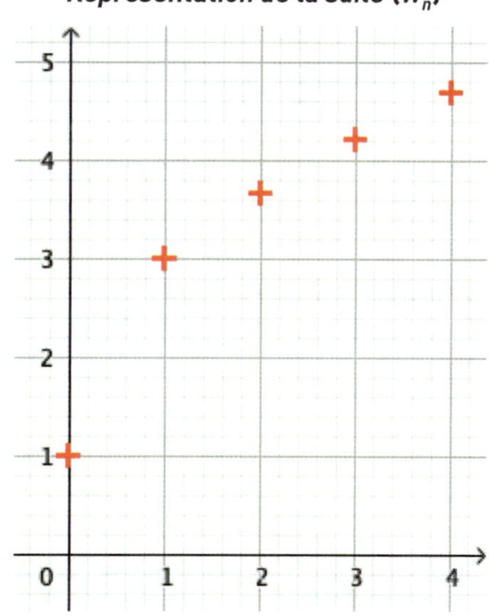

Savoir **2**

Suites arithmétiques et géométriques

1 Suites arithmétiques

• Une suite (u_n) est **arithmétique** s'il existe un réel r (appelé raison) tel que $\boldsymbol{u_{n+1} = u_n + r}$ pour tout entier naturel n.

Pour montrer qu'une suite (u_n) est arithmétique, on montre que la différence $u_{n+1} - u_n$ est constante, égale à un réel r, pour tout entier n.

• Si (u_n) est une suite arithmétique de raison r, alors, pour tout entier naturel n, on a $\boldsymbol{u_n = u_k + (n-k)r}$. En particulier, $\boldsymbol{u_n = u_0 + n \times r}$.

• Si $\boldsymbol{r > 0}$, alors la suite arithmétique (u_n) est strictement **croissante**.

Si $\boldsymbol{r < 0}$, alors la suite arithmétique (u_n) est strictement **décroissante**.

• **Somme de termes consécutifs d'une suite arithmétique** = nb de termes × $\dfrac{1^{\text{er}}\text{ terme} + \text{dernier terme}}{2}$

o $u_0 + u_1 + \ldots + u_n = \sum_{k=0}^{n} u_k = (n+1) \times \dfrac{u_0 + u_n}{2}$

o $u_p + u_1 + \ldots + u_n = \sum_{k=p}^{n} u_k = (n-p+1) \times \dfrac{u_p + u_n}{2}$

• **Moyenne arithmétique** de deux réels a et b : $\dfrac{a+b}{2}$

• La **représentation graphique** d'une suite arithmétique est un **nuage de points alignés**.

2 Suites géométriques

• Une suite (u_n) est **géométrique** s'il existe un réel q (appelé raison) tel que $\boldsymbol{u_{n+1} = q \times u_n}$ pour tout entier naturel n.

Pour montrer qu'une suite (u_n) est géométrique, on montre que le quotient $\dfrac{u_{n+1}}{u_n}$ est constant, égal à un réel q, pour tout entier n (on s'assure bien que u_n est non nul, pour tout entier n au préalable).

• Si (u_n) est une suite géométrique de raison q, alors, pour tout entier naturel n, on a $\boldsymbol{u_n = q^{n-k} \times u_k}$. En particulier, $\boldsymbol{u_n = q^n \times u_0}$.

• Si $\boldsymbol{q > 1}$, alors la suite géométrique **à termes positifs** (u_n) est strictement **croissante**.

• Si $0 < q < 1$, alors la suite géométrique **à termes positifs** (u_n) est strictement **décroissante**.

• Si $\boldsymbol{q = 1}$, alors la suite g éométrique **à termes positifs** (u_n) est **constante.**

• **Somme de termes consécutifs d'une suite géométrique de raison $q(\neq 1)$**

$= 1^{\text{er}}\text{ terme} \times \dfrac{1 - \text{raison}^{\text{nb termes}}}{1 - \text{raison}}$

o $u_0 + u_1 + \ldots + u_n = \sum_{k=0}^{n} u_k = u_0 \times \dfrac{1 - q^{n+1}}{1-q}$

o $u_p + u_1 + \ldots + u_n = \sum_{k=p}^{n} u_k = u_p \times \dfrac{1 - q^{n-p+1}}{1-q}$

• **Moyenne géométrique** de deux réels positifs a et b : $\sqrt{ab}$

• La **représentation graphique** d'une suite géométrique est un **nuage de points exponentiel**.

Savoir 3

Fonctions de la variable réelle

1 Premières définitions

• Soit $\mathscr{D}$ un ensemble de nombres réels. Une **fonction numérique** f, de $\mathscr{D}$ dans $\mathbb{R}$, est une correspondance qui, à tout réel x appartenant à $\mathscr{D}$, associe un unique réel y.

On note $f: \begin{array}{l}\mathscr{D} \to \mathbb{R}\\ x \mapsto y\end{array}$ et on écrit $y = f(x)$. $\mathscr{D}$ s'appelle l'ensemble de définition de f.

• y s'appelle **l'image** de x par f. L'image d'un élément de $\mathscr{D}$ par f est toujours unique.

• x est un **antécédent** de y par f. L'antécédent (s'il existe !) d'un réel par f n'est pas nécessairement unique.

2 Représentation graphique d'une fonction

On appelle courbe représentative de la fonction f l'ensemble des points de coordonnées $(x\ ;\ f(x))$, avec x parcourant $\mathscr{D}$. On la note généralement $\mathscr{C}_f$.

On déduit de cette définition que, pour chaque point de la courbe représentative de f, son abscisse est un antécédent de son ordonnée (et donc son ordonnée est l'image de son abscisse).

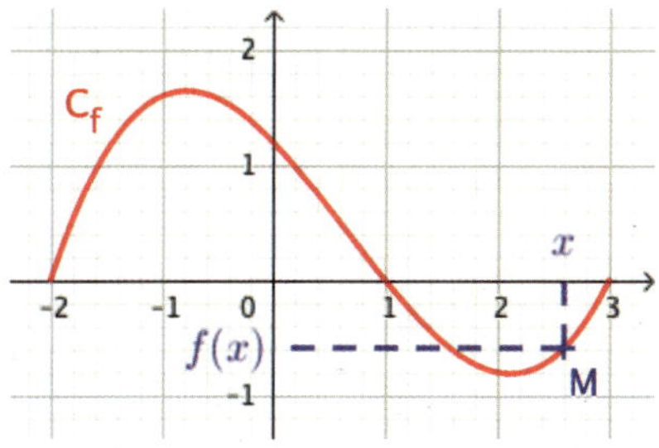

On a représenté la courbe d'une fonction f. Sur cette courbe, le point M a pour coordonnées $(2{,}6\ ;\ -0{,}6)$. On en déduit que $f(2{,}6) = -0{,}6$.

3 Variations d'une fonction

• Soit I un intervalle inclus dans $\mathscr{D}$. On dit que :

o f est **croissante** sur I si, pour tous réels a et b de I tels que $a < b$, on a $f(a) < f(b)$. Autrement dit, une fonction croissante **conserve l'ordre**.

o f est **décroissante** sur I si, pour tous réels a et b de I tels que $a < b$, on a $f(a) > f(b)$. Autrement dit, une fonction croissante **change l'ordre**.

o f est **constante** sur I si, pour tous réels a et b de I, on a $f(a) = f(b)$.

o f est **monotone** sur I si elle est croissante ou décroissante sur I

• **Étudier les variations** de f sur $\mathscr{D}$, c'est « découper » son ensemble de définition en intervalles sur lesquels f est monotone (soit croissante, soit décroissante). On résume généralement les variations d'une fonction dans un tableau appelé **tableau de variation**.

Le tableau de variation de la fonction dont on a représenté la courbe ci-avant est :

VALEURS DE X	-2		$-0{,}8$		$2{,}1$		3
VARIATIONS DE F	0	↗	$1{,}65$	↘	$-0{,}8$	↗	0

• On appelle **taux d'accroissement** de f entre a et b le quotient $\dfrac{f(b) - f(a)}{b - a}$.

Si le taux d'accroissement d'une fonction est positif pour tout couple de réels d'un intervalle I, alors cette fonction est croissante sur I et réciproquement.

De même, s'il est négatif pour tout couple de réels d'un intervalle I, alors elle est décroissante sur I et réciproquement.

MATHÉMATIQUES

4 Résolutions graphiques d'équations et d'inéquations

Résoudre graphiquement l'équation $f(x) = k$, c'est déterminer les abscisses des points de la courbe de f dont l'ordonnée est égale à k (en d'autres termes, les antécédents de k par f).

Résoudre graphiquement l'équation $f(x) = g(x)$, c'est déterminer les abscisses des points d'intersection de la courbe de f et de la courbe de g.

Résoudre graphiquement l'inéquation $f(x) < k$, c'est déterminer les abscisses des points de la courbe de f dont l'ordonnée est inférieure à k.

Résoudre graphiquement l'inéquation $f(x) < g(x)$, c'est déterminer les abscisses des points pour lesquels la courbe de f est en-dessous de la courbe de g.

Mes notes pour réviser

Savoir 4

Fonctions polynômes de degré 2

1 Généralités

• On dit qu'une fonction f est un **polynôme de degré 2** si elle est définie sur $\mathbb{R}$ et peut s'écrire sous la forme $f(x) = ax^2 + bx + c$, avec a,b,c des réels et $a \neq 0$.

• Un polynôme de degré 2 peut admettre **0, 1 ou 2 racines réelles** (c'est-à-dire des nombres dont l'image par le polynôme est égale à 0).

• S'il admet **deux racines réelles distinctes**, le polynôme de degré 2 peut alors s'écrire sous la forme $\mathbf{f(x) = a(x - x_1)(x - x_2)}$, où x_1 et x_2 sont ses deux racines réelles distinctes.

2 Représentation graphique d'un polynôme du second degré

• La représentation graphique d'un polynôme de degré 2 est une **parabole**.

• On distingue plusieurs **allures de courbe** selon l'expression du polynôme :

si $a > 0$

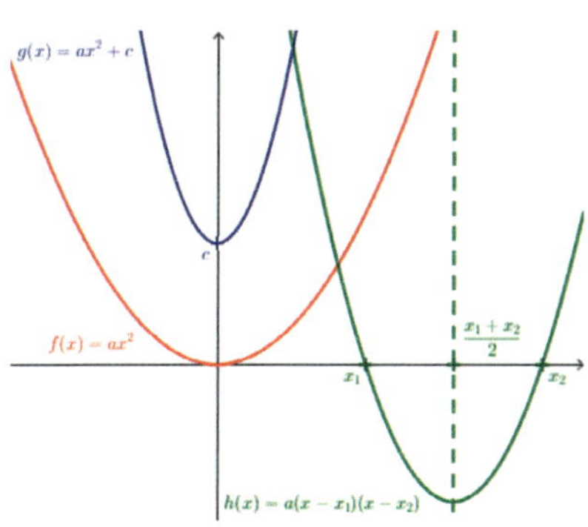

si $a < 0$

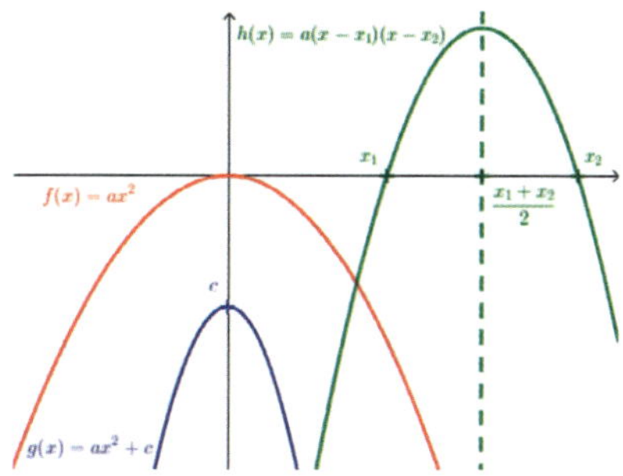

• Si $b = 0$, alors l'axe des ordonnées est **l'axe de symétrie** de la parabole. Sinon, dans le cas où le polynôme admet deux racines réelles distinctes, la droite d'équation $x = \frac{x_1 + x_2}{2}$ est **l'axe de symétrie** de la parabole.

• Notons enfin que plus a est grand (aussi bien dans les positifs que dans les négatifs), plus la parabole est resserrée autour de son axe de symétrie.

3 Variations d'un polynôme du second degré

Les **variations** dépendent du signe de a :

si $a > 0$

Valeurs de x	$-\infty$		$+\infty$
Variations de f	↘		↗

si $a < 0$

Valeurs de x	$-\infty$		$+\infty$
Variations de f	↗		↘

4 Signe d'un polynôme du second degré

• On considère un polynôme du second degré f admettant deux racines réelles distinctes x_1 et x_2 avec $x_1 < x_2$ et s'écrivant sous la forme $f(x) = a(x - x_1)(x - x_2)$. Alors, son tableau de signe est :

Valeurs de x	$-\infty$		x_1		x_2		$+\infty$
Signe de $f(x)$		$sgn(a)$	0	$-sgn(a)$	0	$sgn(a)$	

On dit que le polynôme est « du signe de a à l'extérieur de ses racines ».

• Si k est un réel positif, **l'équation $x^2 = k$** a pour solutions $x = \sqrt{k}$ et $-\sqrt{k}$.

Mes notes pour réviser

Fonctions polynômes de degré 3

1 Généralités

• On dit qu'une fonction f est un **polynôme de degré 3** si elle est définie sur $\mathbb{R}$ et peut s'écrire sous la forme $f(x) = ax^3 + bx^2 + cx + d$, avec a, b, c, d des réels et $a \neq 0$.

• Un polynôme de degré 3 peut admettre **0, 1, 2 ou 3 racines réelles** (c'est-à-dire des nombres dont l'image par le polynôme est égale à 0).

• S'il admet **trois racines réelles distinctes**, le polynôme de degré 3 peut alors s'écrire sous la forme $\boldsymbol{f(x) = a(x - x_1)(x - x_2)(x - x_3)}$, où x_1, x_2 et x_3 sont ses trois racines réelles distinctes.

2 Représentation graphique d'un polynôme de degré 3

• On distingue plusieurs **allures de courbe** selon l'expression du polynôme :

si $a > 0$

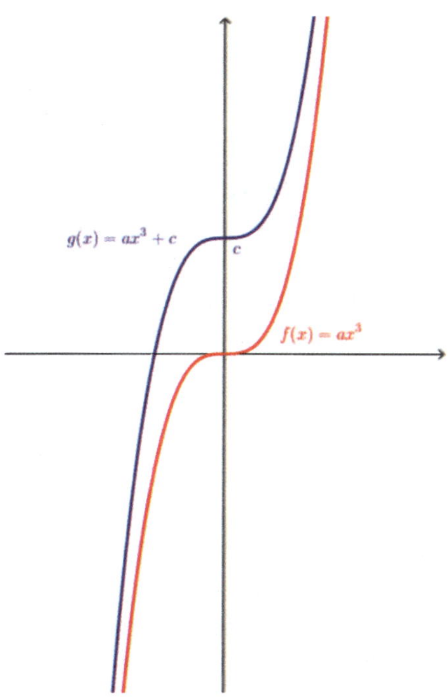

si $a < 0$

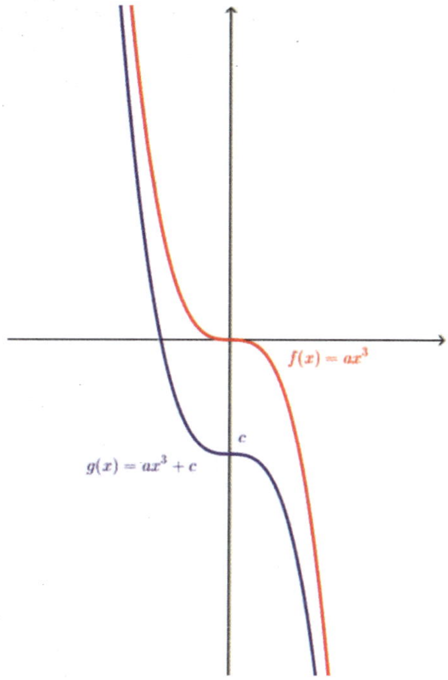

Notons que plus a est grand (aussi bien dans les positifs que dans les négatifs), plus la courbe est resserrée autour de l'axe des ordonnées.

3 Signe d'un polynôme de degré 3

• On considère un polynôme de degré 3 f admettant trois racines réelles distinctes x_1, x_2 et x_3 avec $x_1 < x_2 < x_3$ et s'écrivant sous la forme $f(x) = a(x - x_1)(x - x_2)(x - x_3)$. Alors, son tableau de signe est :

Valeurs de x	$-\infty$		x_1		x_2		x_3		$+\infty$
Signe de $f(x)$		$-sgn(a)$	0	$sgn(a)$	0	$-sgn(a)$	0	$sgn(a)$	

• Si k est un réel positif, **l'équation $\boldsymbol{x^3 = k}$** a pour solutions $x = \sqrt[3]{k}$ également noté $k^{\frac{1}{3}}$ (c'est le nombre dont le cube est égal à k).

Savoir 6
Dérivation

1 Nombre dérivé

• Soient f une fonction définie sur un intervalle I, a un élément de I et h un nombre réel non nul tel que $a + h \in I$. On note $\mathscr{C}_f$ la courbe représentative de la fonction f, A le point de $\mathscr{C}_f$ d'abscisse a et H le point de $\mathscr{C}_f$ d'abscisse $a + h$.

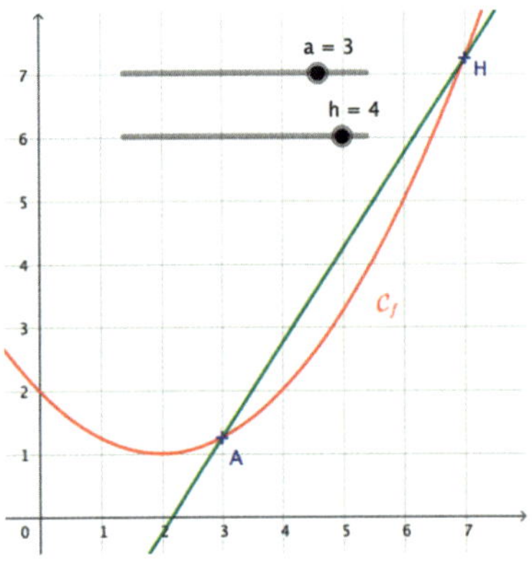

• Le taux d'accroissement de f entre a et $a + h$ est le quotient

$$\frac{f(a+h) - f(a)}{(a+h) - a} = \frac{f(a+h) - f(a)}{h}.$$

Graphiquement, c'est la pente de la droite (AH).

• Le **nombre dérivé** de f en a, noté $f'(a)$, s'il existe, est la valeur limite du taux d'accroissement de f entre a et $a + h$, quand h se rapproche de 0. Graphiquement, c'est la pente de la droite (AH) (si elle n'est pas parallèle à l'axe des ordonnées) quand H se rapproche de A.

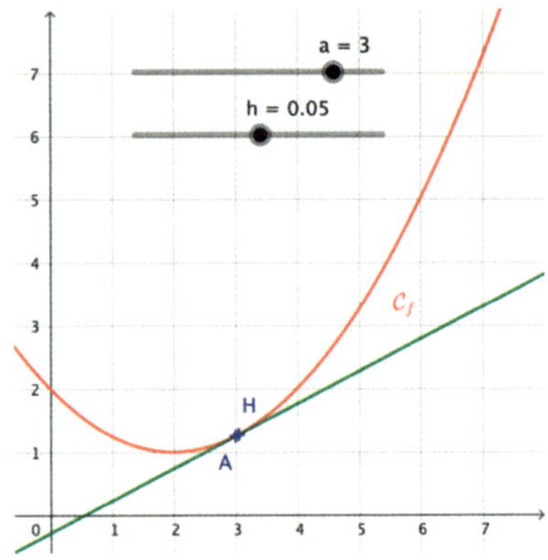

2 Tangente

La position limite de la droite (AH) quand H se rapproche de A s'appelle la **tangente à $\mathscr{C}_f$ en A**. Elle a pour pente $f'(a)$ et pour équation réduite :

$y = f'(a)(x - a) + f(a)$.

3 Fonction dérivée

• On note $\mathscr{D}'$ l'ensemble des réels a pour lesquels $f'(a)$ existe. La fonction f' définie sur $\mathscr{D}'$ qui, à tout élément de $\mathscr{D}'$, associe le nombre dérivé de f en a, s'appelle la **fonction dérivée** (ou **dérivée**) de f. On dit alors que f est **dérivable** sur $\mathscr{D}'$ et a pour dérivée f'.

• **Opérations sur les dérivées** : soient f et g deux fonctions dérivables sur un ensemble $\mathscr{D}'$ et k un réel quelconque. Alors :

o $(f + g)' = f' + g'$: autrement dit, la dérivée d'une somme est égale à la somme des dérivées.

o $(kf)' = kf'$: autrement dit, la dérivée du produit d'une fonction par un réel est égale au produit de la dérivée de cette fonction par ce réel.

• **Dérivées usuelles**

FONCTIONS		DÉRIVÉES
Fonction constante	$f(x) = C$ ($C \in \mathbb{R}$)	$f'(x) = 0$
Fonction identité	$f(x) = x$	$f(x) = 1$
Fonction carré	$f(x) = x^2$	$f'(x) = 2x$
Fonction cube	$f(x) = x^3$	$f'(x) = 3x^2$
Fonction affine	$f(x) = ax + b$ ($a,b \in \mathbb{R}$, $a \neq 0$)	$f'(x) = a$
Polynôme de degré 2	$f(x) = ax^2 + bx + c$ ($a,b,c \in \mathbb{R}$, $a \neq 0$)	$f'(x) = 2ax + b$
Polynôme de degré 3	$f(x) = ax^3 + bx^2 + cx + d$ ($a,b,c,d \in \mathbb{R}$, $a \neq 0$)	$f'(x) = 3ax^2 + 2bx + c$

4 Lien entre les variations d'une fonction et le signe de sa dérivée

• Une fonction est croissante sur un intervalle si et seulement si sa dérivée est positive sur cet intervalle.

• Une fonction est décroissante sur un intervalle si et seulement si sa dérivée est négative sur cet intervalle.

• Si la dérivée d'une fonction s'annule et change de signe en un réel a, alors la fonction admet un extremum en a.

Mes notes pour réviser

MATHÉMATIQUES

Savoir 7

Tableaux croisés d'effectifs

1 Définitions

• On considère deux séries statistiques X et Y représentant les valeurs de deux caractères observés sur une même population de N individus. On note $x_1, x_2, ..., x_p$ les valeurs prises par la variable X d'effectifs respectifs $n'_1, n'_2, ..., n'_p$ et $y_1, y_2, ..., y_q$ les valeurs prises par la variable Y d'effectifs respectifs $n''_1, n''_2, ..., n''_q$. Pour chaque couple de valeurs $(x_i ; y_j)$, on note n_{ij} le nombre d'individus de la population vérifiant simultanément les valeurs x_i de la variable X et y_j de la variable Y. Le tableau à double entrée faisant apparaître en lignes les valeurs prises par la variable X et en colonnes les valeurs prises par la variable Y (ou inversement) et dont la case située à la i^e ligne et à la j^e colonne représente l'effectif de la population correspondant conjointement aux valeurs de X et de Y associées à la i^e ligne et à la j^e colonne s'appelle un **tableau croisé d'effectifs**.

X \ Y	Y_1	Y_2	...	Y_Q	TOTAL
X_1	n_{11}	n_{12}	...	n_{1q}	n'_1
...	...	...	...	...	...
X_P	n_{p1}	n_{p2}	...	n_{pq}	n'_p
TOTAL	n''_1	n''_2	...	n''_q	N

• Le **tableau croisé de fréquences** s'obtient en divisant chacun des effectifs du tableau croisé d'effectifs par l'effectif total.

X \ Y	Y_1	Y_2	...	Y_Q	TOTAL
X_1	$f_{11}=\frac{n_{11}}{N}$	$f_{12}=\frac{n_{11}}{N}$	...	$f_{1q}=\frac{n_{11}}{N}$	$f'_1=\frac{n_{11}}{N}$
...	...	...	...	...	...
X_P	$f_{p1}=\frac{n_{11}}{N}$	$f_{p2}=\frac{n_{11}}{N}$	...	$f_{pq}=\frac{n_{11}}{N}$	$f'_p=\frac{n_{11}}{N}$
TOTAL	$f'_1=\frac{n_{11}}{N}$	$f'_2=\frac{n_{11}}{N}$	...	$f'_q=\frac{n_{11}}{N}$	1

2 Fréquences marginales

Les **fréquences marginales** sont les fréquences obtenues à partir de la colonne **TOTAL** pour la variable X et à partir de la ligne **TOTAL** pour la variable Y.

Fréquences marginales de X

X	FRÉQUENCES
X_1	f'_1
X_2	f'_2
...	...
X_p	f'_p

Fréquences marginales de Y

Y	FRÉQUENCES
Y_1	f''_1
Y_2	f''_2
...	...
Y_q	f''_Q

3 Fréquences conditionnelles

Les **fréquences conditionnelles de X sachant que $Y = y_j$**, notées $X_{|Y=y_j}$, sont les fréquences obtenues à partir de la colonne y_j et les **fréquences conditionnelles de Y sachant que $X = x_i$**, notées $Y_{|X=x_i}$, sont les fréquences obtenues à partir de la ligne x_i.

Fréquences conditionnelles de $X_{|Y=y_j}$

$X_{|Y=Y_j}$	FRÉQUENCES
X_1	f_{1j}
X_2	f_{2j}
...	...
X_P	f_{pj}

Savoir 8 Variables aléatoires discrètes finies – Loi de Bernoulli et loi binomiale

1 Premières définitions

Soit Ω l'univers associé à une expérience aléatoire. On appelle **variable aléatoire** sur Ω toute fonction définie sur Ω, à valeurs dans $\mathbb{R}$.

Soient Ω l'univers associé à une expérience aléatoire et X une variable aléatoire définie sur Ω. Pour tout nombre réel k, on note **$(X = k)$** l'événement constitué de tous les éléments de Ω ayant pour image k par X. De la même façon, on note **$(X \leqslant k)$** l'événement constitué de tous les éléments de Ω ayant une image par X inférieure ou égale à k.

La **loi de probabilité** de la variable aléatoire X (ou, plus simplement, loi de X) est la donnée des probabilités des événements $(X = k)$. On la résume généralement dans un tableau :

k	k_1	k_2	...	k_n
$P(X = k)$	p_1	p_2	...	p_n

On reprend les notations du tableau précédent. On appelle **espérance** de X le nombre noté $E(X)$, défini par

$E(X) = k_1 \times p_1 + k_2 \times p_2 + ... + k_n \times p_n$.

L'espérance correspond à la valeur moyenne prise par la variable X.

2 Loi de Bernoulli

On appelle **épreuve de Bernoulli** toute expérience aléatoire admettant exactement deux issues, appelées succès et échec.

On dit qu'une variable aléatoire X suit la **loi de Bernoulli** de paramètre p (avec $p \in [0;1]$) si elle prend exactement deux valeurs, 0 et 1, avec $P(X = 1) = p$. On note $X \hookrightarrow \mathcal{B}(p)$. La loi de X est :

k	0	1
$P(X = k)$	$1 - p$	p

Enfin, $E(X) = p$.

3 Loi binomiale

On appelle **schéma de Bernoulli** la répétition indépendante d'une épreuve de Bernoulli.

Soient n un entier supérieur ou égal à 2 et $p \in [0;1]$. On dit qu'une variable aléatoire X suit la **loi binomiale** de paramètres n et p lorsqu'elle comptabilise le nombre de succès lors de la répétition indépendante de n épreuves de Bernoulli de paramètre p. On note $X \hookrightarrow \mathcal{B}(n;p)$.

On a : $P(X = 0) = (1 - p)^n$,
$P(X = 1) = np(1 - p)^{n-1}$,
$P(X = n - 1) = np^{n-1}(1 - p)$ et
$P(X = n) = p^n$. De plus, pour tout entier k compris entre 0 et n, on a :

$$P(X = k) = \underbrace{\binom{n}{k}}_{\substack{\text{nombre}\\ \text{de façons}\\ \text{d'avoir}\\ k \text{ succès}\\ \text{parmi}\\ n \text{ épreuves}}} \quad \underbrace{p^k}_{\substack{\text{probabilité}\\ \text{des } k \text{ succès}}} \quad \underbrace{(1 - p)^{n-k}}_{\substack{\text{probabilité}\\ \text{des } n-k \text{ échecs}}}.$$

Enfin, $E(X) = np$.

4 Coefficients binomiaux

- Le **coefficient binomial** $\binom{n}{k}$ est le nombre de chemins associés à l'événement $(X = k)$ (c'est-à-dire comportant exactement k succès) dans l'arbre représentant le schéma de Bernoulli associée à l'expérience aléatoire.

On sait que $\binom{n}{0} = 1$, $\binom{n}{1} = n$, $\binom{n}{n-1} = n$, $\binom{n}{n} = 1$ et $\binom{n}{k} = \binom{n}{n-k}$ (formule du complémentaire).

MATHÉMATIQUES

• La **formule de Pascal** permet de déterminer les coefficients binomiaux que l'on résume dans le triangle de Pascal : $\binom{n}{k} = \binom{n-1}{k} + \binom{n-1}{k-1}$ (cela se traduit dans le triangle en disant que pour obtenir un coefficient, il faut additionner celui se trouvant sur la ligne précédente à celui se trouvant sur la ligne et la colonne précédente). On a écrit ci-dessous les premières lignes du **triangle de Pascal** :

n \ k	0	1	2	3	4	5	6	7	8	9	10
0	1										
1	1	1									
2	1	2	1								
3	1	3	3	1							
4	1	4	6	4	1						
5	1	5	10	10	5	1					
6	1	6	15	20	15	6	1				
7	1	7	21	35	35	21	7	1			
8	1	8	28	56	70	56	28	8	1		
9	1	9	36	84	126	126	84	36	9	1	
10	1	10	45	120	210	252	210	120	45	10	1

MES NOTES POUR RÉVISER

1 Suites numériques

Exercice 1 Questions rapides

On considère la suite (u_n) définie sur N par $u_n = -(1-n)(2+n)$.

1. Cette suite est-elle définie explicitement ou par récurrence ?

2. Calculer u_0, u_1, u_2, u_3, u_4.

3. Placer les points correspondants sur un graphique.

4. Conjecturer le sens de variation de la suite (u_n).

CORRIGÉS P. 262

Exercice 2 Questions rapides

On considère la suite (v_n) définie sur N par

$$\begin{cases} v_{n+1} = \dfrac{v_n - 1}{v_n + 1} \\ v_0 = 2 \end{cases}$$

1. Cette suite est-elle définie explicitement ou par récurrence ?

2. Calculer v_0, v_1, v_2, v_3, v_4.

3. Placer les points correspondants sur un graphique.

4. Conjecturer le sens de variation de la suite (v_n).

CORRIGÉS P. 262

Exercice 3 Questions rapides

On considère la suite (w_n) dont la représentation graphique est donnée ci-dessous :

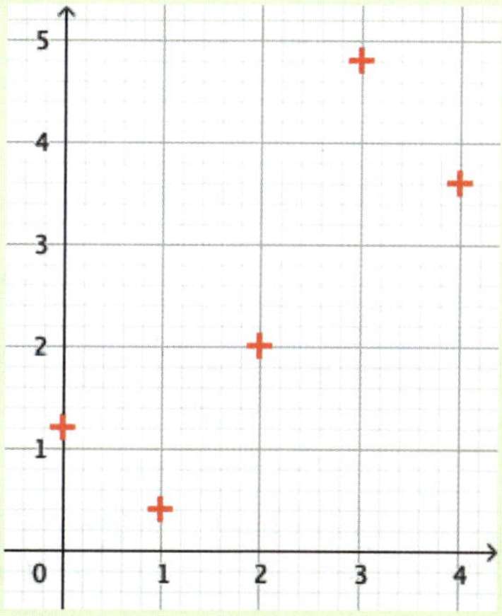

1. Déterminer graphiquement w_0, w_1, w_2, w_3, w_4.

2. Conjecturer le sens de variation de la suite (w_n).

CORRIGÉS P. 262

Exercice 4

Initialement, une population de bactéries comporte deux individus. L'étude de cette population de bactéries se modélise à l'aide de la suite (u_n) définie sur N par $u_{n+1} = u_n + n + 3$ où n désigne le nombre de jour écoulés depuis le début de l'observation.

1. Cette suite est-elle définie explicitement ou par récurrence ?

2. Déterminer le nombre de bactéries dans la population au bout d'un jour, de deux jours, de trois jours et de quatre jours.

3. Représenter graphiquement les cinq premiers termes de la suite (u_n).

4. Exprimer $u_{n+1} - u_n$ en fonction de n.

5. En déduire le sens de variation de la suite (u_n). Interpréter ce résultat dans le contexte de l'exercice.

CORRIGÉS P. 262

2 Suites arithmétiques et géométriques

Exercice 1 Questions rapides

1. Si on a $u_0 = 2$, $u_1 = -1$, $u_2 = -4$, $u_3 = -7$, $u_4 = -10$, la suite (u_n) peut-elle être arithmétique ? Si oui, en préciser la raison. Si non, justifier la réponse.

2. Parmi les nuages de points suivants, lequel peut représenter une suite arithmétique ? Lequel peut représenter une suite géométrique ?

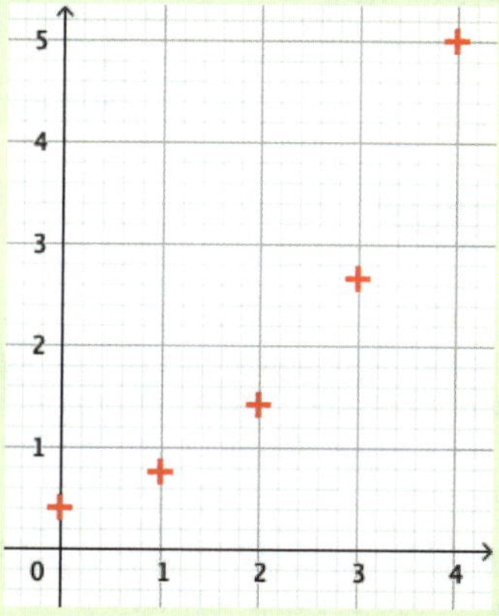

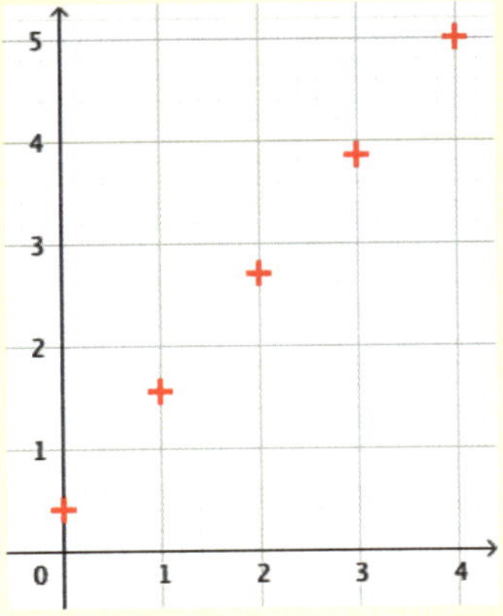

3. Préciser le sens de variation d'une suite arithmétique (u_n) définie par $u_{n+1} = u_n - \frac{1}{2}$.

4. Donner la relation de récurrence définissant une suite arithmétique (u_n) de raison $\frac{7}{3}$.

5. Donner la formule explicite de la suite arithmétique (u_n) définie par $u_0 = 5$ et de raison -2.

6. Soit (u_n) la suite arithmétique de raison -2 et de premier terme $u_0 = 5$. Calculer $\sum_{k=0}^{10} u_k$.

7. Préciser le sens de variation d'une suite géométrique (u_n) définie par $u_n = \left(\frac{1}{2}\right)^n$.

8. Donner la relation de récurrence définissant une suite géométrique (u_n) de raison -3.

9. Donner la formule explicite de la suite géométrique (u_n) définie par $u_0 = \frac{1}{2}$ et de raison $\frac{3}{5}$.

10. Soit (u_n) la suite géométrique de raison 2 et de premier terme $u_0 = \frac{1}{2}$. Calculer $\sum_{k=0}^{10} u_k$.

CORRIGÉS P. 262

Exercice 2

Nicolas a trouvé un nouvel emploi qui lui permet d'avoir 18 000 € de salaire annuel en 2020. Son employeur lui promet une augmentation de 2 % par an. Soit u_n le salaire annuel de Nicolas l'année 2020 + n.

1. Quelle est la nature de la suite (u_n) ? Préciser sa raison et son premier terme.

2. Exprimer u_n en fonction de n.

3. Déterminer le salaire annuel de Nicolas en 2025 (on arrondira au centime).

4. Déterminer la somme des salaires gagnés par Nicolas de 2020 à 2028 inclus (on arrondira au centime).

5. À partir de quelle année Nicolas gagnera-t-il plus de 20 000 € par an ?

CORRIGÉS P. 263

3 Fonctions de la variable réelle

Exercice 1 Questions rapides

On considère la fonction f définie sur $\mathbb{R}$ par $f(x) = -2x + 3$.

1. Calculer l'image de $\frac{1}{3}$ par la fonction f.

2. Déterminer le(s) antécédent(s) (s'il y en a !) de $\frac{7}{2}$ par la fonction f.

3. Le point M de coordonnées $(2 ; -1)$ appartient-il à la courbe représentative de la fonction f ?

4. Préciser le sens de variation de f.

5. Dresser le tableau de signes de f sur R.

CORRIGÉS P. 263

Exercice 2 Questions rapides

On considère la fonction g dont la courbe représentative est donnée ci-dessous.

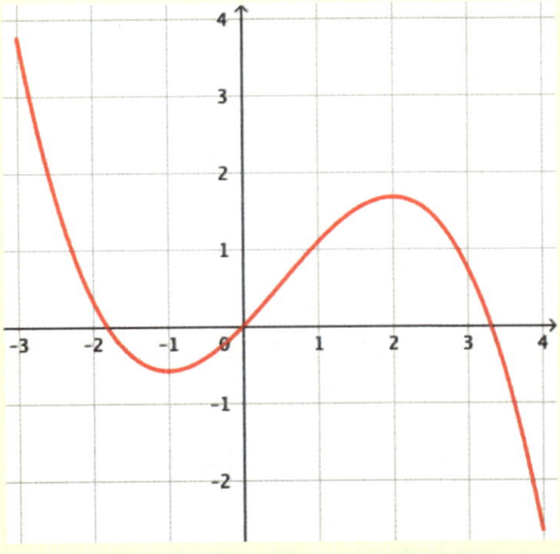

1. **Quel est l'ensemble de définition de la fonction g ?**

2. **Résoudre graphiquement l'équation $g(x) = 0$.**

3. **Résoudre graphiquement l'inéquation $g(x) < 1$.**

4. **Dresser le tableau de signe de la fonction g sur son ensemble de définition.**

5. **Dresser le tableau de variation de la fonction g sur son ensemble de définition.**

CORRIGÉS P. 263

Exercice 3

L'entreprise *Touburo* vend du mobilier de bureau. Elle sait que, si elle vend son bureau d'entrée de gamme 100 €, alors sa clientèle est prête à en acheter 50 par an et que, si elle le vend 120 €, sa clientèle est prête à en acheter 45 par an. On appelle D la fonction affine qui, au prix x de ce bureau, associe le nombre $D(x)$ de bureaux que la clientèle est prête à acheter.

1. **Justifier que $D(x) = -0{,}25x + 75$.**

2. **Préciser le sens de variation de la fonction D.**

3. **Combien l'entreprise peut-elle espérer de bureaux si le prix est de 140 € ? En déduire le chiffre d'affaires dans ce cas.**

4. **Pour quel prix la clientèle sera-t-elle prête à acheter 55 bureaux par an ?**

5. **Résoudre l'inéquation $D(x) \geqslant 65$. Interpréter le résultat dans le contexte de l'exercice.**

CORRIGÉS P. 263

4 Fonctions polynômes de degré 2

Exercice 1 Questions rapides

1. **Le réel $-\frac{1}{2}$ est-il racine du polynôme**

$P(x) = 2x^2 - 3x - 2$?

2. **Résoudre dans R l'équation $x^2 = \frac{1}{16}$.**

CORRIGÉS P. 263

Exercice 2 Questions rapides

On considère le graphique ci-joint où l'on a tracé les courbes représentatives des fonctions

$f_1(x) = -\frac{1}{2}(x + 2)(x + 3)$, $f_2(x) = 2x^2$, $f_3(x) = -x^2 - 1$,

$f_4(x) = \frac{5}{3}(x - 2)(x - 4)$.

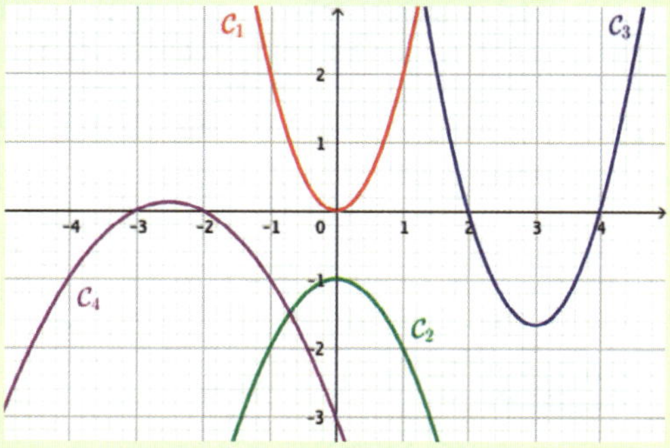

1. **À quelle fonction la courbe C_1 correspond-elle ?**

2. **À quelle fonction la courbe C_2 correspond-elle ?**

3. **À quelle fonction la courbe C_3 correspond-elle ?**

4. **À quelle fonction la courbe C_4 correspond-elle ?**

CORRIGÉS P. 263

Exercice 3 Questions rapides

On considère le polynôme $P(x) = \frac{3}{7}\left(x + \frac{1}{2}\right)(x - 5)$.

1. **Dresser le tableau de signe de P.**

2. **Donner les éléments caractéristiques de l'extremum du polynôme P (maximum ou minimum, en quelle valeur il est atteint, combien il vaut).**

3. **Tracer l'allure de la courbe représentative de P.**

4. **Préciser l'équation de l'axe de symétrie de la courbe représentative de P**

CORRIGÉS P. 264

Exercice 4

La concentration en milligrammes par litre de sang du principe actif d'un médicament est modélisée par la fonction f définie par $f(t) = -\frac{1}{3}t(t - 6)$, où t désigne le temps en heures.

1. **Calculer la concentration de ce principe actif une heure après la prise du médicament (on arrondira au dixième).**

2. **Dresser le tableau de signe de la fonction f.**

3. Au bout de combien de temps le médicament est-il complétement éliminé ?

4. Déterminer la concentration maximale de concentration de ce médicament dans le sang.

5. Tracer la courbe représentative de la fonction f, puis déterminer graphiquement la période pendant laquelle la concentration du principe actif est supérieure ou égale à 2 mg/L (on exprimera le résultat en heures-minutes).

CORRIGÉS P. 264

5 Fonctions polynômes de degré 3

Exercice 1 Questions rapides

1. Le réel –2 est-il racine du polynôme

$P(x) = 4x^3 - 5x^2 + 6x + 64$?

2. Le réel $\frac{1}{2}$ est-il racine du polynôme

$Q(x) = 8x^3 - 4x^2 + 2x + 1$?

3. Résoudre dans R l'équation $x^3 = 27$.

4. Résoudre dans R l'équation $x^3 + 8 = 0$.

CORRIGÉS P. 264

Exercice 2 Questions rapides

On considère le graphique ci-joint où l'on a tracé les courbes représentatives des fonctions

$f_1(x) = 5x^3 - 2$, $f_2(x) = -2x^3$, $f_3(x) = -x^3 - 2$, $f_4(x) = \frac{1}{2}x^3$.

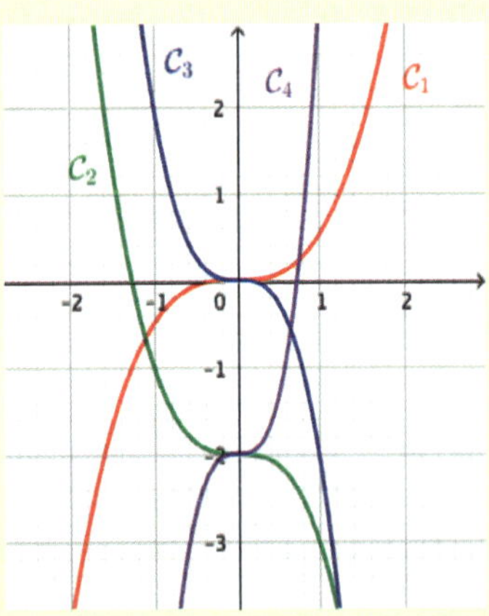

1. À quelle fonction la courbe C_1 correspond-elle ?

2. À quelle fonction la courbe C_2 correspond-elle ?

3. À quelle fonction la courbe C_3 correspond-elle ?

4. À quelle fonction la courbe C_4 correspond-elle ?

CORRIGÉS P. 264

Exercice 3 Questions rapides

On considère du polynôme $P(x) = -(x + 1)(x - 2)(x - 3)$.

1. Déterminer les racines de P.

2. Dresser le tableau de signe de P.

CORRIGÉS P. 264

Exercice 4

Au cours d'une période de très fortes pluies, on a relevé le niveau d'une rivière pendant 12 heures et on a pu le modéliser à l'aide de la fonction f définie sur l'intervalle [0;12] par $f(x) = \frac{1}{30}x(x-4)(x-11)$, où x est exprimé en heures et $f(x)$ en mètres (le niveau de référence étant le niveau dit « de la mer »).

1. Déterminer les racines de f. Interpréter ces valeurs dans le cadre de l'exercice.

2. Déterminer par le calcul le niveau de la rivière au bout de 2h.

3. Dresser le tableau de signe de f. En déduire la période au cours de laquelle la rivière a été en-dessous du niveau de la mer.

On considère à présent la courbe représentative de la fonction f.

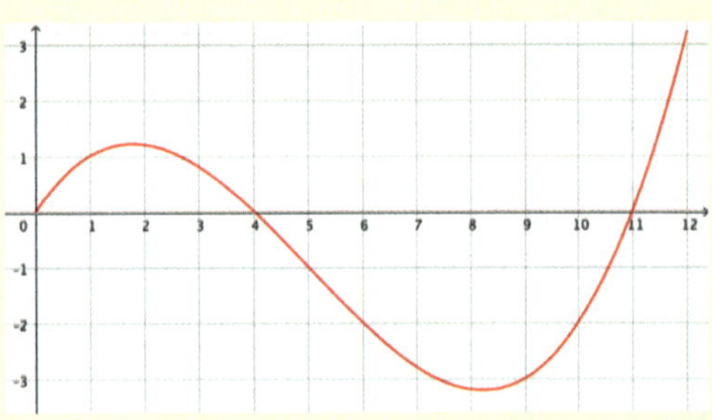

4. Dresser le tableau de variation de f.

5. On considère que la rivière est en crue quand son niveau dépasse les 2 mètres.

Déterminer graphiquement au bout de combien de temps la rivière a été en crue (on exprimera le résultat en heures-minutes).

CORRIGÉS P. 264

6 Dérivation

Exercice 1 Questions rapides

Déterminer la fonction dérivée des fonctions suivantes :

1. $f_1(x) = 5x^2 - 6x + 7$
2. $f_2(x) = -4x^2 + 8x - 7$
3. $f_3(x) = 3x^3 - 6x^2 - 9x + 2$
4. $f_4(t) = 5t^3 - 4$

CORRIGÉS P. 265

Exercice 2 Questions rapides

On considère le polynôme de degré 2
$P(x) = 2x^2 - 3x + 9$.

1. Calculer $P(2)$.

2. Calculer $P'(2)$.

3. Déterminer l'équation réduite de la tangente à la courbe représentative de la fonction P au point d'abscisse 2.

CORRIGÉS P. 265

Exercice 3 Questions rapides

On considère le graphique ci-joint où l'on a tracé la courbe représentative d'une fonction f et sa tangente en un point A.

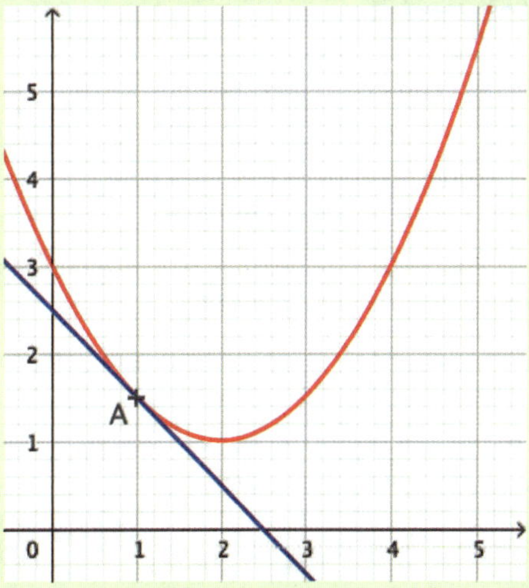

1. Tracer la tangente à la courbe au point d'abscisse 4.

2. Déterminer graphiquement $f'(1)$.

3. Déterminer graphiquement $f'(2)$.

CORRIGÉS P. 265

Exercice 4

Une couturière confectionne des pantalons. Elle peut en concevoir jusqu'à 10 par jour. Elle revend chaque pantalon 50 €. Elle sait que le coût de fabrication de x pantalons est
$C(x) = 25x^2 - 250x + 800$.

1. Déterminer la fonction $R(x)$ des recettes de la couturière en fonction du nombre x de pantalons vendus.

2. Justifier que la fonction $B(x)$ des bénéfices réalisés par la couturière est définie par $B(x) = -25x^2 + 300x - 800$.

3. Déterminer la fonction dérivée de B.

4. Dresser le tableau de variations de la fonction B à l'aide du signe de sa dérivée.

5. En déduire combien de pantalons la couturière doit confectionner chaque jour pour réaliser un bénéfice maximal. Préciser le montant de ce bénéfice.

CORRIGÉS P. 265

7 Tableaux croisés d'effectifs

Exercice 1 Questions rapides

On considère le tableau croisé d'effectifs ci-joint :

X \ Y	y_1	y_2	TOTAL
x_1	32		63
x_2		68	
TOTAL	51		150

1. Calculer l'effectif de la valeur x_2.

2. Calculer l'effectif de la valeur y_2.

3. Calculer l'effectif conjoint des valeurs x_1 et y_2.

4. Calculer l'effectif conjoint des valeurs x_2 et y_1.

CORRIGÉS P. 265

Exercice 2 Questions rapides

On reprend le tableau croisé d'effectifs de l'exercice précédent. Dans les questions suivantes, on donnera chacun des résultats sous la forme d'un pourcentage arrondi à 0,1 %.

1. **Calculer la fréquence de x_1.**
2. **Calculer la fréquence de y_1.**
3. **Calculer la fréquence conjointe des valeurs x_1 et y_1.**
4. **Calculer la fréquence conjointe des valeurs x_2 et y_2.**
5. **Calculer la fréquence conditionnelle de x_1 sachant $Y = y_1$.**
6. **Calculer la fréquence conditionnelle de y_1 sachant $X = x_1$.**

CORRIGÉS P. 265

Exercice 3

On a interrogé 200 personnes selon deux critères :

- le genre X : « hommes » (H) et « femmes » (F)
- la destination de vacances préférée Y : la « mer » (S), la « montagne » (M) et la « campagne » (C).

On sait que l'échantillon comporte 56 % d'hommes, 25 % de personnes préférant la campagne, 24 % femmes préférant la mer.

On a dressé le tableau croisé d'effectifs :

X \ Y	S	M	C	TOTAL
H		37		
F				
TOTAL	89			

1. **Compléter le tableau croisé d'effectifs.**
2. **Dresser le tableau croisé des fréquences.**
3. **Donner la distribution marginale de Y.**
4. **Donner la distribution conditionnelle de $X_{|Y=S}$.**
5. **Parmi les hommes, quel est le pourcentage de ceux préférant la campagne ? Arrondir à 0,1 % près.**

CORRIGÉS P. 265

8 Variables aléatoires discrètes finies – Loi de Bernoulli et loi binomiale

Exercice 1 Questions rapides

On considère la variable aléatoire X dont la loi est donnée dans le tableau ci-joint. On donnera les résultats sous la forme d'une fraction irréductible.

k	0	1	2	3	4
$P(X = k)$	$\frac{1}{6}$	$\frac{2}{15}$	$\frac{1}{30}$	$\frac{3}{5}$	...

1. **Calculer $P(X = 4)$.**
2. **Calculer $P(X \leqslant 2)$.**
3. **Calculer $P(X > 1)$.**
4. **Calculer $E(X)$.**

CORRIGÉS P. 266

Exercice 2 Questions rapides

On considère la variable aléatoire $X \hookrightarrow B\,(0{,}3)$.

1. **Calculer $P(X = 0)$ *(on donnera le résultat sous forme décimale)*.**
2. **Calculer $E(X)$ *(on donnera le résultat sous forme décimale)*.**

CORRIGÉS P. 266

Exercice 3 Questions rapides

On considère la variable aléatoire $X \hookrightarrow B\left(5;\frac{1}{3}\right)$.

1. **Calculer $P(X = 5)$ *(on donnera le résultat sous la forme d'une fraction irréductible)*.**
2. **Calculer $P(X = 2)$ *(on donnera le résultat sous la forme d'une fraction irréductible)*.**
3. **Calculer $P(X \leqslant 4)$ *(on donnera le résultat sous la forme d'une fraction irréductible)*.**
4. **Calculer $E(X)$ *(on donnera le résultat sous la forme d'une fraction irréductible)*.**

CORRIGÉS P. 266

MATHÉMATIQUES

Exercice 4

On tire 4 cartes successivement et avec remise dans un jeu de 32 cartes. Si on tire exactement un roi, on gagne 10 €. Si on en tire exactement deux, on gagne 20 €, 50 € pour exactement trois et 100 € si on tire les quatre rois. Chaque partie coûte 10 €.

On appelle X la variable aléatoire égale au nombre de rois tirés par le joueur et Y la variable aléatoire égale au gain (éventuellement négatif) du joueur.

Tous les résultats seront donnés sous la forme d'une fraction irréductible.

1. **Justifier que la variable aléatoire X suit la loi binomiale $B\left(4\,;\frac{1}{8}\right)$.**

2. **Calculer $P(X = 2)$.**

3. **Calculer $E(X)$. Interpréter le résultat.**

4. **Déterminer la loi de Y.**

5. **Calculer $E(Y)$ (*on donnera la valeur exacte sous la forme d'une fraction irréductible, puis une valeur approchée en centième*). Le jeu est-il rentable pour le joueur ?**

CORRIGÉS P. 266

1. Suites numériques

Exercice 1 Questions rapides

1. Explicitement

2. $u_0 = 2$; $u_1 = 0$; $u_2 = 4$; $u_3 = 10$; $u_4 = 18$

3.

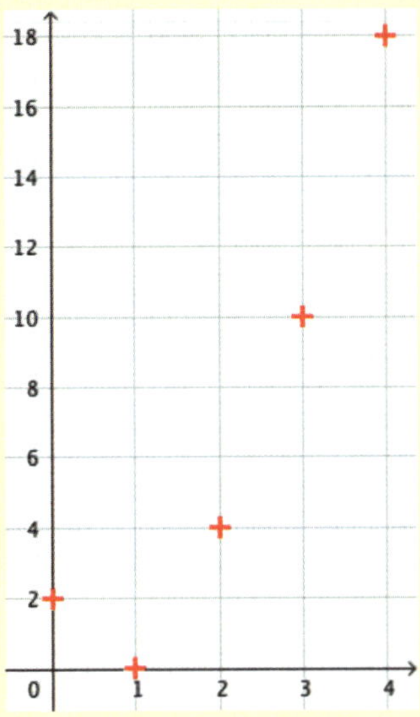

4. Croissante à partir du rang 1

Exercice 2 Questions rapides

1. Par récurrence

2. $v_0 = 2$; $v_1 = \frac{1}{3}$; $v_2 = -\frac{1}{2}$; $v_3 = -3$; $v_4 = 2$

3.

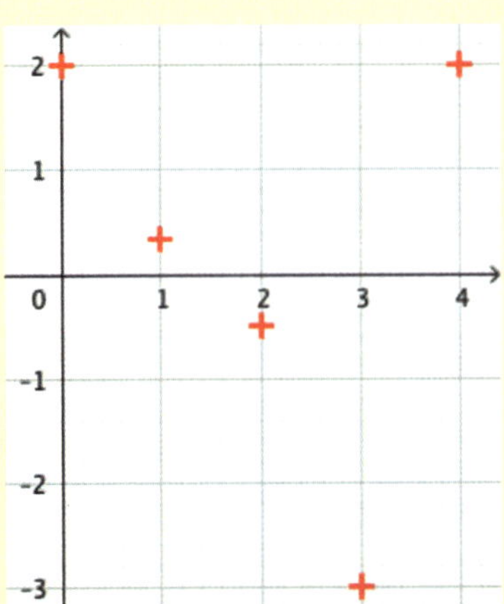

4. Ni croissante, ni décroissante

Exercice 3 Questions rapides

1. $w_0 = 1{,}2$; $w_1 = 0{,}4$; $w_2 = 2$; $w_3 = 4{,}8$; $w_4 = 3{,}6$

2. Ni croissante, ni décroissante

Exercice 4

1. Par récurrence

2. $u_1 = 5$; $u_2 = 9$; $u_3 = 14$; $u_4 = 20$

3.

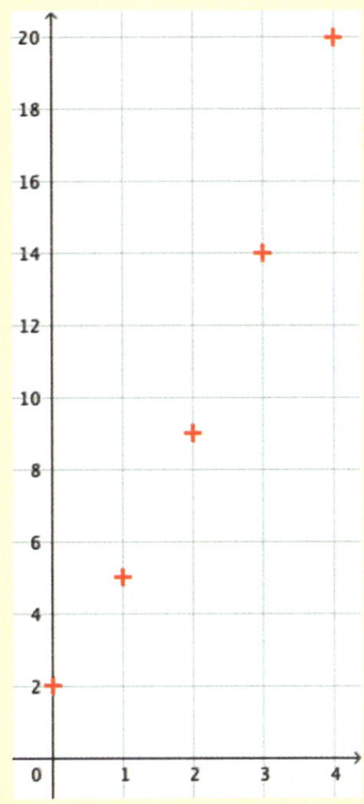

4. $u_{n+1} - u_n = n + 3$

5. Comme $u_{n+1} - u_n > 0$, la suite (u_n) est strictement croissante, ce qui signifie que la population de bactéries va continuer à croître.

2. Suites arithmétiques et géométriques

Exercice 1 Questions rapides

1. Oui, de raison –3

2. Arithmétique : deuxième nuage
Géométrique : premier nuage

3. Strictement décroissante

4. $u_{n+1} = u_n + \frac{7}{3}$

5. $u_n = 5 - 2n$

6. $\sum_{k=0}^{10} u_k = -55$

7. Strictement décroissante

8. $u_n = (-3)^n$

9. $u_n = \frac{1}{2} \times \left(\frac{3}{5}\right)^n$

10. $\sum_{k=0}^{10} u_k = 1023{,}5$

Exercice 2

1. Géométrique, de raison 1,02 et de premier terme 18 000

2. $u_n = 18\,000 \times 1{,}02^n$

3. $u_5 \approx 19\,873{,}45$€

9. $\sum_{k=0}^{8} u_k = 175583{,}31$€

4. À partir de 2026

3. Fonctions de la variable réelle

Exercice 1 Questions rapides

1. $f\left(\frac{1}{3}\right) = \frac{7}{3}$

2. $-\frac{1}{4}$

3. Oui

4. Strictement décroissante sur R

5.

x	$-\infty$		$\frac{3}{2}$		$+\infty$
$f(x)$		+	0	-	

Exercice 2 Questions rapides

1. $[-3;4]$

2. $S = \{-1{,}8;0;3{,}3\}$

3. $S =]-2{,}3;0{,}9[\cup]2{,}8;4]$

4.

x	-3		$-1{,}8$		0		$3{,}3$		4
$g(x)$		+	0	−	0	+	0	−	

5.

x	-3		-1		2		4
g	3,8	↘	− 0,6	↗	1,7	↘	−2,6

Exercice 3

1. $D(100) = 50$ et $D(120) = 45$
Donc, $D(x) = -0{,}25x + 75$ (car D affine)

2. Strictement décroissante

3. $D(140) = 40$; $CA = 5\,600$ €

4. 80 €

5. $S = [0;40]$; le demande dépassera les 65 unités pour un prix inférieur à 40 €

4. Fonctions polynômes de degré 2

Exercice 1 Questions rapides

1. Oui

2. $S = \left\{-\frac{1}{4};\frac{1}{4}\right\}$

Exercice 2 Questions rapides

1. f_2

2. f_3

3. f_4

4. f_1

Exercice 3 Questions rapides

1.

x	$-\infty$		$-\frac{1}{2}$		5		$+\infty$
$P(x)$		+	0	−	0	+	

2. Minimum atteint pour $x = \frac{9}{4}$, égal à $-\frac{363}{112}$

3.

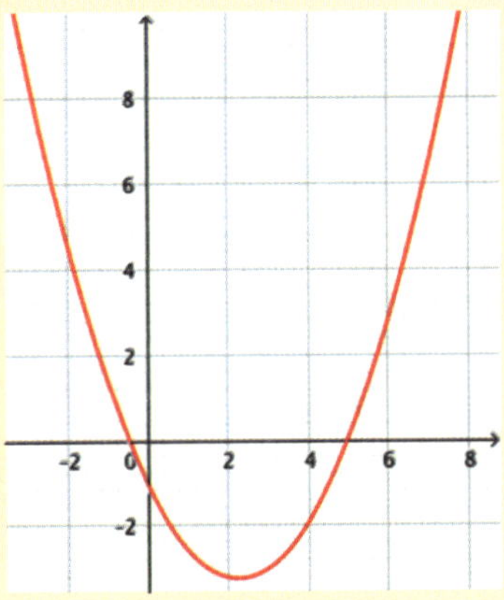

4. $x = \frac{9}{4}$

Exercice 4

1. $f(1) \approx 1{,}7$ mg/L

2.

x	0		6		$+\infty$
$f(x)$	0	+	0	−	

3. Au bout de 6 heures

4. 3 mg/L

5.

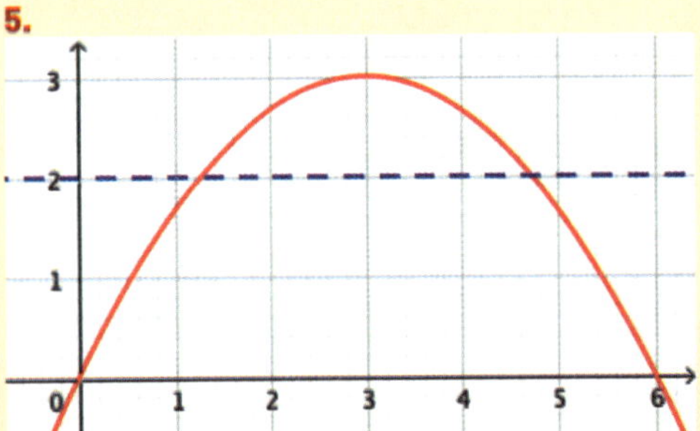

Concentration supérieure ou égale à 2 mg/L au bout de 1,3 *h* = 1 *h* 18 *min* et jusqu'à 4,7 *h* = 4 *h* 42 *min*

5. Fonctions polynômes de degré 3

Exercice 1 Questions rapides

1. Oui

2. Non

3. $S = \{3\}$

4. $S = \{-2\}$

Exercice 2 Questions rapides

1. f_4

2. f_3

3. f_2

4. f_1

Exercice 3 Questions rapides

1. −1;2;3

2.

x	$-\infty$		-1		2		3		$+\infty$
$P(x)$		+	0	−	0	+	0	−	

Exercice 4

1. 0;4;11 : cela signifie que la rivière a été au niveau de la mer à l'état initial, au bout de 4h et au bout de 11h

2. $f(2) = 1{,}2$ m

3.

x	0		4		11		12
$f(x)$		+	0	−	0	+	

Elle a été en-dessous du niveau de la mer entre la 4e et la 11e heure de relevé.

4.

x	0	1,8	8,2	12
f	1,2 ↘	0 ↗	3,2 ↘	−3,2

5. Au bout de 11,7 *h* = 11 *h* 42 *min*

6. Dérivation

Exercice 1 Questions rapides

1. $f'_1(x) = 10x - 6$

2. $f'_2(x) = -8x + 8$

3. $f'_3(x) = 9x^2 - 12x - 9$

4. $f'_4(t) = 15t^2$

Exercice 2 Questions rapides

1. $P(2) = 11$

2. $P'(2) = 5$

3. $Y = 5x + 1$

Exercice 3 Questions rapides

1.

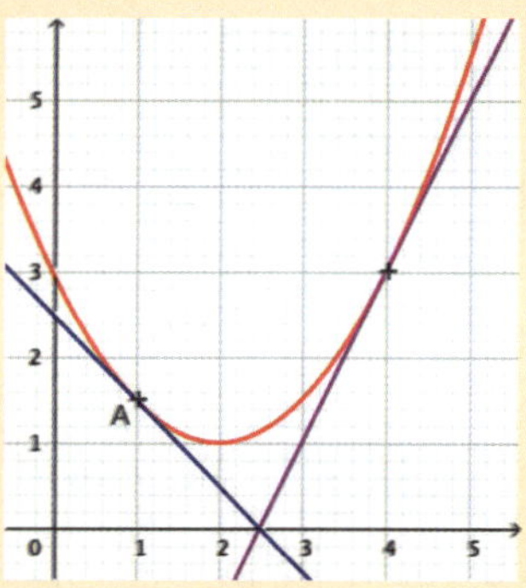

2. $f'(1) = -1$

3. $f'(2) = 0$

Exercice 4

1. $R(x) = 50x$

2. $B(x) = R(x) - C(x) = -25x^2 + 300x - 800$

3. $B'(x) = -50x + 300$

4.

x	0		6		$+\infty$
$B'(x)$		+	0	−	
B	− 800	↗	100	↘	

5. 6 pantalons pour 100€ de bénéfice

7. Tableaux croisés d'effectifs

Exercice 1 Questions rapides

1. 87

2. 99

3. 31

4. 19

Exercice 2 Questions rapides

1. 42 %

2. 34 %

3. 21,3 %

4. 45,3 %

5. 62,7 %

6. 50,8 %

Exercice 3

1.

X \ Y	S	M	C	TOTAL
H	41	37	34	112
F	48	24	16	88
TOTAL	89	61	50	200

2.

X \ Y	S	M	C	TOTAL
H	0,205	0,185	0,17	0,56
F	0,24	0,12	0,08	0,44
TOTAL	0,445	0,305	0,25	1

3.

Y	Fréquences
S	0,445
M	0,305
C	0,25

4.

$X_{\|Y=S}$	Fréquences
H	0,205
F	0,24

5. 30,4%

8. Variables aléatoires discrètes finies – Loi de Bernoulli et loi binomiale

Exercice 1 Questions rapides

1. $\frac{1}{15}$

2. $\frac{1}{3}$

3. $\frac{7}{10}$

4. $\frac{34}{15}$

Exercice 2 Questions rapides

1. 0,7

2. 0,3

Exercice 3 Questions rapides

1. $\left(\frac{1}{3}\right)^5 = \frac{1}{243}$

2. $\frac{80}{243}$

3. $\frac{242}{243}$

4. $\frac{5}{3}$

Exercice 4

1. On a affaire à une expérience aléatoire admettant exactement deux issues : le succès « tirer un roi » de probabilité $\frac{4}{32} = \frac{1}{8}$ et l'échec « ne pas tirer un roi » de probabilité $\frac{7}{8}$. Cette expérience aléatoire est donc une épreuve de Bernoulli. On répète cette épreuve de Bernoulli 4 fois de manière indépendante : il s'agit donc d'un schéma de Bernoulli. La variable aléatoire X est égale au nombre de rois tirés, c'est-à-dire au nombre de succès obtenus. Donc, $X \hookrightarrow \mathrm{B}\left(4\,;\frac{1}{8}\right)$.

2. $\frac{147}{2048}$

3. $E(X) = \frac{1}{2}$: on peut espérer tirer « un demi-roi » en moyenne à l'issue des 4 tirages.

4.

k	-10	0	10	40	90
$P(Y=k)$	$\frac{2401}{4096}$	$\frac{343}{1024}$	$\frac{147}{2048}$	$\frac{7}{1024}$	$\frac{1}{4096}$

5. $E(Y) = -\frac{4965}{1024} \approx -4{,}85$. Le joueur perd en moyenne 4,85€ : le jeu n'est donc pas rentable pour lui.

MATHÉMATIQUES

Savoir 1 L'Europe bouleversée par la Révolution française (1789-1815)

Question obligatoire

1 L'Europe bouleversée par la Révolution française (1789-1815)

Pendant un quart de siècle, la France vit une période de haute intensité d'événements, elle connaît plusieurs changements de régimes politiques et plus de 20 ans de guerre contre la plupart des monarchies européennes. Malgré l'échec napoléonien, cette période ouvre pour la France une période nouvelle avec de nouveaux principes, liberté et égalité en droit, souveraineté nationale, unification administrative du pays, qui se diffusent également en Europe.

1. Période révolutionnaire et épisode napoléonien (1789-1815)

1789, l'été de la révolution. De mai à août 1789 : fin de l'Ancien Régime, nouveaux principes : souveraineté nationale, nation, égalité devant la loi, Déclaration des Droits de l'Homme et du Citoyen (26 août), monarchie constitutionnelle.

1792-1793 : difficultés et durcissement. Tentative de fuite du roi (juin 1791), prise des Tuileries (10 août 1792), et proclamation de la République le 21 septembre 1792. En 1793, Louis XVI est exécuté, le régime de la Terreur est voulu pour sauver la Révolution, et en juillet 1794, c'est la chute de Robespierre.

1799-1815 : l'épisode napoléonien. Novembre 1799 (18 brumaire), coup d'État de Napoléon Bonaparte, qui en 1804 se place à la tête de l'Empire sous le nom de Napoléon 1er.
Réformes (Code civil, cadastre, premiers lycées, préfets...), série de guerres de conquête face aux États européens coalisés contre la France, défaites à partir de 1812. En 1814, abdication de Napoléon. Période des Cent-Jours, défaite de Waterloo (18 juin 1815).
Restauration monarchique en France (Louis XVIII).

2. La Révolution française en interaction avec l'Europe

Quel accueil ? Les peuples européens accueillent d'abord favorablement la Révolution, mais les guerres de conquête menées par la France napoléonienne entraînent un rejet.
Les souverains européens se sentent menacés. Ils accueillent les émigrés et s'allient contre la France.

De la Révolution menacée à la Révolution conquérante. La France menacée arrête l'invasion du pays à Valmy le 20 septembre 1792. C'est, jusqu'en 1815 (Waterloo), une période de guerres pratiquement continues.
Aux victoires de Napoléon sur terre (Austerlitz, 2 décembre 1805) s'opposent les désastres successifs de la flotte française face aux Anglais.

Des marques durables malgré l'échec napoléonien. En 1815, la restauration monarchique en France et la carte d'Europe issue du congrès de Vienne semblent montrer un retour à l'ordre ancien. Cependant, l'Europe sort transformée de cette période : les principes révolutionnaires restent présents dans l'esprit des populations et certaines des réformes apportées par la France sont maintenues (Code Civil).

Mes notes pour réviser

MOTS CLÉS

Égalité devant la Loi • Empire • Nation • République • Révolution • Souveraineté nationale

L'Europe bouleversée par la Révolution française (1789-1815)

Sujets d'étude

2 Le 10 août 1792

1. L'événement

Le peuple de Paris (les sans-culottes) et les gardes nationaux (favorables à la Révolution) prennent d'assaut le palais des Tuileries où vivent le roi et sa famille depuis l'été 1789. La famille royale se réfugie à l'Assemblée nationale.

2. Comment l'expliquer ?

La tentative de fuite de Louis XVI (été 1791) a rompu le lien entre le roi et le peuple parisien. La Révolution est menacée d'une invasion par les troupes autrichiennes et prussiennes commandées par le duc de Brunswick et rassemblées aux frontières est du pays. La publication du *Manifeste de Brunswick* et les rumeurs annonçant que des troupes se rassemblent autour de Paris provoquent directement l'événement.

3. Quelles suites ?

En quelques semaines, la Révolution se durcit, la menace extérieure est levée par la victoire de Valmy, et le 21 septembre 1792, l'Assemblée vote l'abolition de la monarchie et proclame la République. Les révolutionnaires les plus radicaux s'imposent avec l'appui des sans-culottes, les principes démocratiques de 1789 sont ajournés. Après le procès et l'exécution de Louis XVI (21 janvier 1793), le pouvoir est exercé par le Comité de salut public. Afin de sauver « la République en danger », Robespierre instaure la Terreur (loi des suspects, tribunal révolutionnaire, exécutions). Celle-ci prend fin avec l'arrestation et l'exécution de Robespierre (24 juillet 1794).

3 La bataille de Waterloo

1. L'événement

Le 18 juin 1815, l'armée française rassemblée en hâte par Napoléon après son retour de l'île d'Elbe affronte en Belgique, sur un sol détrempé par les pluies, l'armée anglaise qui lui barre la route de Bruxelles. En fin de journée, alors que Napoléon compte sur les renforts du général Grouchy, c'est l'armée prussienne commandée par Blücher qui rejoint le champ de bataille, la défaite française est totale.

2. Quel sens prend-il ?

Waterloo est la conclusion définitive de l'épopée militaire napoléonienne ouverte avec la victoire d'Austerlitz (en République tchèque) le 2 décembre 1805.
L'affrontement de Waterloo se clôt par la victoire du général Wellington commandant des troupes britanniques. Au-delà de cette journée du 18 juin 1815, la défaite témoigne de l'épuisement humain et économique de la France engagée dans des guerres depuis 1792.

3. Les conséquences

Napoléon se rend aux Anglais début juillet, il est exilé sur l'île de Sainte-Hélène dans l'Atlantique Sud, où il meurt en 1821.
Les souverains européens vainqueurs imposent la restauration de la monarchie en France et réorganisent la carte d'Europe lors du congrès de Vienne.

Mes notes pour réviser

Savoir 2

Les transformations politiques et sociales de la France de 1848 à 1870

Question obligatoire

1 Politique et société en France sous la Deuxième République et le Second Empire

1. Une République éphémère, 1848-1851

Une révolution, des espoirs : février-juin 1848. Du 22 au 24 février 1848, le peuple parisien entre en insurrection. Le 24, le roi Louis Philippe abdique et s'enfuit, la République est proclamée. Le nouveau régime prend de nombreuses mesures : « Ateliers nationaux » ouverts pour employer les chômeurs, liberté d'opinion et de la presse, démocratie fondée sur le suffrage universel (masculin), abolition de l'esclavage dans les colonies (27 avril).
Juin 1848 : une rupture. Du 21 juin au 28 juin 1848, la fermeture des Ateliers nationaux entraîne à Paris une révolte réprimée par l'armée et provoque une rupture entre le peuple ouvrier et la République.
La fin d'une République : 1848-1851. La constitution, adoptée en novembre 1848, prévoit l'élection au suffrage universel masculin d'un président de la République (pour 4 ans, non rééligible). Le 10 décembre 1848, Louis-Napoléon Bonaparte est très largement élu. Ne pouvant se représenter, il se maintient au pouvoir (coup d'État du 2 décembre 1851). Victor Hugo s'exile en Belgique.

2. Le Second Empire

Un régime autoritaire. Louis-Napoléon Bonaparte recherche l'approbation du peuple dans plusieurs plébiscites (pour valider le coup d'État ou la restauration de l'Empire en 1852). Le contrôle de la presse et de l'opinion, le recours à la police et à l'armée pour encadrer la population, font du Second Empire un régime autoritaire. Il s'assouplit à partir de 1860 : plus grande liberté de la presse, droit de réunion, droit de grève (1864), mesures en faveur des pauvres et des ouvriers, développement de l'enseignement primaire.
Une image contrastée. La période du Second Empire voit une transformation rapide de l'économie du pays. Au plan extérieur, la France apporte une aide à l'unité italienne et engage l'expansion coloniale en Afrique et en Asie. Le 4 septembre 1870, la défaite de Sedan face à la Prusse marque la fin du Second Empire, la France est occupée.
Vers une économie industrielle et une société urbaine.
La révolution des chemins de fer. Amorcé à partir de 1830, le réseau de chemins de fer se densifie, il désormais possible de se déplacer rapidement sur le territoire. Les marchandises peuvent circuler en quantité et à faible coût.
L'industrialisation. Napoléon III souhaite favoriser le développement économique, les industries textiles et métallurgiques se développent avec des entrepreneurs comme Eugène Schneider au Creusot.
Urbanisation et transformations sociales. Alimentées par l'exode rural et l'afflux des ouvriers, les villes s'étendent dans des banlieues, et se transforment avec des travaux d'urbanisme inspirés de ceux du baron Haussmann à Paris : percement de grandes avenues, réseau d'alimentation en eau et d'évacuation par des égouts.

Mes notes pour réviser

MOTS CLÉS

Démocratie • Droit de grève • Industrialisation • Régime

Les transformations politiques et sociales de la France de 1848 à 1870

Sujets d'étude

2 Victor Hugo sous la Deuxième République et le Second Empire

1. Un itinéraire littéraire et politique

Né en 1802, Victor Hugo, jeune écrivain reconnu, est d'abord monarchiste. En 1848, il est favorable à la République et soutient la candidature de Louis-Napoléon Bonaparte à la présidence.

2. L'exilé

Exilé après le coup d'État du 2 décembre 1851, il devient, depuis l'île de Guernesey, le symbole de la résistance démocratique face à un régime d'oppression. Il rédige un recueil de poèmes, *Les Châtiments*, dans lequel il prend souvent pour cible Napoléon III, qualifié de « Napoléon le Petit » ou « d'usurpateur ».

3. Symbole et héritage

Rentré en France à la chute de l'empire, Victor Hugo, déjà reconnu comme immense écrivain, devient pour la IIIe République une référence pour son attention portée au peuple *(Les Misérables)*, ses combats en faveur du suffrage universel, contre l'esclavage, contre la peine de mort, et pour son opposition au Second Empire.
Après sa mort le 22 mai 1885, sa dépouille entre au Panthéon à l'issue de funérailles nationales. Son nom a été donné à nombre de places, rues et établissements publics, contribuant à entretenir sa mémoire.

3 Les établissements Schneider au Creusot sous la Deuxième République et le Second Empire

1. Un lieu

En 1836, deux industriels, les frères Eugène et Adolphe Schneider, rachètent le site industriel du Creusot et le remettent en activité. À la mort de son frère en 1845, Eugène dirige seul les établissements Schneider. L'entreprise et la ville, parfois nommée « Schneider-ville », connaissent alors une croissance rapide (de 1 500 habitants en 1836 à 25 000 en 1870).

2. Un entrepreneur

Eugène Schneider, né en 1805, est à la fois un industriel entreprenant et un homme politique influent sous le Second Empire. Il pratique une politique paternaliste : cités ouvrières pour attirer et fixer des ouvriers, magasins, écoles permettant de fournir une main-d'œuvre qualifiée à ses usines. Il fait réprimer par l'armée et la justice les grèves qui éclatent en 1869. À sa mort en 1875, son fils Henri lui succède.

3. Un foyer industriel

Les productions du Creusot, principal site industriel métallurgique en France sous le Second Empire, sont destinées à la fois aux équipements civils (rails et locomotives) et aux armées avec la fourniture de canons.

Mes notes pour réviser

Savoir 3 La Troisième République : un régime, un empire colonial

Question obligatoire

1 La Troisième République avant 1914 : un régime, un empire colonial

1. Naissance et enracinement

La République naît en septembre 1870. Une guerre civile oppose, du 21 au 28 mai 1871 (la semaine sanglante), les Parisiens organisés en Commune de Paris aux troupes du gouvernement provisoire installé à Versailles.
La loi constitutionnelle de 1875 installe la IIIe République. D'autres lois (années 1880) garantissent les libertés fondamentales (presse, imprimerie, affichage, syndicats) et installent une démocratie parlementaire fondée sur les élections au suffrage universel (masculin).
Des signes et symboles républicains sont mis en place : la *Marseillaise* hymne officiel, le 14 juillet fête nationale, le buste de Marianne placé dans chaque mairie, la devise de la République « Liberté, Égalité, Fraternité ». Dans les villes, les avenues, rues et places de la République ou de la Nation se multiplient.

2. Une affirmation progressive, des crises surmontées

La généralisation de l'enseignement primaire gratuit, laïc et obligatoire (lois de Jules Ferry 1881-1882) a pour but d'élever le niveau d'éducation des Français mais aussi de souder la Nation française dans un espace commun (la patrie) et dans un passé commun (une histoire nationale). La défense du sol natal devient un devoir civique pour les garçons. Le service militaire instauré en 1872 est l'instrument du projet de reconquête des provinces perdues en 1871 (Alsace-Moselle).
Des mesures sociales sont adoptées : loi sur les assurances et les accidents du travail (1898), limitation de la journée de travail à 8 heures (1919).
Le principe de laïcité de la République est affirmé par la loi. En 1904, les congrégations religieuses sont interdites d'enseignement, leur fermeture (inventaires, expulsions) donne lieu à des incidents nombreux. La loi de 1905 établit la séparation des Églises et de l'État.
Plusieurs scandales politico-financiers (Panama, 1892) fragilisent la République. L'affaire Dreyfus, qui culmine en 1898-1899, divise profondément l'opinion et structure durablement la vie politique entre partisans des droits de l'homme et courant royaliste et antisémite.

3. L'aventure coloniale

Le choix de l'expansion coloniale. En 1898, un débat oppose Jules Ferry qui soutient l'idée d'une mission civilisatrice qui incomberait à la France, et Clemenceau, qui s'oppose à la colonisation. Jules Ferry montre aussi l'intérêt stratégique de l'empire colonial face à d'autres puissances. À la fin du XIXe siècle, l'empire français est le deuxième en étendue derrière celui du Royaume-Uni.
Un système fondé sur l'exploitation. Alors que la République affirme ses valeurs par la devise « Liberté, Égalité, Fraternité », la société coloniale est marquée par l'inégalité entre colons et colonisés. L'exploitation économique et humaine de l'empire colonial repose sur le travail forcé (supprimé en 1946), la brutalité et les impôts.

Mes notes pour réviser

MOTS CLÉS

Colonisation • Démocratie • Laïcité • Libertés fondamentales • République • Société coloniale

Savoir 3

La Troisième République : un régime, un empire colonial

Sujets d'étude

1 L'instruction des filles sous la IIIe République avant 1914

1. Deux enseignements pour une même République

Les lois de Jules Ferry (1880-1881) généralisent la scolarisation de tous les jeunes Français, filles et garçons (école gratuite et obligatoire), et libèrent l'enseignement de l'emprise de l'école catholique (école laïque).
L'enseignement secondaire (lycées) reste réservé aux garçons jusqu'en 1880, il donne accès au baccalauréat pour une petite minorité : 1 % d'une classe d'âge à la fin du XIXe siècle.

2. Quelle place pour les filles et les femmes dans la société ?

Au XIXe siècle, la femme ne vote pas, elle est cantonnée à la sphère domestique (son foyer, sa famille). Le besoin d'institutrices dans les écoles de filles amène à créer les écoles normales d'instructrices (loi Paul Bert, 1879) vers lesquelles sont orientées les jeunes filles titulaires du Brevet supérieur.

3. L'enseignement des filles, des progrès, des limites

En 1880, la loi Camille Sée institue les lycées de jeunes filles, mais l'accès des femmes au baccalauréat et à l'université reste minoritaire ; Julie Daubié est la première femme à obtenir le baccalauréat (1861) et une licence de lettres (1871).

2 Vivre à Alger au début du XIXe siècle

1. L'Algérie, un cas particulier dans l'empire colonial

L'Algérie, sous domination française depuis 1830, devient une colonie de peuplement. Vers 1900, elle compte environ 3,7 millions de musulmans, et 600 000 non-musulmans, colons européens d'origine diverse : condamnés politiques après juin 1848, Alsaciens après 1870, Espagnols, Italiens).
Le Code de l'indigénat fait des populations locales des citoyens de deuxième ordre qui ne votent qu'aux élections locales.

2. Alger : deux villes côte à côte

Alger, la « ville blanche », peuplée de 150 000 habitants en 1900, est composée de deux ensembles distincts.
La ville haute, ou Casbah, quartier musulman ancien, est faite de ruelles étroites en pente avec des nombreux escaliers, pour les Européens c'est un dédale impénétrable.
Au pied de la Casbah, la ville européenne, construite sur le modèle des villes françaises avec des rues, avenues, boulevards rectilignes et un plan géométrique,

HISTOIRE

héberge les bâtiments publics de l'administration coloniale : Gouvernement général, cœur de la ville coloniale, Préfecture, Poste, Palais de justice, etc.
Les deux villes et leurs habitants se côtoient, mais ne se mêlent guère.

Mes notes pour réviser

Savoir 4

La Première Guerre mondiale et la fin des empires européens

Question obligatoire

1 La Première Guerre mondiale bouleverse les sociétés et l'ordre européen

1. De l'espoir d'une guerre courte à une guerre d'usure

Dans l'été 1914, l'offensive allemande face aux armées britanniques et françaises est arrêtée au nord de Paris (bataille de la Marne), le front se stabilise de la Suisse à la mer du Nord. Les deux camps établissent des tranchées.

Jusqu'en 1917 en territoire français, le front reste figé, les offensives (Verdun, la Somme en 1916) échouent.

Les femmes remplacent les hommes dans les campagnes et les usines, la mobilisation de l'économie soutient l'effort de guerre.

Le tournant de 1917. En 1917, la Russie se retire de la guerre contre l'Allemagne, les États-Unis entrent en guerre côté Alliés. En 1918, les offensives alliées reprennent, l'empire d'Autriche-Hongrie s'écroule début novembre et l'Allemagne demande l'armistice qui prend effet le 11 novembre 1918.

2. D'une guerre européenne à une guerre mondiale

Les fronts en Europe. En 1914, les deux principaux fronts terrestres sont situés en France à l'ouest et en Russie à l'est. En 1915, l'Italie ouvre un troisième front dans les Alpes face à l'Autriche. C'est sur ces fronts que se concentre l'effort militaire principal, occasionnant la mort de plusieurs millions de soldats.

L'extension de la guerre au monde. Royaume-Uni et France font rapidement appel aux ressources économiques et humaines des colonies pour soutenir l'effort de guerre. Sur les océans, l'Allemagne mène la « guerre sous-marine à outrance » en torpillant les navires de commerce. En avril 1917, les États-Unis entrent en guerre. Une large partie de la planète se trouve alors engagée dans un conflit devenu mondial. La Russie se retire de la guerre après la révolution d'octobre 1917, et les États d'Amérique latine sont pour la plupart restés neutres.

3. L'Europe et le monde transformés par la guerre

Un lourd bilan humain. Au plan militaire, on compte 9 millions de morts, et 21 millions de blessés (« gueules cassées », amputés, gazés). L'épidémie de « grippe espagnole », en 1918-1919, tue plus de 2 millions de personnes en Europe et le génocide subi par les Arméniens de l'Empire ottoman a fait 1,2 million de morts.

Des effets économiques contrastés. Sur le territoire français, les zones de combat ont subi d'importantes destructions, de vastes espaces truffés d'obus non explosés sont inutilisables. À l'inverse, certains secteurs économiques se renforcent (automobile, aviation).

L'Europe n'est plus le centre du monde. Alors que les nations européennes sont épuisées, les États-Unis sortent grandis du conflit, leur diplomatie s'impose dans les traités de paix de l'après-guerre.

À l'est de l'Europe, la révolution d'octobre 1917 a donné naissance en Russie à un régime de type nouveau, le communisme.

Parmi les peuples colonisés appelés à défendre les métropoles en difficulté, les consciences commencent à s'éveiller, le mythe de l'invincibilité du colonisateur est remis en cause.

Mes notes pour réviser

MOTS CLÉS

Diplomatie • Empire multinational • Front • Génocide • Mobilisation • Traité

2 La bataille de la Somme (juillet-novembre 1916)

1. Une offensive franco-anglaise

En février 1916, l'Allemagne lance l'offensive sur Verdun avec l'objectif de rompre le front, les Britanniques et les Français répliquent par une offensive en Picardie, c'est la bataille de la Somme.
Ils engagent fin juin 1916 une préparation d'artillerie de plusieurs jours dans le but d'écraser les tranchées allemandes et lancent les troupes à l'offensive le 1er juillet, celles-ci franchissent sans difficulté les premières tranchées ennemies avant de tomber massivement sous les tirs des mitrailleuses allemandes (60 000 morts dans la journée). Les offensives se prolongent jusqu'en novembre, avec plus de 1 million de morts de part et d'autre, c'est la bataille la plus meurtrière qu'ait connu l'armée britannique.

2. Un échec retentissant

Les pertes massives dans les batailles de 1916 (Verdun, la Somme) et de 1917 (Chemin des Dames en Champagne) provoquent des mutineries de soldats et des changements stratégiques. L'Allemagne ne pouvant percer sur terre reprend la guerre sous-marine. Un nouveau commandement allié est nommé (le maréchal Foch), qui choisit d'attendre « les Américains et les chars » avant de lancer les offensives début 1918.

3 L'Autriche-Hongrie de 1914 au traité de Saint-Germain

1. Un État multinational

L'empire d'Autriche, État multinational, réunit de nombreuses nationalités de langue et de culture différentes : Croates, Slovènes, Hongrois, Tchèques, Slovaques, Polonais, Serbes, etc. Plusieurs de ces peuples souhaitent s'affranchir de la tutelle autrichienne. En 1867, l'empereur d'Autriche accepte l'autonomie de la Hongrie dont il devient roi, c'est la « double monarchie ».

2. L'Autriche-Hongrie dans la guerre

Le 28 juin 1914, l'attentat contre l'héritier de l'empire d'Autriche-Hongrie à Sarajevo conduit à la guerre que l'Autriche, alliée à l'Allemagne, mène sur trois fronts : serbe, russe, italien.
Le conflit provoque une pénurie de nourriture et des famines, l'armée composée des différentes nationalités se désagrège progressivement. Le 3 novembre 1918, l'Autriche signe un armistice avec les pays de l'Entente.

3. La dislocation de l'empire

En 1920, le traité de Saint-Germain, s'appuyant sur le « droit des peuples à disposer d'eux-mêmes », met fin à l'Empire d'Autriche et donne naissance à 7 nouveaux États. Mais tout n'est pas résolu : la Tchécoslovaquie réunit deux peuples, et la Yougoslavie créée en 1929 est elle-même une mosaïque de peuples.

MES NOTES POUR RÉVISER

Savoir 5

La métropolisation : un processus mondial différencié

Question obligatoire

1 Les villes à l'échelle mondiale : le poids croissant des métropoles et des mégalopoles

1. Urbanisation et métropolisation

Près de la moitié des humains vivent dans des villes de plus en plus vastes et peuplées, les plus grandes ou mégapoles dépassent largement la dizaine de millions d'habitants.

Une métropole ne se définit pas par la seule taille de l'agglomération urbaine mais par la concentration de fonctions tertiaires supérieures : sièges sociaux d'entreprise, sièges d'institutions publiques, enseignement supérieur, recherche, etc. Elles sont desservies par des réseaux efficaces de transport et de communication, leur influence s'étend à des territoires plus ou moins vastes, du monde entier pour les métropoles mondiales à l'espace régional pour d'autres de taille plus réduite.

En s'accentuant, **la métropolisation**, concentration de plus en plus forte des fonctions urbaines supérieures, de la richesse, des capacités de commandement et d'innovation, favorise un nombre réduit de villes dynamiques au détriment des autres.

2. Les métropoles, une diversité de fonctions et de paysages

Le schéma centre/périphérie se caractérise dans les métropoles par l'existence de quartiers centraux d'affaires ou CBD, où se concentrent les fonctions de commandement, avec leur paysage de tours vitrées de plus en plus hautes. Autour d'eux, en périphérie, se disposent les fonctions d'habitat et tous les équipements nécessaires au fonctionnement du centre : aéroports, entrepôts, ateliers de production, etc.

Ce schéma centre/périphérie connaît de nombreuses variantes, les quartiers d'affaires peuvent se démultiplier dans les quartiers périphériques. Dans les pays du Sud, au paysage des CBD s'opposent, à faible distance, des quartiers pauvres, parfois des bidonvilles.

3. Des métropoles à différentes échelles

Au sommet de la hiérarchie mondiale des métropoles se placent trois ensembles nommés **mégalopoles** et caractérisés par l'existence de villes nombreuses, relativement proches, et bien reliées entre elles par de multiples réseaux de communication : les pôles principaux sont la mégalopole européenne, avec Londres et Paris, Mégalopolis sur la côte Nord-Est des États-Unis, ensemble urbain de Boston à Washington dominé par New York, et la côte Est du Japon avec Tokyo, Nagoya, Osaka-Kobé.

D'autres ensembles métropolitains sont en cours de formation dans plusieurs régions du monde : en Californie aux États-Unis (Los Angeles, San Francisco), au Brésil autour de São Paulo, à l'échelle de la façade maritime de l'Asie orientale avec un chapelet de métropoles de Séoul en Corée au nord à Singapour au sud, englobant la métropole japonaise.

Le terme de métropole n'est pas réservé au niveau mondial, en Europe un ensemble de villes jouent le rôle de métropoles régionales (Lyon, Marseille, Nantes en France ; Turin, Bologne, Gênes en Italie).

Mes notes pour réviser

MOTS CLÉS

Agglomération urbaine • Centre/périphérie • Métropole/métropolisation • Ville

2 Lyon : les mutations d'une métropole

1. Une métropole régionale

Lyon est une métropole régionale qui, sans pouvoir rivaliser avec Paris, fait preuve d'un fort dynamisme et dispose d'une large gamme de fonctions urbaines.
La métropole de Lyon compte 59 communes et 1,4 million d'habitants, l'aire urbaine lyonnaise rassemble 2,4 millions d'habitants. Capitale régionale, de l'AURA (Auvergne-Rhône-Alpes), agglomération industrielle (chimie, pharmacie), elle constitue le deuxième pôle d'enseignement supérieur et de recherche en France.

2. Une ville connectée aux espaces environnants

La métropole lyonnaise est desservie par l'axe autoroutier nord-sud A6-A7, par la gare de Part-Dieu sur la ligne TGV reliant la ville à Paris en deux heures, et par l'aéroport Saint-Exupéry situé à l'est de l'agglomération.

3. Une aire urbaine différenciée

Autour du cœur historique de la ville, classé au patrimoine mondial de l'Unesco, une forte dissymétrie oppose dans l'agglomération les communes de l'ouest, plus riches (villas et pavillons individuels), à l'est (grands ensemble des années 1960-70 (Rillieux-la-Pape, Vaulx-en-Velin), nouveaux équipements : aéroport, prison, stade).

3 Londres, une métropole de rang mondial

1. Une ville mondiale

Londres est une des villes les plus influentes de la planète dans les domaines économique et culturel, elle concentre les fonctions tertiaires supérieures (place financière internationale, capitale mondiale de l'assurance). Elle dispose du premier aéroport européen (Heathrow). Son agglomération de 12 millions d'habitants constitue avec le Grand Paris la plus importante unité urbaine d'Europe de l'Ouest.

2. Une métropole en mutation

Le centre de l'agglomération mêle les vestiges historiques (London Tower, Cathédrale Saint-Paul, London Bridge, Parlement), et les immeubles modernes abritant les fonctions internationales de la ville (quartier financier de la City, tours). Des aménagements urbains tendent à réduire la dissymétrie entre l'ouest et l'est de l'agglomération, resté plus pauvre et plus industriel.

3. Quel avenir pour Londres ?

Londres est concurrencée par la montée en puissance de nouvelles métropoles en Asie (Shanghai, Singapour) et au Moyen Orient (Dubaï).
La sortie de l'Union européenne (Brexit) suscite des hypothèses contrastées : affaiblissement à l'échelle de l'Europe, renforcement à l'échelle du monde ?

Mes notes pour réviser

Savoir 6

Une diversification des espaces et des acteurs de la production

Question obligatoire

1 Métropolisation, littoralisation des espaces productifs et accroissement des flux

1. Des espaces productifs organisés à l'échelle du monde

De 1945 aux années 2000, les économies de la plupart des pays se sont ouvertes aux échanges commerciaux dans le cadre de l'OMC (Organisation mondiale du commerce) contribuant à la mondialisation des économies.
Depuis quelques années, une « guerre commerciale » entre pays concurrents provoque le retour d'un certain protectionnisme économique.
Les firmes transnationales (FTN), entreprises développant leurs activités dans plusieurs pays, sont les acteurs principaux de la mondialisation, leurs stratégies mondialisées aboutissent à une répartition internationale de la production, la fabrication d'un produit pouvant être éclatée entre plusieurs pays.

2. Les lieux privilégiés de la production

Les quartiers d'affaires des métropoles sont les centres de commandement des chaînes mondiales de valeur ajoutée et gèrent les flux financiers planétaires qui en résultent.
Les entreprises agissant dans les mêmes secteurs trouvent des avantages à se rassembler dans des **districts industriels ou clusters** proches des universités et centres de recherches (Silicon Valley en Californie), bénéficiant ainsi du phénomène de « fertilisation croisée ».
Pour fonctionner, les réseaux mondiaux de production nécessitent des moyens de transport et engendrent **des flux massifs à la fois matériels** (transports de marchandises, déplacements humains) **et immatériels** (flux d'informations, flux financiers).
Les flux immatériels ont connu une révolution avec l'informatique et les moyens récents de communication (téléphonie, Internet), ils se caractérisent par leur instantanéité, utilisée pour la transmission d'informations et pour les transactions financières.

3. Un effet sur les territoires

Les flux sillonnant la planète ne desservent pas de manière égale toutes les parties du monde. Aux régions connectées par des lignes et des hubs s'opposent des régions peu desservies, ou enclavées. **L'Atlantique Nord**, reliant Europe du Nord-Ouest et Amérique du Nord, concentre les flux aériens, maritimes et Internet ; à l'inverse, l'Afrique est le continent le moins bien desservi.
Dans le monde, outre les métropoles, les espaces gagnants de cette organisation mondialisée sont principalement **les littoraux**. Sachant que 90 % des marchandises transportées dans le monde le sont par mer, les sites de production sont de manière privilégiée implantés près des littoraux et des structures portuaires (zones industrialo-portuaires).
À l'échelle des pays, les régions traversées (lignes ferroviaires, autoroutes) ou survolées (lignes aériennes), sans infrastructure d'accès aux réseaux (gare, échangeur, aéroport), sont également enclavées et mises à l'écart par un « effet tunnel ».

Mes notes pour réviser

MOTS CLÉS

Chaîne mondiale de valeur ajoutée • Espace productif • Flux • Production • Réseau international de production

Une diversification des espaces et des acteurs de la production

Sujets d'étude

2 Les espaces des industries aéronautique et aérospatiale européennes

1. L'Europe, un acteur important de la filière aéronautique et aérospatiale

L'Europe partage avec les États-Unis la quasi-totalité du marché aéronautique civil mondial et occupe également une place importante pour les lanceurs de satellites. Une partie de ces productions est assurée par une coopération entre entreprises issues de pays différents.

2. Deux réussites de la coopération européenne

Airbus group, consortium associant des entreprises de plusieurs pays principalement européens se partage, à part égale, le marché mondial de l'aviation civile avec l'Américain Boeing. Il est aussi le premier constructeur d'hélicoptères au monde.

L'Agence spatiale européenne (**ESA** en anglais), créée en 1975 sur le même principe, occupe la première place des lancements commerciaux de satellites, principalement avec les lanceurs Ariane dont les tirs sont effectués depuis la base de Kourou en Guyane.

Une organisation territoriale particulière. Les sites de production des composants d'avions ou de fusées sont répartis dans les différents pays partenaires, l'assemblage final s'effectue sur quelques sites pour Airbus : Hambourg en Allemagne et Toulouse en France.

3 Rotterdam : un espace industrialo-portuaire européen de dimension mondiale

1. La porte maritime de l'Europe du Nord-Ouest

Situé sur la mer du Nord à l'embouchure du Rhin, Rotterdam occupe le premier rang européen pour le trafic de marchandises en conteneurs. Il constitue, avec d'autres ports aux Pays-Bas, en Belgique et en France, la façade maritime de l'Europe du Nord (Northern Range), la plus active du continent.

2. Un gigantesque ensemble industrialo-portuaire

À partir de la ville de Rotterdam, située sur le Rhin à environ 40 km de la mer, les activités portuaires ont migré vers la côte et une zone industrielle, spécialisée dans le traitement du pétrole importé (raffineries, chimie), s'est édifiée entre la ville et la mer. L'avant-port de Rotterdam (Maasvlakte) assure une fonction de hub maritime (concentration et distribution des conteneurs vers d'autres ports).

3. Un port dans la compétition mondiale et européenne

Dans les décennies 1960-1990, Rotterdam occupait le premier rang mondial pour le trafic portuaire alors constitué principalement de pétrole, il n'est plus aujourd'hui qu'au 9e rang tous trafics confondus. Ce déclassement mondial résulte de la montée des ports de la façade orientale de l'Asie.

Mes notes pour réviser

Savoir 7 Les espaces ruraux : une multi-fonctionnalité toujours plus marquée

Question obligatoire

1 Des espaces ruraux aux fonctions de plus en plus variées

1. L'agriculture, activité première des espaces ruraux

La fonction première des espaces ruraux a été et reste de produire pour l'alimentation humaine de manière directe (végétaux) ou indirecte (pâturages, nourriture pour animaux), cette fonction continue à marquer les paysages.
Les agriculteurs sont de moins en moins nombreux dans les pays d'agriculture capitalistique où le machinisme agricole s'est imposé (à peine 2 % de la population active en France ou en Amérique du Nord). Leur nombre, encore élevé, diminue rapidement dans les pays en développement en lien avec l'urbanisation accélérée des populations.
L'agriculture est l'objet de critiques en raison de l'utilisation massive de produits de traitement ou de la monoculture qui contribuent à la réduction de la biodiversité.

2. Des espaces ruraux évoluant vers la multifonctionnalité

L'urbanisation croissante des populations a provoqué l'extension des villes et leur débordement au-delà du noyau urbain originel. Cet étalement des villes, la multiplication des axes de transport, grignotent l'espace rural. En France, tous les 10 ans, l'équivalent d'un département est ainsi urbanisé.
La périurbanisation, en lien avec l'usage de l'automobile individuelle, a donné naissance à un type d'espace intermédiaire marqué par la diversité des fonctions et des paysages. Sur un fond rural et agricole se sont construits de nouveaux habitats, fréquemment en lotissements de pavillons individuels, dans lesquels vivent des familles qui travaillent dans la ville voisine, parfois distante de plusieurs dizaines de kilomètres.
Sur ces espaces, **les activités de loisirs et de récréation** pour les populations urbaines peuvent être un facteur de revitalisation. La fréquentation touristique s'accompagne d'une demande d'authenticité à laquelle cherchent à répondre l'hébergement en gîtes ruraux et la promotion de produits du terroir. Cet **agrotourisme** appuyé sur l'agriculture locale peut constituer un apport économique pour les régions concernées.

3. Les espaces ruraux, une diversité de situations

Plutôt qu'un espace rural il y a des espaces ruraux, en France coexistent des espaces ruraux intégrés, relativement proches des grandes métropoles, et des zones plus fragiles comme les demi-montagnes. À la différence des hautes montagnes, elles ne peuvent guère bénéficier des loisirs de neige, même si elles cherchent à promouvoir un tourisme vert d'été.
En France, à l'écart des villes, **l'espace rural « profond »** est marqué par le dépeuplement et le vieillissement des habitants qui restent. Ces derniers sont souvent privés d'équipements publics et ont le sentiment d'être oubliés et mis à l'écart. L'opposition entre espace rural profond et espaces où prédomine un mode de vie urbain est un des aspects de la fragmentation des territoires.

Mes notes pour réviser

MOTS CLÉS

Espace rural • Fragmentation • Multifonctionnalité • Périurbanisation

2 Les espaces périurbains en France (métropolitaine et ultramarine)

1. Une apparition récente

La notion de périurbanisation et le phénomène qu'elle décrit sont directement liés au développement de la voiture individuelle qui a permis de dissocier les espaces de résidence et ceux du travail. Des lotissements se sont édifiés dans des territoires ruraux, où le prix des terrains décroît en fonction de l'éloignement à la ville.

2. Une sociologie particulière

Les habitants des espaces périurbains sont « des citadins » installés à la campagne, leur mode de vie se rapproche de celui des habitants des villes. En semaine, leur vie est rythmée par les déplacements domicile-travail avec un retour en fin de journée. Ces déplacements se font très largement en automobile individuelle par défaut de transports en commun, le covoiturage constituant un moyen de limiter les frais. Sortes de villages dortoirs en semaine, ces nouveaux quartiers s'animent principalement pendant les week-ends. La nouvelle population périurbaine contribue à revivifier les campagnes, mais la cohabitation avec les anciens habitants suscite parfois des incompréhensions (nuisances liées à l'agriculture par exemple).

3 L'agrotourisme en France (métropolitaine et ultramarine)

1. Qu'est-ce que l'agrotourisme ?

Parfois qualifié de « tourisme vert », il répond à une demande de nature de la part des populations urbaines. La fréquentation touristique dans les espaces ruraux suppose des capacités d'hébergement et de restauration assurées en partie par les agriculteurs.

2. Les acteurs de l'agrotourisme

La demande d'un tourisme « vert » ou « naturel » progresse, la réponse à cette demande associe de nombreux acteurs : agriculteurs à la recherche de compléments de revenus et de contacts sociaux, associations avec des actions d'animation, de balisage des randonnées, collectivités territoriales (communes, départements) engageant la réalisation d'équipements, ou de campagnes de promotion. Les structures et personnels des parcs naturels nationaux ou régionaux sont également acteurs de l'activité touristique en zone rurale.

3. Un espoir pour l'espace rural ?

L'agrotourisme peut constituer une activité complémentaire (gîtes à la ferme, produits du terroir). Toutefois la fréquentation touristique ne se diffuse pas de manière égale sur tous les espaces ruraux, et c'est une activité saisonnière, limitée à l'été principalement.

Mes notes pour réviser

Savoir
8

La Chine, des recompositions spatiales multiples

1. De la Révolution communiste au statut de puissance mondiale

La République démocratique de Chine (RDC), communiste, naît en 1949, **l'économie est collectivisée**, la propriété individuelle interdite, la croissance de la population encouragée. La brutalité des réformes dans les campagnes entraîne des famines et le « grand bond en avant » voulu par les autorités chinoises est un fiasco. À la mort de Mao Zedong en 1976, les nouveaux dirigeants amorcent un virage vers d'autres choix économiques.

Une ouverture économique commence dans des « zones économiques spéciales » destinées à attirer capitaux et entreprises étrangères dans les ports et régions côtières (fiscalité allégée, main-d'œuvre bon marché), la production est destinée à l'exportation.

Au cours des années 1980-1990, **l'économie chinoise se libéralise** : si le pays reste officiellement communiste, les entreprises privées sont autorisées. La Chine devient « l'usine du monde », où entreprises européennes et américaines délocalisent leurs ateliers de production.

Les réussites économiques chinoises, y compris dans les hautes technologies (Lenovo, Huawei), permettent à la Chine de rivaliser dans le domaine économique avec les États-Unis, et d'étendre son influence hors de ses frontières, en Asie, mais aussi en Afrique. Toutefois, la réussite chinoise a aussi des contreparties, en particulier de graves problèmes de pollution.

2. Une urbanisation accélérée

La Chine (1, 4 milliard d'habitants) est le pays le plus peuplé du monde. Sa population (590 millions en 1953) a augmenté rapidement jusqu'au début des années 1970, puis la croissance s'est ralentie sous l'effet de politiques de restriction des naissances, en 2018, elle a, pour la première fois, légèrement reculé.

Le taux de population urbaine (10 % en 1949) approche les 60 % aujourd'hui et devrait atteindre 70 % en 2025. L'afflux de population vers les villes répond aux besoins de l'économie chinoise dans les zones littorales, et au désir d'une vie meilleure chez les habitants des campagnes.

Le pays compte aujourd'hui **six mégapoles** de plus de 10 millions d'habitants. Ces villes géantes se répartissent en trois principaux ensembles autour de Beijing au nord, Shanghai au centre, Guangzhou au sud. Les trois grands fleuves chinois, Huang He, Yangzi, et Xi Jiang constituent des rues de villes pénétrant vers l'intérieur chinois.

Bien qu'elle ne soit pas la capitale politique, **Shanghai est une métropole de rang mondial**, par sa population (24 millions d'habitants), son économie appuyée sur le premier ensemble portuaire du monde et ses fonctions tertiaires, universitaires en particulier.

3. Les régions littorales bases de la puissance chinoise

Sur 13 % du territoire, elles regroupent 45 % de la population, contribuent pour 58 % à la création de richesse (PNB) et pour 88 % aux exportations du pays. C'est là que se trouvent les plus grandes unités urbaines du pays.

Le littoral chinois constitue une gigantesque façade maritime dont les principaux complexes portuaires sont ceux de Shanghai et Guangzhou. L'activité économique

est principalement fondée sur le modèle de la zone industrialo-portuaire : importation par la mer de matières premières et d'énergie, transformation en produits industriels, réexportation par la mer de produits fabriqués.
Du fait de cette organisation, **le territoire chinois est fortement déséquilibré**, avec du littoral vers l'intérieur :
- des régions fortement peuplées, urbanisées, concentrant l'essentiel des activités et de richesse,
- des régions en voie d'intégration au développement chinois, avec des axes de pénétration vers l'intérieur le long des fleuves,
- un espace intérieur peu développé, marqué par des conditions naturelles contraignantes (relief, climat aride).

Dans un double objectif de rééquilibrage, mais aussi de contrôle territorial, les autorités chinoises multiplient les chantiers d'infrastructures de transport permettant de désenclaver l'intérieur chinois.

4. Des campagnes profondément transformées

La Chine agricole se divise en plusieurs ensembles :
- l'ouest aride et montagneux où l'agriculture se limite à des oasis,
- l'est, lui-même subdivisé en trois ensembles du nord au sud. Le nord aux hivers froids porte des cultures céréalières, les deux tiers sud, où les conditions climatiques (température, pluies saisonnières) le permettent, appartiennent à la Chine du riz, cultivé en alternance avec d'autres plantes dans un système permettant deux récoltes par an.

Après 1949, la collectivisation des campagnes a profondément bouleversé **le monde agricole chinois**, dans un premier temps la production agricole a reculé, entraînant des famines massives. Depuis les années 1980, avec la décollectivisation partielle et la modernisation des fermes collectives, le pays a réussi à nourrir une population en forte croissance.

Le secteur primaire chinois emploie encore 28 % de la population active (600 millions d'agriculteurs environ) et contribue pour 9 % au PNB.

Les terres agricoles des régions proches des côtes sont grignotées par **l'extension des villes**. Dans l'ensemble du territoire se manifeste une dégradation des sols et des milieux naturels (érosion, pollution des sols et de l'air), des mesures sont en cours pour lutter contre la désertification dans l'intérieur.

Exemple de sujet en première

Première partie

1. Justifiez l'expression : « 1789, l'été de la révolution » en proposant au moins 4 arguments.

2. Proposez une définition pour la notion de métropolisation, et citez deux métropoles de niveau mondial.

3. Montrez le poids des régions littorales chinoises dans l'économie du pays.

4. Expliquez en quoi consiste la multifonctionnalité des espaces ruraux.

5. Datez les événements suivants dans la période de la Première Guerre mondiale :

- Entrée en guerre des États-Unis
- Bataille de la Somme
- Armistice avec l'Allemagne
- Révolution bolchevique en Russie

Deuxième partie

Sujet d'étude 1 : Les espaces périurbains en France

Répartition de la population selon la catégorie d'espace

	Catégorie d'espace (selon découpage Insee)	Population en 2014	Population en 2014 (en % de la population totale)
Aires urbaines	Pôle urbain (ville-centre et banlieue)	41 534 930	64,87
	Couronne urbaine (périurbain)	19 554 152	30,54
Hors aire urbaine	Communes isolées	2 938 876	4,59
Total population française		64 027 958	100

Insee, 2014, Découpage communal de 2016.

1. Précisez l'importance numérique du phénomène périurbain.

2. Présentez le type d'habitat dominant et le type de paysage ainsi créé.

3. Quels sont pour les résidents les avantages et les inconvénients de la vie en milieu périurbain ?

Sujet d'étude 2 : L'agrotourisme en France

Sur l'île de la Réunion

Certains agriculteurs ont choisi de développer des activités d'accueil touristique sur leur exploitation. Cette activité de diversification est motivée par une volonté de valoriser leurs productions, de faire découvrir leur métier [...].

Le réseau « Bienvenue à la Ferme » (http://www.bienvenue-a-la-ferme.com/), créé par les Chambres d'Agriculture, permet de croiser cette offre nouvelle proposée par les agriculteurs et la demande d'une population en quête de simplicité et d'authenticité.
Ainsi, les agriculteurs réunionnais du réseau « Bienvenue à la Ferme » vous accueillent au cœur de leur exploitation.

« Accueil à la Ferme », reunion.chambagri.fr, consulté le 6 février 2019.

1. **Présentez le phénomène évoqué dans le document.**

2. **Quel est l'intérêt de ce choix pour les agriculteurs ?**

3. **D'une manière générale, cette évolution vers la multifonctionnalité vous paraît-elle à même de revitaliser les espaces ruraux ?**

Exemple de sujets en première

Première partie

1. De mai à août 1789, la France passe d'un « Ancien Régime » vieux de plus de 1 000 ans à un nouveau système social et politique, cette rupture se fait en quelques étapes :
– Les États généraux du royaume, réunis le 5 mai à Versailles par le roi Louis XVI pour voter de nouveaux impôts, se transforment en Assemblée nationale le 20 juin.
– Le 14 juillet, les Parisiens prennent la Bastille, prison symbole de l'Ancien Régime.
– La révolution se propage dans les campagnes. Pour arrêter la « Grande Peur », l'Assemblée vote dans la nuit du 4 août l'abolition des privilèges.
– Le 26 août, la Déclaration des droits de l'homme et du citoyen pose les bases d'une nouvelle société et d'un nouveau rapport des individus-citoyens au politique.

2. Le mot désigne la concentration d'activités dites supérieures, essentiellement tertiaires (commandement, enseignement, recherche, haute technologie) dans un nombre limité de villes. Ce phénomène joue à l'échelle des États comme à l'échelle mondiale. New York, Londres, Shanghai sont des métropoles mondiales.

3. Ces régions, qui représentent environ 13 % du territoire chinois, concentrent 45 % de la population, accueillent près de 80 % des investissements étrangers en Chine et contribuent pour 88 % aux exportations chinoises. La majorité des métropoles chinoises y sont concentrées : Shanghai, les villes du delta de la rivière des Perles (Guangzhou, Shenzhen), Beijing.

4. À la fonction première des espaces ruraux, l'agriculture, s'en sont ajoutées d'autres : fonction récréative et sportive, habitat de populations travaillant dans les villes avec le développement de la périurbanisation.

5. Entrée en guerre des États-Unis : avril 1917.
Bataille de la Somme : juillet-automne 1916.
Armistice avec l'Allemagne : 11 novembre 1918.
Révolution bolchevique en Russie : octobre 1917 (7-8 novembre dans notre calendrier).

Deuxième partie

Sujet d'étude 1 : Les espaces périurbains en France

1. Le périurbain concerne environ 30 % de la population métropolitaine en France, soit plus de 19 millions de personnes, c'est devenu un phénomène sociologique et géographique d'ampleur.

2. Il s'agit principalement de pavillons individuels, le plus souvent regroupés en lotissements proches d'un village, ou implantés « hors-sol » sur des terres agricoles.

3. Le périurbain répond à la demande des Français d'accession à la propriété en maison individuelle avec jardin, le prix des terrains décroissant avec l'éloignement de la ville. En revanche, il impose des déplacements constants effectués en automobile individuelle pour le travail, les achats et les loisirs.

Sujet d'étude 2 : L'agrotourisme en France

1. C'est l'initiative d'agriculteurs, mis en réseau par une association, pour développer une activité d'accueil, restauration et hébergement de touristes en milieu rural.

2. Le tourisme rural apporte à la fois un complément de revenus et un contact social permettant de rompre l'isolement dont souffrent parfois les agriculteurs.

3. Le tourisme en milieu rural peut permettre le maintien de population et d'activités dans les campagnes, mais il est saisonnier et certaines régions comme la Réunion (climat tropical, paysages volcaniques spectaculaires) offrent plus d'attraits que d'autres.

Savoir 1

Compréhension orale

Vous disposez tout d'abord de **cinq minutes** pour prendre connaissance de l'**intégralité** du sujet.
– Le document audio ou vidéo proposé dure 1 minutes 30 maximum.
– Vous allez entendre trois fois le document, les écoutes sont espacées d'une minute.
– Vous pourrez prendre des notes pendant les écoutes.
À l'issue de la troisième écoute, vous organisez votre temps comme vous le souhaitez pour **rendre compte en français** du document oral et pour traiter ensuite le sujet d'expression écrite (épreuve 1) et/ou de compréhension écrite (épreuve 3) **en anglais**.

1 Méthodologie

a) Organiser son temps pour être le plus efficace, le plus productif et répondre aux objectifs
– Faites systématiquement des hypothèses sur le sujet de l'audio ou de la vidéo.
– Anticipez non seulement les idées mais aussi le vocabulaire.
b) Prendre des notes le temps des 3 écoutes/visionnages :
– Noms, lieux, sujets
– Champs lexicaux

2 Exemple guidé : document audio

Audio
https://liennathan.fr/ct97i4

a) Avant l'écoute
– Titre du document : « *Tips for homebound bakers* »
– Origine et date du document : *ATC (All things considered), an American radio program, aired on April 4, 2020.*

→ 1re anticipation : utilisez le titre
– *"A tip" is a piece of advice.*
– *"Bakers" is related to bakery, which is a place where you buy bread, pastries, etc. So a baker is somebody who makes bread.*
– *"homebound" is an adjective that describes "bakers". So people who bake at home to make cakes, etc.*
Votre conclusion : Conseils pour les pâtissiers confinés à la maison.

→ 2e anticipation : développez chacun des éléments du titre
The vocabulary that you may expect to hear:
– *The ingredients and the results: bread, cakes/cookies/biscuits, flour, eggs, baking powder, dough, etc.*
– *The cooking equipment: dishes, cake pans, oven, etc.*
– *The activities that we carry out: knead, mix/beat, let it stand/let it rest, etc.*
– *Reasons for cooking: to pass time, not to be bored, to make somebody happy, etc.*

→ 3e anticipation :
– Qui peut donner des conseils ?
– Où trouver des conseils ?

b) Pendant l'écoute

- **1re écoute :** noter et organiser

– Comment le sujet est présenté : *Things to do : yoga, meditation, etc.*
– Combien de personnes ? *2.*
– Où sont-elles ? *America.*

Vocabulaire :

a) Mots qui appartiennent au même champ lexical : *difficult, coronavirus, anxious, stress, pandemic*
b) Mots du champ lexical culinaire : *bread, cookies, ingredients, delicious*
c) Mots sans lien : « *Bon appétit* », *hashtag*

- **2e écoute :** ajouter et affiner les idées

– Qui est l'interlocutrice ? Nom ? *Clare, a freelance recipe developer.*

Vocabulaire :

a) Mots en lien avec les sentiments : *calm, stress, reassuring, distraction*
b) Autres lieux/apps pour s'occuper : *stressbaking, coronavirusbaking*

- **3e écoute :** étoffer avec d'autres idées pour le plan

Collection of words that have to be classified: social media, pictures, no phone, hands

c) Après l'écoute

Organisez, organisez, organisez.

Introduction

Une émission radiophonique propose des astuces pour occuper son temps quand on est confiné. Ici, il s'agit de faire des gâteaux et/ou du pain. Il y a deux interlocutrices : la présentatrice et une invitée qui propose des recettes sur une application appelée « Bon appétit ».

La présentatrice annonce que dans cette période difficile de confinement, certains font du yoga, de la méditation et d'autres font quelque chose de différent et de délicieux.

Développement

L'invitée, Clare S, indique que préparer quelque chose avec ses mains est une détente, cela permet d'oublier son téléphone et cela rassure. Faire la cuisine a donc des vertus en cette période de pandémie. L'invitée indique de plus que cuisiner est une distraction. On peut se lancer dans une création qui prend plus de temps : un pain artisanal. En cette période de confinement on a plus de temps et le temps de cuisson au four peut donc être pris.

Elle n'est pas la seule à proposer des recettes. Il y a aussi coronavirusBaking ou stressBaking. On trouve aussi beaucoup de photos de biscuits et autres cookies sur les réseaux sociaux.

Conclusion

Faire des gâteaux fait plaisir et en même temps est rassurant.

Astuces

- **Vous écrivez dans la langue que vous voulez pour la prise de note.**
- **Vous pouvez utiliser différents stylos de couleur et ajouter des éléments au fur et à mesure.**
- **Vous pouvez utiliser votre feuille au format « paysage » pour avoir plus de place et déjà organiser les choses en prenant des notes.**

3 Exemple guidé : document vidéo

Vidéo
https://liennathan.fr/uq9m73

a) Avant l'écoute

– Titre du document : « *Warhol Exhibition* »
– Origine et date du document : *A Scottish TV programme.*

→ 1re anticipation : utilisez le titre

– *Faites une carte mentale : Warhol.*
Qui est-il ? D'où vient-il ? Un artiste ? Quelle période ? Quels objets d'art ? Connu ?
– *Faites une seconde carte mentale : Exhibition.*
Date, lieu, organisateur(s), fonds, partenaires, raisons

→ 2e anticipation : développez chacun des éléments du titre

– Vocabulaire attendu : *artist ; work of arts ; famous ; known for ; etc.*
– L'exposition et son vocabulaire : *tickets ; reserve/book ; price ; opening time/hours ; etc.*
– Les interviewés : nom(s) ; titre

→ 3e anticipation :

– Posez-vous toujours les mêmes questions : Qui ? Quoi ? Quand ? Où ? Pourquoi ? Comment ?

Astuces

- **Pour votre prise de notes, vous pouvez utiliser un stylo de couleur différente pour chaque visionnage.**
- **Attention, écrivez les mots qui apparaissent sur l'écran. Néanmoins, ne soyez pas hypnotisés par l'écran.**
- **Vous organisez votre feuille de notes en deux colonnes : l'artiste *versus* l'exposition OU avec les questions Qui ? Quoi ? Où ? Quand ?**
- **Vous subdivisez à nouveau votre feuille en groupes de mots qui vous semblent aller ensemble, les œuvres par exemple.**

b) Pendant le visionnage

- **1er visionnage :** noter et organiser

– **Noms notés :** présidents américains, Jimmy Carter, Richard Nixon ; la reine
– **Thèmes :** *Pop, power and politics* (nom de l'exposition)
– **Lieux :** le parlement écossais à Edinbourg
– **Interviewé :** le conservateur, M. Matt Wrbican

- **2e visionnage :**

Pendant la minute entre les deux visionnages, réfléchissez à ce qui vous manque, aux mots collectés qui donnent une idée sur un thème, à l'organisation globale que vous voulez obtenir.
Vous pouvez aussi faire des hypothèses que vous devez vérifier.

- **3e visionnage :**

Vous avez des notes éparses, vous organisez et structurez.

c) Après l'écoute

Organisez, organisez, organisez.

INTRODUCTION

Une exposition est organisée au parlement écossais à Edinbourg avec des partenaires américains, la Carnegie Trust UK et le musée dédié à Andy Wahrol situé à Pittsburg. L'exposition s'intitule « *Pop, power and politics* ».

Développement

Andy Wahrol est un artiste américain connu pour le pop art, les 15 minutes de célébrité et c'est bien sûr une personnalité iconique. Une quarantaine d'œuvres sont présentées, certaines jamais présentées en Ecosse. Parmi les plus connues, on peut voir des portraits de présidents américains tels que Richard Nixon et Jimmy Carter, des portraits de la reine du Royaume-Uni et un autoportrait de l'artiste.

Le conservateur, Matt Wrbican est très heureux d'organiser cette exposition qui met l'accent sur le goût d'Andy Wahrol pour la politique. Le conservateur affirme qu'Andy Wahrol aurait été très heureux de cet événement.

L'exposition est gratuite mais il vaut mieux réserver. Elle a lieu du 5 octobre au 3 novembre. En allant sur le site, réservez votre billet. On ne sait pas pourquoi l'organisation a lieu à Edinbourg même si Carnegie, un mécène de cette exposition, est l'objet d'autres événements culturels.

Conclusion

Le parlement héberge cette exposition car le lien entre politique et cette institution démocratique est clair.

Je prends des notes

Savoir

2 Expression écrite

1 Méthodologie

a) Des textes de nature différente

On pourra vous demander de produire :

– un texte narratif (une lettre / une suite à l'histoire / un dialogue / une conversation entre deux personnages / un article de journal)

– un texte argumentatif. Vous devez défendre un point de vue : problématiques possibles (toujours en lien avec les documents proposés).

b) Comment rédiger un texte narratif ?

– Si c'est une lettre, le texte doit respecter la mise en page d'une lettre avec les formules de salutation d'usage.

– Si c'est un dialogue, il faut veiller dans votre texte à poser des questions et à y répondre.

– S'il s'agit d'imaginer une suite à l'histoire, il faut utiliser les temps grammaticaux qui conviennent. Le temps de la narration en anglais est généralement le prétérit. Veillez à respecter la tonalité du texte, évitez les anachronismes (pas de téléphone portable avant les années 1995, etc.).

c) Comment rédiger un texte argumentatif

– Il faudra obligatoirement une introduction, un développement en deux ou trois parties et une conclusion.

– Le développement doit être organisé : vos idées doivent s'enchaîner, pour cela utilisez des connecteurs logiques, donnez des exemples.

– Dans la conclusion, vous récapitulez l'essentiel de ce qui a été écrit afin de faire avancer la réflexion en amorçant des pistes encore inexplorées.

d) Comment rédiger un discours

Le discours relève généralement de l'expression orale. Il peut cependant vous être demandé d'en écrire un lors de l'épreuve d'expression écrite. En fonction du sujet celui-ci relèvera davantage du texte narratif ou argumentatif. Quel que soit le thème, il vous faut organiser votre pensée avec une introduction, un développement et une conclusion.

Même s'il est écrit, le discours a pour objectif premier d'être dit. C'est la raison pour laquelle votre discours se doit d'être informatif ou amusant en fonction du contexte et de tenir en haleine votre auditoire. Il est donc important de faire des citations, d'avoir des anecdotes et des exemples. Un discours a également toujours une durée bien précise.

Par conséquent, écrire un discours est tout à la fois un écrit construit mais aussi un écrit qui peut utiliser des éléments de la langue « orale ». Il a pour but de convaincre avec des arguments.

Le discours sera toujours un « texte » à la première personne du singulier et/ou du pluriel.

Les deux exemples suivants sont les sujets d'un sujet « zéro » ; lors de l'épreuve, vous n'en traiterez qu'un seul. L'ensemble du sujet porte sur l'**axe 1** du programme : **Identités et échanges**.

2 Exemple guidé : texte narratif

Question A : ***Next to your house, a traditional restaurant has been replaced by an international fast food chain restaurant. Write an article for the school magazine to describe what happened and the reaction of the people living on your street.***

Le sujet A de ce sujet zéro est un article de journal donc un texte narratif. Votre article de journal doit respecter les règles du genre : un titre, une date, une signature, un ton enlevé pour « accrocher » votre lecteur, une information à transmettre, une information plaisante à lire.

Il faut décrire le restaurant traditionnel, puis la chaîne et enfin les réactions sans oublier l'introduction et une phrase de conclusion. Faites attention au contexte : il s'agit d'un article pour le journal de l'école, il vous faut donc un titre.

→ ***What do you need? Ideas, vocabulary and grammatical sentences***

– Your article must ring true: name of a restaurant; type of food: if it is a trattoria, you will have pizza, pasta, antipasti, a side dish, pastries as desert.

– Your article must convey feelings: you liked the place, you wish it was still open, you compare with other local restaurants.

– Your article must offer some kind of background: it is in your neighbourhood; it is a family-run business ; the cook speaks English with a thick accent because s/he was not born in the country.

– Your article clearly belongs to the axis "Identities and Exchanges".

EXEMPLE DE RÉPONSE

"Yellow Wallpaper" our beloved Lebanese restaurant is leaving us. A fast food restaurant will take its place.

The food there was so good and so tasty and it was cheap. Everybody knew the chef, Sammy. He would sit outside and drink his coffee at around 5. I have met with some patrons who are awfully sad. Chris, 35, said that the first time he went there was with his parents when he was 12. Tammy explained that it was the best eatery in the neighbourhood.

Instead, we will have a fast food restaurant. I am sure it will attract another crowd and some people might like it. But, I feel, it is part of my childhood that is going with Yellow Wallpaper. I am sad and I will miss Sammy and his kindness.

(*133 words*)

• **Astuces pour atteindre votre objectif :**

– Nom du restaurant : on qualifie le restaurant grâce à un adjectif ; la nourriture est décrite, ainsi que les habitudes du cuisinier.

– Les habitudes pour décrire le cuisinier : il a un nom et on relate une habitude grâce à « *would* » (valeur fréquentative).

– Les clients racontent des souvenirs et des sentiments dans deux phrases complexes.

– Votre point de vue : le second paragraphe (*my childhood is going ; sad ; I will miss*).

HERE IS ANOTHER WAY OF DOING IT. ENJOY:

Dear readers,

Guess what? Last week, on April1st, a new FFC opened round the corner of Lafayette and Alsace streets, next to the railway station: remember where the French Brasserie was?

Well, that is what happened apparently: the owner went on retirement and sold the place to a franchisee, so now instead of the smell of Burgundy Beef, Parsley and Garlic snails or Onion soup, it smells of burgers and fries from 11am to 11pm! How awful!

As for the type of customers, the usual British tourists coming from or going to Gare du Nord (as well as travelers from Switzerland, Germany and Luxembourg) have been replaced.

So, if you want to join the group of Protesters, just sign the online petition!

We shall overcome the Yankee invasion!

• ***Some other tips in English:***
– The owner of the restaurant/eatery is a funny/friendly/generous guy. S/he makes sure you enjoy the food you have ordered.
– The restaurant is busy ; you need to book in advance ; it is a cosy place where you can relax ; the menu is brought to you immediately/straight away ; you are often offered an aperitif by the chef if you are a loyal patron/customer/client.
– You know the place well and the chef: she always has a cup of coffee after lunch when the restaurant starts emptying and everybody has been served. You went to school with the oldest daughter.

3 Exemple guidé : texte argumentatif

Question B : *Do you think globalization only has negative effects? Give an example to illustrate your point.*
Le sujet B de ce sujet zéro est une question où vous donnez votre point de vue donc un texte argumentatif. Votre texte comportera des arguments en faveur et des arguments contre. Il faut une introduction, un développement et une conclusion.

Exemple de réponse

Introduction

We live in a global village, said Hillary Clinton. Indeed, globalization means designing goods in one part of the world, making them in China and selling them worldwide. Economists also speak of global multi-factory goods. But should we not worry not to be able to produce enough medecines, ventilators, facemasks, etc.? In brief, isn't globalization negative?

Développement

Globalization at the time of the coronavirus pandemic shows how viruses travel very fast and how little we were prepared for it. Gobalization is also synonymous with relocation. We know for a fact that many manufacturing jobs have been relocated to China, India or Vietnam. Jeans that we wear are made in Bangladesh. Iphones are also made in China.

So globalization can be accused of destroying jobs in Europe or in the USA. However, as consumers, we have been able to buy at much lower prices goods that would cost more if made in Europe.

Conclusion

Producing globally is both good and bad. It has brought prosperity to many but it also takes advantage of the poorest.

(172 words)

– Dans l'introduction : un nom, une définition et la question.
– Dans le développement : deux exemples qui indiquent des effets négatifs. Puis, un exemple positif.
– Dans la conclusion : un propos nuancé.
– Dans l'ensemble du texte :
  • Des mots de liaison pour nuancer/contraster (*However/But*), pour tirer une conclusion (*So*).
  • Le temps des verbes – présent simple de vérité générale (*mean/speak/live, etc.*).
  • Des voix passives – *were made/can be accused/*etc. – car c'est bien le résultat qui nous intéresse.
  • Le parfait – *have been relocated/have been able* – pour montrer que l'action a commencé et se poursuit encore.
  • Le vocabulaire utilisé est un peu technique : *goods* (marchandises) ; *multi-factory* (pièces faites dans différentes usines) ; *global/globally/globalization* ; *at lower prices* (à bas prix) ; *relocation* (délocalisation) ; *sell* ; *jobs* ; etc.

Astuces pour atteindre votre objectif :
– Vous avez des exemples en tête mais vérifiez que vous connaissez le vocabulaire.
– Vous pouvez donner un exemple personnel : votre Iphone est une marque américaine produite en Chine.
– Le consommateur y gagne : les biens et les services sont moins onéreux mais le salarié y perd.

HERE IS ANOTHER WAY OF DOING IT:

Globalization is a dirty term today especially when going through the covid-19 pandemic. Indeed, it seems that face masks, ventilators, even medicines are produced either in China or abroad and therefore we faced a shortage. However, should we be so adamant in condemning it? Shouldn't we try to see what good it could bring the world?

Food is a field where we have gone global: we no longer need to go to Rome to have an expresso that tastes like an expresso. We also travel much more easily and have access to cultures, ideas and knowledge thanks to budget airlines and low-cost hostels. The internet has enabled globalization to spread rapidly every corner of the world.

Moreover, some may think that it is new. But, in fact, only the term "globalization" is new, we have always travelled the world, exchanged ideas and imported and exported goods for centuries. It looks like a threat today because factories are moving abroad and jobs are lost. However, maybe some jobs have been replaced by AI bots, i.e. technology.

To conclude, wealth should be better spread worldwide and there should be fewer discrepancies between countries. But maybe globalization is not responsible and only greed is.

Analyse du texte argumentatif :
– Nous avons la même structure : 4 paragraphes pour l'introduction, le développement en deux parties et la conclusion.
– Le sujet annonce que la mondialisation est néfaste : « *only negative effects* ». Vous abondez dans le sens de cette déclaration et donnez un exemple. La mondialisation est « *a dirty word* » surtout en période de pandémie quand il y a « *a shortage of masks, ventilators and medicines* », une pénurie de masques, de respirateurs et de médicaments car ils ne sont pas fabriqués sur le territoire national. Puis vous posez la question : ici l'adjectif « *adamant* », inflexible, catégorique à propos de cette condamnation. Vous posez une seconde question pour comprendre le positif de la mondialisation, « *what good it has brought to the world* ».

– **Le développement est en deux temps :**
Des exemples en faveur de la mondialisation : l'expresso est à notre porte et aussi succulent ; nous voyageons et apprenons des autres cultures et Internet a joué un rôle fondamental.
La mondialisation n'est pas nouvelle. Les échanges avec les pays étrangers ne sont pas nouveaux. ➔ *It is not new. Only the word « globalization » is new. People have travelled the ocean blue forever. They have traded, exchanged with their neighbours since the beginning of times.*
Si certains pensent que les emplois partent à l'étranger, ils doivent aussi savoir que les emplois sont remplacés par les robots et autres algorithmes.
– **Conclusion :**
Ce n'est pas noir ou blanc. ➔ *"It is neither black nor white"*.
L'appât du gain est surtout l'origine des sentiments négatifs à l'égard de la mondialisation. ➔ *"Greed is responsible for negative feelings toward globalization."*
La mondialisation apporte globalement une richesse pécuniaire. ➔ *Wealth has been brought to people worldwide.*

Mes astuces pour la rédaction

....
....
....
....
....
....
....
....
....
....
....
....
....
....
....
....
....

Savoir
3 Compréhension écrite

1 Méthodologie

Il y a deux façons de procéder :

Première manière : lecture active avec annotations du texte

a) Compréhension générale
Lisez le texte en entier au moins une fois en repérant où l'action se passe, quand elle se passe et qui sont les personnages principaux, le thème principal. Il faut repérer / souligner / entourer / surligner les dates, les noms propres, pronoms personnels et possessifs (noms géographiques, noms de personnes).
N'oubliez pas de lire le paratexte qui vous permet de noter de précieuses informations : auteur, date, nature du document...

b) Compréhension détaillée du texte
Relisez le texte en repérant :
– les actions des différents personnages et ce qui motive leurs actions ;
– les verbes et formes verbales ;
– le vocabulaire qui vous est inconnu pour essayer d'en trouver le sens d'après le contexte.

Seconde manière : lecture de chaque question et recherche de la réponse

Vous pouvez préférer lire les questions afin d'y répondre directement. Les questions sont des guides pour vérifier que vous savez repérer les éléments **explicites** et les éléments **implicites.**
– Qui est le narrateur / la narratrice ?
– Où se situe l'action ? Quand ?
– Qui sont les personnages ? (Le narrateur peut être un personnage.)
– Quels péripéties et obstacles doivent-ils affronter s'il s'agit d'un texte de fiction ?
Les éléments **implicites** sont ceux que l'on déduit. Le lecteur doit inférer le sens, déduire un sens caché, interpréter. Le sens de la phrase est suggéré. Voici quelques exemples :
– Si un personnage salue un autre personnage en disant : « *Eh, Dude !* » ou s'il dit : « *Good Morning* », vous êtes capable de déduire que le premier utilise une langue relâchée, familière pour s'adresser à un de ses « potes ». A contrario, le « *Good Morning* » indique que nous avons à faire à un personnage plus conventionnel, traditionnel et peut-être plus âgé.
– Un autre exemple : l'énoncé « *This suitcase is really heavy* » est une déclaration pour signaler que le personnage qui parle aimerait que quelqu'un l'aide.
Ainsi quelle que soit la méthode que vous utilisez, vous devez arriver à cerner les éléments explicites (Qui ? Quoi ? Où ? Quand ? Pourquoi ?) et les éléments implicites, suggérés, qui demandent une interprétation de votre part à partir du lexique utilisé, des informations données, etc.

Confronter les documents

Comme vous aurez probablement deux textes, vous aurez à répondre à une ou plusieurs questions portant sur les deux textes. Il faut donc voir les points de dissemblance et les points de ressemblance. Il vous faut confronter les deux documents.

Les questions que vous devez vous poser :

– *What theme do document 1 and 2 have in common?* → Quel est le thème commun à ces deux documents ?

– *Which sentence best describes the differences between the two texts?* → Quelle est la phrase qui décrit le mieux les différences entre les deux textes ?

– *Write down the two titles that correspond to both documents 1 and 2.* → Choisissez les deux titres qui conviennent aux deux documents.

– *Compare them.* → Comparez-les.

– *Write down the 5 adjectives that can apply to both.* → Choisissez les 5 adjectifs qui conviennent aux deux.

Enfin, n'oubliez pas que vous ne pouvez pas recopier le texte. Vous devrez en effet respecter la consigne suivante : *Answer the following questions **in English**, using your own words.*

2 Exemple sur un extrait de sujet

La compréhension écrite est évaluée à partir d'un ou deux textes d'une longueur cumulée comprise entre :
– 2300 et 400 signes en épreuve 2 ;
– 2500 et 4500 signes en épreuve 3, blancs et espaces compris.
Le texte suivant est un extrait de sujet portant sur l'**axe 5** du programme **Fictions et réalités**.

Six days into what should be the greatest two months of my life, and it's turned into a nightmare. I don't even know who'll read this. I guess someone will find it eventually. Maybe a hundred years from now.

For the record... I didn't die on Sol 6[1]. Certainly the rest of the crew thought I did, and I can't blame them. Maybe there'll be a day of national mourning for me, and my Wikipedia page will say, "Mark Watney is the only human being to have died on Mars."

And it'll be right, probably. 'Cause I'll surely die here. Just not on Sol 6 when everyone thinks I did.

Let's see... where do I begin?

The Ares Program. Mankind reaching out to Mars to send people to another planet for the very first time and expand the horizons of humanity blah, blah, blah. The Ares 1 crew did their thing and came back heroes. They got the parades and fame and love of the world.

1. A sol is a Mars solar day. It lasts 24 hours and 39 minutes, the duration of the day-night cycle on Mars.

ANGLAIS

Ares 2 did the same thing, in a different location on Mars. They got a firm handshake and a hot cup of coffee when they got home.

Ares 3. Well, that was my mission. Okay, not mine *per se*. Commander Lewis was in charge. I was just one of her crew. Actually, I was the very lowest ranked member of the crew. I would only be "in command" of the mission if I were the only remaining person. What do you know? I'm in command.

I wonder if this log will be recovered before the rest of the crew die of old age. I presume they got back to Earth all right. Guys, if you're reading this: It wasn't your fault.

You did what you had to do. In your position I would have done the same thing. I don't blame you, and I'm glad you survived.

Andy WEIR, *The Martian*, 2011.

Conseils de lecture et repérage d'éléments utiles à la compréhension :

- **Les premières lignes sont toujours prépondérantes :**

– Le premier paragraphe donne des informations de temps : *6 days*, *2 months*, *a hundred years*. Ces éléments vous indiquent une temporalité liée au passé, au présent et au futur. Le lecteur comprend que le personnage/narrateur examine des moments cruciaux.
– La première ligne oppose deux mots : *greatest* / *nightmare*. Ici encore, ces termes vous donnent accès à une information : l'appréciation, le point de vue du narrateur sur ce qui lui arrive. Vous avez un commentaire sur des faits. Ici, ce qui devait être extraordinaire se révèle un cauchemar. Les deux mois envisagés comme extraordinaires sont réduits à 6 jours de cauchemar.

- **Le deuxième paragraphe :**

Le rôle des points de suspension, le mot « *die* » qui est répété deux fois avec une négation et à la forme affirmative, et l'opposition entre *5 crew versus* « *I* » et/ou « *me* » donnent des renseignements. Lesquels ?
– Les points de suspension indiquent une respiration, un silence qui permet au narrateur d'organiser son histoire.
– Le mot « *die* » indique qu'il y a deux points de vue : le narrateur qui sait qu'il a survécu et les 5 membres de l'équipage qui penseront qu'il est mort.
– « *5 crew* » et « *I/me* » indiquent les participants du voyage interstellaire et de l'aventure unique du narrateur.

- **Le troisième paragraphe, à son tour, donne accès à d'autres informations.**

Vous devez construire un sens à l'aide des éléments donnés et, au fur et à mesure de votre lecture, émettre des hypothèses de sens et les vérifier.
– Exemple n° 1 : est-il mort ? Qui pense que le narrateur est mort ? Pourquoi les membres de l'équipage peuvent-ils en arriver à cette conclusion ?
– Exemple n° 2 : le narrateur se représente en héros. Il y aura un jour de deuil national, il aura sa page Wikipédia. Ces éléments nous permettent d'en déduire qu'il va écrire ses mémoires pour laisser un témoignage.

Chaque lecture d'un texte nous transporte dans un univers dont nous devons comprendre le cadre temporel et spatial, les personnages, leurs actions et leurs sentiments et ce sont les mots utilisés qui nous livrent les clefs de lecture et d'interprétation.

Compréhension de l'écrit (10 points)

Text 1

Answer the following questions **in English**, using your own words:

a) After reading the text, what can you say about the narrator and the situation he is in?

EXEMPLE DE RÉPONSE

It is a first person narrative in which the narrator who is at the same time a character in the story tells the reader he is a human being (l.4) who did not die on Mars. The reader finds out the name of the narrator, Mark Watney (l.6) as the narrator imagined that there would be a Wikipedia page about him. 5 crew members believe that he died although he did not.

The narrator, the reader may believe, is writing his log (l.21). He starts at the beginning of his voyage or journey to Mars.(l.10). The log is there to list every event of the Ares 3 mission.

b) Focus on the following three clues:

- "I don't even know who'll read this" (l. 2),
- "Let's see...where do I begin?" (l. 10),
- "Guys, if you're reading this" (l. 22).

What do they reveal about what the narrator is doing? Explain why he is doing that.

EXEMPLE DE RÉPONSE

The narrator is keen on leaving a written trace of what happened to him. However, he does not know if anybody will find this account of his trip. He thinks out loud "let's see... where do I begin?" He is about to start writing. He wants to start at the beginning for "Guys" to understand what happened to him. So clearly the writing is to explain what happened to him. The narrator is keen on leaving a written account for other people to read, to know the truth. "Guys" are the crew members who were with the narrator on Ares 3 mission.

c) Focus on what is said about the Ares program (l. 11 to 20). In what ways do the three missions Ares 1, Ares 2 and Ares 3 differ?

EXEMPLE DE RÉPONSE

The Ares program consists in 3 different missions. The first one, Ares 1 was a real success. The crew members are described as "heroes" by the narrator. Ares 2 was the second mission that was also successful as the crew members were congratulated (l.15 a firm handshake). Ares 3 was not as successful as the narrator was left behind. But the narrator is not bitter about it. The Ares program is to expand "human beings" horizons. Human beings are about to colonise Mars.

Every question focuses on part of the text. Question 1 focuses on who and what and where. Question 2 focuses on what the narrator is about to do or is doing. Question 3 focuses on the interstellar voyage and its purpose.

LEXIQUE

Axe N°1 : Identities and Exchanges

C'est l'histoire de Nous versus Eux/Elles. On apprend à les connaître pour découvrir qui nous sommes. En découvrant une autre culture, on se découvre : Us versus them. Cet axe s'ouvre sur le voyage, les études à l'étranger, la colonisation, la mondialisation, etc. en un mot la découverte de soi grâce à l'autre.

Les mots sont des idées : plus on connaît de mots, plus on a d'idées.

Nouns: wall ; fortress ; frontiers ; borders ; ghettos ; barriers ; opportunities ; hope ; relationships ; injustice ; friendships ; a way of life ; personalities ; characters ; understanding/misunderstanding ; globalization ; trade ; a sense of humour ; eccentric ; a set of values ; understatement ;

Adjectives: distant ; scared/frightened/afraid ; ashamed ; imposing ; powerful/powerless ; moved ; striking ; unique ; iconic ; fascinating ; proud ;

Adverbs: dearly ; lovingly ; strongly ; purposefully ; powerfully ; deeply ; profoundly

Verbs: to feel frightened ; to be prejudiced against ; to be discriminated against ; to fit in ; to be cut off from sthg ; to break loose ; to hang out with sb ; to travel ; to tear a wall apart ; to be blinded ; to fight/to struggle ; to be in power ; to suffer from ; to enjoy freedom ; to observe ;

Example: I feel powerless when I see that borders prevent people from traveling when I can go wherever I want.

SOME MORE:

- **Increasingly**: *de plus en plus ;*
- **globalization**: *mondialisation ;*
- **to promote**: *faire la promotion ;*
- **to threaten**: *menacer ;*
- **to foster**: *promouvoir ; encourager ;*
- **an increase in**: *un accroissement, une hausse ;*
- **assembly line**: *chaîne de montage ;*
- **digital means of communication**: *moyen de communication numérique ;*
- **to keep in touch**: *rester en contact ;*
- **consumer goods**: *biens de consommation ;*
- **to enlarge the gap**: *accroître l'écart ;*
- **to deny**: *nier ;*
- **to have in mind**: *avoir en tête ; avoir à l'esprit;*
- **anti-globalisation claims**: *des revendications anti-mondialistes ;*
- **to trade goods and services**: *échanger des biens et des services ;*
- **unemployment**: *le chômage ;*
- **developed countries**: *pays développés ;*
- **developing countries**: *pays en développement ;*
- **cultural identities**: *identités culturelles ;*
- **to be obsessed with**: *être obnubilé/obsédé ;*
- **to mistake sth for sth**: se *méprendre : prendre une chose pour une autre ;*
- **to apologize** : *présenter ses excuses ;*

Axe N°2: Private space and public space

Cet axe s'intéresse à nous chez nous, parmi les nôtres, la famille et les amis. Mais il s'intéresse aussi à nous, personne publique.

Nouns: at work ; at home ; the right balance between ; iconic role vs private invisibility ; responsibilities ; role models ; achievement ; gender role ; glass ceiling ; teleworking ; commuting ; working trends ; working abilities ; inequalities ;

Adjectives: self-confident ; supportive ; comfortable ; educated ; highly-skilled ; recognizable ; awe-inspiring ; impressive ; successful ; brave ; opinionated ; blurry ; badly-paid ;

Adverbs: casually ; faithfully ; comfortably ; interestingly ; differently ; obviously ;

Verbs: to get involved in sthg ; to achieve ; to behave ; to support sthg ; to look like ; to do business ; to fall in and out of love ; to succeed ; to dream ; to expect sthg from/of sb ; to set an example ; to show by example ; to take a stand against : to juggle

Example: Ruth Bader Ginsburg, a prestigious justice at the US Supreme Court was able to juggle private with public life. Behind the curtains she was the same hardworking person devoted to a more equal world.

ANGLAIS

SOME MORE:

- **A platform of empowerment:** *une plateforme d'émancipation ;*
- **to face challenge:** *faire face à un défi ;*
- **a woman's worth:** *la valeur d'une femme ;*
- **to draw attention:** *attire l'attention ;*
- **to seize opportunities:** *saisir les occasions ;*
- **working world:** *le monde du travail ;*
- **free exchange of ideas:** *le libre échange d'idées ;*
- **gender politics:** *la politique du genre ;*
- **household:** *le foyer ; le ménage ;*
- **privacy:** *l'intimité ;*
- **prejudice/bias:** *un préjugé ; un biais ;*
- **belief:** *une croyance ;*
- **to break free from sthg:** *se libérer de qqc ;*
- **role models:** *modèle ; exemple ;*
- **flexible boundary:** *une frontière flexible ;*
- **blurry border:** *une frontière floue : une separation/limite ;*
- **to draw the line:** *fixer des limites ;*
- **to post content on sthg:** *poster un contenu ;*
- **content-sharing platforms:** *des plateformes de partage ;*
- **internet privacy :** *confidentialité sur internet ;*
- **the end of privacy :** *surveillance cameras : des caméras de surveillance ;*
- **public pressure :** *pression*
- **publique/populaire :** *remote working : travailler de chez soi ;*

Axe N°3 : Art and Power

Cet axe examine le monde de l'art et la relation au pouvoir. Le pouvoir a besoin de l'art pour être représenté et l'art a besoin de financements pour permettre aux artistes de vivre. Et nous ? Avons-nous besoin des artistes et des grand/e/s de ce monde ?

Nouns : the mighty ; the powerful ; the big wigs ; the public good ; the public wellbeing ; self-assurance ; leader ; intent ; political platform ; a work of art ; a painting ; a political statement ; a tool ; awareness ; counterculture ; exhibition : revolt/uprising ; artists ;

Adjectives: remarkable ; un/flattering ; un/conventional ; captivating ; voiceless ; powerful ; believable ; charismatic ; rebellious ; freakish ; self-confident ; trustworthy ; mistrustful ;

Adverbs: trustingly ; solemnly ; eloquently ; politically ; metaphorically ; realistically ; grotesquely ; repulsively ;

Verbs: to control ; to make decisions ; to deliver a speech ; to tell the truth ; to reveal an unknown aspect ; to give access to reality ; to focus on ; to matter ; to show the light on ; to relate to ; to engage ; to oppose ; to be critical of ; to criticize ; to depict ; to voice an opinion

Example: No matter what politicians say, artists will always be there to make reality a different place. They give us access to an unknown field of ourselves.

SOME MORE:

- **The antidote to propaganda:** *un antidote à la propagande ;*
- **to outlive tyranny:** *survivre à la tyrannie ;*
- **epic/romantic hero**: *un hero épique/romantique ;*
- **to respond to stereotypes:** *répondre aux stéréotypes ;*
- **paradoxical:** *paradoxalement ;*
- **power/counter-power:** *pouvoir/contre-pouvoir ;*
- **to wield power:** *exercer un pouvoir ;*
- **to undermine the exercise of power:** *saper l'exercice du pouvoir ;*
- **to emphasize:** *souligner ;*
- **ambiguous relationship:** *une relation ambiguë ;*
- **to advocate:** *préconiser ; prôner ;*
- **to fight alongside sb:** *se battre aux côtés de qqn ;*
- **a committed feminist:** *un/e féministe engage/e ;*
- **to pay tribute to:** *rendre homage à ;*
- **clout:** *influence ;*
- poids **; shared principles and values:** *des principes et des valeurs partagés ;*
- **accurately:** *précisément ;*
- **totalitarian regimes:** *des régimes totalitaires ;*
- **to embody:** *incarner ;*
- **evils:** *les maux ;*
- **to be an allegory of:** *être une allégorie de ;*

ANGLAIS

- **to be an icon:** *être une icône ;*
- **to spread a vision/an ideology:** *faire partager une idéologie/une vision ;*
- **to take control:** *prendre le contrôle ;*
- **to indoctrinate people:** *endoctriner les gens ;*
- **to rally to the principle:** *se rallier à un principe*

Axe N°4: Citizenship and Virtual Worlds

Cet axe met l'accent sur nous – vous aurez remarqué que nous sommes nombrilistes. Les humains s'intéressent à la nature humaine et à ses droits de citoyens et aux petits robots et autres algorithmes des mondes de l'Intelligence Artificielle. Peurs ? Doutes ? Le citoyen qui perd ses droits au profit des « bots ». Menons notre enquête.

Nouns: social media ; apps ; selfie culture ; rights and duties ; fake news ; behavior ; robots ; devices ; manual tasks ; digital world ; self-expression ; freedom : Big Brother ; misinformation ; democracy ; online activism ; activists ; communities ;

Adjectives: transparent ; accessible ; informed ; lonely ; depressed ; bright ; gullible ; glamorous ; independently-minded ; outraged ; fair-minded ; relentless ; digital

Adverbs: politically ; spontaneously ; enthusiastically ; critically ; strongly ; freely ;

Verbs: to involve oneself in ; to give an opinion ; to volunteer time ; to be replaced ; to lie/Not to tell the truth ; to spend time on ; to crave for attention ; to block ; to demand ; to commit oneself ; to twist ; to impact ; to perform tasks ; to screen/to filter ; to organize ; to challenge ;

Example: Activists challenge the statu quo by organizing online to fight fake news and misinformation

SOME MORE:

- **Free speech:** *liberté d'expression ;*
- **respect for private life:** *le respect de la vie privée ;*
- **leadership:** *qualités de dirigeant/e ;*
- **threat:** *une menace ;*
- **the media:** *les médias ;*
- **digital footprints:** *empreintes numériques ;*
- **identity theft:** *vole de l'identité ;*
- **to interact with:** *interagir ;*
- **cyberbullying:** *le harcèlement internautique ;*
- **virtual identity:** *une identité virtuelle ;*
- **flattering selfies:** *des selfies flatteurs ;*
- **peer pressure:** *la pression des pairs ;*
- **harmless:** *inoffensif ;*
- **low self-esteem:** *peu d'estime de soi ;*
- **depressing:** *déprimant ;*
- **to be well-rated:** *être bien classé ;*
- **to please:** *faire plaisir ;*
- **conspiracy theory:** *la théorie du complot ;*
- **behavior:** *un comportement ;*
- **a flaw:** *un défaut ; une imperfection ;*
- **smear campaign:** *une campagne de dénigrement ;*
- **grassroots movement:** *un mouvement de la base ;*
- **a hoax:** *un canular ;*
- **a discrepancy:** *un écart ;*
- **misleading**: *trompeur ;*
- **widespread**: *répandu ;*
- **wary:** *méfiant, circonspect ;*
- **unreliable**: *peu fiable ;*
- **useless:** *inutile ;*
- **deceitful:** *malhonnête , déloyal, sournois ;*
- **fishy:** *louche ;*
- **accurate:** *exact ;*
- **appealing:** *attrayant ;*
- **relevant:** *pertinent ,*
- **insurgent:** *insurgé ;*
- **gullible:** *crédule ;*

Axe 5: Fictions and Realities

Cet axe admet le paradoxe que la fiction, c'est-à-dire, le cinéma et/ou la littérature nous donnent à voir des morceaux de réalité alors que la réalité ressemble parfois à de la fiction. Pourquoi l'un a-t-il besoin de l'autre ?

Nouns: real-life story ; nightmare ; dystopia ; beliefs ; creatures ; relief ; journal ; despair ; adventure ; heroes ; mission ; challenge ; Stone Age ; survivors ; mankind ; the good ; wellbeing ; copycat ; curiosity ; hardships ;

Adjectives: miserable ; unfortunate ; dreadful ; inspiring ; challenging ; brave ; predictable ; unforgettable ; victorious ; loyal ; strong-willed ; sturdy ; patriotic ; fictional ; overwhelming ;

Adverbs: soundly ; surprisingly ; willingly ; secretly ; daringly ; lovingly ;
Verbs: to discover ; to record ; to inspire ; to take part in ; to imitate ; to copy ; to mimic ; to undertake ; to challenge ;
Example: Fictitious heroes enable us, readers and/or viewers, to feel better human beings.

SOME MORE:

- **An icon:** *une icône ;*
- **a father figure:** *une figure paternelle ;*
- **a defender:** *un défenseur ;*
- **to devote one's life to:** *consacrer sa vie à ;*
- **to overcome:** *surmonter ;*
- **to embody:** *incarner ;*
- **to be regarded as:** *être considéré comme ;*
- **the villain:** *le méchant ;*
- **thrilling:** *palpitant ;*
- **the anti-hero:** *l'anti-hero ;*
- **the setting:** *le cadre ;*
- **the plot:** *l'intrigue ;*
- **imaginary:** *imaginaire ;*
- **a page-turner:** *un livre captivant ;*
- **to showcase:** *mettre en valeur/présenter ;*
- **a tall tale:** *un récit éxagéré ;*
- **the hero's journey:** *le schéma narrative qui se répète*

Axe 6: Scientific innovation and responsibility

Cet axe nous oblige à questionner la relation entre l'innovation, la science et le progrès qui peuvent parfois être synonymes de catastrophe. La responsabilité de chacun/e est engagée dès lors que nous y adhérons, n'est-ce pas ?
Nouns: a threat ; an opportunity ; shortage ; conquest ; predictions ; appearance ; capacities ; researcher ; academic ; scientists ; computer science ; AI ; a set of regulations ; advancement ; consciousness ; science ; robots ;
Adjectives: threatening ; smart ; immortal ;
Adverbs: surprisingly ; increasingly ; incautiously ; loosely ; barely ;
Verbs: to be short of ; to replace ; to perform ; to govern ; to provide ; to worry ; to test ; to hurt ; to protect ; to safeguard
Example: Science is often seen as the way forward, however we may wonder if scientific innovations are always for the well-being of all.

SOME MORE:

- **The ethical limits:** *les limites éthiques ;*
- **human cloning:** *le clonage humain ;*
- **life in a tech-less world:** *la vie dans un monde sans technologie ;*
- **cosmetic surgery:** *la chirurgie esthétique ;*
- **the use of steroids:** *l'utilisation de stéroïdes ;*
- **fictional movies:** *les films de fiction ;*
- **drawbacks:** *les inconvénients ;*
- **Frankenstein ; an experiment:** *une expérience ;*
- **a breakthrough:** *une découverte capitale ;*
- **genetic engineering:** *les manipulations génétiques ;*
- **vaccines:** *les vaccins ;*
- **abuses:** *les dérives ;*
- **self-made man:** *un autodidacte ;*
- **to address a problem:** *traiter un problème ;*
- **eco-citizenship:** *citoyen écologiste ;*
- **to raise awareness:** *faire prendre conscience ;*
- **to jeopardize:** *mettre en danger ;*
- **disruption:** *perturbation ;*
- **appallingly:** *effroyablement ;*

Axe N°7 : Diversity and Inclusion

Cet axe vise à comprendre la nécessité d'une société qui accepte la différence. La différence fait notre force et notre joie.
Nouns : un/fairness ; inequities ; shame ; pride ; empowerment ; a means of escape ; oddities ; freak ; findings ; loneliness ; the other ; diversity ;
Adjectives: unfairly ; shameful ; lonely ; proud of ; embarrassed ; illegal ; inclusive ;
Adverbs: constantly ; passively ; actively ; politically ; socially ; courageously; bravely ;
Verbs: to fit in ; to belong ; to belittle ; to harass ; to bully ; to empower ; to have had enough ; to be fed up with sthg ; to be doomed ; to escape one's fate ; to recognize ; to discriminate against ; to celebrate ; to promote ;
Example: Quite a few people feel discriminated against: there are always some to tell you you are the other, the immigrant, the refugee, you

have the wrong religion, the wrong hair colour, the wrong skin colour, the wrong gender, the wrong size, the wrong social class, etc. So let us rise up against discrimination!

SOME MORE:

- **Gender fluid:** *une identité changeante ;*
- **to bring together:** *rapprocher ;*
- **to question:** *questioner ;*
- **affirmative action:** *discrimination positive ;*
- **generation:** *le fossé intergénérationnel ;*
- **beliefs:** *croyances ;*
- **to sweep aside:** *balayer (sens figure, ici) ;*
- **to thwart judgments:** *déjouer/contrarier/contrecarrer ;*
- **to gain in popularity:** *gagner en popularité ;*

Axe N°8 : Territory and memory

Cet axe vise à comprendre comment un territoire, un lieu participe à la création de notre identité. La mémoire est aussi ancrée dans un lieu : elle détermine aussi notre relation au présent et à l'avenir.

Nouns: patterns of thoughts ; remembrance ; traditions ; land ; origins ; background ; gifts ; roots; symbols ; relationships ; memory ;

Adjectives: traditional ; individual ; collective ; symbolic ; customary ;

Adverbs: carefully ; decisively ; importantly ; pointedly ; predominantly ; primarily ; mostly

Verbs : to remember ; to be reminded of ; to inherit ; to define oneself ; to overlook , to be rooted ; to interpret ; to be undiscovered ; to pass on (knowledge) ; to convey ; to invade ; to wipe away ; to free oneself ;

Example: To remember where we come from enables us to define oneself.

SOME MORE:

- **The conquest:** *la conquête ;*
- **the advent:** *l'avènement ;*
- **the collapse:** *l'effondrement ;*
- **the decline:** *le déclin ;*
- **landmark:** *monument/point de repère ;*
- **symbolic figure:** *figure symbolique ;*
- **testimony:** *témoignage ;*
- **remember/recall:** *se souvenir/se rappeler ;*
- **legacy:** *l'héritage ;*
- **to convey a message:** *transmettre un message ;*
- **to pass on/transmit:** *transmettre ;*
- **censorship:** *la censure ;*
- **lawless mayhem:** *désordre/la pagaille hors la loi ;*
- **to be the touchstone:** *la pierre angulaire ;*
- **a sense of white entitlement:** *un sentiment que tout est dû au blanc ;*
- **to give way:** *laisser la place*

Sujet

Compréhension écrite et expression écrite

L'ensemble du sujet porte sur **l'axe 6** du programme **: Innovations scientifiques et responsabilité.**

Tech billionaires Zuckerberg and Elon Musk battle it out for AI

Two of the world's richest and most intelligent men are arguing about the future of artificial intelligence (AI). Elon Musk and Mark Zuckerberg are locked in a very public feud over arti ficial intelligence.

Musk has repeatedly warned about the dangers of AI, describing it as a potentially existential threat to the human race.

Zuckerberg has a different take. On Sunday, he took questions live over the internet while barbecuing beef brisket at his backyard in Palo Alto, California. He responded to a question about Elon Musk's warnings by saying he was tired of the fear-mongering.

"With AI especially, I'm really optimistic," Zuckerberg said during the live broadcast. "I think that people who are naysayers and kind of try to drum up these doomsday scenarios – I just, I don't understand it. I think it's really negative and in some ways I actually think it is pretty irresponsible."

Musk shot back on Tuesday morning with a tweet saying, "I've talked to Mark about this. His understanding of the subject is limited." He added that a movie on the subject of AI was "coming soon," but didn't provide details about the film or his involvement.

Musk ignited a global discussion on the perils of AI in 2014. He predicted that humans might be doomed if we make machines that are smarter than us. He said in a recent interview that his warnings haven't been heeded. Musk, who's leading space exploration projects and major tunneling initiatives, is now trying to develop AI that he hopes will have a positive impact on humanity. He's heading up a startup that intends to build devices to connect the human brain with computers.

Zuckerberg is no stranger to AI. He worked last year on developing an artificial intelligence system to help run his life and his home. After about 100 hours of work, he posted a video at the end of 2016 showcasing an AI system called Jarvis, which is voiced by the actor Morgan Freeman.

In his broadcast, Zuckerberg said AI could be a force for good because it helps power self-driving cars and diagnose illnesses. "If you're arguing against AI, then you're arguing against safer cars that aren't going to have accidents. And you're arguing against being able to better diagnose people when they are sick. I just don't see how, in good conscience, some people can do that. I'm just much more optimistic on it than probably a lot of folks are," Zuckerberg said.

"In the next 5-10 years, AI is going to deliver so many improvements in the quality of our lives," he added.

Musk, who has been warning about intelligent robots causing massive job losses and potentially gaining uncontrollable autonomy, responded to Zuckerberg after a social network user posted the tech billionnaire's comments. Musk, founder of a space company, says humans have to consider colonizing other worlds and even merging with machines to maintain the upper hand over robots that "will be able to do everything better than us".

Adapted from http://mydigitalfc.com
(*The Financial Chronicle*),
Wednesday, July 26, 2017.

ANGLAIS

I. COMPRÉHENSION DE L'ÉCRIT (10 points)

Answer the following questions in English, using your own words:

a) After reading the text, what can you say about:

- the main topic of the text?
- the people involved?
- their opinions on the topic?

b) Comment on the following paragraph and explain Musk's feelings on the topic:

"Musk says humans have to consider colonising other worlds and even merging with machines to maintain the upper hand over robots that 'will be able to do everything better than us'."

II. EXPRESSION ÉCRITE (10 points)

Vous traiterez **en anglais** et en 120 mots au moins **l'un des deux sujets suivants au choix** :

Question A

You participate in a science competition: "The perfect robot". Participants must create a robot that will improve people's lives. The winner will receive $10,000 to build a prototype.

Write a speech to present your idea of the perfect robot to the jury.

Question B

Who do you agree most with? Why?

« In the next five to 10 years, AI is going to deliver so many improvements in the quality of our lives. I'm really optimistic." **Mark Zuckerberg.**

"AI is a rare case where we need to be proactive in regulation instead of reactive because if we're reactive in AI regulation, it's too late." **Elon Musk**

Sujet

Compréhension orale

Audio
https://liennathan.fr/8arr67

Conversation With Co-Chair Of Facebook's Oversight Board

Origine et date du document : ATC (All things considered), an American radio program, aired on May 17, 2020 on NPR.

I. Compréhension de l'écrit

Conseils et méthodologie pour la compréhension écrite :

1. L'axe « Innovations scientifiques et responsabilité » est donné et permet d'anticiper les idées et concepts qui vont être abordés. Ainsi vous pouvez émettre des hypothèses :
– L'innovation scientifique est-elle synonyme de progrès ? (*Is scientific innovation synonymous with progress/improvement?*)
– L'innovation scientifique n'a-t-elle pas des effets néfastes ? (*Has scientific innovation not got harmful effects?*)

2. Le titre donne deux indications : le nom des milliardaires et leur opposition de vue – *battle* indique une bataille – le terme « *battle it out* » signifie se disputer, régler à coups de poing

3. Une lecture active est nécessaire pour répondre aux deux premières questions en WH. : *who? what?* Ici, très rapidement, on comprend qu'il s'agit de deux points de vue distincts et opposés sur le rôle de l'intelligence artificielle. Chaque point de vue est défendu par Mark Zuckerberg et Elon Musk. Donc le texte développe le titre. Vous avez donc les réponses aux deux premières questions de la CE :
– the main topic of the text?
– the people involved?

4. Collectez les arguments des deux entrepreneurs pour répondre à la troisième question.

ELON MUSK	MARK ZUCKERBERG
§2 *"dangers", "potential threat"*	§3 *"he was tired of the fear-mongering..."*
§5 " M Z's understanding is limited"	§4 *"optimistic"*
§6 *"the perils", "doomed", "warnings"*	§4 *"naysayers and doomsday scenarios" are "negative and irresponsible"*
§7 *"positive impact on humanity" "AI may have .... If ..."*	§9 *"AI could be a force for good", "...to help power cars and diagnose illnesses"*
§11 *"...job losses"*	§10 *"... deliver so many improvements."*

Très clairement, M. Zuckerberg est optimiste et E. Musk veut que nous prenions des précautions. « *If* » est le mot clé pour comprendre son point de vue.

Point Vocabulaire :
– *fear-mongering* = alarmisme
– *doomsday* = apocalypse, jour du jugement dernier
– *doomed* = condamné, voué à l'échec
– *naysayer* = opposant, rabat-joie

5. Pour répondre à la question b on peut repérer le vocabulaire nécessaire :
– *spaceships/astronauts/cosmonauts/rockets/Walking on the Moon/discover new planets/ find if there are living species*
– *augmented reality/devices/the internet/algorithms/opportunity/ a threat/ science/*

Corrigé

a) The main topic of the text is artificial intelligence, AI or the text tackles the issue of AI and its benefit and its harmful effects. Mark Zuckerberg is opposed to the views of Elon Musk. Mark Zuckerberg believes AI can only bring a betterment to human beings whereas Elon Musk thinks that we should not be so optimistic. Mark Zuckerberg and Elon Musk are both entrepreneurs, CEO of multinational companies that are based on AI. In other words, both became successful by using AI or new technology.
Their opinions on the topic: M Zuckerberg believes that AI can only bring "many improvements". It will enable "to diagnose illnesses" and make it possible to have "self-driving cars". AI could be a force for good. So scientific innovations will improve the life of human beings. They will be able to be better off, there will be fewer "accidents", roads will be safer, drivers will use cars more safely.
On the other hand, Elon Musk is not so sure. He believes robots should not be more intelligent than human-beings. Human-beings should be in charge, responsible for making the decisions. But there will be fewer jobs "job losses" for human beings as the jobs will be performed by robots, algorithms. Elon Musk believes that we must not have "intelligent robots" or robots that are more intelligent than human-beings.

b) Musk is convinced that other worlds will offer people many benefits. He is in favour of exploring new planets and being able to people these new planets. That is the reason why he has invested a lot of money in making spaceships to conquer Mars. He is also aware of our planet suffering from global warming that is one of the reasons why he believes we need to be prepared.
Musk also believes that AI and human beings' intelligence can together make humans more

intelligent. But he also wants a set of rules and regulations to be implemented to make sure robots are not making decisions instead of humans. He sees AI as an opportunity to improve human kind but only if people are the decision makers. Robots should not be a threat to human life.

II. Expression écrite

Quelques conseils – QUESTION A

Le début de votre discours

– Votre public : *Ladies and Gentlemen ; Honoured guests, Ms/Mr President*

– Remerciements : *Thank you for having me. Thank you for inviting me to address this topical issue/this paramount topic.*

– À quel titre vous êtes invité(e) et le but de cette invitation : *As an expert on Artificial Intelligent ; After having spent some 10 years in Rwanda, I have been able to collect... ; In my capacity as film critic/ reviewer ; I would like to talk about climate change ; I would like to broach the subject of working conditions in the USA in the 21st century.*

– Le sujet de votre discours: *I have always been convinced that progress and new technology have improved the well-being of the world. And that is the reason why I want to tackle this very pressing issue: robots.*

Le développement

– Le passé et l'évolution. Donnez une anecdote, ici un souvenir: *In the last twenty years/ in the last century we have seen the coming of new technological devices that have greatly improved our life. I remember my parents buying their first washing-machine. When the first cordless phone was bought by my parents, it made life much easier.*

– Le présent et une statistique pour montrer la validité de votre discours*: Today we all know that life expectancy has improved. Let me quote the United Nations' report released in 2015.*

– L'avenir et les arguments pour étayer votre proposition: *So clearly our world needs to focus on people's health at large. So states, governments, international bodies, charities must invest in developing vaccines, treatments that everybody can afford. Health is paramount if we want a good economy. Our world can only survive if we pay attention to every single human being.*

La conclusion

– Vous résumez : *For all the reasons that I have just mentioned I strongly believe that it is important to work together on this issue.*

– Vous espérez avoir été convaincant : *I do hope that I have been convincing with the arguments I mentioned.*

– Remerciements : *I would like to thank you for taking the time to listen to me. It has been a real pleasure to be with you.*

Corrigé – QUESTION A

Introduction

Members of the jury, I am delighted to take part in this famous science competition. It is an honour to be able to present you the prototype of "the perfect robot".

As a student in AI, I have always been interested in developing a robot or device that will help people with their daily life/ I have always been eager/keen on inventing a new device that will help people. This is why I have come up with a device that tells you what you have in your fridge and when the food needs to be consumed.

Le développement

In the past, we would open the door of the fridge to find out what we had to buy at the market or the supermarket. We would some time not even notice that there were products the date of validity was over. We would end up running out of butter not having understood that the butter in the fridge was no longer eatable. I clearly remember thinking that I could bake a chocolate cake thinking I had butter in the fridge and ending up with none.

Today, we have come up to understand that we should stop wasting food. Indeed, Global Hunger Facts reported that 821 million people do not have enough. Our planet can meet our needs but we should not waste.

That is the reason why I have created a device that tells you what is in your fridge and what needs to be eaten rapidly so as not to waste. Roughly 1.3 billion tons of food a year is thrown away. It is high time that changed. I would like you to keep in mind that manufacturing this robot is almost costless and it would not cost much to have it on your fridge and it would help you not waste food.

Conclusion

In my eyes, it is the Perfect robot as it would help households change their consuming habits and in the long term it can have a big impact on food production. Thank you for listening to my presentation. I hope I have been able to convince you. Thank you for your time.

Quelques conseils – QUESTION B

La question B vous demande de prendre position soit pour la déclaration de Mark Zuckerberg soit pour celle d'Elon Musk. Vous aurez compris que vous allez nuancer votre propos, c'est-à-dire approuver le progrès qui provient de l'évolution de la technologie mais aussi approuver la nécessité de règles imposées par l'État pour qu'il n'y ait pas d'abus.

Votre essai n'opposera pas les propos de l'un au propos de l'autre mais abondera dans leur sens. Vous aurez, une fois votre opinion donnée, à fournir des exemples.

Vous montrerez l'optimiste de l'un et les précautions de l'autre, c'est-à-dire l'aspect positif suivi de l'aspect négatif, la fameuse thèse/antithèse. Un plan que vous avez déjà eu l'occasion de mettre en œuvre.

Corrigé – QUESTION B

Introduction

M Zuckerberg, Facebook CEO and Elon Musk, Tesla CEO are both experts in developing new technology. As AI professionals, their points of view matter. However, they do not seem to look at the role of AI in the future from the same perspective: M. Zuckerberg is quite optimistic that AI will improve people's well-being whereas E. Musk is more cautious and does stress the fact that AI might also have downsides and that the state should be there to regulate how AI is used. So Who is right? We will try to bring about arguments to show that AI's part in our society can be good but also fraught with danger.

Développement en deux temps

– Les bienfaits

The 21st century abounds with AI-related technology. We watch a video on YouTube and a translation is generated straight away to help us understand. We have an appointment at the doctor, we are reminded of our appointment by a short message on our phone. We are in lockdown, we can work from home or have access to distance learning. So everyday life has become much easier thanks to AI and how it is implemented. If we can clearly state that the internet, the apps have transformed our life making many tasks much faster, easier and less time-consuming, so we can agree with M. Zuckerberg.

– Les méfaits

Nonetheless, there are downsides to the coming of AI-related technology. Facial recognition devises that were about to be used by the police in the US have been withdrawn by the GAFA who were its designers. Indeed, it has been proven that this new technology discriminates against African-Americans in the US. Again, facial recognition devises which are used in China are political tools to curtail democracy. If ever we needed other examples, we can examine how our smartphone provides data to the authorities about our whereabouts. So AI reduces our freedom. Nothing is black and white. AI does represent progress and improvement but at the same time can be used by states to reduce the liberties of the people. Consequently, it would be difficult not to side with E. Musk.

Conclusion

In a nutshell, AI is exhilarating. It opens new vistas to what we can do. It is thrilling to think that in 50 years, we might be able to go to Mars. But at the same time, AI can become dangerous. In itself, AI is a tool but it depends very much how it is used and to which purpose. So M. Zuckerberg and E. Musk are both right or partly wrong. In our opinion, there is not a straight answer. We believe that both E. Musk and M. Zuckerberg look at the two sides of the same coin.

III. Compréhension orale

Conversation With Co-Chair Of Facebook's Oversight Board

Introduction

Une émission radiophonique du programme « *All Things Considered* » à la radio NPR (*National Public Radio*), la chaîne publique américaine, diffusée le 17 mai 2020 est un entretien entre une journaliste et un invité, le Professeur de droit à l'université de Columbia à New York, Monsieur Jamal Greene. Il est invité pour discuter du rôle d'un conseil de surveillance dont il est l'un des quatre présidents. Ce conseil de surveillance « surveille » ce qui est publié sur Facebook.

Développement

La journaliste rappelle qu'en période de pandémie, il est difficile de savoir quelles sont les informations scientifiques auxquelles on peut se fier et les autres. Elle signale que nous ne sommes pas tous des scientifiques et qu'il peut être difficile de savoir ce qui est un fait scientifique d'une fausse invention ou d'une donnée inventée. Donc les médias sociaux et plus particulièrement Facebook se doivent de veiller à la véracité des données.

Facebook a été dans le passé, notamment lors des élections présidentielles de 2016, accusé d'avoir propagé des fausses informations. C'est la raison pour laquelle, son fondateur et PDG, Mark Zuckerberg, a dû répondre à une batterie de questions au Congrès. Sa politique de vérification des données doit être plus stricte. Un conseil ou comité de surveillance a été annoncé et vient de voir le jour au début du mois de mai 2020.

Le comité de surveillance a 4 coprésidents et 20 membres. Il est comparé à la Cour suprême mais le professeur Jamal Greene ne pense pas que l'on puisse décrire ce comité de cette façon. Son rôle est de résoudre les désaccords sur le contenu des commentaires des utilisateurs. Ce comité est responsable de cette question de contenu, question difficile à ses yeux.

Conclusion

La journaliste tient à informer que Facebook est un sponsor de NPR. L'auditeur doit comprendre que NPR reste néanmoins libre de ses opinions.

Conseils

– Ici, vous devez penser au rôle que les médias sociaux jouent dans notre vie. Ils ont remplacé les journaux, la radio et la télévision. Facebook est devenu notre principale source d'information.
– Ce qui peut être difficile pour vous, c'est que vous n'avez peut-être pas de profil Facebook et que Facebook ne fait pas forcément partie de votre quotidien. Il faut néanmoins imaginer le rôle qu'il joue.
– Mettre des idées sous des mots et faire les liens ne va pas de soi. C'est pourquoi quand vous entendez « *misinformation* », vous devez immédiatement penser en quoi c'est néfaste.
– Trois mots clé : *Facebook – misinformation – Oversight Board* ou Facebook est tenu responsable d'avoir divulgué des informations peu fiables et donc maintenant doit avoir un comité de surveillance qui interviendra sur toutes les grandes questions qui se posent.

Savoir 1

Le présent de l'indicatif et le gérondif

SOUVENEZ-VOUS QUE...
- La diphtongue ne s'applique qu'aux formes nosotros/as et vosotros/as ;
- Les terminaisons ne changent pas ;
- Les irrégularités seront les mêmes au présent du subjonctif.

1 Les verbes terminés en -AR

	RÉGULIERS	AINSI QUE...	E>IE	AINSI QUE...	O>UE	AINSI QUE...
	(hablar)		*(pensar)*		*(contar)*	
(yo)	*hablo*	*cantar*	*pienso*	*atravesar*	*cuento*	*almorzar*
(tú)	*hablas*	*comprar*	*piensas*	*calentar*	*cuentas*	*costar*
(él/ella/Ud)	*habla*	*llegar*	*piensa*	*cerrar*	*cuenta*	*demostrar*
(nosotros/as)	*hablamos*	*llevar*	*pensamos*	*despertar(se)*	*contamos*	*mostrar*
(vosotros/as)	*habláis*	*olvidar*	*pensáis*	*gobernar*	*contáis*	*soñar*
(ellos/as, Uds)	*hablan*	*trabajar*	*piensan*		*cuentan*	*sonar, volar*

¡OJO!
- *Necesitar* (verbe régulier) n'est suivi d'aucune préposition :
Necesito diez euros. – J'ai besoin de 10 euros.
- « penser à » se dit *pensar en* : *¿En qué piensas? – Pienso en el examen.*
- *¿En quién piensas? – Pienso en Lola.*
- « rêver de » se dit *soñar con* : *Sueño con ir a Sevilla. Ana sueña con las vacaciones.*
- Attention à la construction « Se rappeler de... » *Recordar* : *Recuerdo la película.* (sans pronom)
***Me** acuerdo **de** la película.*

2 Les verbes terminés en -ER

	RÉGULIERS	AINSI QUE...	E>IE	AINSI QUE...	O>UE	AINSI QUE...
	(aprender)		*(querer)*		*(volver)*	
(yo)	*aprendo*	*beber*	*quiero*	*defender*	*vuelvo*	*devolver*
(tú)	*aprendes*	*comer*	*quieres*	*encender*	*vuelves*	*envolver*
(él/ella/Ud)	*aprende*	*correr*	*quiere*	*entender*	*vuelve*	*poder*
(nosotros/as)	*aprendemos*	*creer*	*queremos*	*perder(se)*	*volvemos*	*resolver*
(vosotros/as)	*aprendéis*	*leer*	*queréis*	*tender*	*volvéis*	
(ellos/as, Uds)	*aprenden*	*vender*	*quieren*		*vuelven*	

¡OJO!
- Les verbes *comprender* (régulier) et *entender** (diphtongue en « ie ») sont synonymes : *No comprendo. = No entiendo.*
* Attention aux faux-amis : « entendre » se dit *oír*.
- *Llover* (pleuvoir) ⇒ *Lueve* (Il pleut).
- *Oler* (sentir) ⇒ *Huele **a** café* (Ça sent le café).

¡Ojo!

Certains verbes ne sont irréguliers qu'à la forme « yo » (souvenez-vous que le présent du subjonctif se forme à partir de celle-ci) :

Ver : veo, ves, ve,...
Hacer : hago, haces, hace,...
Poner : pongo, pones, pone,...
Traer : traigo, traes, trae,...
Saber : sé, sabes, sabe,...
Caerse : me caigo, te caes,...

verbes en « ZC »
conocer : *conozco, conoces,...*
Ainsi que : *agradecer, crecer, ofrecer, parecerse.*

3 Les verbes terminés en -IR

	RÉGULIERS	AINSI QUE...	E>IE	AINSI QUE...	O>UE	AINSI QUE...
	(vivir)		*(sentir)*	*advertir*	*(dormir)*	*morir*
(yo)	*vivo*	*abrir*	*siento*	*consentir*	*duermo*	
(tú)	*vives*	*cubrir*	*sientes*	*divertir(se)*	*duermes*	
(él/ella/Ud)	*vive*	*consumir*	*siente*	*preferir*	*duerme*	
(nosotros/as)	*vivimos*	*descubrir*	*sentimos*		*dormimos*	
(vosotros/as)	*vivís*	*escribir*	*sentís*		*dormís*	
(ellos/as, Uds)	*viven*	*recibir*	*sienten*		*duermen*	

	E>I	AINSI QUE...
	(pedir)	
(yo)	pido	*medir*
(tú)	pides	*reírse*
(él/ella/Ud)	pide	*repetir*
(nosotros/as)	pedimos	*servir*
(vosotros/as)	pedís	*vestir(se)*
(ellos/as, Uds)	piden	

¡Ojo!

e>i irréguliers à la forme « yo ».
Corregir : corrijo, corriges
Elegir : elijo, eliges,...
Seguir : sigo, sigues,...

¡Ojo!

Certains verbes sont totalement irréguliers :
Ir : voy, vas, va, vamos, vais, van
Oír : oigo, oyes, oye, oímos, oís, oyen
Salir : salgo, sales, sale, salimos, salís, salen*
Venir : vengo, vienes, viene, venimos, venís, vienen
Decir : digo, dices, dice, decimos, decís, dicen
*Attention aux faux-amis : *salir* signifie « sortir » et « salir quelque chose » se dit *ensuciar algo*.

verbes en « ZC »
Traducir : traduzco, traduces, traduce,...
Ainsi que : *Conducir, deducir, producir*

4 Le futur proche

Le futur proche se forme avec le verbe *ir* suivi de la préposition *a* :
Mañana, vamos a visitar la ciudad.
Voy, vas, va, vamos, vais, van.

5 La forme progressive (le gérondif) : « être en train de »

La forme progressive se forme avec le verbe *estar* conjugué au temps adéquat (présent, passé, futur).

EXEMPLE

Carlos está estudiando para el examen.	(présent)	verbes en –AR -> *-ando*
Mañana a esta hora Lola estará viajando a Madrid.	(futur)	
Estábamos comiendo cuando me llamó María.	(imparfait)	verbes en –ER -> *-iendo*
Estoy escribiendo un correo electrónico.	(présent)	verbes en –IR -> *-yendo*

¡OJO!

1- Les verbes en –IR irréguliers au présent de l'indicatif le sont également au gérondif :

Decir (digo, dices)→ estás diciendo	*Servir(se) (me sirvo) → se está sirviendo*
Pedir (pido) → está pidiendo	*Dormir (duermo) → están durmiendo*
Divertir (divierto) → me estoy divirtiendo	*Morir(se) (me muero)→ se están muriendo*

2- Si le radical finit par une voyelle, le gérondif se forme en « *-yendo* ».

Construir → Están construyendo un edificio nuevo.
Huir → Los ladrones estaban huyendo.
Ir → Lola se estaba yendo cuando yo llegué.
Leer → Estoy leyendo un artículo muy interesante.

3- Seguir + gérondif = « continuer à faire quelque chose ».

María sigue trabajando - Maria continue à travailler.
(ellos) Siguen viajando mucho. – Ils continuent à voyager beaucoup.
≠ *(ellos) Ya no viajan.* – Ils ne voyagent plus.

MES NOTES POUR RÉVISER

....

....

....

....

....

....

....

....

....

Savoir 2

Les verbes *ser* et *estar*

1 Conjugaison et utilisation

Le verbe *SER*	Il s'utilise pour exprimer...	
soy *eres* *es* *somos* *sois* *son*	➤ une caractéristique essentielle : la nationalité : *Felipe es español.* la provenance : *Es de Perú.* la taille : *La casa de Luca es grande.* la profession : *Juan es profesor.* la forme : *La pelota es redonda.* la couleur : *Mi jersey es azul.* la matière : *Mi jersey es de lana.* le caractère : *Son simpáticos.* ➤ la possession *Este lápiz es de Patricia.*	➤ le temps, l'heure *Hoy es lunes.* *Ahora es primavera.* *¿Qué hora es? Son las tres.* *Es tarde / Es temprano.* ➤ un évènement *La competición es en el estadio.* ➤ une somme *Son diez euros.* *Somos cuatro hermanos.*

Le verbe *ESTAR*	Il s'utilise pour...	
estoy *estás* *está* *estamos* *estáis* *están*	➤ décrire l'état physique d'une personne ou d'un objet : *Estoy enfermo.* *El plato está sucio / limpio.* *Hoy el cielo está gris.* ➤ décrire l'état moral d'une personne : *Rafael está deprimido.* *Ana está contenta.*	➤ Localiser *Felipe está en España.* *Buenos Aires está en Argentina.* *El gato está en el sofá.* ➤ Situer dans le temps *¿A qué día estamos hoy?* *Hoy estamos a lunes 10 de junio.* *Estamos en otoño.*

¡Ojo!

- Les adverbes *bien* et *mal* s'utilisent toujours avec le verbe *estar* : *Está bien / Está mal.*
- Selon le verbe utilisé, certains adjectifs changent de sens.

Exemple
- *Ana está mala* (Ana est malade).
  Ana es mala (Ana est méchante).
- *Lola está alegre* (Lola est joyeuse, en ce moment).
  Lola es alegre (Lola est une personne joyeuse, c'est son caractère).
- *Está listo* (il est prêt).
  Es listo (il est intelligent).

- Lorsque le verbe « être » peut être remplacé par « se trouver », il se traduit toujours par *estar* :

➔ Pablo est/se trouve au Pérou. *Pablo está en Perú.*

Souvenez-vous... « [ne pas] être d'accord avec... »

Antonio [no] está de acuerdo...	*conmigo*
	contigo
	con él, con ella, con usted
Mis padres [no] están de acuerdo...	*con nosotros, con nosotras*
	con vosotros, con vosotras
	con ellos, con ella, con ustedes

Mes notes pour réviser

Savoir 3 L'imparfait, le passé composé et le passé simple

1 L'imparfait

	-AR	-ER	-IR	UNIQUEMENT 3 VERBES IRRÉGULIERS		
	(cantar)	*(querer)*	*(vivir)*	*ser*	*ir*	*ver*
(yo)	cantaba	quería	vivía	era	iba	veía
(tú)	cantabas	querías	vivías	eras	ibas	veías
(él/ella/Ud)	cantaba	quería	vivía	era	iba	veía
(nosotros/as)	cantábamos	queríamos	vivíamos	éramos	íbamos	veíamos
(vosotros/as)	cantabais	queríais	viváis	erais	ibais	veíais
(ellos/as, Uds)	cantaban	querían	vivían	eran	iban	veían

Comme en français, l'imparfait s'utilise dans 3 cas, pour exprimer :

- une durée — *Cuando Rodrigo era niño…*
- une action répétitive dans le passé — *Iba a la escuela todos los días.*
- une description dans le passé — *La escuela estaba cerca y era agradable.*

2 Le passé composé

Le passé composé se forme toujours avec l'auxiliaire *haber*, et le participe passé ne s'accorde ni en genre ni en nombre. Tous les verbes terminés en –AR sont réguliers.
➔ *He comido dos manzanas. Las dos manzanas que he comido estaban ricas.*

(yo)	*he*	
(tú)	*has*	*cantado* (verbes en-AR)
(él/ella/Ud)	*ha*	*querido* (verbes en –ER)
(nosotros/as)	*hemos*	*vivido* (verbes en –IR)
(vosotros/as)	*habéis*	
(ellos/as, Uds)	*han*	

Verbes irréguliers en -ER
Hacer ➔ *he hecho*
Poner ➔ *he puesto*
Resolver ➔ *he resuelto*
Romper ➔ *he roto*
Ver ➔ *he visto*
Volver ➔ *he vuelto*

¡Ojo! Les verbes dérivés se forment sur le même modèle :
deshacer (défaire) -> *deshecho*
descubrir (découvrir) -> *descubierto*
devolver (rendre) -> *devuelto*
envolver (emballer) -> *envuelto*
describir (décrire) -> *describir*

Verbes irréguliers en –IR
Abrir -> *he abierto*
Cubrir -> *he cubierto*
Decir -> *he dicho*
Escribir -> *he escrito*
Morir -> *he muerto*

Le passé composé s'utilise pour une action qui a lieu dans une période de temps dans laquelle on se trouve encore au moment où l'on parle, qu'elle soit courte ou longue.

On l'utilise donc avec les expressions suivantes :

hoy	*este mes*
esta mañana	*este semestre*
esta tarde	*este año*
esta noche	*este siglo*
esta semana	

EXEMPLE

Ainsi qu'avec *ya* (déjà), *todavía no/aún no* (pas encore) *nunca*, *jamás* (jamais):
¿Has visitado ya el museo de la Reina Sofía?
Sí, ya lo he visitado.
No, nunca lo he visitado.
No, todavía no lo he visitado.

3 Le passé simple

Le passé simple, très utilisé en espagnol, est l'un des temps les plus compliqués, de par ses nombreux verbes irréguliers. Notez que seul le radical change.

	-AR	-ER	-IR
	(cantar)	*(comer)*	*(vivir)*
(yo)	*canté*	*comí*	*viví*
(tú)	*cantaste*	*comíste*	*vivíste*
(él/ella/Ud)	*cantó*	*comió*	*vivió*
(nosotros/as)	*cantamos*	*comimos*	*vivimos*
(vosotros/as)	*cantasteis*	*comisteis*	*vivisteis*
(ellos/as, Uds)	*cantaron*	*comieron*	*vivieron*

VERBES IRRÉGULIERS EN « U »

Estar -> estuve, estuviste, estuvo, estuvimos, estuvisteis, estuvieron.
Poder -> pude, pudiste, pudo,...
Poner -> puse, pusiste, puso...
Saber -> supe, supiste, supo...
Tener -> tuve, tuviste, tuvo...
ainsi que *suponer* (*supuse*) et *obtener* (*obtuve*).

Verbes irréguliers en « j » (absence de « i » à la 3ᵉ pers.pluriel)

Traer -> traje, trajiste, trajo trajimos, trajisteis, trajeron
Conducir -> conduje
Deducir -> deduje
Distraer -> distraje
Introducir -> introduje
Producir -> produje
Reducir -> reduje
Traducir -> traduje

Verbes irréguliers dont le « e » se transforme en « i » aux 3e personnes du singulier et du pluriel

Corregir (présent : *corrijo, corriges*)
➔ *corregí, corregiste, corrigió*
corregimos, corregisteis, corrigieron
Pedir (présent : *pido*) ➔ *pedí,... pidió,... pidieron*
Elegir (présent : *elijo*) ➔ *elegí,... eligió,... eligieron*
Medir (présent : *mido*) ➔ *medí,... midió,... midieron*
Repetir (présent : *repito*) ➔ *repetí,... repitió,... repitieron*
Reírse (présent : *me río*) ➔ *me reí,... se rió,... se rieron*
Servir (présent : *sirvo*) ➔ *serví,... sirvió,... sirvieron*
Vestirse (pr. *me visto*) ➔ *me vestí,... se vistió,... se vistieron*

¡Ojo!

Decir ➔ *dije, dijiste, dijo*
dijimos, dijisteis, dijeron

Querer ➔ *quise, quisiste, quiso*
quisimos, quisisteis, quisieron

Dar ➔ *di, diste, dio*
dimos, disteis, dieron

Hacer ➔ *hice, hiciste, hizo*
hicimos, hicisteis, hicieron

Venir ➔ *vine, viniste, vino*
vinimos, visiteis, vinieron

Verbes dont le « o » se transforme en « u » aux 3e personnes du singulier et du pluriel

Dormir ➔ *dormí, dormiste, durmió,... durmieron*
Morir ➔ *morí, moriste, murió,... murieron*

Au passé simple, les verbes *SER* et *IR* se conjuguent de la même manière

fui, fuiste, fue
fuimos, fuisteis, fueron

Le passé simple s'utilise principalement pour parler d'une action qui s'est déroulée dans une période de temps dans laquelle on ne se trouve plus au moment où l'on parle, ainsi que pour une action unique. Exemple : *Nací en Quito* – Je suis né à Quito. On l'utilise donc après les expressions suivantes :

ayer
anoche
la semana pasada
hace unos días / meses /años
la semana pasada
el mes / semestre pasado
el año pasado
el siglo pasado

Mes notes pour réviser

....

....

....

Savoir 4

Le futur et le subjonctif

1 Le futur simple

Le futur simple se forme à partir de l'infinitif auquel on ajoute toujours les mêmes terminaisons :

acabar	*acabaré, acabarás, acabará, acabaremos, acabaréis, acabarán*
beber	*beberé, beberás, beberá, beberemos, beberéis, beberán*
ir	*iré, irás, irá, iremos, iréis, irán*

Verbes irréguliers

Decir	*diré*	*Poder*	*podré*	*Saber*	*sabré*	*Venir*	*vendré*
Haber	*habrá*	*Poner*	*pondré*	*Tener*	*tendré*	*Salir*	*saldré*
Hacer	*haré*	*Querer*	*querré*	*Valer*	*valdré*		

EXEMPLE

Habrá mucha gente.

Il y aura beaucoup de monde.

2 Le présent du subjonctif

1- Les terminaisons : Verbes en –AR (*cantar*) ➔ *cante, -es, -e, -emos, -éis, -en*
Verbes en –ER (*comer*) ➔ *coma, -as, -a, -amos, -áis, -an*
Verbes en –IR (*subir*) ➔ *viva, -as, -a, -amos, -áis, -an*

2- Le passé simple se forme à partir de la conjugaison de la première personne du singulier au présent de l'indicatif :

pensar	*(pienso)*	*piense, pienses...*	*construir*	*(construyo)*	*construya, construyas...*
entender	*(entiendo)*	*entienda, entiendas...*	*decir*	*(digo)*	*digas, digas...*
preferir	*(prefiero)*	*prefiera, prefieras...*	*hacer*	*(hago)*	*haga, hagas...*
			oír	*(oigo)*	*oiga, oigas...*
mostrar	*(muestro)*	*muestre, muestres...*	*poner*	*(pongo)*	*ponga, pongas...*
volver	*(vuelvo)*	*vuelva, vuelvas...*	*salir*	*(salgo)*	*salga, salgas...*
			tener	*(tengo)*	*tenga, tengas...*
pedir	*(pido)*	*pida, pidas...*	*traer*	*(traigo)*	*traiga, traigas...*
traducir	*(traduzco)*	*traduzca, traduzcas...*	*venir*	*(vengo)*	*venga, vengas...*

Cas particuliers

Dar	*dé, des, dé...*	*Ir*	*vaya, vayas, vaya...*
Estar	*esté, estés, esté...*	*Saber*	*sepa, sepas, sepa...*
Hubo	*haya, hayas, haya...*	*Ser*	*sea, seas, sea...*

3 Les verbes *gustar* et *doler*

Les verbes *gustar* et *doler* se forment comme le verbe *plaire* en français :
Cette maison me/te/lui/nous/vous/leur plaît (singulier) – Ces voitures me plaisent (pluriel)

		gustar			doler	
A mí	*me*	*gusta*	*el café (masc.)*	*me*	*duele*	*el pie*
A ti	*te*		*la música*	*te*		*la cabeza*
A él/ella/usted	*le*		*bailar (inf.)*	*le*		*todo el cuerpo*
A nosotros/as	*os*	*gustan*	*los quesos (pl.)*	*os*	*duelen*	*los pies*
A vosotros/as	*nos*		*las manzanas*	*nos*		*las piernas*
A ellos/ellas/ustedes	*les*		*todos los quesos*	*les*		*todos los músculos*

→ Les verbes *encantar* (adorer), *interesar* (intéresser) et *molestar* (déranger) se forment comme les verbes *gustar* et *doler*.

¡Ojo!
- *A mí, a ti*, etc. ne s'utilisent que pour insister sur une différence : *A ti te gustan las series policiacas, pero a mí no.*
- Les formes *gustar que / encantar que / molestar que*, sont suivies du subjonctif.

Exemple
Me gusta que cantes / Me molesta que la gente grite.
A Felipe le encanta que vayamos al cine.

Mes notes pour réviser

Savoir

5

Rapporter un discours

Juan dice : « Tengo que llamar a mi amigo. »
« He trabajado mucho. »

Présent de l'indicatif → présent de l'indicatif / passé composé

- ¿Qué *dice* Juan?
- Dice que *tiene* que llamar a su amigo.
- Dice que *ha trabajado* mucho

Passé composé → présent de l'indicatif / imparfait / passé composé

- ¿Qué *ha dicho* Juan?
- Ha dicho que *tiene* que llamar a su amigo.
- Ha dicho que *tenía* que llamar a su amigo.
- Ha dicho que *ha trabajado* mucho.

Passé simple → imparfait / plus-que-parfait

- ¿Qué *dijo* Juan?
- Dijo que *tenía* que llamar a su amigo.
- Dijo que *había trabajado* mucho.

MES NOTES POUR RÉVISER

1 Le présent de l'indicatif et le gérondif

Exercice 1

Conjuguez le verbe entre parenthèses au présent, puis répondez aux questions.

1. *¿Por qué (encender) la luz?*
   – La (encender) porque (querer) leer.
2. *¿Cuándo (hacer) deporte ?*
   – (hacer) deporte a diario : cada mañana (correr) 10 kilómetros, y los fines de semana (jugar) al fútbol con mis amigos.
3. ¿A qué hora (salir, tú) de clase ?
   – Por lo general, a las 5 de la tarde. Luego, si no (ir, yo) al estadio, (volver, yo) directamente a casa con Ana.
4. (decir, ellos) que (oír) mucho ruido. Y tú (oír), ¿ algo ?
   – Pues no, no (oír) nada.
5. ¿ (poder, usted) traducir este texto, por favor ? No lo (entender, yo)
   – Claro que sí, ahora mismo lo (traducir).

Exercice 2

Conjuguez les verbes suivants au présent de l'indicatif.

Donner son opinion

suponer que	supposer que	*para mí/ti/él/ella*	pour moi/toi/lui/elle
creer que	croire que	*decir algo porque*	dire quelque chose parce que
(no) parecer	(ne pas) sembler	*según (tener) entendido*	d'après ce que j'ai/tu as... compris
poder decir que	pouvoir dire que		

1. – ¿ (saber, tú) dónde (vivir) Beatriz?
   No, no (saber) exactamente, pero (creer) que sus padres (vivir) por el centro.
2. – Según el periodista la situación (empeorar) cada año.
   – Si, pero según yo (tener) entendido, cada vez más personas (empezar) a cambiar sus constumbres porque (entender) la importancia de cambiar. Pero incluso así, (poder, nosotros) decir que aún (quedar) mucho camino por recorrer.
3. Este articulo (tratar) del medio ambiente y del reciclaje. Te lo (decir) por si te (interesar). Anabel (decir) que (pensar) lo mismo que yo : para ella, todos (tener, nosotros) que hacer un esfuerzo. A mí no me (parecer) tan difícil. Te lo (decir, yo) tal como lo (pensar, yo), pero (suponer, yo) que para otras personas, (poder) resultar difícil cambiar sus costumbres de consumo.

Exercice 3

Complétez en utilisant la forme progressive (le gérondif).

– Hola, ¿qué (hacer, vosotros)?

– Hola Rafa. Yo (ver) la tele y mi hermano (oír) música. ¿Y vosotras?

– Anabel (estudiar) para el examen de mañana, pero Lola y yo (preparase) para salir a correr. ¿Queréis venir con nosotras?

2 Les verbes *ser* et *estar*

Exercice 4

Complétez par *ser* ou *estar* à la forme adéquate.

1. – ¿Cómo (estar tú)?
   – .... bien, gracias, pero .... un poco cansado : .... la época de los exámenes y .... un poco estresado. Mañana .... el examen de Historia.
2. María, ¡qué morena ....!
   – Sí, ... que vuelvo de Andalucía, hacía mucho sol. Por eso .... más bronceada que antes de las vacaciones.
3. Este mueble .... muy antiguo, pero .... bien conservado.
4. Madrid .... en España. .... la capital de España.
5. Juan y Ana no .... contentos con el hotel. Dicen que .... muy caro y que no .... muy limpio, pero no .... (yo) de acuerdo con ellos.
6. Guadalupe .... mexicana. .... en España para pasar las vacaciones.
7. El padre de Luis .... médico. Trabaja en el hospital que .... cerca de mi casa.
8. Hoy .... el cumpleaños de Lucía. La fiesta .... en casa de su amigo Antonio a las 8:00. ¡Qué tarde .... ! ¡Casi .... las 7:30 y todavía .... (yo) en casa !

Exercice 5

Que signifient ces phrases ? Cochez la bonne solution.

1. *Elena es delgada.*
   ☐ a. Elena est mince. (caractéristique)
   ☐ b. Elena a minci. (état)
2. *Juan está gordo.*
   ☐ a. Juan est gros. (caractéristique)
   ☐ b. Juan a grossi. (état)
3. *Este libro es nuevo.*
   ☐ a. Ce livre est neuf.
   ☐ b. Ce livre est comme neuf.
4. *Este libro está nuevo.*
   ☐ a. Ce livre est neuf.
   ☐ b. Ce livre est comme neuf.
5. *Ana está triste.*
   ☐ a. Ana est triste (de caractère)
   ☐ b. Ana est triste (en ce moment).

Exercice 6

Complétez puis dites le contraire en mettant la phrase au pluriel.

1. Cristina .... simpática pero su hermana .... un poco aburrida.
   → Cristina y Luis .... pero sus hermanas ....
2. Este sofá .... bonito y .... cómodo, pero .... sucio.
   → Estos ....
3. Mi amigo .... inteligente pero .... perezoso.
   → Mis ....
4. La habitación de mi primo .... agradable pero .... desordenada.
   → Las ....

3 L'imparfait, le passé composé et le passé simple

Exercice 7

Imparfait, passé composé ou passé simple ? Conjuguez les verbes au temps adéquat.

1. Siempre .... (pensar, yo) que .... (tener, tú) razón.
2. .... (ir, nosotros) a Gijón en verano pasado. .... (haber) pocos turistas.
3. ¿ .... (ser) la primera vez que .... (ir, ellos) a Andalucía?
4. No, ya .... (conocer, ellos) la región. .... (vivir, ellos) cinco años en Sevilla cuando .... (ser) adolescentes.
5. Ayer, ... (robaron, ellos) a mis vecinos. El ladrón .... (introducirse) por la ventana.

Exercice 8

Traduisez les phases en vous aidant des expressions suivantes :

❖ **Argumenter et nuancer**

pero	mais	en cuanto a	quant à
sin embargo	cependant	a pesar de	malgré
no obstante	néanmoins	= pese a	
además	de plus, en outre	mientras que	tandis que
al contrario	au contraire	no solo... sino...	non seulement..., mais...
a lo mejor	peut-être	ya que	puisque
así que	donc	dado que	étant donné que
en efecto	en effet	entonces	alors

1. Juan a voulu aller au musée hier, mais il était fermé. Alors il y est allé aujourd'hui.
2. Nous pensions aller à la plage aujourd'hui, mais il pleuvait. Donc Ana et Luis ont préféré aller au cinéma, tandis que nous, nous sommes restés à la maison. Quant à Rafa, il a fait la sieste toute l'après-midi.
3. Il a beaucoup voyagé en Amérique latine. Cependant, il ne connaît pas encore le Guatemala.
4. En effet, quand ils étaient enfants, ils vivaient avec leurs parents en Colombie, dans un petit village.
5. Tu as beaucoup voyagé au Pérou, n'est-ce pas ? – Au contraire, je n'y suis jamais allé. Mais l'année dernière, je suis allé au Mexique. J'ai adoré, malgré l'insécurité qu'il y a dans certaines villes.
6. Étant donné que l'objectif de cette association était de lutter contre le réchauffement climatique, ils ont décidé en octobre 2010 qu'il était nécessaire de changer leurs habitudes. Depuis, ils n'ont plus pris l'avion.
7. L'année dernière, nous voulions aller à Barcelone, mais puisque l'avion pollue beaucoup, nous y sommes allés en train.
8. Les conditions climatiques étaient difficiles : non seulement il pleuvait, mais il faisait aussi très chaud. En plus, il y avait beaucoup de vent. Néanmoins, le match a eu lieu hier, comme cela était prévu.
9. Tu crois que Juan avait raison, quand il disait que ça ne fonctionnait pas ? – Peut-être. Mais je crois qu'un technicien est venu hier, et qu'il a résolu le problème.

4 Le subjonctif

❖ **Donner son opinion (2), exprimer une préférence, un souhait**

creer que *pienso que*	+ indicatif	***no** creer que* *querer que* *preferir que* *ser mejor que*	+ subjonctif

¡Ojo! Prefiero hacer el trabajo yo mismo (un sujet : *yo*).
Prefiero **que hagas** el trabajo con Pablo. (2 sujets : *yo* et *tú*)

Exercice 9

Conjuguez les verbes suivants au temps adéquat.

1. .... *(gustar, yo) ir al teatro, pero* .... *(preferir, yo) ir al cine.*
2. *¿Te acompaño no? ¿Qué* .... *(preferir, tu) que* .... *(hacer, nosotros)?*
3. *No* .... *(creer, yo) que Pedro* .... *(tener) razón.*
4. *Luisa también* .... *(pensar) que Pedro* .... *(estar) equivocado.*
5. *Natalia* .... *(querer) que* .... *(ir, nosotros) al museo, y Ana* .... *(preferir) ir al estadio. Yo creo que* .... *(mejor) que* .... *(esperar nosotros) la opinión del grupo.*

❖ **Exprimer un but :**

para + infinitif   *para que* + subjonctif

Exercice 10

Traduisez les phrases suivantes :

1. Je donne une aspirine à Ana pour qu'elle n'ait pas mal à la tête.
2. Tu dois prendre le bus pour aller à la gare.
3. Rafa nous montre le chemin ne pas que l'on se perde.
4. Comme je sais que tu aimes les biscuits, je t'achèterai un paquet pour que tu les goûtes.
5. Je te le dis pour que tu le saches et pour que tu ne sois pas surprise.

❖ **Exprimer une éventualité** (peut-être, il est possible que, il est probable que)

quizá *= quizás* *= tal vez*	+ subjonctif	*es posible que* *es probable que* *probablemente*	+ subjontif

Exercice 11

Entourez la conjugaison adéquate :

1. *Mis padres dicen que quizás* .... *a Brasil el año próximo.*
   ☐ *viajaremos*   ☐ *viajemos*   ☐ *viajamos*

2. *No sé qué piensas, pero yo creo que tal vez .... (ser) mejor que llamemos a José esta tarde.*

☐ *sea* ☐ *será* ☐ *es*

3. *Dicen que es probable que .... más calor en los próximos años.*

☐ *hará* ☐ *haga* ☐ *hace*

4. *Probablemente .... a Madrid este fin de semana.*

☐ *iremos* ☐ *vamos* ☐ *vayamos*

5 Rapporter un discours

Exercice 12

Que dit-il ? Qu'a-t-il dit ? Répondez à la forme adéquate.

1. *María : Voy al mercado a comprar fruta.*
¿Qué dice María? – Dice que...

2. *Felipe : He caminado demasiado. Me duelen los pies.*
¿Qué ha dicho Felipe? – Ha dicho que...

3. *Antonio : Creo que no voy a ir al cine con vosotros.*
¿Qué dice Antonio? – Dice que...

4. *Isabel : Creo que a Elena le gustan los animales.*
¿Qué dijo Isabel? – Dijo que...

5. *Enrique y José : Fuimos a Gran Canarias.*
¿Qué dijeron Enrique y José? – Dijeron que...

1 Le présent de l'indicatif et le gérondif

Exercice 1

1. *enciendes / enciendo / quiero*

2. *haces / hago / corro / juego*

3. *salíés / voy / vuelvo*

4. *dicen / oyen / oyes / oigo*

5. *puede / entiendo / traduzco*

Exercice 2

1. *sabes / vive / sé / creo / viven*

2. *empeora / tengo entendido / empiezan / entienden / podemos / queda*

3. *trata / digo / interesa / dice / piensa / tenemos / parece / digo / pienso / supongo / puede*

Exercice 3

1. *estáis haciendo* / **2.** *Estoy viendo* / **3.** *Está oyendo* / **4.** *está estudiando* / **5.** *Nos estamos preparando (= estamos preparándonos)*

2 Les verbes *ser* et *estar* – La description

Exercice 4

1. *estás / estoy / estoy / es / estoy / es*

2. *estás / es / estoy*

3. *es / está*

4. *está / Es*

5. *están / es / está / estoy*

6. *es / está*

7. *es / es / es / son / estoy*

Exercice 5

1. a- Elena est mince.

2. b- Juan a grossi.

3. a- Ce livre est neuf.

4. b- Ce livre est comme neuf.

5. b- Ana est triste.

Exercice 6

1. es / es ➔ pluriel : Cristina y Luis son simpáticos pero sus hermanas son un poco aburridas

2. es / es / están ➔ pluriel : Estos sofás son bonitos y son cómodos, pero están sucios.

3. es / es ➔ pluriel : Mis amigos son inteligentes pero son perezosos.

4. es / está ➔ pluriel : Las habitaciones de mis primos son agradables pero están desordenadas.

3 L'imparfait, le passé composé et le passé simple

Exercice 7

1. he pensado / tenías

2. Fuimos / había

3. Era / iban

4. conocían / Vivieron / eran

5. robaron / se introdujo

Exercice 8

1. Juan quiso ir al museo ayer pero estaba cerrado. Entonces ha ido hoy.

2. Pensábamos ir a la playa hoy, pero llovía. Así que Ana y Luis han preferido ir al cine, mientras que nosotros nos hemos quedado en casa. En cuanto a Rafa, ha dormido la siesta toda la tarde.

3. Ha viajado mucho en América latina. Sin embargo, aún no (= todavía no) conoce Guatemala.

4. En efecto, cuando eran niños vivían con sus padres en Colombia, en un pueblito.

5. Has viajado mucho a Perú, ¿verdad? – Al contrario, nunca (= jamás) he ido. Pero el año pasado fui a México. Me encantó, a pesar de (= pese a) la inseguridad en algunas ciudades.

6. Dado que el objetivo de esta asociación era luchar contra el calentamiento climático, decidieron, en octubre del 2010. que era necesario cambiar sus costumbres. Desde entonces, ya no han tomado el avión.

7. El año pasado queríamos ir a Barcelona, pero ya que el avión contamina mucho, fuimos en tren.

8. Las condiciones climáticas eran difíciles : no solo llovía sino que también hacía mucho calor. Además, hacía mucho viento. Sin embago, el partido tuvo lugar ayer, como estaba previsto.

9. ¿Crees que Juan tenía razón cuando decía que no funcionaba? – Quizás. Pero creo que vino un técnico ayer y que resolvió el problema.

4 Le subjonctif

Exercice 9

1. Me gusta / prefiero

2. prefieres / hagamos

3. creo / tenga

4. piensa / está

5. quiere / vayamos / prefiere / es / esperemos

Exercice 10

1. Le doy una aspirina a Ana para que no le duela la cabeza.

2. Tienes que tomar el autobús para ir a la estación.

3. Rafa nos enseña el camino para que no nos perdamos.

4. Como sé que te gustan las galletas, te compraré un paquete para que las pruebes.

5. Te lo digo para que lo sepas y para que no estés sorprendida.

Exercice 11

1. viajemos

2. sea

3. haga

4. vayamos

5 Rapporter un discours

Exercice 12

1. Dice que va al mercado a comprar fruta.

2. Ha dicho que ha caminado demasiado y que le duelen los pies.

3. Dice que no va a ir al cine con nosotros.

4. Dijo que creía que a Elena le gustaban los animales.

5. Dijeron que habían ido a Gran Canarias.